Bernice Rubens · Das Wartespiel

Teil Eins

1

Die Bewohner von Haus Hollyhocks sagten gern, sie wohnten an der Straße nach Paris. Was übrigens auch der Fall war, denn es waren nur noch einige Meilen bis zur Küste, bis nach Dover und zu den Fähren über den Ärmelkanal. Wenn sie flüsternd Paris erwähnten, gaben sie damit ihrer Wohnstätte einen Hauch von Klasse. Und in Haus Hollyhocks ging es nun einmal um Klasse.

Dem Hauskatalog zufolge war Haus Hollyhocks ganz einfach ein Seniorenheim. Das Wort „Klasse" wurde nie erwähnt oder auch nur angedeutet. Aber wer nicht den besseren Kreisen angehörte, hatte keine Chance, je dort aufgenommen zu werden. Dafür sorgte die Leiterin. Sie konnte zwar selber keine Ahnentafel vorlegen, hatte aber ein Gespür für deren Vorhandensein bei anderen. Und sie konnte diesen Geruch von den anderen Gerüchen unterscheiden, die alle alternden Menschen gemeinsam haben, woher sie auch stammen mögen. Wenn es um „Klasse" ging, war es etwas anderes. Denn „Klasse" strahlte ein seltenes Aroma aus. Dieses Aroma neutralisierte die anderen Ausdünstungen, die die Nase beleidigen und Ekel und Ablehnung hervorrufen. Das Parfüm der Klasse machte diese Ausdünstungen erträglich und ermöglichte es, sie großzügig der Natur zuzuschreiben.

Obwohl die Leiterin in Haus Hollyhocks das Sagen hatte, war die eigentliche Königin im Bienenstock doch Lady Celia Suckling. Lady Celia hatte diese Position nicht angestrebt, sie war eine Frau von zurückhaltendem Wesen. Sie war in diese Rolle gedrängt worden, vor allem von der Leiterin, die auf Titel versessen war und vor Glück sabberte, wenn sie Lady Celia bedienen konnte. Lady Celia behauptete, eine direkte Nachkommin von Sir John Suckling zu sein, einem Dichter aus dem 17. Jahrhundert. Niemand in Haus Hollyhocks hatte von diesem Dichter je gehört, aber sie glaubten Lady Celia aufs Wort und behandelten sie mit der Ehrfurcht, die sie bei einem solchen Ahnen ihrer Ansicht nach verdient hatte. Und wer immer ihre Vorfahren gewesen sein mochten, sie war eine Frau von Adel, und dieses Prädikat machte sie, ob sie das nun wollte oder nicht, ungefragt zum Oberhaupt des Hauses. Bei jeder Mahlzeit wurde sie um ihren kulinarischen Rat gefragt. Bei jeder Nachrichtensendung wurde sie um ihre politische Einschätzung gebeten. Lady Celia genoß diese Rolle wirklich nicht und hätte ihre Meinung lieber für sich behalten. Aber sie wollte auch nicht als Snob dastehen, und deshalb gab sie sich bei ihren Antworten alle Mühe. Sie hatte in Wirklichkeit keine politischen Ansichten und in kulinarischen Dingen kannte sie sich noch viel weniger aus. Aber sie beteiligte sich höflich an jedem Gespräch, das ihr angetragen wurde, und wünschte sich die ganze Zeit, in ihrem Zimmer sitzen, ihre Partnerin anrufen und sich nach dem aktuellen Geschäftsstand erkundigen zu können. Wenn sie ihre Pflicht getan hatte, verließ sie deshalb den Aufenthaltsraum, und die anderen dort verbeugten sich fast, wenn sie ging, und konnten gut verstehen, daß gerade Lady Celia besonders viel schlafen mußte, sie trug schließlich die schwere Last eines Titels. Doch trotz aller Ehrerbietung, aller Verneigungen und aller Kratzfüße haßten die meisten im Haus Lady Celia leidenschaftlich. Sie haßten sie, da ein fast tierischer Instinkt ihnen sagte, daß die Lady sie alle überleben werde. Aus den von der Leiterin mehr als bereitwillig gelieferten Informationen wußten sie, daß Lady Celias Mutter die vollen hundert Jahre erreicht und daß auch ihre Großmutter ein Telegramm der Königin erhalten hatte. Genauer gesagt, eins des Königs, der damals noch regiert hatte. Außerdem war Lady Celias Tür die einzige im Haus, hinter der die Leiterin bei ihren nächtlichen Rundgängen keine Seufzer hören konnte. Doch unter allen Bewohnern von Haus Hollyhocks war Jeremy Cross derjenige, der Lady Celia am meisten haßte.

Jeremy Cross war Überlebender von Beruf. Mit Anfang siebzig hatte er einen Herzanfall überstanden, zwei Jahre darauf einen leichten Schlaganfall. Später war ihm ein künstliches Hüftgelenk eingesetzt worden, und mit neunundsiebzig war er dann in Haus Hollyhocks eingezogen. Er hatte eine Liste mitgebracht, die er mit seiner zittrigen, aber triumphierenden Handschrift führte, und die an der Innenseite seiner Kleiderschranktür angebracht war, wo er sie jeden Tag eingehend betrachten konnte. Es war eine Namensliste, die jedoch nicht in alphabetischer Reihenfolge gehalten war, denn mit solchen Protokollfragen gibt der Tod sich nicht ab. Angeführt wurde die Liste von einem gewissen David Gross. Herzinfarkt. Vierundsiebzig. Nummer 2 war Deborah Winters. Schlaganfall. Zweiundachtzig. Der dritte Name war in roter Tinte eingetragen, was einwandfrei auf einen Sieg hindeutete: Es ging um John Tilley, der im Alter von zweiundvierzig Jahren bei einem Autounfall sein Leben hatte lassen müssen. Ihm folgte eine Gruppe mit lila Tinte verzeichneter Mitglieder einer Aids-

Gruppe, allesamt unter vierzig. Nach ihnen kam eine Anzahl von männlichen und weiblichen Achtzigjährigen, was darauf hinwies, daß Jeremy Cross einen großen und weit verzweigten Bekanntenkreis gepflegt und seine Bekannten allesamt überlebt hatte.

Seit er in Haus Hollyhocks residierte, hatte er seiner Liste jedoch nur einen Namen hinzufügen können, den von Cissie Thompson, die mit vierundneunzig unter „natürlichen Umständen" vom Sensenmann geholt worden war. Aber es gab noch immer hoffnungsvoll viel Platz auf dem Papier, und Jeremy Cross hatte zweifellos nicht vor, auch nur eine einzige Stelle leer zu lassen. Er erwachte jeden Morgen mit dem Gedanken: Wen, wenn überhaupt, werde ich heute wohl überleben? Darauf folgte dann der glühende, heimliche Wunsch, es möge Lady Celia Suckling sein.

Er betrachtete Lady Celia als seine Erzfeindin. Im Aufenthaltsraum ließ er jeden Abend seine Blicke über die Bewohner von Haus Hollyhocks schweifen, um sich dann zuversichtlich einreden zu können, daß er sie alle überleben werde. Bis sein Blick auf Lady Celias Sessel fiel und sich seine Augen mit Tränen der ängstlichen Unsicherheit füllten. Er starrte sie und jeden Teil ihres Körpers an, in dem sich ihre Leber, ihr Herz, ihr Gedärm und ihre Innereien befanden. Diese vielen verwundbaren Einzelteile, von denen er jedem das Schlechteste wünschte – langsam, jedem für sich, und mit unermeßlicher Gemeinheit. Wenn sie in seine Richtung blickte, bedachte er sie immer mit einem strahlenden Lächeln. Danach vertiefte er sich in ein angeregtes Gespräch mit Mrs. Elizabeth Webber, einer Dame von fünfundneunzig, die gewisse, aber unverkennbare

Anzeichen für ein unmittelbar bevorstehendes Verscheiden zeigte.

Als eines Abends alle Bewohner im Aufenthaltsraum saßen, bat die Leiterin unnötigerweise um Ruhe und kündigte dann an, daß am nächsten Tag eine neue Hausbewohnerin erwartet werde. Sie bat alle, die neue Heimbewohnerin freundlich zu empfangen. Die Leiterin wußte, daß immer eine gewisse Unruhe aufkam, wenn eine neue Bewohnerin oder ein neuer Bewohner eintrafen. Solche Personen bedeuteten eine Bedrohung für einen fest verwobenen Kreis, und es bedurfte einer gewissen Gewöhnungsphase, bis sie akzeptiert wurden. Aber als die Leiterin dann am folgenden Abend Mrs. Thackeray in den Aufenthaltsraum brachte, um sie offiziell vorzustellen, zeigte deren offenkundig gute Erziehung, daß sie sich wirklich gut in die Gemeinschaft einleben würde – keine Frage. Sie gehörte zu ihnen und schon nach wenigen Minuten wurden ihr höfliche Fragen zu ihrer Herkunft gestellt.

Jeremy Cross betrachtete den Neuzugang und schätzte dessen noch bevorstehende Lebenstage ab. Leider wirkte Mrs. Thackeray reichlich gesund. Deshalb wandte er sich wieder Mrs. Elizabeth Webber zu, die – inzwischen in ihrem sechsundneunzigsten Lebensjahr angekommen – zweifellos nicht mehr lange als Gesprächspartnerin dienen würde.

Mrs. Thackeray zog sich an diesem Abend früh zurück, gefolgt von Lady Celia, die aufgrund ihrer Herkunft einen Anspruch auf ihren Schönheitsschlaf hatte. Als Lady Celia sich zurückgezogen hatte, schien der ganze Aufenthaltsraum befreit aufzuatmen, als dürften sie jetzt frei reden, die Manieren vernachlässigen, und als brauchten sie die Schuhe nicht mehr abzutreten. Und da die neue Hausbewohnerin auch nicht mehr zugegen war, wurden untereinander die Eindrücke ausgetauscht, die sie auf die anderen gemacht hatte. Viel Diskussionsstoff gab es jedoch nicht. Mrs. Thackeray hatte nur wenig über sich verraten.

„Sie macht einen durchaus sympathischen Eindruck", sagte Mrs. Webber, ein Standpunkt, dem sich alle bereitwillig anschlossen, möglicherweise, weil sie zu müde zum Diskutieren waren. Langsam begaben sie sich in ihre Zimmer. Jeremy Cross war der Letzte, der den Aufenthaltsraum verließ. Das machte er absichtlich, jeden Abend, gewissermaßen um seine Überlebensfähigkeit zu beweisen.

Oben in ihrem neuen Zimmer hatte Mrs. Thackeray sich auf ihr Bett gesetzt. Alter ist kein Segen, dachte sie. Es ist einfach die Belohnung dafür, daß wir immer in beide Richtungen geschaut haben, ehe wir die Straße überquert haben. Und das hatte sie nun wirklich getan. Seit sie überhaupt laufen gelernt hatte. Ihre Mutter hatte es ihr jeden Tag von neuem eingeschärft. „Erst nach rechts und dann nach links und dann noch einmal nach rechts", war das Mantra, das ihre Kindheit geprägt hatte. Noch als Erwachsene hatte sie diesen geheiligten Text jedesmal im Ohr gehabt, wenn sie eine Straße überquerte. Sie mochte nicht einmal den Kiesweg betreten, der zur Haustür ihrer Mutter führte, ohne sich diese Beschwörung ins Gedächtnis zurückzurufen, obwohl der Weg gerade breit genug für ein harmloses Fahrrad war. Doch wohin hatte dieses beständige und kränkelnde Bewußtsein ihrer selbst sie schließlich geführt? Ins Seniorenheim Hollyhocks.

Und warum war sie überhaupt hergekommen? Körperlich und geistig war sie noch völlig gesund. Ihr Gang war langsam, aber fest. Sie hörte genau das, was sie hören wollte. Eine Brille trug sie nur im Auto. Ja, sie konnte noch immer ihren Mini mit automatischer Schaltung fahren. Warum hatte sie also diesen plötzlichen Ortswechsel für nötig gehalten?

Das lag an ihrem Haus Seven Pillars, in dem sie in all den Jahren ihrer Ehe und dann als Witwe gelebt hatte. Es hatte ihrem Schwiegervater und zuvor dessen Vater gehört. Generationen von Thackerays hatten dort gelebt und waren dort gestorben, doch trotz seines Namens zeichneten sich die Hauseigentümer nur sehr selten durch Weisheit aus. In Mrs. Thackerays Erinnerung erschien es als Haus der Ignoranz und des hoffnungslosen Elends. Und nach vielen Jahren der elenden Erinnerungen und endlosen Momente, in denen sie sich alles ins Gedächtnis zurückrief, hatte sie genug gehabt. Sie beschloß, das Anwesen zu verkaufen und das Thackeray-Erbe ein für allemal zu beerdigen. Ihr Mann würde sich sicher im Grab umdrehen, aber Mrs. Thackeray ließ es völlig kalt, was ihr seliger Gatte in seiner Gruft trieb. Sie bedauerte nur, daß er sich nicht schon früher dorthin begeben hatte. Nach den ersten vier Ehejahren wäre ein guter Zeitpunkt gewesen, aber sie hatte ihm fast dreißig Jahre lang den Tod wünschen müssen, ehe er ihr diesen Gefallen endlich getan hatte.

Der Ärger hatte in ihrem dritten Ehejahr begonnen. Sie war schwanger. Und sie hatte Angst. Angst davor, daß sie ein Mädchen gebären könnte, denn dann hätte sie weitermachen müssen, bis der legitime Erbe das Licht der Welt erblickt hatte. Ihr Gatte hatte ihr das energisch klargemacht. Rückblickend begriff sie, daß gerade diese Angst die Fehlgeburt herbeigeführt hatte, doch damals hatte der Arzt einen Sturz als Grund genannt und fröhlich zu einem neuen Versuch geraten. Es sei dasselbe wie ein Sturz von einem Pferd, sagte er, und riet ihr und ihrem Mann, sich wieder in den Sattel zu schwingen. Aber Mr. Thackeray war empört über dieses Versagen seiner Frau und schrieb es ihrer schlechten Veranlagung zu. Eines Abends kam Charles Thackeray, der letzte eines langen und langweiligen Junkergeschlechts, zu seiner Frau und schlug sie, ohne irgendeine Provokation ihrerseits, mit der Peitsche auf den Hintern, als sie gerade das Kaminfeuer schürte. Als sie sich umdrehte, vor Schmerz ebenso wie vor Erstaunen, hatte sie im Gesicht ihres Gatten ein lüsternes Lächeln gesehen und auf seiner Hose einen plötzlich auftauchenden, unverkennbaren Flekken entdeckt, als die Peitsche seiner Hand entglitten war. Sie kam nicht auf die Idee, das eine mit dem anderen in Verbindung zu bringen, sie wußte jedoch instinktiv, daß etwas überaus Schändliches passiert war. Er verließ sofort das Zimmer, und sie sah ihn erst beim Frühstück wieder. Eine Entschuldigung erhielt sie nicht. Sie erwartete auch keine. Obwohl sie von diesem Tag an sorgfältig vermied, in seiner Anwesenheit das Feuer zu schüren, ertrug sie mit ständig wachsendem Ekel und Haß fast zwanzig Jahre die Schmerzen durch die Peitsche, die Flecken und das Lächeln. Bis er dann eines barmherzigen Tages mit seiner Peitsche anderswo hingegangen war und sie mit Fleck und Lächeln in übelbeleumdeten und auf Stundenbasis zugänglichen Räumlichkeiten geschwenkt hatte. Fünf Jahre später war er an einer Blutvergiftung gestorben, verursacht durch eine akute und unbehandelte Syphiliserkrankung. Ihr Haß auf ihren Mann war noch immer frisch, und auch nach all den Jahren konnte sie kein Mitleid mit ihm empfinden. Sie mußte verkaufen und anderen das Elend von Seven Pillars überlassen.

Sie fragte sich, was sie mit den Möbeln machen sollte. In Gedanken wanderte sie durch das Haus. Sie begann im Schlafzimmer, diesem wichtigsten Schauplatz der Schande. Das Bett mit den vier Pfosten hatte seiner elenden Mutter gehört. Es würde verkauft werden. Gerade dieses Bett. Und auch seine Mutter könnte sich von ihr aus im Grab umdrehen. Dann gab es den Salon mit der Chaiselongue, der Allzweckkommode, dem Biedermeier-Ruhebett, dem Chippendale-Tisch, dem französischen Sekretär, alles Thackeray-Erbstücke, vom Urgroßvater des Familienstammbaumes angeschafft. Und das Silber mit den Monogrammen. Das Silbergeschirr, das verschnörkelte verächtliche T, das alles mit seinem stolzen Besitzergefühl beschmutzte. Wenn sie sich der vielen Gegenstände erst entledigt hätte, würde die Familiengruft der Thackerays zweifellos ein Erdbeben durchmachen müssen. Aber zum Teufel mit der ganzen Bande, dachte sie. Und deshalb hatte sie das Haus samt Inhalt zum Verkauf ausgeschrieben, ihre Kleider und ihre persönlichen Habseligkeiten zusammengepackt und war nach Haus Hollyhocks gefahren, ohne sich auch nur ein einziges Mal umzuschauen.

2

Als sie am folgenden Morgen zum Frühstück nach unten kam, blieb sie unschlüssig in der Tür zum Eßzimmer stehen.

„Hierher", hörte sie jemanden rufen.

Sie sah, daß eine Hand ihr zuwinkte und auf einen freien Platz neben der Ruferin wies. Die Einladung stammte von Mrs. Helen Green. Eine neue Bewohnerin mußte betreut werden, und Mrs. Green war bereit, diese Aufgabe zu übernehmen. Mrs. Thackeray war dankbar. Dankbarkeit war eines ihrer banalen Talente. Sie hatte sich ihr Leben lang als dankbar erwiesen, aber es hatte ihr nichts gebracht. Mit mehrmals gemurmeltem „Dankeschön" nahm sie auf dem angebotenen Stuhl Platz.

„Ich bin Helen Green", sagte ihre Betreuerin.

„Ich bin Mrs. Thackeray." Sie hielt es noch zu früh für die Intimität des Vornamens, und obwohl es ihr unangenehm genug war, den Namen Thackeray benutzen zu müssen, mußte das für den Anfang reichen. Mrs. Green verstand diesen Wink und setzte ihr nicht weiter zu. Sie war nicht beleidigt. Sie schrieb diese Zurückhaltung Mrs. Thackerays Schüchternheit und ihrer Unsicherheit in der neuen Umgebung zu. Ihr war damals genauso zumute gewesen und sie hatte einige Wochen gebraucht, bevor sie bereit gewesen war, mehr über ihre Herkunft zu erzählen. Nach und nach hatten die anderen erfahren, daß sie aus Edinburgh stammte, bei ihrer Hochzeit dann jedoch nach Dover gezogen war, wo ihr verstorbener Mann eine Flotte von Frachtschiffen besessen hatte. Er war vor fast vier Jahren gestorben, und jetzt, wo sie älter wurde, hatte sie sich mit der Tatsache abgefunden, daß sie nicht mehr allein leben konnte.

„Sie werden hier sehr glücklich sein, Mrs. Thackeray", sagte sie.

„Das hoffe ich auch." Sie schaute Mrs. Green lächelnd an,

und ihr Blick fiel auf die vom Puder kaum verborgene Narbe auf der Wange der anderen. Das fand sie interessant und sie hätte gern die Ursache dieses entstellenden Makels in Erfahrung gebracht. Aber sie konnte eine derartig intime Frage ja wohl kaum stellen, solange sie nicht einmal bereit war, ihren Taufnamen zu nennen. Die Zeit würde schon noch kommen, dachte sie, wenn sie im Austausch für ihren Vornamen den Grund für die Narbe würde erfahren könnte.

Dieser Zeitpunkt kam schon eine Woche später. Sie hatten jeden Morgen zusammen gefrühstückt, und langsam war Mrs. Thackeray aufgetaut. Zwischen den Pampelmusen und den Rühreiern hatten sie die Intimität von Fremden entwickelt, die Nähe, die am Ende des Lebens möglich ist, wenn zu wenig Zeit bleibt, um sich für vergangene Fehler zu entschuldigen oder sie zu rechtfertigen.

In diesem intimen und großzügigen Moment erzählte Mrs. Green von ihrer Tochter und verriet dabei die Ursache ihrer Gesichtsnarbe.

„Nennen Sie mich Mildred", sagte Mrs. Thackeray.

Mrs. Green lächelte und begann ihren Bericht.

„Ich habe Liza seit über zwanzig Jahren nicht gesehen", sagte sie. „Ich habe gehört, daß ich zwei Enkelkinder habe, aber denen hat sie sicher erzählt, daß ich tot bin."

„Kinder können sehr grausam sein", sagte Mrs. Thackeray, die über keinerlei persönliche Erfahrungen mit solcher Grausamkeit verfügte. Aber alte Leute sind an solche Aussprüche gewöhnt, da sie vergessen haben, wie grausam sie ihre eigenen Eltern behandelt haben, so, wie auch diese Eltern ihre Grausamkeit verdrängt haben.

„Liza hat mir wirklich den Tod gewünscht", sagte Mrs. Green.

Mrs. Thackeray wollte diese Aussage mit unehrlichen Sprüchen abmildern, doch Mrs. Green beharrte auf den Teufeleien ihrer Tochter.

„Ich weiß noch, wie sie es mir zum ersten Mal ins Gesicht sagte. Sie war damals erst zehn. Wir waren in der Küche und stritten uns. Sie verlor die Beherrschung und warf mit einem Kochtopf. Und hier hat sie mich getroffen." Sie fuhr sich über die Wange. „‚Ich wünschte, du wärst tot', sagte sie. Keine Entschuldigung. Nichts. Nicht einmal Reue."

„Aber sie war doch nur ein Kind", sagte Mrs. Thackeray in dem Versuch, das Ungeheuer, das Liza sicher gewesen war, weniger entsetzlich klingen zu lassen.

„Das war keine Entschuldigung", sagte Mrs. Green. Was sie Mrs. Thackeray nicht sagte, war, daß Liza ganz nach ihrer Mutter kam, und daß sie selber viel Schlimmeres verbrochen hatte, sehr viel Schlimmeres, ohne Reue und sogar mit leisem Vergnügen. Sie und Mrs. Thackeray standen einander nicht nah genug für solche Vertraulichkeiten und würden das auch nie tun. Ebenso wenig wie Mrs. Thackeray jemals die Schande des Lächelns, des Flecks und der Peitsche ihrer frühen Ehejahre verraten würde. Aber sie hatten doch genug Stoff, um munter weiterzuplaudern. Die anderen Bewohner von Haus Hollyhocks und deren Geschichten brachten sie stundenlang zum Kichern, und ihre eigenen Berichte über ihre früheren Leben, die, die überhaupt erzählt werden konnten, boten ihnen einige Stunden sanften Trostes. Jede von ihnen hatte das Gefühl, hier eine Freundin fürs Leben oder für das, was davon noch übrig war, gefunden zu haben.

Einige Türen weiter hatte Mrs. Alison Hughes, seit langer Zeit Bewohnerin von Haus Hollyhocks, ihre Tochter und ihre Urenkelin zu Besuch. Mrs. Hughes bildete die Ausnahme in der Regel der kindlichen Grausamkeit. Sie war eine gute Tochter gewesen, wie Jennifer, ihre eigene Tochter, und Sylvie, ihre Enkelin, die das ihrerseits von ihrer Mutter übernommen hatte. Die kleine Minnie, Sylvies Erstgeborene, die jetzt drei Jahre alt war, legte gerade ihrer unkritischen und liebenden Urgroßmutter ihre neuesten Zeichnungen vor. Minnie besuchte einen Kindergarten, der nur wenige Häuser von Haus Hollyhocks entfernt lag, und Mrs. Hughes hörte sie in den Spielstunden lachen und stellte sich ihre Minnie im Mittelpunkt der Aufmerksamkeit vor, ihr kleines Gesicht strahlend vor Vergnügen. Minnie hatte ein Portrait ihrer Urgroßmutter gezeichnet, das niemand erkennen konnte, Mrs. Hughes schon gar nicht.

„Ich habe ja die Augen geschlossen", sagte Mrs. Hughes. „Schlafe ich?"

„Nein", Minnie lachte. „Die sind zu, weil du alles gesehen hast, was es zu sehen gibt."

Mrs. Hughes drückte sie an sich. Die kleine Minnie hatte ihre Seele gezeichnet.

Beim Abendessen später an diesem Tag blieb Mrs. Webbers Stuhl leer. Die Leiterin erklärte, Mrs. Webber habe sich müde gefühlt und darum gebeten, auf ihrem Zimmer essen zu dürfen.

„Morgen früh wird sie wieder so gut wie neu sein", sagte sie mit einem kurzen Lachen, das die anderen beruhigte, denn der Wunsch, auf dem Zimmer essen zu dürfen, war normalerweise ein Anzeichen für etwas, an das sie alle nicht denken mochten. Jeremy Cross ließ sich nicht beirren. Er hatte schon so oft auf seinem Zimmer gegessen und doch immer wieder überlebt. Deshalb wurde das Essen mit dem üblichen Geplauder und Genuß verzehrt, abgesehen von Lady Celias Tischgenossen, die sich in Anwesenheit der Dame beider Dinge schämten.

Im Aufenthaltsraum wurde ausgiebig über die Herkunft von Mrs. Greens Narbe spekuliert, wenn sie ein seltenes Mal nicht anwesend war. Mrs. Thackeray hatte ihrer Freundin versprochen, dieses traurige Geheimnis für sich zu behalten, weshalb sie einfach nur schweigend zuhörte. Alle möglichen seltsamen und weithergeholten Erklärungen wurden erfunden, und jeder Vorschlag klang noch bizarrer als der vorherige.

„Wenn sie ein Mann wäre, dann würde ich auf ein Duell tippen", sagte Mrs. Hughes.

„Vielleicht hat sie sich ein Geschwür herausschneiden lassen." Jeremy Cross gab sich einem Wunschdenken hin. Denn „Geschwür" war ein Wort voller tödlicher Nebenbedeutungen und voller Verheißungen für sein eigenes weiteres Wohlergehen. Bei einem Geschwür weiß man nie. Es kann sich wieder einstellen, und oft passiert das auch. Er würde diese Narbe gut im Auge behalten; sie konnte durchaus Mrs. Greens Ende ankündigen.

Aber im Grunde hatte niemand wirklich Interesse an dieser Frage. Sie wollten es nicht einmal wissen, denn damit hätten sie einen Grund für ihre Spekulationen eingebüßt. Mrs. Greens Narbe war eine fruchtbare Quelle für soviel kreative Energie, soviel phantasievolle Erzählkunst, daß im Zweifelsfall niemand die Wahrheit geglaubt hätte. Wie immer die Tatsachen aussehen mochten, die Spekulationen waren viel aufregender.

Als es über die Narbe nichts mehr zu sagen gab, kam das

Gespräch auf den Ausflug, den die Leiterin ihnen versprochen hatte – ein Picknick am Ufer der Themse. Zuerst war ein Besuch im Tower oder im Labyrinth von Hampton Court vorgeschlagen worden, aber das wäre den anderen zu anstrengend gewesen. Ein Picknick war ein Erlebnis, das man im Sitzen genießen konnte, ohne zuviel Energie aufbringen zu müssen. Außerdem hatten die meisten sowohl den Tower als auch Hampton Court längst gesehen und jedes Wort der Führung vergessen. Ein Picknick dagegen war nicht mit Daten oder Fakten verbunden. Ein Picknick war kein Examen, das sie bestehen oder bei dem sie durchfallen konnten. Man mußte es einfach genießen können. Der Ausflug wurde als weiteres Gesprächsthema für den Aufenthaltsraum aufgehoben.

An diesem Abend ließ die Leiterin sich nicht sehen. Das fiel auf, denn sonst schaute sie immer herein, um sich nach dem Wohlbefinden aller Anwesenden zu erkundigen. Obwohl alle gern gewußt hätten, wo sie stecken mochte, wollte doch niemand einen Vorschlag machen. Sie waren alle still und ernst und zogen sich nacheinander früh zurück. Jeremy Cross sah zu, wartete, bis alle sich langsamen Schrittes auf ihre Zimmer begeben hatten, um dann, seines eigenen Überlebens versichert, sich gelassen ebenfalls zur Ruhe zu begeben.

3

Am nächsten Morgen nach dem Frühstück stürzte Jeremy Cross in ungebührender, aber ungesehener Eile zurück auf sein Zimmer. Dort riß er seine Schranktür auf. Langsam las er sich seine Überlebensliste laut vor, um sie wirklicher erscheinen zu lassen. Er starrte auf die leere Stelle unter dem Eintrag von Cissie Thompson, der letzten, die in Haus Hollyhocks verstorben war. Dann griff er zu einem Kugelschreiber und setzte fein säuberlich den Namen Elizabeth Webber darunter, fünfundneunzig Jahre alt, eines „natürlichen Todes" gestorben. Er sagte diesen Namen laut, lächelte dabei und schloß dann die Schranktür, setzte ein kummervolles Gesicht auf und kehrte in den Aufenthaltsraum zurück, um zusammen mit den anderen zu trauern.

Mrs. Webber war im Schlaf verschieden, die Mahlzeit hatte unangerührt neben ihr gestanden. Das erklärte, warum die Leiterin am Vorabend nicht im Aufenthaltsraum aufgetaucht war. Sie hatte auf Mrs. Webbers Zimmer nachsehen wollen, ob die alte Dame gegessen habe, und sie in einem Zustand vorgefunden, in dem irdische Nahrung nicht mehr nötig war. Sie hatte Mrs. Webber gewaschen und zur Einsargung vorbereitet, was zu ihren Pflichten als Leiterin von Haus Hollyhocks gehörte. Dann war sie in ihr Büro gegangen und hatte dort den Rest der Nacht verbracht, vertieft in ihre Warteliste.

Ganz oben auf dieser Liste stand eine Fürstin, die sich vor fast zwei Jahren hatte eintragen lassen. Inzwischen hatten andere in der Schlange einen Sprung nach vorn gemacht, dafür hatte die Leiterin gesorgt. Denn als die Fürstin sich Haus Hollyhocks angesehen hatte, hatte sie ihre Hautfarbe nicht verbergen können. Sie stamme aus Afrika, wie sie überflüssigerweise erklärte, und sei die Tochter eines dortigen Potentaten. So höflich wie sie nur konnte, hatte die Leiterin sie herumgeführt und versprochen, ihr Nachricht zu geben, sobald ein Platz frei werde. Doch obwohl der Name der Fürstin nun oben auf der Liste stand, hatte die Leiterin nicht vor, sie aufzunehmen. Der Titel imponierte ihr nicht weiter. Fürstinnen, hatte sie gehört, gab es in Afrika für einen Apfel und ein Ei oder was immer dort für Nahrungsmittel im Tausch angeboten wurden. Auf Platz 2 der Liste stand ein Mr. Peabody, der bei seiner Bewerbung vor vier Jahren bereits sechsundneunzig gewesen war. Es war also unwahrscheinlich, daß er noch unter den Lebenden weilte. Und selbst wenn, mit hundert Jahren würde er für den Geschmack der Leiterin zu oft auf dem Zimmer speisen wollen. Nach Mr. Peabody kam eine Mrs. Feinberg, dreiundsiebzig vor zwei Jahren, als sie sich beworben hatte. Die Leiterin konnte sich gut an sie erinnern. Sie hatte vom ersten Moment an gewußt, daß sie eine Jüdin vor sich hatte. Ihr Name und ihr Aussehen verrieten das, und es lag auf der Hand, daß ihr dasselbe Schicksal bevorstehen würde wie der Fürstin. Doch zugleich hatte die Leiterin bei ihr Klasse gewittert, und das hatte sie nicht vergessen. Mrs. Feinberg war immerhin in Wien geboren, und für die Leiterin bedeutete das eine gewisse Art von Klasse. Außerdem hatte die Leiterin gehört, daß Gerüchte von in Haus Hollyhocks gepflegten rassistischen Vorurteilen die Runde machten, und falls man ihr das nachweisen könnte, würde sie ihren Posten verlieren. Aber wenn Mrs. Feinberg hier einzog, würden die Gerüchte verstummen müssen. Eine Alibijüdin konnte also nicht schaden. Aber bei der

Hautfarbe würde sie die Grenze ziehen. Ein Alibi war mehr als genug. Sie schrieb sofort an Mrs. Feinberg, teilte mit, ein Zimmer sei frei, und bat um Antwort, ob sie noch interessiert sei.

Als sie im Büro fertig war, war es schon acht, und nun mußte sie sich um das Frühstück kümmern und den anderen schonend beibringen, daß Mrs. Webber tot war. Sie wartete, bis alle im Eßzimmer saßen. Sie hatte Mrs. Webbers Stuhl bereits entfernt, in der Hoffnung, daß das Mrs. Webbers Fehlen weniger auffällig machen würde, aber als sie das Eßzimmer betrat, wußte sie gleich, daß der fehlende Stuhl nur die Aufmerksamkeit auf seine verschwundene Besitzerin gelenkt hatte, denn die Hausbewohner waren ungewöhnlich schweigsam und schienen keinen Appetit zu haben.

„Ich habe eine traurige Nachricht für Sie alle", sagte die Leiterin. „Unsere liebe Mrs. Webber ist gestern abend verschieden." Sie griff auf ein besonderes Vokabular zurück, wenn sie sich dem grauen Land des Todes näherte. Jedes Wort wurde gewaschen, mit Respekt ausgespült und verlangte nach Trauer und Schweigen. Außerdem gab es nur wenig zu sagen. Niemand würde sich nach dem Grund von Mrs. Webbers stillem Abgang erkundigen. In einer Einrichtung, deren Bewohner sich allesamt dem Alter näherten, in dem sie ein Geburtstagstelegramm der Königin erwarten konnten, wäre das eine unangebrachte oder sogar gefährliche Frage gewesen, die ihnen allen nur angst gemacht hätte. Deshalb flüsterten sie untereinander, daß alle eines „natürlichen Todes" sterben könnten, genauer gesagt, alle, nur nicht sie selber. Denn bis zur letzten Sekunde des Lebens war der Tod etwas, das nur anderen widerfuhr.

„Ich hoffe, die Beisetzung für den nächsten Donnerstag

ansetzen zu können“, sagte die Leiterin. „Mrs. Webber hatte keine Angehörigen, deshalb wird es eine stille Beerdigung sein. Alle unter Ihnen, die dabei sein möchten, sind willkommen in der St. Catherine's Church, zu deren Gemeinde unsere liebe Mrs. Webber gehörte.“

Die Leiterin ging zurück in ihr Büro. Sie war nach ihren nächtlichen Unternehmungen sehr müde und hätte sich gern eine Stunde Ruhe gegönnt. Aber es war so viel zu tun. Sie mußte die Kirchengemeinde informieren, mußte mit einem Bestattungsunternehmer sprechen und sich um alle Details der Beisetzung kümmern. Als sie vor einigen Jahren in Haus Hollyhocks eingezogen war, hatte Mrs. Webber eine bestimmte Summe für ihre Beerdigung beiseite gelegt, die großzügig genug bemessen war, um danach einen kleinen Umtrunk zu finanzieren. Sie würde ihren Weinkeller neu füllen, überlegte die Leiterin, und ein oder zwei Kästen für ihren persönlichen Vorrat abzweigen. Und dann war da noch der Briefumschlag, der ungeheuer juristisch aussehende Umschlag, den Mrs. Webber ihr vor einigen Wochen in die Hand gedrückt hatte. Das sei ihr Testament, hatte sie der Leiterin mitgeteilt, beglaubigt von ihrem Anwalt und dessen Sekretär, die sie kürzlich besucht hatten. Der Umschlag war mit dem Siegel des Anwalts versehen, und Mrs. Webber hatte in zitternder Hand, die den Tod schon vorauszuahnen schien, darauf geschrieben: „Nach meiner Beerdigung zu öffnen“. Viele Wochen lang hatte der Brief dann auf dem Tisch der Leiterin gelegen. Ab und zu, wenn die Versuchung zu groß zu werden drohte, hatte sie ihn eilig in eine Schublade gestopft. An diesem Morgen lag er wieder auf ihrem Tisch und sie hob ihn hoch, kämpfte mit der Versuchung und hielt ihn ans Licht, in dem Versuch, durch den Umschlag hindurch den Inhalt zu erspähen. Doch der Umschlag war dick und gab seinen Inhalt nicht preis. Nur noch ein paar Tage, sagte die Leiterin sich. Sie wußte, daß Mrs. Webber über ein großes Vermögen verfügt hatte. Ihr Mann war Bankier gewesen. Sie war ein Einzelkind und hatte selber keine Kinder gehabt. Es gab keine unmittelbaren Erben. Die Leiterin hatte sich während der vier Jahre, die Mrs. Webber in Haus Hollyhocks verbracht hatte, alle Mühe gegeben, nett zu ihr zu sein. Sie hatte eine Belohnung verdient, fand sie, durfte jetzt aber nicht weiter darüber nachdenken, wie sie ihr Erbe ausgeben wollte. Sie steckte den Umschlag wieder in die Schublade und versuchte, nicht mehr daran zu denken.

Für die Leiterin gingen die Tage nur langsam vorbei. Jeden Abend vor dem Schlafengehen betastete sie diesen so verheißungsvollen Briefumschlag, und deshalb war der Umschlag bereits von gierigen Fingerabdrücken übersät, als der Donnerstag – der Tag der Beerdigung – heranrückte.

Die Hausbewohner, die die Trauerfeier besuchen wollten, und das waren fast alle, hatten sich im Foyer versammelt. Die Halle sah aus wie ein Krähengericht, bei dem jeder schwarze Vogel sich zum Abflug bereitmachte. Gekleidet in feierliches Schwarz war die Trauergemeinde für jede Beerdigung bereit, nur nicht für die eigene. Mr. Cross sah sehr adrett aus in seinem Morgenanzug, zu dem er ein kaum verhohlenes Lächeln aufsetzte, und wer genauer hinsah, konnte an seiner linken Manschette mehrere sorgfältig angebrachte Kerben erkennen, von denen jede den Abgang einer weiteren Seele markierte, die er überlebt hatte.

Die Leiterin lehnte Mrs. Webbers Brief auf ihrem

Schreibtisch an das Tintenfaß. Daneben legte sie einen Brieföffner, um nach der Beerdigung keinerlei Aufschub bei der Inspektion des Inhaltes fürchten zu müssen. Sie lächelte und kostete dieses Vergnügen jetzt schon aus.

Als sie ungefähr fünfzehn Jahre zuvor ihren Posten in Haus Hollyhocks angetreten hatte, hatte sie sich ein teures schwarzes Kostüm zugelegt, in dem Bewußtsein, daß dieses Kleidungsstück regelmäßig in Anspruch genommen werden würde. Sie trug es noch immer. Es warf um die Hüften leichte Falten und war ein wenig speckig, wie schwarze Kleidung es nach vielen Einsätzen leider an sich hat. Die Leiterin setzte ihr trauriges Lächeln auf und huschte ins Foyer.

Für einen Betrag aus Mrs. Webbers Beerdigungsgeld hatte sie einen kleinen Bus bestellt, der die Trauergemeinde zur Kirche bringen sollte. Sie stiegen langsam ein, wie es ihre Gebrechlichkeit erlaubte und der Gelegenheit angemessen schien, doch in Gedanken machten sie einen Ausflug, eine fröhliche Fahrt über die Landstraßen, der dann ein Besäufnis folgen würde, vor dem nur eine kurze Pflicht abzuhaken war.

Der Kirchenvorplatz war menschenleer, als der Bus versuchte, respektvoll, sozusagen unauffällig über den Kies zu fahren. Der Küster kam aus der Kirche und wartete vor dem Portal; seine einsame Gestalt schien nur die hohle Leere seiner Umgebung zu betonen, und es hallte wie Donner, als er von einem Fuß auf den anderen trat. Er begrüßte jedes Mitglied der kleinen Trauergemeinde, als sie aus dem Bus stiegen. Dann führte er sie über den Kiesweg in die Kirche. Als sie dort eintrafen, erklang wie aufs Stichwort Gesang im Kirchenschiff. Die Leiterin war verwirrt. Die St.

Catherine's Church besaß keinen festen Chor, und es entsprach auch durchaus nicht Mrs. Webbers Wunsch. Doch nicht nur der Gesang machte ihr zu schaffen, sondern auch die Farbe des Gesangs. Denn auch ohne hinzuschauen wußte sie, daß er schwarz war, eine Tatsache, die sich bestätigte, als sie es wagte, hochzusehen und eine Gruppe von vielleicht einem Dutzend schwarzer Männer und Frauen fand, die afrikanisch gekleidet waren und ebenso sangen. Die arme Leiterin schauderte vor Entsetzen. Nach der Trauerfeier würde sie sich den Küster vornehmen. Die Bewohner von Haus Hollyhocks waren ebenfalls überrascht und in unterschiedlichem Grad empört. Doch sie schauderten nicht. Sie kicherten eher hinter ihren Taschentüchern, denn der Anblick und der Klang des schwarzen Halleluja paßte einfach nicht zu der züchtigen, überaus weißen, kleinen Mrs. Webber, von der sie hier Abschied nehmen wollten.

„Wir sind auf der falschen Beerdigung", flüsterte Mrs. Green Mrs. Thackeray zu und dann kicherten sie weiter.

Die Leiterin war derselben Meinung und begriff nicht, wie es zu diesem Mißverständnis gekommen war. Sie starrte den Sarg an und erkannte den Kranz, den das Haus Hollyhocks von Mrs. Webbers Beerdigungsgeld gestiftet hatte. Doch hinter diesem Kranz lag noch einer, ein sehr bunter, der mit einer breiten rosa Satinschleife versehen war. Darauf stand etwas geschrieben, und die Leiterin suchte mit zitternden Händen in ihrer Handtasche nach ihrer Brille. Sie beugte sich vor, kniff die Augen zusammen und konnte die Aufschrift entziffern: „Unserer geliebten Schwester Elizabeth". Nun war sie endgültig überzeugt davon, sich auf der falschen Beerdigung zu befinden, denn obwohl Mrs. Webber Elizabeth hieß, hatte sie keine Geschwister gehabt und war keinem Menschen jemals eine Schwester gewesen. Die Leiterin fürchtete inzwischen um den Briefumschlag, der zum Öffnen auf ihrem Schreibtisch lehnte. Sie war verwirrt, wie die anderen, von denen einige ebenfalls die Satinschleife mit der Aufschrift gesehen hatten und nicht schlecht staunten. Sie beschloß zu warten, bis der Pastor bestätigte, daß eine schwarze Elizabeth im Sarg lag, dann wollte sie ihre Herde auf den Vorplatz führen und den Küster den Kranz holen lassen.

Der Pastor stieg auf die Kanzel und schon seine ersten Worte ließen die Knie der Leiterin weich werden.

„Wir haben uns hier versammelt", donnerte er, „um des Lebens von Elizabeth Webber zu gedenken, die in diesem ganzen Leben immer wieder großzügig den Unterdrückten und den Armen gegeben hat."

„Blödsinn", murmelte die Leiterin vor sich hin. Was redete der Mann denn da nur? Hatte Mrs. Webber ein geheimes Leben geführt, eins, von dem das Haus Hollyhocks nichts gewußt hatte, und in dem sie angeblich diese Gaben verteilt hatte? Sie spürte, wie in ihr der Zorn aufstieg, nicht nur aus Angst um den Umschlag, sondern auch, weil Mrs. Webber sie mit ihrer scheinbaren Gleichgültigkeit gegenüber allem, was sich außerhalb von Haus Hollyhocks abspielte, an der Nase herumgeführt hatte. Sicher, sie war bisweilen ausgegangen, zu einem Gemeindetreffen, wie sie immer gesagt hatte, oder um alte Bekannte zu besuchen. Der Pastor erzählte noch immer von Mrs. Webbers guten Werken und ihrem tugendhaften Leben, und die Leiterin fing an, sie aus tiefstem Herzen zu verabscheuen. Als der Pastor einen gewissen Mr. Ebenezer Obadiah bat, ihr Loblied zu singen, haßte sie Mrs. Webber bereits abgrundtief.

Mr. Obadiah, der offensichtlich der Leiter des Chors war, trat vor. Er war ein überaus beleibter Mann und ging langsam und, wie die Leiterin sich widerwillig eingestand, mit Würde. Er trat vor die überaus weiße Versammlung und rief als Einstieg erst einmal ein lautes Halleluja. „Wir sind gekommen, um den Tod unserer lieben Schwester Elizabeth zu beklagen", sagte er.

Jetzt war das Gekicher der Hausbewohner deutlich zu hören und drohte, in etwas noch viel Schlimmeres auszuarten. Denn ein Kichern konnte als hysterischer Ausbruch von Trauer gedeutet werden, offenes Lachen jedoch ließ sich einfach nur Belustigung und Vergnügen zuschreiben. Die Leiterin flehte sie in Gedanken an, sich zu beherrschen und ihr Gelächter bis zum Leichenschmaus zurückzuhalten.

Mr. Obadiah zählte langsam die guten Taten seiner Schwester Elizabeth auf, die vor allem aus großen Geldspenden an die Gesellschaft zur Förderung Farbiger Völker bestanden hatten. Die Leiterin dachte an den Umschlag, und ihr wurde schlecht dabei.

Nach dieser Lobrede kehrte Mr. Obadiah zurück zu seinem Chor und zusammen jazzten sie den Sarg unter die Erde. Die Hausbewohner wollten so schnell wie möglich die Kirche verlassen, um in einer ruhigen Ecke endlich nach Herzenslust lachen zu können, doch als sie dann auf dem Kirchplatz standen, kam ihnen das alles überhaupt nicht mehr komisch vor. Ihr Lachen war der Wut gewichen, daß sie so viele Jahre lang an der Nase herumgeführt worden waren. Und keiner war wütender als die Leiterin.

„Stille Wasser sind tief", sagte Mrs. Green zu Mrs. Thackeray und zitterte bei dem Gedanken, daß es kein stilleres Wasser gab als sie selber.

„Fahren wir nach Hause und trinken erst mal einen", sagte die Leiterin, ohne ihre Stimme auch nur zu senken, und führte ihre Schar zum Bus.

Auf der Rückfahrt nach Haus Hollyhocks summten die Hausbewohner vor sich hin, doch als der Bus dann schneller fuhr, schlug das Gesumme schamlos in einen wilden Rundgesang um. „Zehn grüne Flaschen", angeführt von Jeremy Cross, dem Doyen der Überlebenden, der – so Gott wollte – irgendwann als allerletzte Flasche herunterfallen würde.

Sie gingen alle sofort ins Eßzimmer, wo der angebliche Leichenschmaus bereits vorbereitet war. Nur die Leiterin stürzte sofort in ihr Büro. Die Beerdigung war vorüber und der Umschlag konnte geöffnet werden. Doch ihre Hoffnungen und Erwartungen waren arg gedämpft, und sie öffnete den Umschlag haßerfüllt und ohne Vorfreude. Er enthielt zwei Blätter, bei dem einen schien es sich um ein offizielles Dokument zu handeln, bei dem anderen um einen Brief.

Sie las zuerst den Brief.

„Liebe Leiterin", stand dort. „Anstandshalber erhalten Sie hier eine Abschrift meines Testaments, das ich bei meinem Anwalt hinterlegt habe. Ich möchte diese Gelegenheit nutzen, Ihnen für die wunderbare Fürsorge zu danken, die ich während meiner letzten Lebensjahre genießen durfte. Ich kann Sie nicht hoch genug dafür loben. Mit herzlicher Dankbarkeit und freundlichsten Grüßen,

(gezeichnet) Elizabeth Webber."

Der Brief war mit Hand geschrieben und in Mrs. Webbers Spinnenschrift unterzeichnet. Die Hoffnungen der Leiterin wurden wieder größer und sie gestattete sich eine

Pause, ehe sie sich dem anderen Blatt zuwandte. Sie überflog die Absätze mit Juristenchinesisch, die den Inhalt von Mrs. Webbers letztem Willen und Testament ankündigten. Es gab nur eine Erbin: die Gesellschaft zur Förderung Farbiger Völker. Die Leiterin spuckte auf das Papier. „Du kleines niggerliebendes Schwein", flüsterte sie, als ihr Blick auf den Namen Mr. Ebenezer Obadiah fiel. „Mein lieber Freund und Vorsitzender der Gesellschaft wird das Geld mit Hilfe seiner tiefen Weisheit zu nutzen wissen."

Die Hände der Leiterin zitterten vor Wut, als sie die Blätter zu einem Ball zerknüllte und in den Papierkorb warf. Das sag ich weiter, war ihr erster Gedanke. Ich erzähle allen, wie undankbar sie war. Aber dann ging ihr auf, daß sie nichts erzählen konnte, wenn sie nicht auch ihre gierigen Absichten verraten wollte. Möge sie in der Hölle schmoren, betete sie, darauf trinke ich. Und wie!

Sie schloß sich den Feiernden im Eßzimmer an und nahm auch keinen Anstoß an diesem völlig unangemessenen Gelage. Man konnte durchaus von einem Gelage sprechen, da sie schon mehr getrunken hatten, als ihnen gut tat. Immerhin sangen sie nicht mehr; Jeremy Cross hatte selber dafür gesorgt. Als der Bus vor Haus Hollyhocks vorgefahren war, hatte noch immer eine Flasche an der Wand gehangen, und Jeremy, der sich selber mit dieser Flasche identifizierte, sorgte dafür, daß sie auch dort blieb.

Statt Gesang gab es Klatsch und Tratsch. Schamloses, weinseliges Gerede. Mr. Obadiah war das Thema des Tages, und alles spekulierte darüber, wie Mrs. Webber diesen voluminösen Schwarzen kennengelernt hatte und welcher Art ihre Freundschaft gewesen sein mochte. Die Leiterin hatte im Trinken und Tratschen bald aufgeholt und beabsichtigte, der Sache noch mehr Würze dadurch zu verleihen, daß sie den Inhalt von Mrs. Webbers Testament verriet. Diese Mitteilung schlug im Eßzimmer ein wie eine Bombe. Es entstand eine Stille, unterbrochen von Lady Celias lautem Aristokratenschluckauf, denn auch sie hatte zuviel getrunken.

„Was für eine ungeheuerliche Undankbarkeit", brachte sie dann heraus. „Nach allem, was Sie für sie getan haben!"

Die Leiterin war entzückt, daß sie nun eine Verbündete gefunden hatte. Und die anderen stimmten betrunken ein.

„Ach, ich hatte nichts erwartet", log die Leiterin.

„Wenn sie ihr Geld schon einem guten Zweck vermachen mußte", schaltete Mrs. Green sich ein, „dann hätte sie es doch wenigstens unseren eigenen Leuten zugute kommen lassen können." Danach trank sie noch einen, um auf ihre Weisheit anzustoßen. Und die anderen hielten mit, denn sie teilten diese bornierten Gefühle.

Die Leiterin gewann sie alle immer lieber. Sie hob ihr Glas. „Na, ich werde nicht auf Mrs. Webber trinken", sagte sie. „Soll das Mr. Obadiah doch übernehmen. Ich trinke auf uns, auf alle hier in Haus Hollyhocks."

Jubelrufe und das Klirren von Gläsern füllten das Eßzimmer, danach wurden die Gläser wieder und wieder gefüllt, um den Geist der undankbaren Entschlafenen zu ertränken. Als aller Wein vernichtet war, torkelten die Hausbewohner auf ihre Zimmer und zu ihren sich drehenden Betten, obwohl es nicht einmal Mittag war. Auch die Leiterin zog sich zurück. Als sie durch das Foyer taumelte, brüllte sie in die leere Halle hinaus: „Hier ist geschlossen." Dann kicherte sie auf dem ganzen Weg zu ihren eigenen Räumlichkeiten.

An diesem Tag wurde in Haus Hollyhocks kein Mittagessen serviert, und obwohl das Abendessen aufgetragen wurde, ließen sich dazu nur wenige Bewohner sehen. Sie erschienen erst wieder am nächsten Morgen zum Frühstück, alle von Durst geplagt und ziemlich mitgenommen aussehend. Und obwohl sie ihre großartige Feier Elizabeth Webber verdankten, wurde dieser Name jetzt mit verkaterten Flüchen belegt, und die wenigen Worte, die am Frühstückstisch überhaupt gewechselt wurden, bezogen sich auf Selbstsucht und Undankbarkeit ihrer ehemaligen Hausgenossin. Doch dieses Thema hatte sich dann bald erschöpft, und beim Mittagessen war Mrs. Webber nun wirklich begraben und vergessen. Es war Zeit, die Leiterin zu fragen, ob sie schon eine Nachfolgerin oder einen Nachfolger gefunden habe.

Die Leiterin freute sich über diese Gelegenheit, den Namen ihrer Wahl bekanntgeben zu können. Sie würde sich dafür nicht entschuldigen, würde ihn aber, falls nötig, begründen.

„Sie heißt Miriam Feinberg", sagte sie. Dann legte sie eine Pause ein. Sie hatte schließlich genug gesagt, fand sie, um eine Reaktion hervorzurufen. Es war schließlich nicht gerade ein weißer angelsächsischer und protestantischer Name. Niemand sagte etwas, doch die meisten hoben ihre Augenbrauen. Überraschung war auch eine Reaktion, noch dazu eine stumme, die nicht unbedingt rassistische Untertöne verriet. Auf das Schweigen folgte ein allgemeines Seufzen, als alle Katerreste angesichts eines dermaßen ernüchternden Namens verflogen.

„Woher kommt sie?" fragte Lady Celia, nachdem sie wieder zu Atem gekommen war.

„Aus Wien", das sang die Leiterin geradezu. „Der Walzerstadt", fügte sie hinzu. „Vom Kontinent", betonte sie dann und übersah die Tatsache, daß Mrs. Feinberg britische Staatsbürgerin war, und das schon seit fast fünfzig Jahren. Doch für die Leiterin mußte sie weiterhin „vom Kontinent" stammen, denn diese Herkunft klang lauter und deutlicher nach Klasse als „Staatsbürgerschaft".

„Wie alt ist sie?" fragte Jeremy Cross hoffnungsvoll.

„Das fragt man eine Dame doch nicht", damit brachte Mrs. Thackeray ihn zum Verstummen.

„Als nächster kommt dann Mr. Obadiah", flüsterte Mrs. Green ihr zu, und die beiden Damen kicherten hinter vorgehaltener Hand.

„Ich bitte Sie alle, sie freundlich aufzunehmen", sagte die Leiterin und fügte hinzu, „aber das tun Sie ja immer", denn sie wollte Mrs. Feinberg keine besondere Aufmerksamkeit schenken.

Nach dem Abendessen tranken die meisten Hausbewohner im Salon noch einen Kaffee. Mrs. Thackeray und Mrs. Green hatten sich in eine Ecke verkrochen und zogen über Schwarze und Menschen vom Kontinent her. Die beiden Frauen fanden es wunderbar, sich gemeinsam in ihren Vorurteilen zu wälzen.

„Haben Sie nicht gesagt, daß Sie in Edinburgh geboren sind?" fragte Mrs. Thackeray, um die Grenzen ihrer Gesprächsthemen zu erweitern.

„Ja", sagte Mrs. Green so direkt und so laut, daß Mrs. Thackeray ihr plötzlich nicht mehr glaubte.

„Ich war nie in dieser Stadt", sagte sie, und Mrs. Green registrierte erleichtert, daß sie kein Edinburgh-Erlebnis würde teilen müssen.

„Und Sie?“ fragte sie, glücklich, den Ort wechseln zu können.

Mrs. Thackeray war in Croydon geboren, entschied sich nun aber für Hampstead, da dort keine einzige Straße irgendeinen Anspruch auf Klasse erheben konnte. Und auf jeden Fall, dachte sie, war Hampstead ebenso erfunden wie Edinburgh, und wenn Mrs. Green ein Lügenspiel spielen wollte, dann wäre es unhöflich, ihr eine Partnerin zu verweigern. Nach diesen ersten einfachen Lügen wanderte die Beziehung zwischen den beiden Frauen in ein ganz anderes Gebiet weiter, in das der Phantasie. Jede setzte große Hoffnungen in die andere, denn jede würde für die Erfindungen der anderen ein offenes Ohr haben. Auf diese Weise konnte Mrs. Thackeray sich an ihre wunderbar glückliche Ehe erinnern, und Mrs. Green sich an ihre makellosen jungen Jahre. Auf die Dauer würden sie diese Sagen vielleicht sogar selber glauben.

Es war schon nach Mitternacht, als sie einander eine gute Nacht wünschten und einen kurzen Wangenkuß austauschten, als Symbol ihrer stillschweigenden Verschwörung.

4

Es war am späten Vormittag. Eine ruhige Zeit in Haus Hollyhocks. Die Leiterin wartete im Foyer, um ihre Alibijüdin willkommen zu heißen. Sie war fest entschlossen, um Mrs. Feinberg viel Aufhebens zu machen, ihr jegliche Freundlichkeit zu erweisen und der Versuchung zu widerstehen, ihr den Kopf zu streicheln. Sie hörte, wie das Taxi die Auffahrt hochkam, und trat hinaus auf die Veranda, um mit dem Willkommenheißen anzufangen. Sie sah zu, wie Mrs. Feinberg aus dem Taxi stieg, sie registrierte, wie die andere angezogen war. Ein adrettes Tweedkostüm, als einziger Schmuck eine Perlenkette. An den Füßen trug sie vernünftige Laufschuhe. Sie sah „teuer" aus, aber weniger „kontinental", als es der Leiterin lieb gewesen wäre, obwohl sie, wenn sie ehrlich sein wollte, nicht so recht wußte, was das überhaupt bedeutete. Die Frau sah hundertprozentig englisch aus und viel weniger wie ein „Alibi", als es der Leiterin vorgeschwebt hatte, doch als Mrs. Feinberg dann den Mund aufmachte, war sie beruhigt, denn deren Aussprache war unleugbar ausländisch. Sie sprach grammatikalisch perfekt und verfügte über einen reichen Wortschatz, doch beides war ihrer Muttersprache und ihrem Vaterland noch immer fremd.

„Sie sind sicher müde", sagte die Leiterin und nahm ihr eine Tasche ab, obwohl Mrs. Feinberg nur die knapp fünfzig Meilen von London hinter sich gebracht hatte. Es kam der Leiterin einfach richtig vor, diese Bemerkung zu machen. Bei einem alternden Menschen war sie immer angebracht, wie sie fand. Solche Leute hatten eben müde zu sein. „Ich zeige Ihnen jetzt Ihr Zimmer", sagte sie.

Als sie das Foyer durchquerten, kam Jeremy Cross aus dem Salon. Er warf einen zutiefst enttäuschten Blick auf Mrs. Feinberg, die für seinen Geschmack viel zu gesund aussah, doch es gelang ihm, diesen Blick durch ein Lächeln zu entschärfen. Er nahm ihr den Koffer aus der Hand.

„Den kann ich doch tragen", sagte er.

„Das ist Mr. Cross", stellte die Leiterin vor.

„Sehr erfreut, guten Tag." Mrs. Feinberg streckte die Hand aus. Mr. Cross nahm sie und zog sie an seine Lippen. Er hielt das für eine Wiener Geste, die die gute Dame an ihre Heimat erinnern würde. Mr. Cross konnte ja nicht wissen, daß Wien der allerletzte Ort auf der Welt war, an den Mrs. Feinberg erinnert zu werden wünschte. Sie hätte es gern gesehen, wenn die ganze Stadt zusammen mit ihrer Sachertortenbevölkerung in die Vergessenheit zerbombt, und wenn dieses Zerstörungswerk von einem süßlichen Straußwalzer begleitet worden wäre. Sie hoffte, daß Mr. Cross ihr nicht bei jeder Begegnung die Hand küssen würde. Sie wanderten weiter zu ihrem Zimmer, geführt von der Leiterin. Sie hatte auf Mrs. Feinbergs Tisch ein erlesenes Blumenarrangement gestellt. Mrs. Feinberg sprach sie darauf an und brachte ihre Dankbarkeit zum Ausdruck. Aber das hatte damals auch die schreckliche Mrs. Webber getan, wie die Leiterin sich erbittert in Erinnerung rief. Auf den Dank der Leute war eben kein Verlaß.

„Packen Sie jetzt in Ruhe aus", sagte die Leiterin. „Wenn Sie Hilfe brauchen, dann drücken Sie auf die Klingel dort. Das Mittagessen wird um halb eins serviert." Sie nahm Mrs. Feinbergs Hand. „Ich hoffe, Sie werden hier sehr glücklich sein", sagte sie.

„Das werde ich bestimmt." Mrs. Feinberg wandte sich ihrem Koffer zu. Das war ein Signal für die Leiterin und Mr. Cross, das Zimmer zu verlassen. Das Auspacken war eine absolut private Beschäftigung. Die Leiterin respektierte diese Privatsphäre wie immer, bis später die Luft rein war und sie in aller Ruhe Mrs. Feinbergs Habseligkeiten durchwühlen konnte.

„Offenbar eine reizende Person", sagte Mr. Cross, als sie

ins Foyer zurückgingen. „Diese Leute vom Kontinent haben eben das gewisse Etwas. Das steht fest. Jüdin?" fragte er im Flüsterton.

„Bei einem Namen wie Feinberg?" die Leiterin lachte.

„Na, es gibt solche und solche", meinte Mr. Cross großzügig.

Um halb eins klopfte die Leiterin an Mrs. Feinbergs Tür. „Essen ist fertig", rief sie. Dann wartete sie, bis Mrs. Feinberg zum Vorschein kam. Sie registrierte das Kaschmir-Twinset der anderen, die dazu dieselbe Perlenkette trug, die bereits vorhin die Begierde der Leiterin erregt hatte. Trotz ihres Äußeren jedoch brauchte die Leiterin nicht zu befürchten, die anderen könnten Mrs. Feinberg für eine geborene Engländerin halten. Mrs. Feinberg brauchte nur den Mund zu öffnen, um ihre kontinentalen Wurzeln bloßzulegen.

Sie führte die Neue ins Eßzimmer. Die anderen Hausbewohner hatten bereits Platz genommen, und bei ihrem Eintritt verstummte alles.

„Das ist unsere neue Mitbewohnerin", sagte die Leiterin. „Mrs. Feinberg."

Gemurmelte Grüße wurden über die Tische hinweg auf den Weg gebracht, die Herren erhoben sich halbwegs. Abgesehen von Mr. Cross, der fand, als Kofferträger bereits seine Höflichkeitspflichten abgeleistet zu haben. Die Leiterin führte Mrs. Feinberg zu Mrs. Webbers verwaistem Platz. Neben ihr saß Mrs. Alison Hughes, die mit Sicherheit über ihre Urenkelin im weiter die Straße hinunter gelegenen Kindergarten sprechen würde, was ein harmloses, nettes Gesprächsthema war.

Als Mrs. Feinberg sich gesetzt hatte, stellte die Leiterin

ihr die anderen Hausbewohner vor, indem sie um die Tische herumging und der jeweiligen Person die Hand auf die Schulter legte. Mrs. Feinberg nickte allen zu und wußte, daß es seine Zeit brauchen würde, bis sie Name und Schulter gleichsetzen können würde.

„Ich heiße Alison“, sagte Mrs. Hughes. „Es ist wirklich schön hier. Sie werden sich sehr wohl fühlen.“

„Das hoffe ich“, erwiderte Mrs. Feinberg. „Im Moment ist alles noch ein wenig seltsam.“

„Sie werden uns ja kennenlernen“, Mrs. Hughes kannte keine Zweifel. „Sie werden sich im Nu zu Hause fühlen.“ Mrs. Feinberg ließ ihren Blick über die Tische schweifen. Die anderen sahen wirklich zufrieden aus. Sie prägte sich kein besonderes Gesicht ein, merkte aber, daß alle einen gemeinsamen Nenner hatten. Diese bald bevorstehende, wenn auch unwillkommene Erwartung des Sensenmannes. Als sie ihre Vorspeise verzehrten, ließ Mrs. Hughes wieder Geschichten über ihr Enkelkind vom Stapel. Im Gegenzug bot Mrs. Feinberg Geschichten über Miriam an, die einzige Tochter ihres einzigen Sohnes Mark. Die Leiterin betrachtete dieses muntere Gespräch voller Zufriedenheit. Sie rechnete nicht damit, daß die neue Hausbewohnerin Ärger machen würde.

An Mrs. Thackerays Tisch zog wieder die Phantasieparade vorbei. Mrs. Thackeray selber stand derzeit auf der Bühne und trug einen Monolog über ihren seligen Gatten vor. Verschwunden waren Peitsche und Lächeln und Fleck, statt dessen war eine dermaßen überwältigende gütige Fürsorge vertreten, daß sogar Mrs. Green sie für übertrieben hielt. Aber beim Zuhören witterte sie die Phantasie und verzieh alles, denn sie wußte, daß dieses Aroma auch ihren eigenen Bericht würzen würde, wenn sie erst an die Reihe käme.

„Er war ein wunderbarer Mann. Er fehlt mir so“, sagte Mrs. Thackeray. „Kein Freitag durfte vergehen, ohne daß er mir einen Strauß Rosen brachte.“ Eine Rose konnte die Peitsche ersetzen, dachte sie, und ihr Duft sein krankhaftes Lächeln. „Und einen saubereren Mann habe ich nie gekannt“, fügte sie hinzu und entfernte angeekelt den Fleck aus seiner Hose. „Sein Aussehen war ihm so wichtig. Nicht ein einziges Haar durfte schief liegen. Er fehlt mir so“, sagte sie noch einmal und frohlockte in Gedanken bei der Gewißheit, daß sie ihn nie wieder zu sehen brauchte.

Mrs. Green schien ihr aufmerksam zuzuhören, formte in Gedanken jedoch bereits ihre eigenen Phantasien aus und hoffte, damit Mrs. Thackeray an Spannung und Überzeugungskraft übertreffen zu können.

„Und wie war Ihr Mann?“ fragte Mrs. Thackeray jetzt. Sie mußte in ihrer Geschichtenproduktion eine Pause einlegen. Lügen kann sehr ermüdend sein, dachte sie, und vor allem gehört dazu ein gutes Gedächtnis. Sie fragte sich, wie lange sie wohl in der Lage sein werde, bei ihren falschen Behauptungen zu bleiben. Aber sie wollte unbedingt damit weitermachen, da die Wahrheit unaussprechlich war.

„Mein Mann war ein ganz normaler Mann“, sagte Mrs. Green. Sie hatte nie vorgehabt, ihren Gatten zum Objekt ihrer Phantasien werden zu lassen. In ihrer Ehe gab es nichts zu verbergen, was an der endlosen Öde der Beziehung gelegen hatte. Es hatte an Mr. Green nichts auszusetzen gegeben. Sie hatte ihn nicht verabscheut. Er hatte ihr ganz einfach leid getan, und als er sie verlassen hatte, hatte sie es als befreiend empfunden, ihn nicht länger bemitleiden zu müssen.

„Aber was haben Sie vor Ihrer Heirat gemacht?“ fragte Mrs. Green in der Hoffnung, daß irgendwann auch ihr diese Frage gestellt werden würde.

Hier nun konnte Mrs. Thackeray bei der Wahrheit bleiben, und es war eine Erleichterung für sie, nichts erfinden zu müssen. Ihr fiel ein, daß sie in Hampstead gelebt hatte, und deshalb verlegte sie auch ihre Schulzeit dorthin. In dieser Hinsicht war das ihre einzige Erfindung. Dann ließ sie der Wahrheit freien Lauf und die Wahrheit war immer leicht zu erzählen. Es brauchte seine Zeit, im Grunde genommen war alles ziemlich langweilig.

„Ich bin in Hampstead zur Schule gegangen“, sagte sie. Dann fiel ihr ihre wirkliche Schule in Croydon ein, und sie stellte fest, daß sie sich bis ins kleinste, wenn auch langweiligste Detail daran erinnern konnte. „Ich bin so früh wie möglich von der Schule abgegangen“, sagte sie, „und dann habe ich bis zu meiner Hochzeit gar nichts getan. Was war mit Ihnen?“

Auf diese Frage hatte Mrs. Green nur gewartet. „Nach der Schule in Edinburgh habe ich eine Töchterschule in der Schweiz besucht.“ Sie legte eine kurze Pause ein, um Mrs. Thackeray einen Moment des Neides zu gestatten, und außerdem, um einige Details zusammenzusuchen, die ihre Phantasie verschönern könnten. „Es war eine wunderschöne Schule. Natürlich nur Mädchen, und ich habe dort gute Freundinnen gefunden.“

Mrs. Thackeray hörte zu, als Mrs. Green den Lehrplan schilderte und sich über Freuden und Aufregungen der geselligen Unternehmungen ausließ. Als das kein Ende zu nehmen schien, vernahm sie alles und hörte doch kaum zu, sondern setzte die Schweiz ihrer Freundin mit ihrem eigenen Hampstead gleich, indem sie beide Orte in einem Niemals-Niemals-Land ansiedelte. Aber sie hatte Mrs. Greens Manöver durchschaut, so, wie Mrs. Green sicher auch ihres begriffen hatte. So lange keine der anderen mit Worten in die Parade fuhr, konnten sie dieses Spiel bis in alle Ewigkeit weiterspielen.

An Lady Celias Tisch herrschte Schweigen. Niemand sagte auch nur ein Wort, so lange die Lady den Mund hielt, doch die arme Seele schämte sich ihres Schluckaufs bei der Beerdigung noch immer viel zu sehr, um zu Gesprächen einzuladen. Auch an Mrs. Hughes' Tisch herrschte Schweigen. Sie und Mrs. Feinberg schienen das Thema Enkelkinder nun ausgeschöpft zu haben. Als der Nachtisch serviert wurde, brach sie das Schweigen mit den Worten: „Den Kaffee gibt es im Salon", in der Hoffnung, ein Ortswechsel werde das Gespräch wieder in Gang bringen.

Und im Salon kam es wirklich zu einer Änderung, wenn auch nicht im Gespräch. Mrs. Feinberg setzte sich in den Sessel, den Mrs. Hughes ihr neben ihrem eigenen angewiesen hatte, da die neue Hausbewohnerin von dort aus einen besseren Überblick über die Gesellschaft hatte, mit der sie für den Rest ihres Lebens zusammensein würde. Zum ersten Mal konnte sie deren Beine sehen, die bisher von den Tischdecken verhängt gewesen waren. Viele trugen Stützverbände, einige waren in Pantoffeln angetreten. Ich bin in einem Altersheim, ging ihr plötzlich auf, und diese Erkenntnis stimmte sie traurig. Aber das war noch nicht alles. Es gab noch etwas Undefinierbares, aber überaus Beunruhigendes. Als sie sich im Zimmer umsah, überkam sie ein Gefühl des Unbehagens. Sie leerte eilig ihren Kaffee und entschuldigte sich dann mit dem Vorwand, nach der Reise noch müde zu sein. Auf ihrem Zimmer legte sie sich aufs Bett und hoffte, schlafen zu können, da sie nicht über den Grund ihres Unbehagens nachdenken wollte. Sie hatte schon häufiger solche Momente erlebt, zumeist an überfüllten Orten, in Einkaufspassagen, im Theater oder in einer Konzerthalle; und immer hatte sie das ihrer Angst vor Menschenmengen zugeschrieben. Aber Haus Hollyhocks war nun wirklich nicht überfüllt. Sie konnte ihr Unbehagen nicht begreifen; und statt sich ihm zu stellen, legte sie sich aufs Bett, schaltete den Fernseher ein und fand ein Naturprogramm, das sie freundlich von dem Problem ablenkte, von dem sie einfach nicht wußte, wie sie es lösen sollte.

Im Salon war Mrs. Hughes derweil zu plötzlicher Beliebtheit gelangt. Ansonsten gingen die anderen ihr aus dem Weg. Sie ärgerten sich über Mrs. Hughes' übermäßige Gelassenheit, über ihre endlosen und immer wiederholten Geschichten über ihre langweilige Urenkelin und die Liebe und Fürsorge der ganzen Familie. Indem sie ihr aus dem Weg gingen, bekamen sie auch ihren eigenen Neid in den Griff. Jetzt aber zogen sie ihre Sessel zu ihr hin, neugierig auf Informationen über Mrs. Feinberg, da nur Mrs. Hughes mit ihr gesprochen hatte. Doch Mrs. Hughes konnte ihnen nur wenig bieten, abgesehen von einem Sohn und einer Enkelin. Sie hatte aber deren Namen vergessen, weshalb sie eilig die Gelegenheit nutzte, um sich an den Namen ihrer eigenen Urenkelin zu erinnern und eine weitere schon oft erzählte Anekdote über die Kindergartenweisheit der Kleinen zum Besten zu geben, während die Sessel langsam dorthin zurückgezogen wurden, woher sie gekommen waren. Mrs. Hughes plapperte allein weiter, während die anderen sie ansahen. Sie ist senil, dachten sie dann, denn das entschärfte ihren Neid ein wenig. Jeremy Cross dagegen musterte sie ohne jegliches Gefühl von Neid. Er verspürte Hoffnung, denn er stellte sich ihren Namen auf der Innenseite seiner Kleiderschranktür vor.

Die Leiterin betrat den Aufenthaltsraum. „Besuch für Lady Celia", sagte sie.

Lady Celia erhob sich, um ihren Gast zu begrüßen, doch die Leiterin wollte ihr diese Mühe ersparen, um die Besucherin selber vorstellen zu können, damit alle Bewohner von Haus Hollyhocks sich klarmachten, daß ihr Haus nicht irgendein beliebiges war.

„Lady Priscilla Waterson", verkündete sie, so wie ein Haushofmeister vielleicht einen Namen in einem überfüllten Ballsaal erschallen läßt. Trotzdem stand Lady Celia auf, um ihre Freundin zu empfangen und rasch aus dem Salon zu führen, um ihr die offensichtliche Verlegenheit zu nehmen. Die Leiterin dagegen hatte genug gesagt. Sie hatte absolut unwiderlegbar bewiesen, daß Haus Hollyhocks Klasse besaß.

Als sie auf ihrem Zimmer saßen, bat Lady Celia überschwenglich um Entschuldigung.

„Es tut mir so leid, daß das für dich so peinlich war", sagte sie. „Sie hätte dich wirklich nicht diesen wildfremden Leuten vorstellen dürfen. Aber warum bist du hergekommen, meine Liebe? Waren wir uns nicht immer einig, daß wir besser nicht zusammen gesehen werden?"

„Ich mußte kommen", sagte Lady Priscilla. „Ich konnte es dir nicht am Telefon sagen. Ich mißtraue eurer Leiterin, trotz unseres Codes. Und unser nächstes Treffen ist doch erst in einem Monat angesetzt." Sie unterbrach sich. „Wir haben Probleme, meine Liebe."

Wenn sie mit Lady Priscilla zusammen war, brauchte Lady Celia sich nicht zu verstellen, bei ihren geheimen monatlichen Treffen in London brauchten das beide nicht. Obwohl ihre Titel durchaus echt waren, brauchten sie sich nicht immer entsprechend zu verhalten, sondern konnten sich wie die beiden professionellen und unverbesserlichen Betrügerinnen aufführen, die sie ja auch waren.

„Was denn für Probleme?" fragte Lady Celia. Sie machte sich keine allzu großen Sorgen. Ihr kleines Unternehmen war mehr oder weniger hieb- und stichfest angelegt. Und seit sie nach Haus Hollyhocks übergesiedelt war, war sie nur noch eine stille Partnerin, die einmal pro Monat nach London fuhr, um die Bücher zu überprüfen. Wenn es Probleme gäbe, könnte sie immer noch ihre totale Unwissenheit geltend machen.

Alles hatte einige Jahre zuvor begonnen, als Lord Suckling noch gelebt hatte. Das wußte sie jetzt. Sie hatte es aber erst nach seinem Tod erfahren. Er lag noch keine Woche im Grab, als sich bei ihr ein gewisser Mr. Swinton gemeldet und ihr ohne Umschweife mitgeteilt hatte, daß sie in seiner Schuld stand, und daß es zu ihrem Schaden sein würde, wenn sie diese nicht begleichen wollte. Noch direkter hatte er ihr erklärt, worin diese Schulden bestanden. Der selige Lord Suckling, wie er sagte – und ich möchte Ihnen mein ehrliches Beileid aussprechen, my Lady – hatte eine lange und ein wenig bizarre Beziehung gepflegt – Lady Celia mußte dieses Wort im Wörterbuch nachsehen, nachdem ihr Gast sie verlassen hatte – eine überaus bizarre Beziehung, wie Mr. Swinton mit einem listigen Lächeln wiederholte, zu einer Dame von zweifelhaftem Ruf und noch zweifelhafterer Farbe, die in Streatham residierte.

Er, Mr. Swinton, hatte diese Beziehung entdeckt und pflichtbewußt seinem Chef darüber Bericht erstattet, der, als Hüter der öffentlichen Moral, es für seine Pflicht gehalten hatte, davon zu profitieren. Solche Profite einzuziehen gehörte zu seinem Metier: der Erpressung eben, wie Mr. Swinton ohne Schuldgefühle hinzufügte. Und wenn sie, Lady Celia, den guten Ruf ihres seligen Gatten hüten wollte, was ihr als pflichtbewußte Witwe zweifellos am Herzen lag, dann würde die Summe wöchentlich kassiert, ohne Wenn und Aber. Lady Celia hatte bezahlt, Woche um Woche um Woche. Ihr guter Ruf und der ihres seligen, ehebrechenden Gatten hatten ihr am Herzen gelegen. Dann aber war Mr. Swintons Chef gestorben und hatte sein Metier mit ins Grab genommen. Lady Celia war von ihren unwillkommenen Verpflichtungen befreit. Doch im Laufe der Zeit hatte sie ein freundschaftliches Verhältnis zu Mr. Swinton aufgebaut, dem Geldeintreiber, der, wie sich herausstellte, in dem Unternehmen das Frettchen darstellte, was ihn unersetzlich machte. Er schnüffelte bei den Treffen der oberen Zehntausend herum, er leckte den Dampf von den Doppelfenstern, er lehnte nächtelang an den Laternen, er verfolgte seine Beute durch die Straßen von London, immer mit der Kamera zur Hand. „Uns interessieren nur die, die viel zu verlieren haben", hatte er gesagt. „Karriere, Ehe, Geschäft, Ruf, am besten alles zusammen. Jeder Hochflieger hat eine Leiche im Keller. Es ist ein gutes Geschäft", hatte er hinzugefügt.

Davon war Lady Celia überzeugt. Das Geschäft brauchte keine Räumlichkeiten. Sie konnte es von zu Hause aus leiten; große Investitionen waren nicht vonnöten. Das beste aber war, daß sie das Frettchen hatte. Und das Frettchen hatte die Nase und die Kontakte. Sie bot ihm einen großzügigen Anteil am Profit an. Sie besiegelten ihre Abmachung mit Handschlag, und dann wurde über einem süßen Sherry die Firma Suckling Erpressungen gegründet. Lady Celia betrachtete es als passendes Denkmal für ihren Gatten und als eine Art Rache dazu.

Auch Lady Priscilla war verwitwet, und die beiden Damen waren schon lange befreundet. Als gute Freundin wußte sie über Lady Celias neue Berufung Bescheid, und als diese aufgrund ihrer fortschreitenden Hinfälligkeit nach Haus Hollyhocks übersiedeln mußte, machte sie gegen eine entsprechende Entschädigung Lady Priscilla zu ihrer Partnerin, obwohl sie sich an der Firma nicht mehr aktiv beteiligen konnte. Dieses Arrangement funktionierte zufriedenstellend, und während der drei Jahre von Lady Celias Residenz in Haus Hollyhocks hatten die Geschäfte floriert und allen drei Beteiligten gute Rendite gebracht. Ab und zu trank das Frettchen in Lady Priscillas Salon einen süßen Sherry.

„Was ist so entsetzlich, daß du unbedingt herkommen mußtest?" fragte Lady Celia jetzt.

„Das Frettchen ist überfallen worden", sagte Lady Priscilla.

„O wie entsetzlich", seufzte Lady Celia, obwohl sie keinen Grund sah, warum ein Überfall ihre Geschäfte schädigen könnte, solange das Frettchen dabei nicht ernsthaft verletzt worden war. „Ist ihm etwas passiert?" fragte sie.

„Das nicht, es geht ihm gut, er ist nur noch etwas wacklig auf den Beinen. Aber sie haben seine Kamera erwischt."

„Samt Film?"

„Ja, leider. Lord Popple."

„Wie ärgerlich“, sagte Lady Celia. „Gut, daß du gekommen bist. Aber wir wollen nicht in Panik geraten. Was hatte er für Fotos gemacht?“

„Er hatte ihn wirklich im Bett erwischt. Von vorn. Gesicht klar zu sehen. Und der Kopf der Frau ist weiter unten vergraben. Das Frettchen sagt, Lord Popples Miene habe keinen Zweifel daran gelassen, was sie da unten getrieben hat.“ Lady Priscilla konnte ein Kichern nicht unterdrücken, und Lady Celia stimmte ein.

„Er ist also zu erkennen“, sagte sie dann.

„Es kann kein anderer sein, fürchte ich. Sagt das Frettchen.“

Lord Popple war ein neues Erpressungsobjekt. Aufgrund verläßlicher Gerüchte hatte das Frettchen ihn wochenlang beschattet. Er war Regierungssprecher im Oberhaus, ein tugendsamer Vorsitzender von allerlei Wohlfahrtsverbänden, eine Säule der Gesellschaft; Lord Popple hatte manches zu verlieren. Deshalb war er die perfekte Beute, und die Fotos waren der erste Beweis, der ihnen die wöchentliche Zahlung der Schweigegelder ermöglichen sollte. Es war ein großer Verlust.

„Wir wollen nicht in Panik ausbrechen“, sagte Lady Celia noch einmal. „Was wäre das schlimmste, das passieren könnte? Die Leute, die ihn überfallen haben, könnten den Film entwickeln lassen. Sie könnten selber ins Erpressungsgeschäft einsteigen. Aber das wäre zu riskant. Die, die den Film entwickelt hätten, wüßten doch Bescheid. Ich stelle mir eher vor, daß sie den Film wegwerfen und die Kamera behalten werden. Wir können ganz unbesorgt sein“, schloß Lady Celia. „Uns kann niemand etwas nachweisen. Und dem Frettchen auch nicht. Und das würde ohnehin nicht singen. Wir haben nichts zu befürchten, meine Liebe. Schlimmstenfalls haben wir einen Mandanten verloren. Und wir müssen die Finger von Lord Popple lassen. Ihn in Ruhe lassen. Ganz und gar. Wir können uns keine möglichen Rivalen leisten."

„Ach, jetzt fühle ich mich schon viel wohler", sagte Lady Priscilla. „Aber du weißt ja, daß ich mir immer Sorgen mache."

„Wir müssen ihm natürlich eine neue Kamera kaufen. Und dankbar sein, daß er nicht verletzt worden ist", sagte Lady Celia. „Ohne ihn wären wir doch hilflos." Dann fiel ihr noch etwas ein. „Er hat doch der Polizei nichts gesagt?"

„Nein", sagte Lady Priscilla. „Natürlich nicht. Wir können es uns nicht leisten, uns mit den Hütern des Gesetzes einzulassen."

„Gut gemacht", sagte ihre Freundin. „Und jetzt trinken wir auf unser Glück. Denn wir haben Glück."

Sie ging zu ihrem Sekretär und nahm eine Flasche Whisky heraus. „Auf alle Leichen in allen Kellern", sie lachte, hob ihr Glas, und die beiden Freundinnen tranken auf ihren zukünftigen Profit.

Unten im Salon schwelgte Mrs. Green im geselligen Wirbel ihrer Schweizer Töchterschule, und Mrs. Hughes flüsterte ihrer Urenkelin im weiter die Straße hinuntergelegenen Kindergarten etwas zu. Auf ihrem Zimmer konnte Mrs. Feinberg sich nicht auf das Naturprogramm konzentrieren. Ihr Unbehagen machte ihr angst, und sie fragte sich, ob sie jetzt an ihrem Verstand zweifeln müsse.

5

Weihnachten rückte näher. Von allen Bewohnern bot sich sonst nur Mrs. Hughes eine Möglichkeit, die Feiertage anderswo zu verbringen als in Haus Hollyhocks. Wie immer würde sie zu ihrer Tochter und deren verzweigter Nachkommenschaft fahren und im neuen Jahr mit neuen Minnie-Geschichten zurückkehren, ob den anderen das nun paßte oder nicht. Doch in diesem Jahr wollte auch Mrs. Feinberg verreisen. Als Jüdin interessierte der Geburtstag des Erlösers sie nicht weiter, und obwohl die Melodien der meisten Weihnachtslieder ihr gefielen, hatte sie doch zumeist Probleme mit den Texten. Die Leiterin konnte das gut verstehen. Sie war dermaßen verständnisvoll, daß es fast schon an Rassismus grenzte.

„Natürlich ist das nichts für Ihresgleichen“, sagte sie, und es fehlte nur noch, daß sie Mrs. Feinberg den Kopf gestreichelt hätte. Die anderen Bewohner nahmen Mrs. Feinbergs Abwesenheit nicht so freundlich auf. Daß Mrs. Hughes zu Weihnachten verschwand, waren sie gewöhnt. Und es war sowieso eine Befreiung, sie für einige Tage loszusein. Aber jetzt richtete ihr Neid sich auf Mrs. Feinberg, die nicht nur eine Familie hatte, die sie besuchen konnte, sondern sogar eine, bei der sie willkommen war.

„Ich finde, das zeigt einen Mangel an Respekt“, sagte Mrs. Green. „Sie ignoriert doch eines unserer heiligsten Feste.“ Und damit hatte sie für alle gesprochen.

„Das erspart uns immerhin ein Geschenk“, sagte Lady Celia.

Sie machten sich daran, den Weihnachtsbaum zu schmücken. Auf dem Boden lagen bereits viele eingewickelte Geschenke, und ihnen war schon von außen anzusehen, daß sie große Mengen von Bettsocken und Wolljacken enthielten. Das schien in Altersheimen das übliche Weihnachtsgeschenk zu sein, und die Bewohner müßten noch viele Jahrzehnte überleben, um alles aufzubrauchen. Die meisten langjährigen Bewohner besaßen eine besondere Kommode für die Dinge, die sie niemals tragen würden, die sie an glücklichere und jüngere Tage erinnerten, weshalb sie sich nicht von ihnen trennen mochten. Oben in diesen Kommoden aber lagerten die Bettsöckchen und Strickjacken, manche nicht einmal richtig ausgepackt, viele inzwischen zweifellos von Motten zernagt. Aber in diesem Jahr gab es eine Änderung in der Weihnachtsroutine. Unter dem Baum lag ein Stapel von unerwarteten Geschenken, die offenbar alle aus derselben Quelle stammten, da sie in das gleiche Silberpapier gewickelt waren. Mr. Cross bemerkte sie als erster und nahm sie kühn in die Hand, auf der Suche nach dem Namen der Geberin.

„Die sind alle von Mrs. Feinberg", sagte er.

Beschämtes Schweigen füllte den Raum, und alle schauten Mrs. Green angewidert an, da die sich so gehässig über ihre Wohltäterin geäußert hatte. Stumm befestigten sie die restlichen Kerzen am Baum, und das Schweigen wurde erst gebrochen, als Mrs. Green ihr Bedauern zum Ausdruck brachte.

„Ich habe vorschnell geurteilt", sagte sie. „Das tut mir sehr leid."

Dann wurde über die neueste Hausbewohnerin die eine oder andere unehrliche Nettigkeit gesagt, und Spekulationen über den Inhalt der Pakete setzten ein. Niemand äußerte laut die Hoffnung, daß es sich nicht um Bettsocken handelte, da sie allesamt selber welche unter den Baum gelegt hatten, und alle hofften, daß Mrs. Feinberg auf eine originelle Idee gekommen war. So, wie die Pakete aussahen, und so, wie sie sich anfühlten – doch nur Mr. Cross wagte, sie anzufassen – wirkten die Geschenke härter als Bettsocken, und alle Geschenke schienen identisch zu sein. Zumindest betrieb Mrs. Feinberg also keine Vetternwirtschaft.

„Ich kann es gar nicht erwarten, meines aufzumachen“, sagte Mrs. Primple. „Vielleicht schaue ich heimlich schon mal rein.“

Mrs. Primple war sozusagen die Veteranin in Haus Hollyhocks. Sie verbrachte dort nun schon ihr siebtes Weihnachtsfest. Sie galt im Haus als ziemliche Außenseiterin, die lieber ihre eigenen Wege ging. Sie machte nur selten den Mund auf und suchte kaum die Gesellschaft der anderen Hausbewohner. Selbst im Eßzimmer bestand sie auf einem Ein-Personen-Tisch. Im Laufe der Jahre war sie als Schweigerin akzeptiert worden, und deshalb überraschte es alle, daß sie überhaupt etwas sagte, von dieser kühnen Erklärung ganz zu schweigen. Ihre Worte ließen Tiefen ahnen, von denen die anderen nie auch nur geträumt hatten. Plötzlich waren sie alle neugierig auf Mrs. Primple, über die sie im Laufe der Jahre ja schließlich nichts erfahren hatten. Der Wunsch, ihr Geschenk schon vor Weihnachten zu öffnen, und die Bereitschaft, das vielleicht sogar zu tun, hatten sie als „frech“ entlarvt, und die anderen fragten sich, was sich hinter ihrem Drang nach Privatleben noch alles verstecken mochte. Zum ersten Mal wurde Mrs. Primple zur Zielscheibe stummer Spekulationen. Die anderen warteten darauf, daß sie sich auf ihr Zimmer zurückzog, um ihre Überraschung angesichts dieses plötzlichen Einblicks in ein verborgenes Wesen zum Ausdruck zu bringen. Sie brauchten nicht lange zu warten, denn Mrs. Primple verbrachte fast den ganzen Tag auf ihrem eigenen Zimmer, das niemand sonst je besucht hatte. Sie fragten sich, was sie dort wohl trieb. Aber sie zerbrachen sich umsonst den Kopf. Niemand wußte etwas, nicht einmal die Leiterin. Dafür hatte Mrs. Primple gesorgt. Bei ihrem Einzug in Haus Hollyhocks hatte sie auf ein eigenes Telefon bestanden, genauer gesagt, auf einen privaten Anschluß, denn niemand sollte sie bei der Ausübung ihres Hobbys belauschen können. Sie sah ihre Tätigkeit nämlich als Hobby. Und ehe sie in Haus Hollyhocks eingezogen war, war es ja auch eins gewesen. Aber jetzt, und während der gesamten sieben vergangenen Jahre, war dieses frühere Hobby zur Besessenheit geworden. Mrs. Primple schwärmte für Chatlines. Wenn sie nicht im Eßzimmer bei einer Mahlzeit saß oder nach dem Essen den obligatorischen Kaffee im Salon zu sich nahm, saß sie gemütlich am Schreibtisch in ihrem Zimmer, wiegte den Telefonhörer in ihrer heißen, kleinen Hand und kommunizierte auf diese Weise in erregender Anonymität. Bisweilen, das hing davon ab, mit wem sie gerade sprach, legte sie sich aufs Bett und dehnte die ohnehin großzügig bemessene Telefonschnur so weit aus wie nur möglich. Im Laufe der Jahre hatte sie die unterschiedlichen Nummern ausgekostet. Sie wußte genau, welche sie wählen mußte, wenn sie eine gute, ehrliche und offene freundliche Unterhaltung wünschte. Sehnte sie sich aber nach Andeutungen und Mehrdeutigkeit, dann gab es andere Nummern, und die rief sie nur liegend an. Mrs. Primple genoß dieses Leben ungeheuer. Durch ihr kleines Hobby brauchte sie keine fleischliche Gesellschaft. Sie konnte auf das langweilige und sich immer wiederholende Gerede der alten Trottel im Salon unten verzichten. Sie brauchte sich nicht deren Stöhnen und Klagen anzuhören, deren schlechtverhohlene Bosheit und Heuchelei. Denn in ihrer langweiligen Gesellschaft mußte sie die Frau sein, für die die anderen sie hielten, sechsundachtzig Jahre alt und wie alle hier eine Kandidatin für den Sensenmann. Auf ihrem Zimmer jedoch, mit dem Hörer in der Hand, konnte sie sein, wer sie wollte. Und da sie ihre Stimme verstellen konnte – in jüngeren Jahren hatte sie in einer Laienspielschar mitgewirkt – konnte sie jedes Alter und manchmal sogar jedes Geschlecht annehmen. Es machte ihr Spaß, für eine ältere Frau am anderen Ende der Leitung einen Knaben zu spielen, oder in anderen Fällen ein junges Mädchen, das auf die Gunst eines jungen Mannes hofft. Es gab keine Grenze für die Rollen, die sie spielen konnte, nicht einmal eine zeitliche; das bezeugte ihre vierteljährliche Telefonrechnung. Die war astronomisch. Doch Mrs. Primple hatte Geld genug, und sie wußte, daß sie nur dann die Lebensqualität der ihr verbleibenden Jahre steigerte, wenn sie es auf diese Weise ausgab.

Manchmal war die Sache auch riskant. Aber das Risiko steigerte ihr Vergnügen nur noch mehr. Einmal hatte sie, auf dem Bett liegend, von dem Herrn am anderen Ende der Leitung ganz offenkundige Anträge erhalten. Er hatte um ihre Adresse gebeten, um vorbeischauen und seine telephonischen Versprechungen in die Tat umsetzen zu können. Mrs. Primple war zutiefst errötet und hatte sofort aufgelegt. Danach hatte sie beschlossen, diese Nummer nie wieder anzurufen.

Unten im Aufenthaltsraum hatten sich die Spekulationen über Mrs. Primple bald gelegt. Niemandem kam irgendeine Idee, was ihre Unternehmungen betraf, und deshalb waren sie sauer, zuerst aufeinander, dann auf Mrs. Primple, weil diese ihnen in all den Jahren auch nicht einen einzigen Hinweis gegeben hatte. Dann wanderte ihre Verärgerung weiter zu Weihnachten ganz allgemein, denn trotz der Verheißungen von Lametta und Stechpalmen, von Grog und Puter und vor allem von der Brotkrümelsoße, die sie so sehr liebten, trotz aller Weihnachtsrequisiten mußten sie sich alle damit abfinden, daß Weihnachten eine verdammt elende Zeit war, weil es immer wieder an die Vergangenheit und damit an bessere und jüngere Tage erinnerte. In trüber Stimmung hängten sie noch mehr Lametta an den Baum, bis eine von ihnen, Miss Bellamy, die in ihrem Leben niemals eine Familie gehabt hatte, und die nichts über ihre eigene Herkunft wußte – bis die sanfte Miss Jennifer Bellamy, achtzig Jahre alt, die in ihrem ganzen Leben noch niemals irgendwem unliebsam aufgefallen war, sich genau diesen Moment für eine Explosion aussuchte. Sie umklammerte den Weihnachtstern, der ganz oben auf den Baum gehörte, und dessen rote Zacken durchbohrten ihre Hände und Finger, und sie warf sich gegen den Baum, der vor Erstaunen ins Wanken geriet. Ihre Nase stieß gegen einen Plastikchristus in der Krippe, und sie fischte ihn aus seiner Tannenumgebung und hielt ihn sich vor die Nase, während ihre Augen sich mit giftigen Tränen füllten.

„Scheiß auf dich!“ schrie sie die Plastikfigur an. Dann wandte sie sich ihrem verblüfften Publikum zu: „Und auf euch auch. Scheiße, Scheiße, Scheiße! Fickt euch doch allesamt ins Knie.“ Und dabei schlich sich ein verruchter Freudenton in ihre Stimme, als sie die anderen mit einem Wort verfluchte, das sie immer wieder wiederholte, einem Wort, das sie im Leben noch nie benutzt hatte, und dessen Bedeutung sie aus eigener Erfahrung zweifellos nicht kannte. Vielleicht wollte sie jetzt Versäumtes nachholen, wenn auch nicht die Tat selber, so doch das schreckliche Wort, das diese bezeichnete, und als ihre Schreie verstummten, flüsterte sie dieses Wort wieder und wieder, dieses sanfte Wort, das langsam im Schweigen seinen Höhepunkt erreichte. Dann brach sie erschöpft und weinend auf dem Boden zusammen.

Ihre Mitbewohner starrten sie eine Weile lang an, alle erfüllt mit einem prickelnden Überlebensglück, und dachten, daß Mrs. Feinbergs Geschenke, Mrs. Primples unerwartete verräterische Rede und jetzt der Bellamy'sche Irrsinn doch trotz allem ein fröhliches Weihnachtsfest erwarten ließen.

„Ich hole die Leiterin“, sagte schließlich Jeremy Cross.

Sie wußten, daß etwas passieren mußte, und daß nur die Leiterin eingreifen konnte. Hier war eine Autoritätsperson gefragt, und als die Leiterin mit einer Decke ins Zimmer geeilt kam, seufzten alle auf, in einer Mischung aus Erleichterung darüber, daß sich jetzt jemand um die arme Miss Bellamy kümmerte, und aus Trauer, daß die Unterhaltung zweifellos ein Ende genommen hatte.

Die Leiterin kniete neben Miss Bellamy nieder und hüllte sie in die Decke.

„Bitte, gehen Sie alle auf Ihre Zimmer“, sagte sie. „Aber warten Sie noch, bis ich den Arzt verständigt habe.“

Als sie verschwunden war, umstellten die anderen die

schluchzende, zugedeckte Gestalt auf dem Boden, wie eine Schar von Geiern, die auf den Moment der Wahrheit wartet. Alle, außer Jeremy Cross, der beiseite getreten war, und dessen Stimmung in Trauer umschlug. Er wußte, daß Irrsinn nicht unbedingt zum Tode führt. Ihm waren genug Verrückte begegnet. Ein solcher Zustand schien eher noch die Langlebigkeit zu fördern, da die Leidenden neue Fenster zu ihren Seelen öffneten und neue Gedankendimensionen betraten, zu deren Erforschung Zeit vonnöten war. Anders als es sonst seine Art war, verließ er den Salon als erster, worauf die anderen ihm langsam folgten. Mrs. Thackeray ging als letzte. Sie machte sich Sorgen. Was sie gesehen hatte, hatte ihr nicht gefallen, das Gehörte noch viel weniger, denn sie mußte zugeben, daß dieses entsetzliche Bellamy-Wort dasselbe war, das auch in ihren nächtlichen Träumen mit Donnerschall ertönte. Sie wurde sogar bisweilen mit diesem Wort auf ihren zitternden und sabbernden Lippen wach, und sein Klang brachte ihr weder Schuldgefühle noch Freude, sondern nur Entsetzen. Sie stürzte auf ihr Zimmer und wäre gern in den Schlaf geflohen, doch sie fürchtete die Träume, die ihren Schlummer verwüsten würden. Sie hätte gern gewußt, ob auch Mrs. Green von solchen Träumen verfolgt wurde, ob alle alten Menschen, die nicht mehr an die Konventionen gebunden waren, endlich die Freiheit der Zoten genossen, und ob dieses grausame Wort ihren eigenen Abschied von einem niemals ausgelebten Leben bedeutete.

Als sie den Treppenabsatz erreichte, hörte sie auf der Auffahrt den Wagen des Arztes, und sie blieb stehen, um seine Ankunft mitzuerleben. Die Leiterin empfing ihn im Foyer und führte ihn sofort in den Salon. Sie hörte, wie die

Tür geschlossen wurde, dann war alles still. Sie schlurfte auf ihr Zimmer, setzte sich auf ihr Bett und brach dann, zu ihrem eigenen Erstaunen, in Tränen aus.

Zum Abendessen kamen sie dann wieder zusammen. Sie registrierten, daß Miss Bellamys Stuhl leer war, und waren erleichtert, weil er doch immerhin nicht entfernt worden war. Dieser Anblick gab Mrs. Thackeray den Mut, sich nach Miss Bellamys Befinden zu erkundigen. Die Leiterin versicherte ihnen, daß Miss Bellamy am nächsten Morgen wieder sie selber sein werde, und bat sie, das, was sie als Miss Bellamys „kleinen Ausfall" bezeichnete, nicht weiter zu erwähnen.

„So ein Zusammenbruch kommt häufiger vor", sagte die Leiterin, der Mr. Cross, als er sie geholt hatte, alles ausgiebig geschildert hatte. „Das geht vorüber", fügte sie hinzu, „und die Betroffenen können sich normalerweise an nichts erinnern. Vergessen wir es also und widmen wir uns unserer Suppe."

Die anderen waren von ihrem eigenen Appetit überrascht. Doch die Leiterin hatte damit gerechnet und doppelte Portionen bestellt. Wenn es im Haus zu einer Krise kam, dann entwickelten die Bewohner normalerweise gewaltigen Hunger als eine Art trotzigen Zugriff auf das Leben. Alle nahmen sich zweimal Suppe und steckten Fleischgang und Nachtisch ohne Probleme weg. Nach dem Essen servierte die Leiterin im Aufenthaltsraum den Schlaftrunk, und als kleinen Trost gab es dazu für alle ein Glas Portwein. Dann legte sie eine Schallplatte mit sanften Weihnachtsliedern auf. Es waren nur noch zwei Tage bis Weihnachten, und da war es an der Zeit, sich dem Geist dieser Feierlichkeit zu widmen. Doch trotz Portwein und

Weihnachtsliedern zogen alle sich früh zurück und beneideten Miss Bellamy ein wenig, denn die würde ihren „kleinen Ausfall" wohl eher vergessen als sie selber.

Wie die Leiterin versprochen hatte, erschien Miss Bellamy zum Frühstück, als sei nichts Ungehöriges passiert, und obwohl alle am Tisch Lust hatten, ihre Erinnerungen an den Vortag aufzufrischen, hielten sie den Mund. Sie sahen, daß die Leiterin den Baum repariert hatte, daß neues Lametta aufgehängt und die abgebrochenen Zweige weggefegt worden waren. Und das anstoßerregende Jesuskind schlief jetzt wieder in seiner Plastikkrippe. Da es keinen Hauch von Beweis für den Ausfall des Vortags gab, und da jetzt alle darüber schwiegen, kam Mrs. Thackeray der Verdacht, sie habe sich das alles eingebildet, und das deprimierte sie noch mehr. Sie rührte das Frühstück kaum an, während ihre Tischnachbarin Mrs. Green keinerlei Appetiteinbußen zeigte. Mrs. Thackeray schaute sie von der Seite her an und war vage abgestoßen von der Art, in der diese Frau sich gierig und genießerisch den Mund vollstopfte. Im Nu war ihre frühere Freundschaft zerfallen. Sie fragte sich, ob Mrs. Green jemals an andere dachte. Von diesem Moment an verabscheute sie sie und konnte nicht begreifen, daß sie jemals die Freundschaft dieser kalten, mitleidslosen Kreatur gesucht hatte. Sie dachte an die Ehephantasien, die sie der anderen vorgelegt hatte. An den wunderbaren Liebhaber, als den sie ihren Mann bezeichnet hatte. Und sie schämte sich. Sie hätte Mrs. Green gern ins Gesicht gesagt, daß das alles gelogen gewesen war. Aber die Wahrheit über Fleck, Peitsche und Lächeln wollte sie ihr nicht erzählen. Mrs. Green war die Wahrheit nicht wert, doch Erfindung und Phantasie hatte sie noch viel weniger verdient. Und was ihre eigenen Märchen anging, Mrs. Greens genauer gesagt, so zeigten die nur geringe Erfindungskraft, und ihre Schweizer Töchterschule war zweifellos ein öder Tagtraum. Sie würde sie fallen lassen, beschloß Mrs. Thackeray, so weit es möglich war, eine fallenzulassen, die unter demselben Dach aß und schlief. Sie starrte die unaufhaltsam mahlenden Kiefer an, und dieser häßliche Anblick bestätigte sie in ihrer Entscheidung.

„Ruchlos, so nenne ich das", flüsterte Mrs. Green, die sich nicht einmal die Mühe machte, ihren Mund zu leeren, und Mrs. Thackeray schauderte es angesichts von zermalmtem Ei und Toast. „Sitzt hier und führt sich auf, als sei nichts passiert."

„Wir sollen doch nicht darüber reden", sagte Mrs. Thackeray.

„Uns hört doch niemand", flüsterte Mrs. Green, noch immer mit vollem Mund.

„Das spielt keine Rolle", erklärte Mrs. Thackeray entschieden. „Ich will nicht darüber reden."

Mrs. Green kaute weiter. Sie schien die Endgültigkeit in der Stimme ihrer Nachbarin nicht gehört zu haben und wenn doch, dann nahm sie sie jedenfalls nicht ernst. Sie interessierte sich im Moment nur für ihr Frühstück und vielleicht noch für die halbe Pampelmuse, die ihre Nachbarin nicht zu benötigen schien. Sie streichelte die gelblich-rosa Schale der Frucht. „Essen Sie die noch?" - fragte sie.

Mrs. Thackeray schob ihr abrupt ihren Teller hin und schluckte ihren Zorn mit einem Schwall Kaffee hinunter.

Für diesen Abend hatte die Leiterin ihnen – schließlich war es der Heilige Abend – ein kleines Weihnachtskonzert versprochen. Sie bat die Hausbewohner, sich des festlichen Anlasses entsprechend zu kleiden.

„Ich selber werde ein Abendkleid tragen."

Die Leiterin hatte noch nie einen solchen Vorschlag gemacht. Ihre Inspektionsrunden hatten ihr gezeigt, daß auch alle anderen solche Kleidung besaßen, die in den meisten Fällen achtlos verstaut war, vermutlich ohne große Hoffnung, sie jemals wieder tragen zu können.

„Mary, unsere neue Küchenhilfe, hat freundlich angeboten, alle Bügelarbeiten für Sie zu übernehmen."

Kurz nach dem Essen zerstreuten sie sich. Mrs. Thackeray lehnte Mrs. Greens Einladung auf ihr Zimmer ab, wo die Bellamy-Affaire noch einmal ungeflüstert durchgekaut werden sollte. Aber Mrs. Thackeray behauptete, Briefe schreiben zu müssen. Sie brachte es noch nicht über sich, der anderen klarzumachen, daß sie plötzlich ihren Anblick nicht mehr ertragen konnte.

Mary wurde von Zimmer zu Zimmer geschickt, um Kleider und Hemden zum Bügeln zu holen. Auf dem Rückweg in die Küche waren nur noch ihre Beine sichtbar. Der Rest war verborgen hinter einem Berg aus Spitzen und buntem Taft, der nach Kampfer roch.

An diesem Tag war es ungewöhnlich still im Heim. Nur wenige Bewohner kamen zum Mittagessen – und keine einzige Bewohnerin. Die meisten Damen hatten Lockenwickler in den Haaren, die sie erst im letzten Moment herausnehmen wollten, und deshalb ließen sie sich das Essen aufs Zimmer bringen, ohne fürchten zu müssen, das könne mißverstanden werden. Die meisten Männer jedoch stellten sich ein. Sie hatten keine Haare, denen sie Locken verpassen könnten, und ansonsten hatten sie auch kaum etwas zu tun, abgesehen davon, daß sie die Rückkehr ihrer Rüschenhemden aus der Küche erwarten mußten. Major William Carson, normalerweise ein ruhiger, wortkarger Mann und mit vierundsiebzig der Benjamin von Haus Hollyhocks, war plötzlich redselig und jovial geworden. Er fühlte sich in weiblicher Gesellschaft ungeheuer gehemmt und zog die von Männern vor, in der seine Zunge sich löste.

„Sind wir bereit für die abendlichen Festlichkeiten?!" ließ er quer über den Tisch seine Stimme erschallen.

Einige andere Männer fuhren bei diesem Lärm zusammen und ärgerten sich. Sie waren zu alt, um dermaßen erschreckt zu werden. Doch Major Carson fühlte sich an seinen geliebten Messetisch zurückversetzt, und diese seltene Gelegenheit durfte er sich nicht entgehen lassen.

„Sind alle Orden bespuckt und poliert worden?" fragte er jetzt.

Jeremy Cross meldete sich für alle zu Wort. „Mit Verlaub, lieber Major, wir möchten jetzt essen", sagte er.

Aber der Major wollte das nicht hören. Am Messetisch wurde immer geredet. Manchmal zuviel, und das Essen spielte eine geringere Rolle. „Ich bin absolut für Abendkleidung", sagte er. „Das bringt Stil, egal, zu welcher Gelegenheit."

„Ich hoffe, ich passe noch in meinen Anzug. Ich habe ihn schon so lange nicht mehr angehabt." Das kam von Eric Thurlow, einem relativ neuen Bewohner von Haus Hollyhocks, der sich zu allen Mahlzeiten überaus elegant kleidete. Über ihn war nur wenig bekannt. Seine engste Vertraute im Haus war Mrs. Elizabeth Webber gewesen, und sie hatte seine Geheimnisse zusammen mit ihren eigenen trüben Geheimnissen mit ins Grab genommen. Möglicherweise hatte sie ihm im Austausch mit seinen Vertraulichkeiten Mr. Ebenezer Obadiah und alles, wofür dieser Mann stand, anvertraut, aber Mr. Thurlow hatte seit der absurden Trauerfeier den Mund gehalten. „Müßte mir eigentlich noch passen“, sagte er jetzt. „Ich glaube nicht, daß mein Gewicht sich so sehr verändert hat.“

„Ich werde meinen Kilt tragen.“ Diese Aussage, die von Jock MacPherson stammte, konnte keinen überraschen. Mr. MacPherson war ein aggressiver Nationalist, und in Haus Hollyhocks fehlte ihm vor allem jemand, mit dem er streiten konnte. Denn den anderen war es absolut egal, ob Schottland Autonomie erlangte oder nicht, und sie konnten nicht begreifen, warum das für ihn so wichtig war. Er war ein wenig wie Mrs. Hughes mit ihren endlosen Minnie-Geschichten. Beiden ging man nach Möglichkeit aus dem Weg. „Das ist das gute am Kilt“, redete er weiter, „ein Pfund hier oder da spielt keine Rolle, er sitzt trotzdem. Er braucht nur genug Falten und genügend Löcher für die Schnalle.“

„Na, damit wären wir ja alle versorgt“, sagte Jeremy Cross. „Und jetzt können wir vielleicht weiteressen.“

„Sie zeigen keinen besonderen Weihnachtsgeist, will mir scheinen“, sagte der Major. „Darüber zu reden macht doch die Hälfte vom Vergnügen am Verkleiden aus.“ Er lachte laut auf, denn auch das gehörte für ihn zum Weihnachtsgeist dazu. Mr. Thurlow ließ der Kameradschaft zuliebe ein Kichern hören. Das tat auch Mr. MacPherson, aus demselben Grund, da er nicht einsah, warum sichtliche Weihnachtsfreude der Sache der schottischen Autonomie schaden könnte. Jeremy Cross, der sich nicht zum Außenseiter machen wollte, mußte ebenfalls einstimmen, und schließlich war an allen Tischen unterdrücktes, wenn auch unregelmäßiges Lachen zu hören. Dann machte der Major, der keinen Grund sah, sich an den Rat der Leiterin zu halten, den großen Sprung: „Na, ich hoffe, daß die Bellamy sich heute abend benimmt." Das war das Stichwort für allen Klatsch, der ihnen seit dem Eingreifen der Leiterin auf der Seele brannte.

„Das war wirklich ein bißchen viel", sagte der Major jetzt. „Fanden Sie nicht?" Damit bat er um ihre längst feststehenden Meinungen.

„Was für eine Sprache von einer Frau", sagte Mr. Cross.

„Von einem Mann auch", sagte der Major. „Am Tisch in der Messe hätte ich das nie gehört."

„Sie kennen doch alle ihr Problem, nicht wahr", sagte der allwissende Mr. MacPherson.

Alle kannten das Problem der armen Miss Bellamy, und wieder kicherte der ganze Tisch los. Aber irgendwer mußte es doch noch laut sagen. Es war Mr. Thurlow, der die Sache in gute, ehrliche Worte kleidete. „Hat es nie gehabt, wissen Sie. Hatte in ihrem ganzen Leben nicht einen einzigen Fick." Mr. Thurlows Aussprache dieses Wortes erlaubte es allen, die das wollten, es ebenfalls in den Mund zu nehmen. Und jeder der Männer konnte und wollte es kaum erwarten, sich auf diese Weise mit Schmutz zu besudeln. Es brauchte sich nicht auf die arme Miss Bellamy zu beziehen. Mr. Thurlow hatte es genannt, und deshalb war sie als Bezugsrahmen nicht mehr nötig. Die Tätigkeit des Fickens war vom besonderen Fall auf die allgemeine Ebene übergewechselt. Ihr Ursprung spielte jetzt keine Rolle mehr.

„Das ist das Problem bei Frauen", Mr. Cross steuerte als erster etwas bei. „Vor allem mit denen hier. Sie brauchen alle ... Sie wissen schon was, und haben es wahrscheinlich nie gekriegt."

„Einen guten Fick, meinen Sie", sagte Mr. Thurlow. Er hatte Angst, das schöne Wort könnte ihnen entgleiten.

„Einen guten Fick", donnerte Mr. MacPherson mit dem Enthusiasmus, den er sonst für eine gute Autonomie reserviert hatte.

„Und alle diese Lesben da draußen", Mr. Cross erweiterte die Diskussion. „Was glauben Sie, was denen fehlt, um Gottes Willen? Denen fehlt ein guter Fick. Sollte vorgeschrieben sein. Aber wer würde ihnen den verpassen?" scherzte er. „Ich würde keine auch nur mit dem Schürhaken anfassen."

Mr. Cross war nicht in der Lage, irgendeine anzufassen, mit Schürhaken oder ohne. Sein widerspenstiges Glied verweigerte seine Pflicht schon seit vielen Jahren. Für die anderen am Tisch, die jetzt ihre Frustration auf dieselbe Weise loswurden wie die arme Miss Bellamy, galt dasselbe; sie alle kreischten das Wort als traurige Alternative zur praktischen Ausführung.

Dann schwiegen wieder alle, während ihnen aufging, daß sie doch ein sehr begrenztes Gesprächsthema zur Diskussion hatten. Nur das Wort selber spielte eine Rolle. Nur das Wort selber war eine Hilfe.

„Ficken, Ficken, Ficken, Ficken", sagte Mr. MacPherson und erlangte damit endlich soviel Orgasmus, wie sein Alter es überhaupt gestattete, und die ganze Tafelrunde stimmte in seinen bemitleidenswerten Erguß mit ein. Dann machten sie sich atemlos wieder über ihre Mahlzeit her. Keiner mochte den anderen anschauen. Am Ende brach Mr. Cross das Schweigen.

„Ist es nicht nett ohne die Damen?“ Er hatte ihnen allen aus dem Herzen gesprochen.

6

Vor dem Abendessen versammelten sie sich im Aufenthaltsraum. Dort wurde Champagner serviert, wie es sich für diesen Anlaß und die deshalb angelegte Kleidung gehörte. Denn sie hatten sich wirklich tadellos in Schale geworfen. Die Damen mit ihren Ballkleidern und ihren neuen Frisuren waren fast nicht wiederzuerkennen. Strickjacken und Pantoffeln waren verworfen worden. Zum ersten Mal waren bloße Schultern und ab und zu ein schwankender Stöckelschuh zu sehen. Und Schmuck blendete die Augen und enthüllte das Geheimnis bisher unbekannten Wohlstands. Die Ballkönigin war zweifellos Lady Celia. Sie hatte ihre schlanke Gestalt behalten, ein Privileg der Damen aus der englischen Oberklasse, und sie trug ihr langes Seidenkleid mit der Würde, die Stoff und Schnitt verlangten. Um den Hals trug sie eine mit Diamanten besetzte Kette, ein dazu passendes Armband hing an ihrem Handgelenk.

Dicht hinter Lady Celia jedoch lag die, die seit dem Vortag nur noch „die arme Miss Bellamy“ genannt worden war. Ohne ihre vertrauten Wolltücher und Strickjacken sah sie nur halb so dick aus wie sonst und zeigte eine Figur, die sich mit Lady Celias messen konnte. Und vermutlich aus demselben Grund, denn sie war zwar offiziell eine Waise, doch Gerüchte wollten wissen, daß sie im Hinterzimmer eines Herrenhauses gezeugt worden war. Sie trug Schwarz, doch es war das Schwarz der Eleganz, nicht das der Trauer. Das Fehlen von Schmuck konnte diese Eleganz nur noch betonen. Außerdem trug sie am Handgelenk eine einzelne rote Seidenrose. Die anderen starrten sie an. Diese Frau war ihnen wirklich ein Rätsel. Sie konnten sie nicht durchschauen. Und die Männer waren sprachlos. Miss Bellamys Erscheinung strafte ihre Spekulationen beim Mittagessen ganz einfach Lügen. Allen Annahmen zum Trotz sah Miss Bellamy aus, als habe sie ihr Leben mit Ficken verbracht und jede Minute genossen. Die Männer waren wirklich zutiefst beleidigt.

Keine von den anderen Damen nahm den dritten Platz ein. Alle schienen in diese Kategorie zu gehören, und obwohl sie weit abgeschlagen hinter Lady Celia und Miss Bellamy landeten, war es doch noch eine anständige Position. Sie legten ihr Schwergewicht auf Schmuck, nicht auf Kleidung, denn Schmuck paßte immer und war über den Lauf der Zeit erhaben. Die meisten trugen Taft und Tüll, von einer Qualität und einem Schnitt, die heutzutage nicht mehr zu sehen waren. Maßgeschneidert vor vielen Jahren, mit dem Versprechen, daß das Kleid für den Rest ihres Lebens halten würde, was es denn auch tat.

Auch die Leiterin hatte sich herausgeputzt, obwohl ihr Schmuck nicht zu ihr paßte. Er war ihr eindeutig von dankbaren Hausbewohnerinnen hinterlassen worden, vielleicht hatte sie ihn auch einfach eingesteckt. Sie füllte die Gläser der anderen und alle erhoben sich.

„Ich wünsche uns allen ein gesegnetes Weihnachtsfest“, sagte sie.

Sie tranken, nippten zuerst an dem ungewohnten Getränk, danach leerten sie ihre Gläser mit Mut und Freude. Dann wurde nachgeschenkt, um auf ein gutes neues Jahr anzustoßen. Schließlich nahm die Leiterin Platz, was ein Signal für die anderen war, es ihr nachzutun, und dafür waren sie dankbar, vor allem die Damen, deren Absätze nicht zum Stehen gedacht waren.

„Und jetzt bitte ich die Herren, sich ein wenig zu verteilen", sagte die Leiterin nach einer Weile. Die Herren hockten normalerweise zusammen, die Damen ebenfalls. Doch die Leiterin hielt zu Weihnachten eine kleine Abweichung von der Norm für angesagt. Als die Herren sich erhoben, stellte sie deren Stühle zwischen die der Damen. Sie hätte gern eine bunte Reihe gebildet, aber der Männermangel machte diese Symmetrie unmöglich. Die Leiterin fand sich bei drei oder vier anderen Damen wieder, die sich Mr. Cross teilen mußten, der höchstens für eine ausgereicht hätte. Er war nicht glücklich über diesen Stand der Dinge. Er hätte lieber neben Miss Bellamy gesessen und sie für sich gehabt, wie alle anderen Herren ebenfalls, die beim Mittagessen so weit daneben gelegen hatten. Doch Miss Bellamy saß bei Lady Celia, mit der sie nur eine Gemeinsamkeit hatte, die haute couture nämlich.

Nach dem zweiten Glas Sekt wurde Mary aus der Küche gerufen. Die Leiterin hatte ihr eine besondere Weihnachtsschürze überreicht. Auf diese Weise war sie ihrem Stand gemäß festlich gekleidet. Die Leiterin reichte ihr ein Glas.

„Auch dir ein gesegnetes Weihnachtsfest, Mary", sagte sie und zeichnete sie damit aus, was das arme Mädchen in schreckliche Verlegenheit stürzte. Ihr wäre ein Gin pur in der Küche lieber gewesen. Jetzt wurde ihr für die sorgsame Bügelarbeit gedankt. Die meisten hatten ihr schon eine geizige Münze in die Hand gedrückt, als sie die Kleidungsstücke zurückgebracht hatte. Insgesamt hatten ihre Mühen ihr nur sechs Pfund eingebracht, was sie für einen schlechten Verdienst für die harte Arbeit eines ganzen Tages hielt. Ihre Mutter, die ihr Leben lang in Diensten gewesen war, hatte ihr immer gesagt, daß niemand so geizig sei wie die Reichen. Sie hatte nicht mehr erwarten dürfen. Sie nippte an ihrem Champagner und fragte sich, was die Leute daran fanden, dann reichte sie die Canapés herum, die sie nach dem Bügeln produziert hatte.

„Dieses Mädchen ist ein Schatz", flüsterte die Leiterin der neben ihr sitzenden Mrs. Thackeray zu.

„Ich hoffe, sie bleibt", sagte Mrs. Thackeray, das jedoch ohne große Überzeugung. In Haus Hollyhocks wechselte das Küchenpersonal rasch und regelmäßig. Die Leiterin war sicher keine leichte Arbeitgeberin. Mrs. Green kam herüber, um sich ihnen anzuschließen. Ihr war noch nicht aufgegangen, daß Mrs. Thackerays Freundschaft sich plötzlich abgekühlt hatte, obwohl jede auch nur ein wenig sensiblere Person das sofort gemerkt hätte.

„Wie wunderbar heute abend alle aussehen", sagte sie. Ihr hatte noch niemand ein Kompliment für ihr Äußeres gemacht, und sie hoffte, daß ihre allgemeine Bemerkung zu einer gezielteren Aussage führen würde. Doch die Leiterin stimmte ihr nur ganz allgemein bei. „Sie haben Recht, Mrs. Green, alle sehen wunderbar aus."

Mrs. Green machte noch einen Versuch. Sie zielte direkt auf Mrs. Thackeray. „Und Sie sehen einfach großartig aus", sagte sie.

Mrs. Thackeray achtete nicht auf sie. „Ich glaube, wir haben keinen Champagner mehr", sagte sie.

„Dann ist jetzt zweifellos Zeit zum Essen", erklärte die Leiterin für alle. „Führen Sie Ihre Dame ins Eßzimmer." Sie nahm Mrs. Thackerays Arm, und Mrs. Green mußte sich auf der anderen Seite der Leiterin einhaken, wenn sie nicht allein gelassen werden wollte. „Heute gibt es allerdings Tischkarten", sagte die Leiterin, als sie durch den Flur gingen. „Bitte, halten Sie nach Ihrer eigenen Ausschau."

Alle riefen begeistert „ah!", als sie das Eßzimmer betraten. Dort gab es nur einen einzigen langen Tisch. An jedem Ende war ein silberner Leuchter aufgestellt. In der Mitte befand sich ein Blumenaufsatz aus Stechpalme, Efeu und Mistel. Vor jedem Teller lag ein Knallbonbon aus Silberpapier, an dem die Tischkarte lehnte. Die Bewohner blieben für einen Moment in der Tür stehen und bestaunten diesen Anblick. Die Leiterin kaufte die Weihnachtsdekorationen immer in der Stadt. Schon ab Januar legte sie jeden Monat ein wenig Geld beiseite. Sie hatte genug Geld für den Haushalt, und durch kreative Buchführung konnte sie für Weihnachten sparen und zugleich, ein bißchen weniger legitim, auch etwas für sich selber abzweigen.

Die Leiterin half ihnen, ihre Plätze zu finden. Mrs. Thackeray fürchtete schon, neben Mrs. Green sitzen zu müssen, da die Leiterin sie weiterhin für enge Freundinnen hielt. Aber die Leiterin hatte an diesem Abend alles ändern wollen. Hausbewohner, die kaum je auch nur ein Wort wechselten, waren nebeneinander plaziert worden, und auf diese Weise fand Mrs. Thackeray sich neben Miss Bellamy wieder. Sie dachte an die Mahnung, die die Leiterin am Vortag geäußert hatte, und zerbrach sich den Kopf nach einem unverfänglichen Gesprächsthema. „Wie schön der Tisch aussieht", sagte sie. Sie hoffte, diese Bemerkung werde zur ausführlichen Aufzählung der Schönheitselemente führen, denn damit würden sie für eine Weile beschäftigt sein. Doch Miss Bellamy hatte kein Interesse an der Schönheit des Tisches. Ihr elegantes Äußeres hatte sie für sehr viel brisantere Themen geöffnet. Sie drehte sich zu Mrs. Thackeray hin und schaute ihr voll ins Gesicht. „Ich glaube, ich bin gestern ziemlich ausgeflippt."

„Ausgeflippt?" Mrs. Thackeray versuchte, Zeit zu schinden. Sie kannte dieses Wort nicht, konnte sich seine Bedeutung aber denken. Sie fürchtete, Miss Bellamy stehe kurz vor einem weiteren „kleinen Ausfall", bei dem sich ein Lexikon von unbekannten und selten benutzten Wörtern auftun würde, die allesamt gefährlich wären. „Ausgeflippt" war ein modernes Wort, das niemals dem Mund einer Miss Bellamy in grauer Strickjacke und Pantoffeln entschlüpfen würde. Mrs. Thackeray suchte verzweifelt nach festem Boden unter den Füßen. Weshalb sie die Leiterin zitierte.

„Sie hatten einen kleinen Ausfall", sagte sie.

„Wird das jetzt so genannt?" Miss Bellamy lachte. „Na, in gewisser Hinsicht war es schon ein Ausfall. Aber ein großer. Ein Ausfall in mein wahres Wesen."

Die arme Mrs. Thackeray wußte nicht, wie sie reagieren sollte. Sie hätte sich natürlich genauer nach Miss Bellamys „wahrem Wesen" erkundigen können, aber das hatte sie ja bereits deren Sprache vom Vortag entnommen.

„Geht es Ihnen heute besser?" fragte sie zaghaft, obwohl sie wußte, daß nichts so gut tut, wie das eigene Wesen klarzustellen.

„Es ist mir nie schlecht gegangen", sagte Miss Bellamy. Dann wechselte sie glücklicherweise das Thema. „Sie haben recht", sagte sie. „Der Tisch sieht wunderschön aus."

Mrs. Thackeray atmete erleichtert auf und machte sich an die Aufzählung. Die Knallbonbons, die Leinenservietten, das Silberbesteck und die rosa Kerzen. Die Liste war kurz, dann folgte wieder Schweigen, ein Schweigen, das ohnehin schon über dem Tisch lastete und sicher von der ungewöhnlichen Sitzordnung verursacht worden war. Die Frauen wollten zurück zu den Frauen, die Männer zu den Männern. Alle fühlten sich unter ihresgleichen am wohlsten.

Sie verzehrten die Mahlzeit in ziemlichem Schweigen. Sie kommentierten die Qualität des Essens. Sie hoben ihre Gläser, ohne wirkliches Ziel, sondern einfach als Geste der guten Laune.

„Ich freue mich auf das Konzert", Miss Bellamy brach plötzlich das Schweigen. Nachdem sie einmal die Wahrheit klargestellt hatte, ließ sie sich gern in die hausbackenen Alltagsreden von Haus Hollyhocks zurücksinken. Die anderen steuerten ihre freudige Erwartung bei, und damit war auch dieses Thema erschöpft. Der Nachtisch wurde aufgetragen und schweigend verzehrt.

„Den Kaffee gibt es im Salon", sagte endlich die Leiterin, und sie zogen hinter ihr her über den Flur, gruppierten sich unterwegs neu und fühlten sich dann, als sie sich in ihre üblichen Sessel sinken ließen, wieder in der richtigen Gesellschaft, weshalb endlich Gespräche geführt wurden.

Kurz nach dem Kaffee traf der Chor ein. Er bestand aus acht Mitgliedern, gleichermaßen auf die Geschlechter verteilt, weshalb die Versammlung Diskant und Harmoniegesang erwarten konnte. Sie trugen eine nüchterne Art Dienstkleidung, die Frauen schwarze Röcke und weiße Blusen, und diese Farben fanden sich auch in der Tracht der Männer wieder. Eine Frau verteilte ein Heftchen, in dem die Texte der für diesen Abend auf dem Programm stehenden Lieder abgedruckt waren.

„Wir hoffen, daß Sie den Refrain mitsingen werden", sagte eine der schwarzweißen Frauen, wohl wissend, daß das wohl kaum zu erwarten war. Sie sang nicht zum ersten Mal in einem Altersheim, und die alten Leute schwiegen nun einmal lieber. Denn die Gesangsstimme verriet das Alter erst richtig, und dieses Wissen zügelte ihre sangeslustigen Zungen.

Sie fingen mit einem Lied über das Kind in der Krippe an. Die Hausbewohner schauten verstohlen zu Miss Bellamy hinüber, die dadurch doch sicher aufs Schmerzlichste an ihren kleinen Ausfall erinnert wurde. Doch Miss Bellamy summte sogar mit und lächelte dabei ein wenig, als sei ihr guter Ruf nun wieder hergestellt. Ihr Beispiel flößte auch den anderen Mut zum Summen ein. Summen war weniger gefährlich als Singen, und auf jeden Fall zeigte es ihren höflichen Beifall. Und besser noch, es war unsichtbar. Es war auch nicht laut genug, um die Harmonien des Chors zu ruinieren, der auf die fragwürdigen Kontrapunkte des Publikums nicht zu achten schien. Doch bei den nächsten Liedern wuchs der Mut der Hausbewohner, und bei den „Heiligen drei Königen mit ihrem Stern" schlug das Summen in nervösen Gesang um. Es war deutlich, daß sie sich wirklich gut unterhielten.

Nach dem Dreikönigslied kündigte die Leiterin eine Pause an. Sie wollte die Sache nicht aus dem Ruder laufen lassen. Ihre Hausbewohner sollten den Chor schließlich nicht übertönen. Sie schenkte neuen Kaffee ein und bot auch dem Chor welchen an. Der nahm an, blieb aber unter sich. Fraternisieren gehörte nicht zu seinen Aufgaben.

Die Hausbewohner fühlten sich abgewiesen und beleidigt, und vielleicht sorgte diese Empörung dafür, daß sie nach der Pause kriegerisch und entschieden aus voller Kehle lossingen wollten.

Doch der zweite Konzertteil begann mit einem kaum bekannten Lied, und obwohl sie den Text in Händen hielten, war ihnen die Melodie nicht zugänglich. Deshalb konnten sie nicht einmal summen. Ein weiteres kaum bekanntes Lied folgte, was die Versammlung ein wenig ernüchterte, obwohl sie ihre Lust auf einen schallenden Rundgesang noch nicht ganz eingebüßt hatten. Beim dritten Lied ging der Chor ein Risiko ein und stimmte „Ich wünsch' eine frohe Weihnacht“: Das machte sich nicht bezahlt. Die Hausbewohner sangen laut und mißtönend los, und schließlich sangen sie allein, da der Chor die ungleiche Schlacht bereits verloren gegeben hatte.

Jetzt griff die Leiterin ein. Sie bezahlte gutes Geld für diesen Chor, und der war, egal wie groß der Widerstand auch sein mochte, hier, um seine Pflicht zu tun. Sie versuchte, alles mit einem Scherz abzuwinken und der fröhlichen Gelegenheit zuzuschreiben – Weihnachten sei manchmal ja doch nützlich –, dann sprach sie kurz mit den Hausbewohnern, ein Gespräch, das der Chor sehen, aber nicht hören konnte. Die Hausbewohner applaudierten, was als Zeichen der Kapitulation gedeutet werden konnte oder auch nicht, aber auf jeden Fall zeigte es, daß das Konzert weitergehen sollte. Der Chor sang „Zu Bethlehem geboren“, und das Lied schwebte durch den Aufenthaltsraum. Die Hausbewohner kannten die Melodie und sogar den Text, denn sie hatten dieses Lied schon in der Schule gelernt, weshalb es sich ihnen sehr gut eingeprägt hatte, doch sie summten nicht mit, nicht einmal dann, als die Versuchung, ihre Stimme wenigstens ein wenig erklingen zu lassen, sich als unerträglich erwies. Der Chor lächelte nach dieser Darbietung, wußte die Zurückhaltung des Publikums zu schätzen und ließ zu weiterem gequälten Schweigen weitere Lieder folgen. Dann kam das Finale und die Chorleiterin forderte die Runde sogar zum Mitsingen auf. „Stille Nacht“, die jährliche Nummer 1 in der Weihnachtshitparade, sollte den Abend ausklingen lassen. Die Hausbewohner machten sich bereit. Sie brauchten nicht ins Textheft zu schauen. Auch dieser Text hallte aus Schulaulen zu ihnen herüber, ganz zu schweigen von den vielen Malen, wo sie ihn vom Zelluloid gehört hatten, denn es gab nur wenige Kriegsfilme, die dieses österreichische Lied zu Zeiten weihnachtlichen Waffenstillstandes nicht lieferten. Und dann, als die Stille Nacht vorüber und auch die Heilige Nacht vergangen waren, konnten sie sich gegenseitig bis zum nächsten Weihnachtsfest wieder das Leben zur Hölle machen.

In den Augen des Majors standen Tränen, als das Lied mit all seinen Erinnerungen von seinen Lippen tropfte. Jeremy Cross' Gesicht war ebenfalls tränenüberströmt, er hielt sich zweifellos in Regionen des Überlebens auf. Lady Celia erwies den beiden Weltkriegen ihre höfliche Reverenz, ansonsten fühlte sie sich nicht weiter betroffen. Jock MacPherson sang überhaupt nicht. Seine Lippen hätten ebenso gut versiegelt sein können. Er dachte vermutlich, daß heilige und stille Nächte für die schottische Autonomie nichts Gutes verhießen. Am lautesten schließlich sang Mrs. Green, die nicht nur herzhaft einstimmte, sondern die noch dazu auf Deutsch sang. Ihr Gesicht war verklärt von glücklichen Erinnerungen. Auf die Stille Nacht folgte die Heilige Nacht, und die anderen Hausbewohner glaubten, sie wolle einfach nur protzen. Mrs. Thackeray war überaus unsicher. Sie hielt es jetzt für möglich, daß Mrs. Green doch eine Schweizer Töchterschule besucht hatte, und diese Vorstellung hätte ihr fast den Abend verdorben. Sie mußte sich Gewißheit verschaffen, und nach dem Konzert wandte sie sich Mrs. Green zu, deren Wangen noch immer vor freudiger Erinnerung glühten.

„Ich wußte nicht, daß Sie Deutsch sprechen“, sagte Mrs. Thackeray.

Mrs. Greens Wangen röteten sich noch tiefer. Das könnte auf Schuldgefühle hinweisen, dachte Mrs. Thackeray, oder auf eine tiefe Freude.

„Das habe ich in der Schweiz gelernt“, sagte Mrs. Green. „Ich dachte, ich hätte Ihnen davon erzählt.“

„Das haben Sie auch“, sagte Mrs. Thackeray. „Das hatte ich einfach vergessen.“ Dann zog sie sich zurück, um sich ihrer Enttäuschung zu widmen.

Der Chor trank noch ein Glas Portwein, und die Leiterin wurde dabei beobachtet, wie sie der Chorchefin einen Briefumschlag in die Hand drückte.

Danach brandete abermals lebhafte Konversation auf.

„Morgen ist der große Tag“, sagte die Leiterin. „Wir treffen uns zum Frühstück und öffnen unsere Geschenke. Das Abendessen wird um fünf Uhr serviert, wir werden also Zeit genug für eine Siesta haben.“ Die Leiterin liebte es, ab und zu ein fremdländisches Wort in ihre Reden einzustreuen. Café au lait war ein anderes, haute couture ein drittes, das jedoch nur selten Anwendung fand. Sie lachte über ihren kleinen Witz, und die anderen stimmten ein.

„Für eine Siesta brauche ich eine Hängematte", sagte Mr. Thurlow. Abgesehen davon, daß er die Weihnachtslieder mitgesungen hatte, war das an diesem Abend seine einzige Äußerung.

„Ich werde sehen, was ich für Sie tun kann", sagte die Leiterin. Dann wünschte sie ihnen allen eine gute Nacht. Es war ein schöner Abend, dachte sie, als sie ihre eigenen Räumlichkeiten aufsuchte. Sie hatte bereits einen hübschen Profit aus ihrer Weihnachtskasse gewonnen.

Die Hausbewohner zogen sich auch bald zurück. Mr. Cross bildete wie immer die Nachhut.

7

Am nächsten Morgen waren zum Frühstück Strickjacke und Pantoffeln und die dazu passenden Gesprächsthemen angesagt, doch das Frühstück dauerte nicht lange, denn alle wollten ihre Geschenke öffnen und vor allem in Erfahrung bringen, was Mrs. Feinberg ihnen zugedacht hatte. Nach dem Essen warteten sie, bis die Leiterin sie in den Aufenthaltsraum führte. Die Leiterin mußte dabei sein, denn sie hatte vom Haushaltsgeld Geschenke für alle gekauft und hoffte, ebenso viele zurückzuerhalten. Als alle saßen, trat sie neben den Baum, hob ein Paket nach dem anderen hoch und las vor, für wen es bestimmt war. Sie hatte beschlossen, Mrs. Feinbergs Gaben bis zum Schluß aufzubewahren. Auch sie wußte nicht, was Mrs. Feinbergs Pakete enthielten. Aber sie wußte, daß es für alle im Haus eins gab, auch für sie selber. Deshalb konnte es sich nicht um Bettsocken handeln, wofür sie einfach noch nicht alt genug war. Sie übersah die Pakete neben dem Baum, während die Bewohner die anderen Geschenke öffneten. Ein Refrain von „ach wie schön, vielen, vielen Dank, zu freundlich, genau, was ich mir gewünscht habe" schwebte durch den Aufenthaltstraum, als eine Bettsocke und ein Pantoffel nach der anderen ausgewickelt wurden. Alle wurden sofort wieder eingepackt, um in die Kommode für die vielleicht irgendwann benötigten Dinge wandern zu können. Danach starrten sie die unter dem Baum verbliebenen Päckchen an, und die Leiterin trat vor, um ihre Pflicht zu tun. Sie teilte eins nach dem anderen aus, aber niemand machte sich ans Auswickeln. Das nämlich hätte bedeutet, einer allgemeinen Überraschung vorzugreifen. Als alle ihr Geschenk erhalten hatten, schauten sie einander an, in dem Wissen, daß das Auspacken lange dauern, und daß niemand die Verantwortung dafür übernehmen werde, den Inhalt als erste oder als erster bloßzulegen. Doch durch irgendein Wunder kam überall der Inhalt gleichzeitig zum Vorschein. Zuerst offenbarte sich eine viereckige weiße Schachtel, eine Schachtel, die im ganzen Kreis im selben Moment geöffnet wurde. Die Schachtel enthielt einen Stapel mit Adressen versehener weißer Büttenpostkarten. Oben war die Adresse von Haus Hollyhocks mit der Telefonnummer angegeben. Vor allem jedoch war noch ein Name hinzugefügt. Alle hatten auf diese Weise ein persönliches Geschenk mit ihrem Namen erhalten.

Diese Entdeckung wurde schweigend begrüßt. Die Gefühle aller waren seltsam konfus und variierten zwischen absolutem Entzücken, Verwirrung und bitterer Verärgerung. Diese weite Skala von Empfindungen konnte nur Schweigen umfangen. Manche staunten ehrfürchtig angesichts der teuren Geschenke, und bis auf weiteres schloß diese Ehrfurcht alle übrigen Empfindungen aus. Doch es gab auch andere, die die Ehrfurcht übersprangen, die sich von den Kosten nicht beeindrucken ließen, und die das Geschenk ein wenig kränkend fanden. Denn was sollten sie überhaupt damit? Wem könnten sie „wie geht es Ihnen" oder „danke für Ihren Besuch" oder „wie nett, daß Sie an meinen Geburtstag gedacht haben" oder „vielen herzlichen Dank für Ihre Einladung" schreiben? Wem könnten sie überhaupt schreiben? Die Wunden von Einsamkeit und Isolation schmerzten schon genug, Mrs. Feinberg brauchte nicht auch noch Salz hineinzustreuen. Alle schwiegen, doch alle packten das Geschenk langsam wieder ein, in dem Bewußtsein, daß von allen Gegenständen in ihren Kommoden für den Notfall Mrs. Feinbergs Geschenk als allerletztes Verwendung finden würde.

Die Ausnahme bildete Miss Jennifer Bellamy, die ihr Geschenk nicht wieder einpackte. Sie streichelte das auf ihrem Schoß liegende Paket und wurde bei einem Lächeln beobachtet. Bald darauf stahl sie sich ungesehen aus dem Raum und schlurfte, in Strickjacke und Pantoffeln, auf ihr Zimmer. Dort setzte sie sich an ihren Schreibtisch und zog einen weißen Büttenumschlag unter den bedruckten Karten hervor. Aus ihrer Schreibtischschublade nahm sie dann ein Briefmarkenheftchen, das sie nicht mehr angerührt hatte, seit sie in den hoffnungslosen Tagen, die jetzt fünf Jahre zurücklagen, in Haus Hollyhocks eingetroffen war. Sie wußte nicht, ob diese alten Briefmarken noch gültig waren, deshalb klebte sie sicherheitshalber drei auf den

Briefumschlag, den sie dann in ihrer schönsten Schrift folgendermaßen beschriftete:

„FÜR ALLE, DIE SICH ANGESPROCHEN FÜHLEN (WENN ÜBERHAUPT)“, schrieb sie. Dann nahm sie eine Karte und las mit lauter, stolzer Stimme ihren über der Adresse angegebenen Namen vor. Für ihre Mitteilung benutzte sie einen anderen Stift, einen roten Kugelschreiber. Damit schrieb sie in Großbuchstaben auf die Karte das Wort „HILFE“. Danach schob sie die Karte in den Umschlag und klebte ihn mit einem gewissen Gefühl der Befriedigung zu. Sie machte sich nicht die Mühe, Schuhe anzuziehen, sondern ging in Pantoffeln zum Briefkasten an der Ecke der Straße, die zu Haus Hollyhocks führte. Ohne zu zögern ließ sie den Brief in den Kasten fallen.

Auf ihrem Zimmer setzte sie sich ruhig aufs Bett. Sie stellte sich vor, wie der kleine Briefumschlag es sich im Briefkasten gemütlich machte. Dann senkten sich weniger dringliche Mitteilungen auf ihn, Dankesbriefe, Freudenkundgebungen, Hoffnungsgedanken, die allesamt zu leicht waren, um die Dringlichkeit ihres eigenen Briefes zu übertreffen. Sie war zufrieden. Miss Jennifer Bellamy würde sich nicht die Mühe machen, auf eine Antwort zu warten.

8

Was hatte sie da nur für eine Schweinerei angerichtet! Die Leiterin war außer sich vor Wut. Wer hätte gedacht, daß die schmächtige Miss Bellamy soviel Blut enthalten könnte?

Die Bettwäsche war ebenso von Blut durchtränkt wie die Matratze, und der Teppich würde Axminster nie wiedersehen. Mary, die neue Küchenhilfe, hatte sie gefunden. Miss Bellamy war am Weihnachtstag nicht zum Abendessen erschienen, und die Leiterin hatte Mary gebeten, sie zu holen. Die anderen nahmen gerade am Eßtisch Platz, als der Schrei ertönte. Es war ein Schrei, der das Blut gerinnen ließ und sie zum Innehalten zwang, so wie beim Spiel „Die Reise nach Jerusalem", wenn die Musik plötzlich aussetzt.

„Was ist los?" fragten alle wie aus einem Mund.

„Ich schau mal nach", sagte die Leiterin. „Jetzt setzen Sie sich erst mal alle. Major, würden Sie den Wein einschenken? Es besteht sicher kein Grund zur Beunruhigung." Dann eilte sie aus dem Zimmer.

Sie wußte, daß durchaus Grund zur Beunruhigung bestand. Und wie. Mary war keine Hysterikerin. Sie mußte einen guten Grund für diesen entsetzlichen Schrei haben. Die Leiterin stürzte zu Miss Bellamys Zimmer. Die Tür stand offen, und die zitternde Mary hockte davor. Die Leiterin fragte gar nicht erst, was passiert sei. Sie konnte von der Türschwelle aus die ganze Angelegenheit oder deren Reste überschauen.

„Jesus", rief sie, unbewußt passend zum Fest. Dann sagte sie mit rauher Stimme: „Jetzt steh schon auf, Mädel!" Sie wollte Mary nicht verletzen, aber Mary war die nächstbeste Zielscheibe für ihren gerechten Zorn. Denn der war gerecht. Miss Bellamy hatte nicht das Recht gehabt, das zu tun. Und wenn es unbedingt nötig gewesen wäre, hätte sie es anderswo erledigen können, aber nicht in Haus Hollyhocks. Nichts konnte ein Altersheim schneller in Verruf bringen als ein Selbstmord. Was sollte sie bloß dem Aufsichtsrat erzählen? Sie schaute sich Miss Bellamys Überreste an. „Dich bring ich um", murmelte sie vor sich hin. Dann wandte sie sich an Mary. „Kein Wort darüber, hörst du? Wir werden sagen, sie habe einen kleinen Ausfall gehabt. Und wolle auf dem Zimmer essen. Dann kann sie eines natürlichen Todes sterben. Morgen vielleicht, oder am besten im Schlaf." Sie hoffte, daß „ein kleiner Ausfall" und „auf dem Zimmer essen" Marys Schrei erklären würden. Sie zog hinter Miss Bellamys selbstsüchtigem Harakiri die Tür zu. „Wir werden sie später waschen und zurechtmachen", sagte sie. Dann sammelte sie all ihre Würde, legte eine energische Gangart ein und kehrte ins Eßzimmer zurück. „Noch ein kleiner Ausfall, leider", erklärte sie dort und hörte das Zittern in ihrer Stimme. „Sie wird auf ihrem Zimmer essen. Offenbar hat Mary sich erschrocken", fügte sie hilflos hinzu, in der Hoffnung, das könne den entsetzlichen Schrei erklären.

„Die arme Miss Bellamy", wurde am ganzen Tisch gemurmelt.

In Abwesenheit der Leiterin hatte der Major jedes Glas mit Wein gefüllt, und die Phrase „die arme Miss Bellamy" war alles Mitgefühl, das sie aufzubringen bereit waren. Sie wollten sich endlich an das Festmahl machen, und die Leiterin war erleichtert, als es aufgetragen werden konnte. Vielleicht könnte es ihre Gedanken von dem Horror oben im Haus und von der besorgniserregenden Frage ablenken, wie sie damit umgehen sollte. Sie war erleichtert darüber, daß die Hausbewohner ihr die Erklärung offenbar abgenommen hatten, und wenn jetzt noch Mary den Mund hielt, dann würde Miss Bellamy ebenso sanft in diese gute

Nacht hinausgehen, wie Mrs. Elizabeth Webber das getan hatte, während „die Mahlzeit auf dem Zimmer" unangetastet neben dem Bett stand. Sie machte sich über den Puter her und staunte über ihren Appetit.

Nach dem Hauptgang räumte Mary den Tisch ab. Die Leiterin musterte sie vorsichtig. Mary wirkte ziemlich gefaßt, und als sie sich umdrehte, um das Zimmer zu verlassen, wagte die Leiterin es, ihr zuzuzwinkern.

„Wir brauchen vor dem Nachtisch eine kleine Pause, Mary", sagte sie. „Laß dir also Zeit. Und sieh nach, ob Miss Bellamy gegessen hat." Es war eher wahrscheinlich, das wußte sie, daß das Essen Miss Bellamy verzehrt hatte, und ihr schauderte, als sie sich an die schreckliche Schweinerei erinnerte, die sie oben verlassen hatte. Sie würde sich nicht in ihre Warteliste vertiefen, beschloß sie. Es würde seine Zeit brauchen, das Zimmer wiederherzustellen. Es mußte neu angestrichen werden, denn die Wände waren über und über mit Blut bespritzt. Auch ein neuer Teppich und Möbel waren angesagt, denn es gab nicht einen Quadratzentimeter, der nicht nach der Verzweiflung der armen Miss Bellamy ausgesehen oder gerochen hätte.

Die Leiterin schenkte neuen Wein ein, hob ihr Glas und sagte: „Ihnen allen ein gesegnetes Weihnachtsfest!"

An diesem Punkt mußte Jeremy Cross sich entschuldigen. Nach den vielen Gläsern mußte er unbedingt seine Blase leeren. Er glaubte nicht, daß er es bis zur im oberen Geschoß gelegenen Toilette schaffen würde, und deshalb steuerte er die hinter der Rezeption an, die sich dicht beim Eßzimmer befand. Nachdem er sich erleichtert hatte, konnte er gerade noch Mary sehen, die mit ängstlichem Gesicht, in Straßenkleidung und mit einem Koffer in der

Hand zur Haustür lief. Er stürzte hinterher, um ihr den Koffer abzunehmen, und fragte sie, wohin sie wolle, und warum.

„Ich halt das hier auch nicht mehr eine Minute aus", sagte sie. „Miss Bellamy hat sich die Kehle aufgeschlitzt, egal, was die Leiterin Ihnen erzählt haben mag. Kleiner Ausfall, ja, Scheiße. Sie wird sagen, sie ist im Schlaf gestorben, ganz natürlich, aber Miss Bellamy ist schon tot und erledigt, und das Zimmer schwimmt nur so vor Blut. Und ich werd diese Sauerei nicht aufwischen. Oder sie waschen. Das ist überhaupt nicht meine Aufgabe." Und mit diesen Worten war sie verschwunden und rannte auf ihrer Flucht vor den Gespenstern die Auffahrt hinunter.

Mr. Cross war überaus verwirrt. Er wagte nicht zu glauben, was Mary da gesagt hatte, aber die Geschichte klang doch zu überzeugend, um erfunden zu sein. So schnell er konnte stieg er die Treppe zu Miss Bellamys Zimmer hoch und drückte leise auf die Klinke. Er brauchte die Tür nur einen Spaltbreit zu öffnen, um voller Entsetzen feststellen zu können, daß Mary die Wahrheit gesagt hatte.

Mr. Cross wußte nicht, was er tun sollte. Mary würde bald vermißt werden, und dann würde ein Grund genannt werden müssen. Die Leiterin würde ihre Fiktionen nicht lange aufrechterhalten können. Langsam ging er zum Eßzimmer zurück. Er würde den Mund halten, beschloß er, bis das für die Leiterin nicht mehr möglich sein würde.

Als er sich wieder an den Tisch setzte, bemerkte der Major, er sehe recht blaß aus.

„Ich habe zuviel gegessen", sagte Mr. Cross hilflos, dann schaute er zur Leiterin hinüber und fragte sich, wieso die ihre gesunde Gesichtsfarbe behalten konnte. Die Tischgespräche verliefen ungewöhnlich lebhaft, angefeuert durch das unermüdliche Einschenken, das der Major übernahm. Sogar die Leiterin vertiefte sich in eine angeregte Unterhaltung mit Eric Thurlow, der neben ihr saß, und der, obwohl er selber nur selten den Mund aufmachte, aufmerksam zu lauschen schien. Die Zeit verging; in einer seltenen Sekunde der Stille fragte die Leiterin, wo der Nachtisch bleibe, und dann wurde Mary gerufen.

„Wir sind so weit, Mary." Sie machte sich bereit für das Erscheinen der Weinbrandflammen und der Wunderkerzen, die Mary auf ihren Befehl hin vor Verlassen der Küche anzünden sollte. Aber aus der Küche war nur eine Stille zu hören, die jetzt das ganze Eßzimmer füllte. „Mary", rief die Leiterin noch einmal, und als abermals keine Antwort kam, erhob sie sich von ihrem Stuhl.

Da könnte sie auch gleich Miss Bellamy rufen, dachte Jeremy Cross. „Sie ist nicht mehr da, Leiterin", sagte er, um der anderen einen überflüssigen Weg zu ersparen. „Ich habe gesehen, wie sie gegangen ist. Mit ihrem Koffer, und überhaupt." Er wollte niemandem die Hoffnung lassen, daß Mary vielleicht nur kurz frische Luft schnappen gegangen war. Mary würde nicht zurückkehren, und die Erwähnung des Koffers bestätigte das nun noch.

„Aber warum?" fragte die ganze Tafelrunde.

Mr. Cross schaute die Leiterin an, und die starrte zurück, denn sie wußte genau, warum Mary gegangen war, und sie wollte ihn dazu bringen, daß er den Mund hielt.

„Ich schau mal nach dem Nachtisch", sagte sie.

Als sie das Zimmer verlassen hatte, wandten sich alle Mr. Cross zu, denn sie ahnten schon, daß er mehr wußte, als er bisher preisgegeben hatte.

„Wo wollte sie hin?“ fragte der Major stellvertretend für alle.

„Sie wollte die Schweinerei nicht wegwischen“, sagte Mr. Cross, um die Qualen der anderen zu verlängern.

„Aber das ist doch ihre Aufgabe“, zwitscherte Lady Celia pikiert.

„Nicht bei dieser Art von Schweinerei“, sagte Mr. Cross, noch immer schelmisch.

„Was denn für eine Art?“ fragte Mrs. Thackeray.

Mr. Cross schaute in Richtung Küche, um sich davon zu überzeugen, daß die Leiterin nicht zu sehen war. Dann beugte er sich über den Tisch und flüsterte: „Blut. Blut. Diese Art Schweinerei.“

„Wessen Blut?“ Das war Mrs. Green, die Genaueres hören wollte.

„Miss Bellamys“, sagte Mr. Cross. „Kleiner Ausfall. Mahlzeit auf dem Zimmer, ja, Scheiße“, sagte er und zitierte damit Mary. „Sie hat sich die Kehle aufgeschlitzt. Das hat sie getan. Heute morgen. Nach dem Frühstück.“

Mrs. Primple stieß einen kleinen Schrei aus, und Tränen strömten ihr über die Wange. „Die arme, liebe Miss Bellamy“, sagte sie, und sie war unter allen hier die einzige, die keinen Appetit mehr auf Nachtisch hatte, dessen Flammen soeben ins Eßzimmer getragen wurden.

Die Leiterin stellte den Pudding auf den Tisch und schaute ihre Hausbewohner an. Sie hatte sich in der Küche bewußt lange Zeit gelassen und dabei ein wenig gehofft, daß Mr. Cross die Katze aus dem Sack lassen und ihr diese Mühe damit abnehmen würde. Aber den Gesichtern der anderen war nicht anzusehen, ob sie den Grund für Marys plötzliches Verschwinden kannten oder nicht. Die Leiterin wartete, bis die Flammen auf dem Pudding erloschen waren, dann teilte sie ihn aus. Danach reichte sie Sahne und Cognacbutter herum.

„Das riecht ja vielleicht gut", sagte Mrs. Thackeray in dem Gefühl, daß jemand etwas sagen mußte, das nichts mit Marys Verschwinden zu tun hatte.

Aber Mrs. Green wollte die Sache nicht auf sich beruhen lassen, denn wie Mr. Cross war sie für eine Runde Schadenfreude immer zu haben.

„Hat die arme Miss Bellamy schon Nachtisch bekommen?" fragte sie mit aufgesetzt unschuldiger Besorgnis.

Die Leiterin zögerte kurz, dann sagte sie: „Ich bringe ihr gleich einen Teller nach oben." Ob die anderen die Wahrheit kannten oder nicht, sie machte ihnen hiermit klar, daß sie den Mund zu halten hatten, daß keine weiteren Bellamy-Erwähnungen zulässig waren, daß die anderen glauben mußten, was sie ihnen irgendwann zu erzählen geruhen würde, und daß Mr. Cross, wenn er überhaupt etwas gehört haben sollte, alles mißverstanden hatte.

Die anderen waren verwirrt und schauten zu Mr. Cross hinüber, der als Antwort mit den Schultern zuckte. Er hielt die Leiterin für überaus töricht. Früher oder später würde die Wahrheit ja doch ans Licht kommen. Doch die Leiterin beharrte auf ihrer unzuverlässigen Strategie, und als später am Abend alle Feierlichkeiten erledigt waren, betrat sie mit feierlicher Miene den jetzt wieder mit Strickjacken gefüllten Aufenthaltsraum und verkündete, die arme Miss Bellamy sei friedlich eingeschlafen. Ganz nebenbei teilte sie Mr. Cross mit, sie wolle in ihrem Büro mit ihm sprechen.

Doch für Mr. Cross blieb zunächst viel zu tun. Jetzt, wo das Hinscheiden der armen Miss Bellamy allgemein bekannt war, mußte er seine Liste aktualisieren. Er eilte auf sein Zimmer und schrieb behutsam den Namen von Miss Jennifer Bellamy auf die Rückseite seiner Kleiderschranktür. Dahinter setzte er, egal, welche Räuberpistole die Leiterin auch zu erzählen beliebte, den Grund dieses Todesfalls: „aufgeschlitzte Kehle". Dann ging er ins Büro der Leiterin.

Die saß mit strenger Miene hinter ihrem Schreibtisch. „Ich weiß ja nicht, was Sie gehört haben", sagte sie. „Aber das war alles gelogen. Mary ist gegangen, weil die Arbeit ihr zu schwer war. Ich glaube, die viele Bügelei hat das Faß zum Überlaufen gebracht. Die arme Miss Bellamy konnte noch essen und ihren Weihnachtspudding genießen und ist einige Stunden, nachdem Mary uns verlassen hat, friedlich eingeschlafen."

Sie erzählte ihre Geschichte dermaßen überzeugend, daß sie fast selber daran glaubte. Als einige Wochen später Miss Bellamys traurige Postkarte an die Absenderin zurückkam, da Adresse und Aufenthaltsort von „allen, die sich angesprochen fühlen (wenn überhaupt)" nicht zu ermitteln waren, las sie die einsilbige Mitteilung mit leichter Traurigkeit, vernichtete sie dann aber sofort, da diese schließlich als Beweis für das gelten konnte, was sie zu verbergen versuchte.

Das war ihr wirklich gelungen, denn der Arzt hatte sich dazu überreden lassen, als Ursache „natürlichen Tod" anzugeben, obwohl der tiefe Schnitt durch den Hals nichts an sich hatte, was die Natur, so grausam sie auch sein mochte, verursacht haben könnte. Doch der Arzt hatte Mitleid mit der Leiterin; er wußte, daß diese Wunde eine ernsthafte Bedrohung für deren Stellung und Einkommen bedeutete. Sie beschlossen, die Sache für sich zu behalten. Das würden sie tun müssen, denn sie konnten sonst beide nur verlieren. Er hatte ihr beim Saubermachen geholfen, und Miss Bellamy war rasch ins Leichenhemd gesteckt worden, während ihr Hals mit einer aus einem Bettlaken gefalteten Krause getarnt wurde. Am Neujahrstag wurde sie in aller Stille beerdigt. Nach einer kurzen, spärlich besuchten Andacht in einer nahe gelegenen Kirche war es, als habe die arme Miss Bellamy niemals gelebt.

Das war ein bitterer Anfang für ein neues Jahr. Die Hausbewohner waren beunruhigt. Sie waren nicht ganz überzeugt von den natürlichen Ursachen, die die Leiterin angeführt hatte, oder von deren Begründung für Marys raschen Abschied. Mr. Cross' Geschichte machte ihnen zu schaffen. Solche Geschichten schüttelte man schließlich nicht aus dem Ärmel. Und warum hätte Mr. Cross das auch tun sollen? Die meisten Gedanken über die ganze Sache machte sich Lady Celia. Im Laufe der Jahre hatte sie in ihrer Branche gelernt, Argwohn zu schöpfen, und obwohl das Frettchen den gefüllten Eimer nach oben zog, wußte sie, wann es etwas zu holen gab. In Haus Hollyhocks schien das jetzt wirklich der Fall zu sein.

Kurz nach Miss Bellamys Beisetzung saß sie eines Tages allein im Aufenthaltsraum, als Jeremy Cross sich zu ihr gesellte. Er holte sich eine Zeitung, und Lady Celia setzte alles auf eine Karte. Sie fragte ihn ganz offen, was Jennifer Bellamy wirklich passiert sei. „Das habe ich Ihnen doch schon erzählt“, sagte er kalt. „Sie hat Selbstmord begangen. Sie hat sich die Kehle aufgeschlitzt. Die Leiterin hat alles unter den Teppich gekehrt. Schlechte Werbung für Haus Hollyhocks. Mary hat mir alles erzählt, und ich glaube ihr. Und ich sage Ihnen noch etwas“, fügte er hinzu. „Auch Dr. Leigh steckt mit in der Sache. Ich wartete im Büro auf die

Leiterin. Und auf dem Tisch lag eine Kopie des Totenscheins. ‚Natürlicher Tod' stand darauf. Die ganze Sache ist unter den Teppich gekehrt worden."

„Woher wissen Sie, daß Mary die Wahrheit gesagt hat?"

„Weil ich kurz einen Blick in Miss Bellamys Zimmer geworfen habe, ehe ich zurück an den Eßtisch gekommen bin. Keine Rede von einem natürlichen Tod, das kann ich Ihnen sagen. Falls nicht Mutter Natur Miss Bellamy den Hals durchgeschnitten und die Wände mit Blut beschmiert hat."

Lady Celia zitterte. Sie bat rasch um Entschuldigung und führte plötzlich einsetzende Kopfschmerzen an, verursacht durch den Schock. In Wirklichkeit hatte sie sich nie wohler gefühlt. Auf ihrem Zimmer rief sie sofort Lady Priscilla an und teilte mit, daß sie mit dem nächsten Zug in die Stadt kommen werde. Sie hätten dringende Geschäfte zu besprechen.

Im Schutz von Lady Priscillas Salon lieferte Lady Celia ihrer Partnerin dann genauere Informationen über die neue Klientin. Und den Klienten, denn sie hatten jetzt die Möglichkeit, zwei Fliegen mit einer Klappe zu schlagen. Die Leiterin hatte einen Selbstmord als natürlichen Tod ausgegeben, und Dr. Leigh hatte einen falschen Totenschein ausgestellt. Das mußte das Frettchen sofort erfahren. Als das alles erledigt war, feierten die beiden Damen diese Errungenschaft mit einem Glas Sherry. Dann kehrte Lady Celia nach Haus Hollyhocks zurück, um dort den weiteren Gang der Dinge abzuwarten.

9

Am Tag nach dem Dreikönigsfest kehrte Mrs. Feinberg nach Haus Hollyhocks zurück, an dem Tag, an dem alles Feiertagszubehör entfernt worden war. Auch Mrs. Hughes stellte sich nun wieder ein, nachdem sie die Ferienzeit bis aufs letzte ausgenützt hatte, und als sie den Aufenthaltsraum betrat, um sofort eine Minnie-Geschichte zu erzählen und noch viele weitere zu versprechen, leerte das Zimmer sich langsam und in Schüben, und schließlich war nur noch Jeremy Cross übrig. Rasch griff er zu seiner Zeitung um klarzustellen, daß seine Ohren geschlossen seien. Doch als später an diesem Tag Mrs. Feinberg eintraf, bedankten alle sich höflich, wenn auch zurückhaltend, für die Geschenke und behaupteten, sich gerade solches Briefpapier gewünscht zu haben. Sie kommentierten ihr gutes Aussehen, und Mrs. Feinberg sah wirklich viel besser aus als vor den Ferien, als sie Haus Hollyhocks verlassen hatte. Sie fühlte sich auch viel besser. In dem Moment, in dem sie das Haus ihres Sohnes betreten hatte, war ihr Unbehagen von Haus Hollyhocks verflogen. Sie hatte gut gegessen und geschlafen und war die meiste Zeit sogar glücklich gewesen. Sie hatte Mark nichts von ihren Problemen erzählt. Sie wollte ihm keine Sorgen machen. Und sie dachte sich, es sei sicher nur eine Kleinigkeit, und das Unbehagen entspringe der radikalen Veränderung in ihrem Leben und dem Verlust ihrer Unabhängigkeit, weshalb sie sich sicher an die Obhut von Haus Hollyhocks gewöhnen werde. Sie beschloß, das Beste daraus zu machen. Sie wollte weniger Zeit auf ihrem Zimmer verbringen und das gesellige Zusammensein mit den anderen Hausbewohnern suchen.

Mit diesem Entschluß betrat sie vor dem Abendessen den Aufenthaltsraum. Dort waren alle in lebhaftes Geplauder vertieft, und Mrs. Feinberg setzte sich zu Mrs. Thackeray, da gerade dort ein Sessel frei war. Mrs. Thackeray freute sich über ein jungfräuliches Ohr, in das sie die Bellamy-Story gießen konnte, und sie servierte Mrs. Feinberg augenblicklich beide Versionen, die autorisierte und die andere. Mrs. Feinberg hatte den Eindruck, sich eine aussuchen zu dürfen, doch Mrs. Thackeray ersparte ihr diese Mühe.

„Natürlich", sagte sie, „wissen alle genau, daß Miss Bellamy sich umgebracht hat. Die Leiterin will die Sache nur unter den Teppich kehren."

„Ich finde, wir sollten nicht vorschnell urteilen", schaltete Lady Celia sich ein. „Ich halte die Version der Leiterin für plausibler, da können Sie sagen, was Sie wollen." Sie freute sich über diese Gelegenheit, sich auf die Seite von Gesetz und Ordnung zu stellen, und sie überzeugte sich davon, daß Mr. Cross sie ebenfalls gehört hatte. Sie wollte klarstellen, daß sie nichts mit dem Besuch des Frettchens zu tun hatte, den dieser Haus Hollyhocks am folgenden Montag abstatten wollte.

„Was spielt denn das für eine Rolle?" fragte Mrs. Feinberg mit sanfter Stimme. „Sie ist tot, die arme Miss Bellamy, und offenbar scheint niemand sie sonderlich zu betrauern."

„Ach, sie fehlt uns doch allen, oder etwa nicht?" Mrs. Green wandte sich beifallheischend an die anderen.

„Aber sicher doch", murmelten die und fragten sich, wie sie einen Menschen vermissen sollten, dessen Anwesenheit sie im Laufe der Jahre kaum bemerkt hatten.

„Hatten Sie schöne Ferien?“, fragte Mrs. Hughes in der Hoffnung, danach eine Minnie-Geschichte anbringen zu können.

„Ja, es war sehr schön, danke“, sagte Mrs. Feinberg. „Und ruhig. Wir feiern Weihnachten natürlich nicht, aber mein Sohn brauchte nicht zu arbeiten, und deshalb konnten wir viel zusammensein.“

„Meine Ferien waren alles andere als ruhig“, sagte Mrs. Hughes, und die Umsitzenden, die einen Auftritt von Minnie witterten, wichen langsam zurück, mit Ausnahme von Mrs. Feinberg, die sich eine Anekdote anhören mußte, von der sie sicher war, daß sie sie schon kannte. Und noch beim Zuhören wartete sie voller Angst darauf, ob das alte mit Haus Hollyhocks verbundene Gefühl des Unbehagens sich wieder unter ihre Haut schleichen würde. Sie beschloß, es zu ignorieren. Ihr würde schließlich nichts anderes übrig bleiben. Sie konnte sich nicht für den Rest ihres Lebens auf ihrem Zimmer verkriechen. Aber sie konnte auch die Quelle des Unbehagens nicht ausfindig machen. Lag es am Essen in Haus Hollyhocks, an den Menschen, oder ganz einfach an der Luft? Oder hatte es vielleicht mit ihr selber zu tun, war immer schon dagewesen und hatte sich nun unter unbekannten Bedingungen ausgebreitet? Sie zwang sich, Mrs. Hughes zuzuhören und blieb bis zum Abendessen neben ihr sitzen. Nach dem Essen schloß sie sich dann den anderen zum Schlaftrunk an und hielt sich im Aufenthaltsraum auf, bis dort nur noch Jeremy Cross übrig war. Dann zog sie sich zurück, mit einer gewissen Befriedigung, weil sie sich so tapfer geschlagen hatte.

Am nächsten Morgen beim Frühstück fand sie sich neben Mrs. Green wieder. Die beiden tauschten einen höflichen Gruß, doch Mrs. Green war zu sehr ins Essen vertieft, um sich einem Gespräch widmen zu können. Beim Frühstück teilte die Leiterin die Post aus. Es gab immer sehr wenig, meistens kam gar keine. Doch an diesem Morgen überreichte die Leiterin Mrs. Green einen Brief. Die anderen hatten nie erlebt, daß Mrs. Green überhaupt Post bekommen hätte, und alle Augen warteten interessiert darauf, daß sie ihren Brief öffnete. Mrs. Feinberg konnte den Umschlag sehr gut sehen. Er war braun und länglich und teilte in schwarzen Lettern mit, daß er im Dienste Ihrer Majestät verschickt worden sei. Sie konnte jedoch nicht genau lesen, von welcher Behörde er stammte. Mrs. Green erbleichte, und es war klar, daß sie nicht vorhatte, den Umschlag vor Zeugen zu öffnen. Sie legte ihn neben ihren Teller und widmete sich wieder ihrem Frühstück. Doch sie hatte ihren Appetit eingebüßt, wie es schien. Sie spielte eine Weile mit den Eiern und dem Toast auf ihrem Teller herum und gab dann auf. Sie ergriff den Umschlag und steckte ihn in die Tasche, und die Umsitzenden konnten sehen, daß ihre Hände zitterten. Sie bat nicht um Entschuldigung, sondern erhob sich einfach, schob ihren Stuhl zurück und verließ das Zimmer in einem Tempo, das verriet, von welchem Entsetzen sie gejagt wurde.

„Im Dienste Ihrer Majestät", sagte Mrs. Thackeray, die Mrs. Green gegenüber gesessen und die Aufschrift von oben nach unten gelesen hatte.

„Im Dienste Ihrer Majestät", wiederholte Mrs. Hughes, als könne das Mrs. Greens überstürzten Aufbruch erklären. Sie war davon geeilt, um sich zu Ihrer Majestät zu begeben und ihr zu Diensten zu sein.

Bald wußte das ganze Eßzimmer von Mrs. Greens außergewöhnlichem Brief und dessen Herkunft, und für den Rest des Frühstücks beschäftigten sich alle mit Spekulationen über den Inhalt des Briefes und den Grund von Mrs. Greens Verschwinden. Sie hofften, beim Mittagessen einen Hinweis erhalten zu können. Doch Mrs. Green ließ sich beim Mittagessen nicht blicken, und als Mr. Cross sich nach ihr erkundigte, konnte die Leiterin mitteilen, daß Mrs. Green dringend nach London gemußt habe.

„Und wann ist sie wieder da?" fragte Mrs. Hughes.

„Das konnte sie mir nicht sagen. Es geht um Privatangelegenheiten", sagte die Leiterin.

Mrs. Thackerays Argwohn war erwacht. Eine Rentnerin, und das waren sie in Haus Hollyhocks schließlich alle, war zu alt für Privatangelegenheiten. Die waren inzwischen normalerweise alle längst geklärt. Und sie konnten nicht davon ausgehen, daß Mrs. Green bei ihrer Rückkehr wahrheitsgemäß alles erzählen werde. In Mrs. Green steckte mehr, als ihr anzusehen war. Oder vielleicht auch weniger, aber jedenfalls war ihr nicht zu trauen.

Kurz nachdem Mrs. Green nach London aufgebrochen war, rief der Immobilienmakler bei Mrs. Thackeray an. Nach sechs Monaten lag endlich ein Angebot für Seven Pillars vor. Es lag nur um wenige tausend unter dem geforderten Preis, und der Makler riet Mrs. Thackeray, das Angebot anzunehmen. Die Käufer, sagte er, wollten sie gern kennenlernen. Sie hatten einige Fragen zur Geschichte des Hauses. Doch diese Bitte lehnte Mrs. Thackeray sofort ab. Sie war durchaus nicht bereit, die künftigen Hausbesitzer zu treffen. Sie bedauerte diese Leute von ganzem Herzen. Sie kauften ein von bösartigen Geistern bevölkertes Anwesen, von Geistern der Gier, der Lüsternheit und der Selbstgerechtigkeit. Sie war jetzt keine Frau mit Grundbesitz mehr und hätte beim Gedanken daran wirklich erleichtert sein müssen. Doch als sie nach dem Anruf des Maklers auf ihrem Zimmer saß, empfand sie nur den Verlust. Ein überwältigendes Gefühl von Verlust überkam sie. Es ging nicht um den Verlust von Bausteinen und Mörtel, oder von Grundbriefen, Möbeln oder Tafelsilber mit Monogramm. Der Verlust all dieser Dinge erschien ihr viel mehr als Gewinn. Was sie betrauerte, war der Verlust des Schlachtfeldes, des Spielfeldes, der Arena, in der sie ihren Feind aufstellen konnte, die Zielscheibe ihres Hasses, ihrer Verbitterung und ihres verzehrenden Kummers. Jetzt konnte sie diesen Ort nicht mehr bewohnen. Die Arena wurde jetzt von Fremden bewohnt, alle Grenzen wurden verschoben, der Zorn wurde umgesiedelt, die Verderbtheit umgeschrieben, die kranken Erinnerungen für immer begraben. Jetzt würde sie sich diese Arena vorstellen müssen, und sie wußte, daß ihr Zorn ohne Wurzeln verbleiben würde, ihre Verbitterung würde schrumpfen, und irgendwann, und das war die größte Gefahr von allen, würde sie jedes Details ihres Alptraums von Seven Pillars vergessen. Doch durch dieses Vergessen würde das, was von ihrem Leben noch übrig war, seinen Sinn einbüßen. Immerhin gab es noch die Gruft, wie ihr dann einfiel, die Familiengruft der Thackerays, wo diese ganze verdammte Sippe sich jetzt, im Moment des Verkaufs, im Grabe umdrehte. Diese Gruft würde ihre Arena sein, beschloß sie, ein Fixpunkt in ihrer Vorstellung, um den die Geister ihrer Vergangenheit kreisen würden, und der durch diese Beschwörungen ihren verbleibenden Tagen Nahrung geben würde. Es war möglich, wie sie nun überlegte, von Liebe und den entsprechenden Erinnerungen zu leben. Aber das galt auch für Haß, der ein ebenso ergiebiger Energiespender war. Dieser Gedanke bereitete ihr ein gewisses Vergnügen, und sie konzentrierte sich in dem Bewußtsein darauf, daß sie, so lange sie auch lebte, der bitteren Betrachtungen ihrer Vergangenheit niemals müde werden würde.

In der folgenden Woche waren Arbeiter zu beobachten, die in Richtung der Räumlichkeiten der armen Miss Bellamy kamen und gingen. Es gab für die Leiterin keine Möglichkeit, diesen Frühjahrsputz zu verbergen. Aber niemand gab dazu einen Kommentar ab. Die arme Miss Bellamy schien ganz und gar vergessen zu sein, zusammen mit den Geschichten, die sich mit ihrem plötzlichen Abgang befaßten. Nach und nach verwandelte sich ihr Schlafzimmer gänzlich, es wurde gestrichen, bekam neue Möbel und einen neuen Teppich, und wenn auch kein Exorzismus vorgenommen wurde, so wurden die Geister der Vergangenheit doch nachdrücklich ausgeräuchert. Dann konnte das Zimmer neu bezogen werden. Doch die Leiterin hatte es nicht eilig. Kein Name auf ihrer Warteliste kam ihr angemessen vor. Außerdem fehlte es ihr an Personal. Marys Nachfolgerin war nur vorübergehend frei gewesen, und sie war noch dazu unzureichend. Die Leiterin beschloß zu warten, bis sie passendes Personal gefunden hätte. Aber sie wollte ihre Warteliste aufrecht erhalten, und schon für diesen Nachmittag erwartete sie den Besuch eines gewissen Mr. Venables, der von einem Landsitz in Hampshire geschrieben und sich nach der Möglichkeit erkundigt hatte, seine alternde Mutter in Haus Hollyhocks unterzubringen. Eine noble Adresse, fand die Leiterin, und sie hatte ihm einen Termin für vier Uhr gegeben.

Just um diese Zeit schaute Lady Celia aus ihrem Fenster, das auf die Auffahrt zu Haus Hollyhocks schaute, und, wie erwartet, sah sie einen zuversichtlichen Mr. Venables, der seinen Spazierstock schwingend den Weg heraufkam. Die Uhr im Foyer schlug viermal, als er am Glockenstrang zog. Sie lächelte. Auf das Frettchen war Verlaß. Es kam immer pünktlich. Lady Celia hätte zu gern während dieses Gesprächs im Büro der Leiterin das Mäuschen gespielt, aber sie würde bis zu ihrem regulären Treffen in London auf einen Bericht warten müssen.

Die Leiterin nahm Mr. Venables im Foyer in Empfang und führte ihn dann in ihr Büro. Sein Äußeres gefiel ihr. Er war so elegant gekleidet, wie es sich für den Bewohner eines Herrensitzes in Hampshire gehörte, obwohl die Leiterin diesen Herrensitz niemals hätte ausfindig machen können, einfach aus dem Grunde, weil es ihn nicht gab. Sie bot Mr. Venables eine Tasse Kaffee an, um sich dann nach seinen Wünschen zu erkundigen. Sie reichte ihm ein Plätzchen aus ihrem privaten Vorrat und nahm sich auch selber eins, was Mr. Venables befriedigt registrierte, denn er wußte ja, daß sie eine gewisse Kraft brauchen würde, um sich damit abzufinden, was sie als seine Wünsche bezeichnete.

„Und wie alt ist Ihre liebe Mutter?" fragte die Leiterin jetzt.

Das Frettchen war keiner, der seine Worte auf die Goldwaage legt, weshalb er sogleich zur Sache kam.

„Ich habe keine Mutter", sagte er. „Sie ist vor zwanzig Jahren gestorben."

Die Leiterin war verblüfft. Automatisch bekundete sie ihr Mitgefühl, wenn sie sich auch nicht des Gefühls erwehren konnte, daß zwanzig Jahre ausreichen sollten, um über einen Verlust hinwegzukommen.

„Ich dachte, es gehe um Ihre Mutter“, sagte sie hilflos. „Das stand in Ihrem Brief“, fügte sie hinzu.

„Der Brief war nur ein Vorwand, um einen Termin zu bekommen“, sagte das Frettchen. „Ich komme aus einem ganz anderen Grund.“

Die Leiterin ärgerte sich entsetzlich über diesen Betrug. Und sie hatte auch Angst, weil sie aus der Stimme des Mannes einen Unterton von Bedrohung herausgehört hatte.

„Ich habe viel zu tun“, sagte sie. „Bitte, kommen Sie sofort zur Sache.“

„Mit Vergnügen“, sagte das Frettchen. Er beugte sich zu ihr vor. „Es geht um Miss Jennifer Bellamy.“ Er legte eine Pause ein, damit der Name seine Wirkung entfalten konnte, und registrierte zufrieden die plötzliche Blässe der Leiterin.

„Die arme Miss Bellamy“, brachte die mit Mühe heraus. „Sind Sie ein Angehöriger?“ Das fragte sie mit einer gewissen Zuversicht, denn sie wußte ganz genau, daß Miss Bellamy keine Familie gehabt hatte und fast ihr Leben lang allein gewesen war.

„Ich bin kein Angehöriger“, sagte das Frettchen einfach. „Es geht mir nur um die Gerechtigkeit.“

„Gerechtigkeit?“ flüsterte die Leiterin.

„Ich weiß aus sicherer Quelle“, sagte er, „und ich bin nicht bereit, meine Quellen preiszugeben“, womit er jeglichen Fragen vorgebeugt hatte, „ich weiß aus sicherer Quelle, daß Miss Bellamy nicht eines natürlichen Todes gestorben ist, wie Sie und Dr. Leigh behauptet haben. Sie hat sich die Kehle aufgeschlitzt, die arme Seele. Mit anderen Worten: Sie hat Selbstmord begangen.“ Er redete ganz bewußt immer weiter, denn sie sollte das alles nicht abstreiten können, und deshalb fügte er, fast in einem Atemzug, hinzu: „Sie haben alles unter den Teppich gekehrt, Leiterin, denn ein Selbstmord schadet dem guten Ruf eines Altersheims, und möglicherweise hätte dieser Sie Ihre Stellung gekostet. Außerdem", sagte er dann, „hat Dr. Leigh, der die wahre Todesursache kannte, die ja schließlich deutlich zu sehen war, Sie in ihrem Betrugsmanöver unterstützt und einen falschen Totenschein ausgestellt. Ich weiß das alles aus sicherer Quelle", wiederholte er. Und erst jetzt, erst jetzt, als er alles gesagt hatte, ließ er sich Zeit und legte eine Atempause ein. Und sah zu, wie sie versuchte, ihr Zittern zu unterdrücken.

„Die arme Miss Bellamy ist eines natürlichen Todes gestorben", sagte sie und verfluchte in Gedanken Mary, denn eine andere Quelle konnte sie sich nicht denken.

„Bestehen Sie darauf?" fragte er drohend.

„Das ist die Wahrheit", sagte sie. Ihre Blässe wich einem tiefen Rot, das ihren Hals und Gott weiß, was für andere Stellen, erfaßte, dachte das Frettchen kühn, als er sich voller Zufriedenheit an ihrem Unbehagen weidete.

„Wenn Sie auf diese Art von Wahrheit bestehen, dann werde ich dem Aufsichtsrat meine Beweise vorlegen müssen. Und der Britischen Ärztekammer, was Dr. Leigh betrifft."

Es war ein kleiner Trost für die Leiterin, daß sie nicht ganz allein in ihrem Elend war, aber ein Partner bei ihrer Deckoperation machte ihre Schuld nicht geringer.

„Aber sicher", sagte das Frettchen jetzt. „Dr. Leigh werde ich nachher auch noch aufsuchen." Die Leiterin ahnte einen Aufschub. „Dann warte ich ab, was er sagt", erklärte sie hoffnungsvoll.

„Was er sagt, spielt für Ihre Schuld überhaupt keine Rolle“, erklärte das Frettchen.

Dann schwiegen sie beide.

„Was wollen Sie eigentlich?“ fragte sie.

Obwohl es nicht erwähnt wurde, war zwischen ihnen das stumme Pochen des Wortes „Erpressung“ mit allen seinen entsetzlichen Buchstaben deutlich zu spüren.

„Ich halte zweihundert Pfund pro Woche für eine reichlich geringe Summe“, sagte er. „Bar, natürlich“, fügte er lächelnd hinzu. „Ich werde dasselbe von Dr. Leigh verlangen. Ich brauche Sie ja wohl beide nicht daran zu erinnern, wieviel mehr Sie zu verlieren haben.“

„Sie ist eines natürlichen Todes gestorben“, die Leiterin machte noch einen letzten verzweifelten Versuch.

„So natürlich wie eine aufgeschlitzte Kehle“, sagte das Frettchen.

Wieder schwiegen sie. Das Frettchen ließ die Stille eine Weile im Raum stehen.

„Ich bin ein vielbeschäftigter Mann“, sagte er und erhob sich. „Und ich würde Ihre erste Rate gern sofort in Empfang nehmen.“ Er starrte sie an und wartete.

„Zweihundert Pfund“, stammelte sie.

„Jeden Montag“, sagte er. „Ich hole das Geld persönlich ab. Um dieselbe Zeit.“

„Ich werde Sie anzeigen“, schrie sie ihn an. „Ich sag's der Polizei!“

Das Frettchen ließ sich wieder in seinen Sessel sinken und lachte ihr ins Gesicht. „Dann los“, sagte er. „Ich warte.“

Worauf die Leiterin in Tränen ausbrach. „Ich habe mein ganzes Leben lang hart gearbeitet“, schluchzte sie.

„Das haben wir alle", sagte das Frettchen ungerührt. „Zweihundert Pfund, Leiterin. Ich warte."

„Wie lange wird das so weitergehen?" flüsterte sie.

„Bis Sie sterben", sagte das Frettchen. „Natürlich eines natürlichen Todes", fügte er hinzu. „Ich wünsche Ihnen ein langes, erfülltes Leben."

Sie machte sich an ihrem Schlüsselbund zu schaffen, eine erste Geste der Unterwerfung. Dann öffnete sie eine Schublade in ihrem Schreibtisch und nahm ein Bündel Banknoten heraus. Es fiel ihr schwer, die verlangten zweihundert Pfund abzuzählen, denn ihre Finger zitterten stark. Das Frettchen wartete geduldig, und als sie das Geld abgezählt hatte, nahm er es und zählte noch einmal nach.

„Sehr gut", sagte er, was sich auf ihren Gehorsam oder auf ihre Zählkünste beziehen konnte. Auf jeden Fall war es eine Beleidigung.

„Ich verlasse Sie jetzt", sagte er und steckte das Geld ein. „Ich finde den Weg allein. Ich freue mich darauf, Sie wiederzusehen. Und das noch oft. Bis nächste Woche um diese Zeit also."

Er durchquerte die Rezeption ganz langsam, um dann, seinen Spazierstock schwenkend, über die mit Kies bestreute Auffahrt geradezu zu tanzen. Lady Celia sah vom Fenster aus den Triumph, der in seinen Schritten lag, und seufzte zufrieden.

Als zum Abendessen geläutet wurde, betrat sie fröhlich das Eßzimmer und stellte ohne Überraschung fest, daß die Leiterin sich nicht sehen ließ. Serviert wurde von den Küchenmädchen. Die Leiterin erschien auch nicht wie gewohnt im Aufenthaltsraum, um den Hausbewohnern gute Nacht zu wünschen. Doch als Lady Celia ihre eigenen

Zimmer aufsuchte, sah sie die andere für einen Moment auf der Treppe. Und es kam ihr nur gut und richtig vor, daß das Gesicht der Leiterin sich eindeutig ins Gelbliche verfärbt hatte.

Am nächsten Morgen erschien die Leiterin zum Frühstück, sah aber weiterhin alles andere als gesund aus. Den anderen fiel ihre Blässe auf. Sie schützte Kopfschmerzen vor, Kopfschmerzen, die, wie sie wußte, sie für den Rest ihres Lebens plagen würden. Sie und Dr. Leigh. Sie hatte ihn nicht angerufen, doch er hatte sich gemeldet, sowie das Frettchen sein Sprechzimmer verlassen hatte. Er war außer sich gewesen. Ja, er hatte gezahlt, so, wie sie gezahlt hatte. Zweihundert Pfund als erste der wöchentlichen Raten. „Was haben wir denn für eine Wahl?" hatte er geflüstert. Dann hatte er rasch hinzugefügt: „Wir sollten das nicht am Telefon besprechen. Ich schaue nach der Sprechstunde bei Ihnen vorbei."

Diese stillschweigende Vermutung, ihre Telefone könnten abgehört werden, konnte die Leiterin natürlich auch nicht beruhigen. Sie kam sich vor wie bei einer Invasion und schien nicht mehr sie selber zu sein, sondern eine von anderen Mächten gelenkte Marionette.

An diesem Abend hörte Lady Celia nach dem Essen auf der Einfahrt ein Auto. Vom Fenster aus sah sie Dr. Leigh die Treppe hochrennen. Es überraschte sie nicht weiter, daß er ohne seine übliche schwarze Tasche kam. Sie wußte, daß sein Besuch keine medizinischen Gründe hatte. Lächelnd ließ sie ihren Vorhang sinken. Alles ging ganz nach Plan.

An den folgenden Tagen sah die Leiterin zusehends verhärmter aus, und zwar so sehr, daß die Spekulationen im Aufenthaltsraum nur so blühten.

„Vielleicht brütet sie etwas aus", sagte Mrs. Hughes.

Jeremy Cross schwieg, fragte sich aber, wie bald die Leiterin sich die Mahlzeiten aufs Zimmer bringen lassen würde, und wer sie ihr dann bringen sollte.

„Sie ist überarbeitet", zu diesem Schluß kam der Major. „Sie hat nicht genug Personal, und es wird zuviel von ihr verlangt."

Vor allem letzteres, dachte Lady Celia, und freute sich auf den nächsten und auf alle folgenden Montage, an denen die Leiterin verhärmter aussehen würde denn je.

„Sie braucht Urlaub", sagte Mrs. Thackeray. „Wann hatte sie denn zuletzt Ferien?"

„Nicht in meiner Zeit", antwortete Mrs. Primple. „Und das sind sieben Jahre."

Es kam nur selten vor, daß Mrs. Primple im Aufenthaltsraum etwas sagte, doch aus irgendeinem Grund hatte sie in ihren anonymen telephonischen Besprechungen eine Pause eingelegt.

„Meinen Sie, wir sollten ihr das vorschlagen?" fragte der Major.

„Lieber nicht", sagte Mrs. Thackeray. „Sie könnte das als Kritik auffassen."

„Ich kann mit ihr sprechen, wenn Sie wollen." Das war Mrs. Feinberg, die während der vergangenen Woche langsam zu einem aktiven Mitglied der Gemeinschaft von Haus Hollyhocks geworden war. Sie hatte sich verändert. Man könnte sagen, daß sie fast glücklich war. Verschwunden waren alles Unbehagen und alle Unruhe, die sie in ihrer ersten Zeit dort gequält hatten. Sie schrieb diese Veränderung ihrer eigenen Durchhaltekraft zu, ihrer Weigerung, diesen Dingen nachzugeben. Sie verbrachte jetzt nur noch wenig

Zeit in ihren Zimmern, ihrer früheren beunruhigenden Zuflucht. Sie mischte sich fröhlich unter die übrigen Mitbewohner und schien die Achtung aller gewonnen zu haben, vor allem die des Majors, der Frauen allgemein zwar fürchtete und ihnen mißtraute, der bei Mrs. Feinberg jedoch eine Ausnahme zu machen schien.

„Sehr nett von Ihnen", sagte er jetzt. „Und ich wünsche Ihnen viel Glück. Wir hier im Hauptquartier freuen uns auf Ihren Bericht." Er kicherte kurz nach dieser letzten Bemerkung, wie um sich dafür zu entschuldigen, daß er seine Uniform einfach nicht ablegen konnte.

„Jawoll, Sir", sagte Mrs. Feinberg und ließ sich damit auf sein Spiel ein. Die beiden flirteten in aller Öffentlichkeit, und die anderen tauschten Blicke, da alle im selben Moment dasselbe dachten, allesamt mit einer Mischung aus Neid, Überraschung und Entzücken.

„Wann werden Sie mit ihr sprechen?" fragte Mr. Cross.

„Ich warte auf einen passenden Moment", sagte Mrs. Feinberg. „Unter vier Augen natürlich. Ich überlege mir irgendeinen Vorwand, um sie in ihrem Büro aufzusuchen."

„Heute noch?" Jemand ließ nicht locker.

„Ich werde es versuchen", sagte Mrs. Feinberg.

Die Leiterin hatte immer Briefmarken bereitliegen, für die wenigen Hausbewohner, die Kontakt zur Außenwelt hielten, und deshalb klopfte Mrs. Feinberg an diesem Abend an die Bürotür. Die Antwort „Herein" klang laut und abrupt und schien auf schlechte Laune hinzuweisen. Doch Mrs. Feinberg ließ sich nicht einschüchtern. Ihr neues Wohlbehagen flößte ihr Mut ein.

„Ich brauche ein paar Briefmarken", sagte sie beim Eintreten.

Die Leiterin machte sich an einer Schreibtischschublade zu schaffen. „Und haben Sie sich schon eingelebt?" fragte sie, ohne ihren Gast anzusehen.

Mrs. Feinberg griff das Stichwort auf. „Es geht jetzt sehr viel besser", sagte sie. „Ich glaube, die Unterbrechung hat mir sehr gut getan. Wir sollten uns alle ab und zu einmal Ferien gönnen."

Die Leiterin gab keine Antwort. Doch Mrs. Feinberg ließ nicht locker.

„Machen Sie nie Ferien?" fragte sie.

Zum ersten Mal sah die Leiterin sie an. „Und wer sollte sich dann um Haus Hollyhocks kümmern?" fragte sie.

„Sie könnten doch eine Vertretung finden", schlug Mrs. Feinberg vor.

„Ja, Sie haben wohl recht", sagte die Leiterin ohne große Begeisterung.

Mrs. Feinberg legte eine Pause ein. „Bitte, nehmen Sie mir das nicht übel", sagte sie dann. „Aber Sie sehen aus, als ob Ihnen eine Abwechslung gut tun würde. Ein wenig Sonne vielleicht. Ein bißchen Ruhe."

Die Leiterin ärgerte sich. „Vielen Dank, ich fühle mich sehr wohl", sagte sie. „Ich brauche keinen Urlaub." Was sie brauchte, war jemand, der Mr. Venables für sie ermordete, und den würde sie in den Ferien wohl nicht finden. Sie hatte durchaus schon an einen Mörder gedacht. Sie hatte sogar mit Dr. Leigh darüber gesprochen. Sie hatte es als Witz getarnt, aber auch als Witz hatte Dr. Leigh es nicht komisch gefunden.

„Haben Sie sonst noch etwas auf dem Herzen, Mrs. Feinberg?" fragte sie und reichte ihr die Briefmarken.

„Nein, das ist alles", sagte Mrs. Feinberg, enttäuscht,

weil sie im Hauptquartier nun kaum etwas berichten konnte.

Die Leiterin schaute ihr hinterher. Verdammte Jüdinnen, dachte sie. Mischen sich immer in fremde Angelegenheiten. Sie könnte vielleicht Mrs. Feinbergs Gebühren erhöhen – irgendein Grund würde ihr sicher einfallen – und den Gewinn in ihr wöchentliches Schweigegeld einfließen lassen. Sie könnte das eigentlich bei allen Hausbewohnern tun. Sie wollte das bei der nächsten Aufsichtsratssitzung vorschlagen und die steigenden Lebenshaltungskosten als Grund anführen. Ihre kreative Buchführung würde dann für den Rest sorgen. Dieser Gedanke tröstete sie ein wenig. Die Zahlungen würden sie weniger quälen, wenn das Geld aus einer anderen Tasche stammte. Und als der Aufsichtsrat ihrem Antrag dann stattgab, und sie die Hausbewohner informieren konnte, wußte nur Lady Celia, daß die „steigenden Kosten" allein mit den Taschen des Frettchens, und damit auch mit ihren eigenen, zu tun hatten. Die Leiterin sah danach dann auch weniger verhärmt aus, auch wenn Lady Celia weiterhin jeden Montag um vier Uhr unter ihrer Gardine durchlugte.

Auf die Nachricht von der Gebührenerhöhung in Haus Hollyhocks hin hatte auch das Frettchen die Zahlungen steigern wollen. Und tat es dann auch, mit Zustimmung von Lady Celia und Lady Priscilla, und zwar auf zweihundertfünfzig Pfund, worauf die Leiterin gleich wieder verhärmt aussah. Abermals verfluchte sie dieses Küchenmädchen und setzte in Gedanken Mary ebenfalls auf die Liste für den Killer.

Um diese Zeit kehrte Mrs. Green, nach fast dreiwöchiger Abwesenheit, nach Haus Hollyhocks zurück. Niemand hatte sie sonderlich vermißt, und erst, als sie sie im Aufenthaltsraum sahen, ging den anderen auf, daß sie sie länger nicht gesehen hatten.

„Wo haben Sie denn gesteckt?“ fragten sie.

„Ich hatte etwas zu erledigen“, sagte sie rasch, als habe sie diesen Satz viele Male geübt. „Das hat länger gedauert als erwartet, aber jetzt ist alles unter Dach und Fach.“

„Zu Ihrer Zufriedenheit, hoffe ich?“ fragte Mrs. Thackeray, die es enttäuschend fand, daß Mrs. Green überhaupt zurückgekehrt war.

„O ja“, sagte Mrs. Green mit einem Lächeln, und Mrs. Thackeray dachte, daß ihre Geschäfte, und wenn sie auch im Dienste Ihrer Majestät stattfanden, zweifellos eine dubiose Angelegenheit sein mußten.

Beim Abendessen schwieg Mrs. Green. Sie wollte sich nicht in ein Gespräch über ihre Londoner Unternehmungen verwickeln lassen. Und sie war auch dankbar dafür, daß niemand großes Interesse daran zu zeigen schien. Sie registrierte, daß der Major seinen festen Platz gewechselt hatte und jetzt zufrieden neben Mrs. Feinberg thronte – denn diese Jüdin, dachte Mrs. Green, wollte im Mittelpunkt stehen wie alle ihresgleichen.

Die offenkundige Vertrautheit dieser beiden ärgerte sie, und sie beschloß, früh ins Bett zu gehen und zu hoffen, daß der Major am nächsten Morgen wieder bei Verstand sein werde.

Doch beim Frühstück hingen die beiden noch immer zusammen, wenn Mrs. Green auch zufrieden feststellen konnte, daß Mrs. Feinberg entschieden ungesund aussah. Sie fühlte sich wirklich nicht wohl, ihre unerträglichen Kopfschmerzen zwangen sie, ihr Frühstück unangerührt liegen zu lassen. Als der Major einen kurzen Spaziergang vorschlug, nahm sie dieses Angebot gern an, denn das, was sie so quälte, befand sich offensichtlich innerhalb der Mauern von Haus Hollyhocks. Sie fühlte sich ein wenig besser, als sie über die Auffahrt gingen, verspürte aber noch immer eine gewisse Nachwirkung ihrer Gefühle aus dem Haus. Aber als sie sich dann von Haus Hollyhocks entfernten, verflog auch das dumpfe Gefühl, und als sie dann das Dorf erreichten, war sie so zufrieden wie zuvor. Der Major nahm ihren Arm, drückte ihn ein wenig, und sie erwiderte seine Geste der Zuneigung voller Dankbarkeit. Sie staunte über diese Freundschaft. Sie machte ihr Freude, obwohl der Major wirklich nicht ihr Typ war. Ihr Mann war Musiker gewesen, Cellist in einem großen Londoner Orchester. Und der Major war aller Wahrscheinlichkeit nach komplett unmusikalisch. Sie hatte noch nie einen Militär gekannt. In ihrem Freundeskreis war diese Spezies nicht vorhanden gewesen. Dort hatten sich alle auf irgendeine Weise künstlerisch betätigt. Hatten geschrieben, gemalt und komponiert. Es war möglich, daß der Major noch nie ein Buch gelesen hatte. Aber er verfügte über eine Eigenschaft, die sie bezaubernd fand. Und zwar seine Höflichkeit und Ritterlichkeit, zusammen mit seiner Selbstsicherheit. Er fühlte sich sicher, und sie fühlte sich in seiner Gesellschaft sicher. Bei allem, was in Mrs. Feinbergs Jugend passiert war, war Sicherheit das kostbarste Gut. Sie hatte sich täglich danach gesehnt, hatte darum gebetet, hatte sich vor ihrem Verlust geängstigt. Und auch, als sie endlich Sicherheit fand, anders als alle, die sie geliebt hatte, verließ sie sich nicht auf deren Dauerhaftigkeit. Ihr Mann hatte als Junge mit demselben täglichen Entsetzen leben müssen, und auch er schaute sich immer wieder um. Zusammen hatten sie den Schatten der Vergangenheit den Rücken gekehrt, doch nie konnten sie der Versuchung widerstehen, noch einmal zurückzublicken. Nach seinem Tod vermißte sie ihre gemeinsame Liebe und ihre gemeinsame Geschichte. Nicht seinen Schutz und seine Sicherheit, denn das konnte er nicht geben. Sicherheit jedoch war die ständige Begleiterin des Majors, innerlich wie äußerlich. Seine bloße Anwesenheit war ein Schutz, der andere umgab. Weshalb sie dankbar seinen Arm drückte.

Während sich ihre Freundschaft entwickelte, hatte der Major sie nie nach ihrer Vergangenheit gefragt. Und dafür war sie dankbar, denn sie mochte nicht darüber sprechen. Sie hörte sich gern seine Militäranekdoten an, und er freute sich über ihre Bereitwilligkeit, ihm zuzuhören. Aber an diesem Morgen schwieg er, denn er ahnte ihren Kummer. Er dachte, sie werde sich ihm vielleicht anvertrauen, und deshalb schlug er vor, in ein Café im Dorf zu gehen. Er hielt dieses Café für einen passenden Ort für vertraulichere Gespräche.

Sie waren die einzigen Gäste im Café, deshalb konnte niemand sie belauschen, und als sie Platz genommen hatten, sagte er sofort: „Etwas setzt Ihnen zu, meine Liebe. Das kann ich sehen. Würden Sie mir davon erzählen? Ganz im Vertrauen natürlich. Es wäre mir eine Ehre, Ihre Sorgen teilen zu dürfen."

Sie lächelte ihn an. „Sie sind so gütig", sagte sie. „Ich mache mir wirklich Sorgen. Da haben Sie Recht. Und ich würde sie mit Ihnen teilen, wenn ich nur könnte. Aber ich weiß nicht, was los ist. Ich weiß es einfach nicht", fügte sie hilflos hinzu.

Das schien die Unterhaltung, auf die der Major gehofft hatte, schon jetzt zu beenden. „Wäre es eine Idee, einen Arzt aufzusuchen?“ fragte er schließlich.

„Nein, das ist es nicht“, sagte Mrs. Feinberg. „Rein körperlich fehlt mir nichts.“

Der Major wollte keine weiteren Hilfsmittel vorschlagen, deshalb schwieg er.

„Das legt sich schon wieder“, sagte sie endlich. „Manchmal hatte ich zwischendurch gar keine Probleme.“

Der arme Major wußte nicht, was er ihr raten sollte. Doch statt das Schweigen zwischen ihnen noch zu verlängern, bat er sie, ein wenig über sich zu erzählen, über ihr Leben früher, als sie noch nicht in Haus Hollyhocks gewohnt hatte. Das wäre doch immerhin ein Gesprächsthema, dachte er, ohne zu ahnen, wohin das alles führen könnte. Mrs. Feinberg, die das Gespräch auch nicht versanden lassen wollte, tat ihm gern den Gefallen und erzählte von ihren Jahren in England, dieser relativ sicheren Zeit, von ihrer Ehe und dem Tod ihres Mannes. Sie arbeitete sich in der Zeit zurück, angefangen mit dem Tag seiner Beerdigung. Und sie erzählte langsam, so daß ihr Bericht für viele Cafébesuche reichen würde.

Fast jeden Tag machten sie nun nach dem Frühstück ihren Spaziergang zum Café, wo sie ihm ganz unbeschwert ihr Eheleben schilderte. Der Major war ein guter Zuhörer und er staunte über einen Lebensstil, der sich so sehr von seinem eigenen unterschied. Eines Morgens kam sie dann bei ihrem Eintreffen in England an. Und damit beendete sie ihre Geschichte.

„Und was war vorher?“ fragte der Major.

„Das weiß ich nicht mehr“, sagte Mrs. Feinberg rasch

und mit einer Entschiedenheit, die klarstellte, daß sie auch nicht vorhatte, ihr Gedächtnis anzustrengen. Der Major ließ die Sache auf sich beruhen. Es würde noch andere Spaziergänge und andere Tassen Tee geben. Er nahm ihren Arm, und dann wanderten sie langsam zurück nach Haus Hollyhocks. Mrs. Feinberg hatte immer Angst vor dieser Rückkehr und hielt sich, abgesehen von den Mahlzeiten, nur noch in ihren eigenen Zimmern auf. An den folgenden Tagen sprachen sie im Café über andere Themen, der Major wandte sich seinen Kriegsgeschichten zu und stellte ab und zu eine Frage zum Leben, das Mrs. Feinberg vor ihrem Eintreffen in England geführt hatte. Es war jedoch klar, daß sie nicht darüber reden wollte.

Ihre einseitigen Teegespräche gingen also weiter, und das galt ebenfalls für Mrs. Feinbergs Unbehagen, während sie sich, beladen mit ihrer unaussprechlichen, nicht erzählbaren Vergangenheit, in ihren Räumlichkeiten verkroch. Eines Tages wagte es der Major, das Thema wieder aufzugreifen. Seine wachsende Zuneigung zu Mrs. Feinberg hatte auf irgendeine Weise seine Freude an militärischen Erinnerungen geschmälert. Es machte ihm keinen so großen Spaß mehr, vom Krieg zu erzählen, während seine Sorge angesichts des Unwohlseins seiner Begleiterin wuchs. An diesem Tag waren sie abermals die einzigen Gäste im Café, und der Major glaubte, daß in dieser Stille und Ungestörtheit Mrs. Feinberg vielleicht überredet werden könnte, sich ihm anzuvertrauen. Er wartete, bis der Tee serviert worden war, dann wagte er es, ihre Hand zu nehmen. „Miriam“, sagte er und beugte sich ein wenig zu ihr vor. „Es macht mir arg zu schaffen, daß du so unglücklich bist. Und ich kann mich nicht von dem Eindruck befreien, daß alles damit zu tun hat, was dir vor deinem Eintreffen in England passiert ist. Mit diesen Dingen, die du nicht mit mir teilen kannst." Er festigte seinen Zugriff. „Ich bin nicht sehr intelligent", sagte er. „Ich bin ein schlichter Militär, meine Liebe, aber eine innere Stimme sagt mir, daß es da einen Zusammenhang gibt."

Sie war überrascht von diesem Verständnis, und außerdem staunte sie. Sie hatte nie an eine solche Verbindung gedacht. Ihre Erfahrungen aus der Vor-England-Zeit waren so tragisch, so sehr mit Verlust verbunden, daß sie keinen weiteren Zusammenhang herstellen konnte. Aber sie wußte, daß ihre Vergangenheit ihren jetzigen Alltag prägte, mit jedem Moment, in dem sie sich ihr Überleben klarmachte, mit jedem plötzlichem Schmerz von Schuld, den dieses Überleben mit sich brachte. Später hatte sie erfahren, daß sie sechs Millionen überlebt hatte, eine Zahl, die zu groß war, um noch einen Sinn zu ergeben. Für sie galt die überschaubare und entsetzliche Zahl fünf, denn sie war allein zurückgeblieben, als ihr Vater, ihre Mutter und ihre drei jüngeren Schwestern auf die andere Seite geschickt worden waren, von der es keine Rückkehr gegeben hatte. Nur fünf Menschen. Aber sie hatten die gesamte Bevölkerung ihrer Welt ausgemacht. Sie schaute dem Major in die Augen und hatte das Gefühl, ihm für seine Besorgnis etwas schuldig zu sein, doch sie konnte keine Worte für ihn finden. Deshalb schob sie ihren rechten Ärmel hoch und zeigte ihm ihre Nummern. Insgesamt fünf, eine für jeden Menschen, den sie verloren hatte, für diese Menschen, die als zu nutzlos gegolten hatten, um auch nur eine Registriernummer zu verdienen.

Der Major betrachtete die Nummern. Und er verstand alle Worte, die sie ihm nicht hatte sagen können. Er sah sich die Nummern nicht genauer an, registrierte aber, daß es fünf davon gab, und daß ihnen mindestens zehntausend vorausgegangen waren. Und das galt nur für das eine Lager. Er streichelte die Tätowierung mit seinen Fingerspitzen.

„Wo warst du?“ fragte er. Er bereute diese Frage, sowie er sie ausgesprochen hatte. Welche Rolle spielte es denn, wo sie gewesen war? Eine Gaskammer war schließlich wie die andere. Architektur und Design hatten keine Rolle gespielt, sie hatten einfach ihre Aufgabe erfüllen sollen. Und das hatten sie mit teuflischer Effektivität getan. Er hatte sie gesehen, hatte die Atmosphäre gespürt, die niemals verfliegen würde.

„Auschwitz“, flüsterte sie.

Auch er war dort gewesen, nachdem er vorübergehend einer sowjetischen Armeeinheit zugeteilt worden war, und diese Landschaft des Entsetzens hatte ihm die Sprache verschlagen. Und unter diesen kaum noch atmenden Skeletten, die zu schwach waren, um ein Dankeswort zu äußern, hatte sich vielleicht auch Miriam befunden, zweifelnd, mißtrauisch, für einen Moment getroffen von einem plötzlichen, widerstrebenden Glauben an Gott? Er würde ihr nicht erzählen, daß er dort gewesen war. Auschwitz gehörte Miriam, war ihr privater Aufenthaltsort. Ein Augenzeuge, auch wenn er als Retter gekommen war, konnte dort nur als Eindringling erscheinen. Deshalb schwieg er. Und stellte ihr keine weiteren Fragen. Sie hatte ihm alles erzählt, das ihre Seele belastete. Sie blieben eine Weile schweigend sitzen, dann legte er auf dem Rückweg nach Haus Hollyhocks den Arm um ihre Schultern.

„Ich passe auf dich auf“, sagte er.

10

Die Minuten und Stunden in Haus Hollyhocks krochen ach so langsam dahin, doch die Zeit verflog nur so. Im Handumdrehen tauchte der montägliche Hackbraten wieder auf dem Tisch auf, kaum daß er verzehrt worden war, obwohl sich Dienstagsleber, Mittwochslamm, Donnerstagshähnchen, Freitagsfisch und Samstags- und Sonntagsbraten routinemäßig dazwischengeschoben hatten. Die Bewohner zählten die Tage anhand ihrer Lieblingsgerichte. Mrs. Primple lebte von einem Donnerstag zum anderen, weil sie so gern Geflügel aß, und da von den anderen viele Fisch liebten, richtete deren Kalender sich nach dem Freitag. Der ausschlaggebende Tag für Lady Celia aber war der Montag, wenn sie durch den Vorhangspalt das den Spazierstock schwenkende Frettchen die Auffahrt heraufkommen sah. Man hätte die Uhr nach ihm stellen können. Und um Punkt zehn nach vier schwenkte er abermals, und Lady Celia ließ ihre Vorhänge sinken und hatte ihren Anteil an zweihundertfünfzig Pfund eingenommen. Eine Stunde später, wenn Dr. Leigh ebenfalls seinen Beitrag geleistet hatte, war dann bereits die Rede von einem Anteil an fünfhundert.

Zwei Hähnchen später klagte Mrs. Primple über Halsschmerzen, sie konnte nur noch leise krächzen. Diese Erkrankung hielt sie für eine Weile davon ab, sich ihrem Hobby zu widmen, und sie wußte nicht so recht, wie sie sich die Zeit vertreiben sollte. Die Leiterin wollte unbedingt den Arzt holen, und hinter ihrem Vorhang wartete Lady Celia auf sein Eintreffen. Sie wollte sehen, wie verhärmt er aussah. Doch wer dann die schwarze Tasche die Treppe von Haus Hollyhocks hochtrug, war nicht Dr.

Leigh. Es war ein Fremder, ein älterer Mann, den Lady Celia noch nie gesehen hatte. Das verwirrte sie, und sie erfuhr erst zwei Wochen später bei dem monatlichen Treffen in London, warum Dr. Leigh nicht mehr kam. Der gute Dr. Leigh, wie Lady Priscilla ihr mitteilte, war ganz einfach gestorben. Das Frettchen hatte einen Herzinfarkt mitteilen können, zweifellos hervorgerufen durch Streß. Keine der beiden empfand auch nur das geringste Schuldbewußtsein. Dr. Leighs zu frühes Verscheiden bedeutete einfach, daß sie einen Klienten eingebüßt hatten. Aber sein Tod bedeutete für die Leiterin keinen Trost. Sie hatte ihn den Hausbewohnern gegenüber nicht erwähnt. Sie schien so zu tun, als sei nichts passiert, aber tatsächlich fühlte sie sich jetzt einsam, da sie die Bürde allein weiterschleppen mußte. Und deshalb sah sie seither verhärmter aus denn je.

Mrs. Primple jedoch kam unter der Obhut des neuen Arztes wieder zu Kräften und kehrte mit voller Stimmgewalt glücklich zu ihren Chatlines zurück. Der Major und Mrs. Feinberg machten weiterhin jeden Tag ihren Spaziergang zum Café, und Jeremy Cross vertiefte sich jeden Abend in seine Überlebensliste. Mrs. Hughes ergoß ihre Minnie-Geschichten in unwillige, wenn nicht sogar taube Ohren, und Jock MacPherson träumte weiterhin von schottischer Autonomie. Mrs. Green dagegen hatte noch immer nichts begriffen und fragte sich, warum Mrs. Thackeray ihr aus dem Weg ging.

Aber Mrs. Thackeray war anderweitig beschäftigt. Und zwar überaus anderweitig. Und obwohl sie nicht genau wußte, womit sie sich da beschäftigte, war sie sich doch ihrer dauernden Inanspruchnahme nur zu bewußt.

Es hatte einige Monate zuvor ganz unmerklich angefangen, und zwar am Heiligen Abend. An dem Abend, an dem die Leiterin die übliche Sitzordnung verändert hatte. An diesem Abend hatte Mrs. Thackeray sich gegenüber von Eric Thurlow wiedergefunden. Sie hatten einen Blick getauscht und gelächelt, hatten aber kein einziges Wort miteinander gewechselt. Danach hatten sie auch im Aufenthaltsraum nebeneinander gesessen, wo gelegentliche Bemerkungen über das Wetter das Schweigen zwischen ihnen gebrochen hatten. Zu diesen Kommentaren jedoch hatte sich ein gemeinsames Lächeln gesellt, ein Lächeln, das andeutete, daß sich zwischen ihnen eine besondere Beziehung vorbereitete. Und wirklich entwickelte diese Beziehung sich fast ohne ihr Wissen. Trotzdem erschien sie ihnen als das allernatürlichste auf der Welt, als selbstverständliche Folge des vielen Lächelns. Als Eric Thurlow eines Tages Mrs. Thackeray allein im Garten von Haus Hollyhocks vorfand, trat er vor sie hin und machte ihr ohne Umschweife einen Heiratsantrag. Abgesehen von einigen Kommentaren über das Klima waren das die ersten wirklichen Worte, die er zu ihr sagte. Sie schnupperte gerade an den Rosen, an den kleinen Knospen des zeitigen Frühlings. Sie hörte seinen Antrag und war durchaus nicht überrascht. Sie drehte sich um und sah ihn an; zum ersten Mal lächelten sie beide nicht. Beide wußten, daß das Lächeln einige Monate lang einfach ein Vorspiel gewesen war, während jetzt ein ernsthaftes Engagement angesagt war, das eine gewichtigere Miene verlangte als ein Lächeln. Und weil sie den Antrag erwartet hatte, antwortete sie einfach mit „ja“, denn sie brauchte sich die Sache nicht zu überlegen, während er, ebenfalls ohne Überraschung, vorschlug, einen Spaziergang zu machen und die Details zu besprechen. Er nahm ihren

Arm und berührte sie damit zum allerersten Mal. Als sie zwischen den Blumenbeeten weitergingen, überlegte Mrs. Thackeray, wer er wohl sein mochte, woher er stammte, ob er schon einmal verheiratet gewesen war, ob er Kinder hätte. Im Grunde also, was er für ein Mensch sei. Und Eric Thurlow dachte seinerseits über Mrs. Thackeray nach, wenn auch die Antworten auf diese Fragen für beide gleichermaßen unwichtig waren. Sie wollten sich auf eine Reise ins Unbekannte begeben und fanden diese Aussicht aufregend. Selbst die Wahrscheinlichkeit einer Katastrophe erschien ihnen als verlockend, und sie tauschten ein verschwörerisches Lächeln, wie zwei unartige Kinder, die vorhatten, in wirklich großem Maßstab gegen die Gebote ihrer Eltern zu verstoßen.

An diesem Abend bat Mr. Thurlow Mrs. Thackeray, ihn Eric zu nennen, und Mrs. Thackeray ihrerseits nannte ihm Mildred als ihren Taufnamen. Eric sprach diesen Namen zum ersten Mal aus, schob ihr einen Ring auf den Finger und erklärte sie als verlobt. Als sie sich später auf ihrem Zimmer den Ring genauer ansah, fand sie ihn ein wenig geschmacklos. Es handelte sich ganz klar um ein Stück grünes Glas, das man kaum für einen Smaragd halten konnte.

Während der nächsten Tage verhielt sich Eric recht sparsam mit Geschichten über sein Leben in den Zeiten vor Haus Hollyhocks, und auch Mildred hielt sich zurück. Sie näherten sich zwar dem Ende ihrer Tage, hatten aber das Gefühl, noch endlos viel Zeit zu haben, um einander kennenzulernen; sie hatten ja schließlich keine anderen Aufgaben. Und wenn sie es nicht schafften, spielte es auch keine große Rolle. Auf jeden Fall wäre eine Minute zu lang, um die Geschichte des seligen Mr. Thackeray zu erzählen, ein Jahrzehnt dagegen zu kurz, weshalb sein Name gar nicht erwähnt wurde. Mildred nahm jedoch an, daß Eric nie verheiratet gewesen war, und daß er über beträchtliche Mittel verfügte, daß er sein Vermögen von seinem Vater geerbt hatte, der es seinerseits seinem Vater verdankte. Eric Thurlow entstammte einer langen und ruhmlosen Ahnenreihe mit nicht selber verdientem Geld, das der Ausbeutung der einheimischen Arbeiter in den Diamantenminen Südafrikas zu verdanken war. Es lag schon viele Generationen zurück, daß ein Mitglied der Thurlow-Sippe irgendeine ehrliche Arbeit verrichtet hatte.

Zum Dank für seinen kurz skizzierten Lebenslauf hatte Mrs. Thackeray ihm einen langweiligen, aber wahrheitsgemäßen Bericht über ihre Kindheit in Croydon und ihre kinderlose Ehe in Seven Pillars geliefert. Sie versuchte, ihre Geschichten anzureichern, doch beide Orte ließen es an brauchbaren Schmuckelementen fehlen. Sie wollte Eric nicht so belügen wie Mrs. Green. Sie hielt es jedoch für zulässig, Wahrheiten zu verschweigen.

Sie beschlossen, ihre Verlobung geheimzuhalten, bis sie alle Vorbereitungen für die Hochzeit getroffen hatten. Sie wollten weiterhin in Haus Hollyhocks wohnen und schlugen errötend vor, um nebeneinander liegende Zimmer zu bitten. Sie würden beide den Jungen/das Mädchen von nebenan heiraten, und der Junge/das Mädchen würden auch nebenan bleiben, um der Ehe eine Überlebenschance zu geben. Eric übernahm die Aufgabe, unter vier Augen mit der Leiterin zu sprechen. Er wollte auch die standesamtliche Trauung und den darauffolgenden Empfang vorbereiten. Sie hielten drei Wochen für eine ausreichende Zeit, um alle Vorbereitungen zu treffen, und setzten dementsprechend ihren Hochzeitstermin fest. Dann kam die Frage der Hochzeitsreise an die Reihe, und Mrs. Thackeray bot an, bei einem Reisebüro vorbeizuschauen und Prospekte zu holen.

An diesem Abend zog sie sich früh zurück und fragte sich, worauf sie sich da eingelassen habe, und wie sie mit allem fertig werden solle. Eric Thurlow ging es genauso. Sie hatten das beide noch nie erlebt und waren seit vielen Jahren aus der Übung. Und beide fühlten sich jetzt, nach so langer Enthaltsamkeit, wie wiederhergestellte Jungfrauen und fürchteten den abermaligen Verlust ihrer Unschuld.

Mrs. Thackeray hatte ihren nackten Leib schon seit vielen Jahren nicht mehr angesehen. Falls sie ihn überhaupt angesehen hatte, so bewertete sie ihn wie den Körper einer Fremden. Bei ihrem täglichen Bad kniff sie die Augen zusammen, und das nicht aus Furcht, ihr könne Seife hineingeraten. Sie wußte nicht, was in einer Ehe von ihr erwartet werden würde, und sie versuchte, sich das auch nicht vorzustellen, aber sie fühlte sich doch dazu verpflichtet, abzuschätzen, was sie anbieten könnte, sollte Nachfrage danach bestehen. Sie wagte nicht, einen umfassenden Blick zu riskieren. Jeden Tag würde sie in neuen Raten inspizieren, und später, wenn sie den Mut aufbringen könnte, wollte sie dann eine volle Frontansicht riskieren. An diesem Abend begann sie mit ihren Füßen, ihren Knöcheln und ihren Waden. Sie wußte, daß sie sich dort auf sicherem Terrain befand. Glückliche Umstände hatten sie vor Krampfadern verschont und sie vor Hühneraugen und Ballenentzündungen bewahrt. Sie zog ihre Schuhe und Strümpfe aus und raffte ihren Rock bis zu ihren Knien. Zuerst betrachtete sie ihre Beine im Spiegel, doch sie wußte, daß diese Wiedergabe nur zum Teil zuverlässig war. Wichtig war der direkte Blick auf das Fleisch, und zwar der aus Eric Thurlows Augen. Deshalb betrachtete sie sich durch ihre Brille, um wirklich nichts übersehen zu können. Und sie war absolut zufrieden. Sie beschloß, ihren Beinen Punkte zu geben und auch ihre anderen Teile an dieser Werteskala zu messen, und da sie wußte, daß ihre Füße und Waden ihr bester Teil waren, gab sie ihnen zehn von zehn möglichen Punkten. Dann fand sie, für den einen Abend genug geleistet zu haben. Am folgenden Abend wollte sie ihr Gesicht untersuchen und auch einen Blick auf ihr Dekolleté riskieren.

In seinem Zimmer weiter hinten im Flur unterzog Eric Thurlow sich einer ähnlichen Selbstuntersuchung. Auch er hatte sich gefragt, was erwartet werden würde. Das bezog sich jedoch nicht auf sein Äußeres. Er ging davon aus, daß Männer so alt aussehen durften, wie sie waren, so fett oder dünn, wie ihre Natur es vorschrieb, und eben auch so alt oder so jung. Frauen dagegen hatten auf ihr Äußeres zu achten. Er wußte, daß sein Vater das auch so gesehen, und daß seine Mutter es hingenommen hatte. Er ging davon aus, daß Mildred Thackeray diese Ansicht teilte. Seine Sorge und seine Selbstuntersuchung galten einem anderen Bereich: seiner Libido. Oder dem, was davon noch übrig war. Kurz gesagt, er war nicht ganz sicher, ob er es noch schaffen würde. Ach, wenn er allein war, dann klappte es durchaus beim einsamen Geschlechtsverkehr mit phantasierter Anonymität. Ein Schulmädchen mit Zöpfchen war die wirkungsvollste Gesellschaft, und auch eine schwarze, dienstbereite Hure leistete bisweilen gute Dienste, wie auch gelegentlich ein halbwüchsiger Schuljunge, der wirklich das beste war, wie er zugeben mußte, den er aber nur selten nutzte, weil die folgende Klimax ihn mit Schuldgefühlen erfüllte. Aber Mildred Thackeray, dachte er. Als fiktive Partnerin seiner einsamen Nächte wäre sie einfach unbrauchbar, und er fragte sich, ob seine sonstige Gesellschaft ebenso effektiv funktionieren würde, wenn Mrs. Thackeray neben ihm läge.

Mrs. Thackeray waren diese Befürchtungen fremd. Ihres Wissens nach hatte sie nie einen Orgasmus gehabt, sie wußte nicht, was das war. Aber wie viele ihrer Geschlechtsgenossinnen konnte sie einen vortäuschen und hatte das in der ersten Zeit ihrer Ehe auch gemacht, wenn es angebracht gewesen war. Sie staunte darüber, daß ihrem Mann das offenbar nicht aufgefallen war. Im Gegenteil, er hatte sich für einen großen Liebhaber gehalten, der sie voll und ganz befriedigte. Ihr Keuchen und ihre Lustschreie hatten ihm das bestätigt. Mrs. Thackeray zweifelte nicht daran, daß sie es auch bei Eric Thurlow vortäuschen würde, was immer dieses „es“ nun sein mochte. Was ihr Sorgen machte, war ihr Körper, und während der folgenden Abende ging sie ihn durch und gab jedem Teil Punkte; und jeder schnitt schlechter ab als der letzte. Sie untersuchte ihren Bauch und konnte ihm ganz ehrlich nicht einen einzigen Punkt zugestehen. Ihr Leben lang hatte sie, als Mädchen, als Braut und später als Witwe, nachts ihre Unterhosen anbehalten. Sie sah keinen Grund, warum sie im Herbst ihres Lebens mit dieser lebenslangen Gewohnheit brechen sollte. Vor allem jetzt, wo sie die Unterhosen ebenso zur Tarnung brauchte wie aus Sittsamkeit. Um sich von ihrem Körper abzulenken, richtete sie ihre ganze Aufmerksamkeit nun auf ihr Hochzeitskleid.

Eric hatte inzwischen die Leiterin ins Vertrauen gezogen. Er hatte bei ihr gewisse Beifallsbekundungen erwartet.

Statt dessen hatte sie ihm einen kalten, verwirrten Glückwunsch ausgesprochen. Dann hatte sie ihn über Dr. Leighs „verfrühtes Dahinscheiden“, wie sie das nannte, informiert, als sei eine gute Nachricht ohne ihr Gegenstück ungültig. Mr. Thurlow fand ihre Worte ebenso elend wie ihr Aussehen, denn sie waren geizig und krank, aber es war auch egal. Er erwähnte seinen Wunsch nach nebeneinanderliegenden Zimmer, und ohne zu zögern erklärte die Leiterin dieses Arrangement für unmöglich.

„Es wäre eine zu große Belastung für die anderen, die dann umziehen müßten, und ich kann auch die Notwendigkeit nicht einsehen“, sagte sie mit scharfer Stimme.

„Das kann ich mir denken“, erwiderte Mr. Thurlow ebenso kalt. „Aber wir kommen zweifellos auch so zurecht.“

„Möchten Sie, daß ich den Empfang organisiere?“ fragte die Leiterin. Sie wollte sich die Gelegenheit, einen kleinen Profit herauszuschlagen, nicht entgehen lassen, auch wenn dieser Profit geradewegs in Mr. Venables' gierige Taschen wandern würde.

„Danke, nein“, sagte Mr. Thurlow. „Das machen wir schon selber.“

„Wie Sie wünschen“, sagte die Leitern.

Als er die Tür erreicht hatte, wünschte sie ihm alles Gute und gab widerwillig zu, daß sie sich für beide freute.

Danach machte er einen Termin beim Standesamt und organisierte die Hochzeitsfeier in einem Restaurant. Dann gönnte er sich für die Flitterwoche eine neue Sommergarderobe. Denn aus den vielen Prospekten, die seine Zukünftige mitgebracht hatte, hatten sie sich eine Woche auf der Insel Barbados ausgesucht. Es war eine extravagante

Wahl, doch Mr. Thurlow wollte unbedingt seine Großzügigkeit unter Beweis stellen – zumindest für den Anfang.

Er staunte noch immer darüber, daß er überhaupt heiraten würde. Er hatte einige Male dicht davor gestanden, doch seine Mutter war mit seiner Wahl niemals zufrieden gewesen. Im Grunde hatte das auch für ihn selber gegolten, aber ab und zu hatte er sich eben durchsetzen müssen. Seine Mutter hätte jede mögliche Schwiegertochter abgelehnt. Eric war ihr einziges Kind, und sie war fest entschlossen, ihn für sich zu behalten. Das verstärkte sich noch, als sie als Witwe zur Tyrannin wurde. Er war bei ihrem Tod Ende fünfzig, und hatte, obwohl er nun keine Erlaubnis mehr einholen mußte, einfach kein Interesse mehr. Deshalb setzte er sein Junggesellenleben mit seinen regelmäßigen Abstechern in übel beleumdete Etablissements fort. Sein anhaltender Appetit überraschte ihn, und er schrieb ihn seiner unverbindlichen Promiskuität zu. Erst, als er in Haus Hollyhocks eingezogen war, hatte er ernsthaft mit dem Gedanken an eine Ehe gespielt, einfach weil das nach einem Leben des Müßiggangs immerhin eine Beschäftigung wäre. Am ersten Abend hatte er im Aufenthaltsraum die Damen voller Mutlosigkeit gemustert. Eine Zeitlang hatte Mrs. Hughes ihn angesprochen, doch es war klar, daß er auch Minnie heiraten würde, wenn er Mrs. Hughes in seine Arme zöge, und diese Bürde wäre doch zu schwer gewesen. Mrs. Thackeray war einige Zeit später dazugestoßen, und er hatte sie von Anfang an ernsthaft in Betracht genommen. Jedesmal, wenn sie das Zimmer betrat, hatte er sie in Gedanken ausgezogen. Er hatte heimlich gelauscht, wenn sie mit anderen sprach. Er hatte ihren Appetit überwacht und ihre Manieren registriert. Und er hatte sie in jeder Hinsicht als überaus wohlerzogene Frau eingestuft, die keine sichtlichen Mängel aufwies. Es freute ihn, daß sie nicht sehr klug war, denn er konnte kluge Frauen nicht ausstehen. Er fand, daß eine Frau ihren Platz kennen müsse. Vor allem hatte er festgestellt, daß sie sanftmütig und gehorsam war. Sie fügte sich widerspruchslos allen Anordnungen der Leiterin. Sie hielt sich an die Regeln, so unsinnig diese auch sein mochten. Sein Antrag war nicht spontan erfolgt, wie Mrs. Thackeray fest glaubte. Er hatte ihn im Laufe der Jahre eingeübt, hatte Gestik und Mimik festgelegt. Er hatte niemals den kleinsten Zweifel daran gehegt, daß sie seinen Antrag annehmen würde, und er hatte sich schon Monate zuvor für Barbados als Ziel der Hochzeitsreise entschieden. Als Mrs. Thackeray diese Insel vorgeschlagen hatte, hatte sie gewissermaßen eine Karte aus dem Spiel eines Zauberkünstlers gezogen. Eine Karte, die dieser Zauberkünstler ihr aufgezwungen hatte.

Mrs. Thackeray fuhr zum Einkaufsbummel nach London. Es war ein sonniger Frühlingstag, und sie beschloß, den Wagen zu nehmen. Auf dem Weg zur Hauptstraße nach London machte sie einen Umweg, der sie nach Seven Pillars führte. Zuerst fuhr sie an dem Haus vorbei, ohne es zu erkennen. Sie wendete, suchte noch einmal die Straße ab und hielt bei den üppigen Hortensienbüschen, die für sie vertraute Wegweiser waren. Aber sie waren auch das einzige. Denn die Säulen waren verschwunden, alle sieben. Falls die neuen Bewohner irgendein Interesse an Weisheit hatten, dann gaben sie sich alle Mühe, dieses Interesse zu verbergen. Ohne die Säulen sah das Haus ganz anders aus, es war von den anderen in der Straße nicht mehr zu unterscheiden. Darüber freute sie sich, denn sie hatte das Gefühl, daß durch die Entfernung der Säulen die Gespenster exorziert worden waren, und daß sie jetzt ohne übelkeiterregendes Herzklopfen vorbeifahren konnte.

Sie hielt in der Nähe von Debenhams, entschied sich dann aber gegen dieses Geschäft. Bei Debenhams hatte sie als Thackeray eingekauft, wie alle anderen Thackerays vor ihr. Doch dieses Kapitel ihres Lebens war beendet, es war mit Seven Pillars verschwunden. Sie faßte sich ein Herz und ging weiter zu Liberty's. Dort verbrachte sie sehr viel Zeit in der Badeabteilung. Das war die wirkliche Bloßstellung. Sie wagte nicht, beim Anprobieren in einen Spiegel zu schauen. Sie hielt die ganze Zeit die Augen geschlossen und betastete sich, um den Sitz zu prüfen. Sie beschränkte sich auf Schwarz, eine vernünftige Farbe für ihr Alter, und sie fand einen Badeanzug mit gefältelter Bauchpartie, so daß alle Wölbungen dem Stoff zugeschrieben werden konnten. Sie kaufte Sandalen, Unterwäsche und ein hübsches weißes Nachthemd. Sie hatte doch ein Anrecht auf etwas Weißes, dachte sie, und nichts paßte besser dazu als die Nachtwäsche. Sie errötete, als sie es der Verkäuferin zum Einpacken reichte. Sie wartete mit der Wahl des Hochzeitskleides bis zum Schluß und ließ sich dabei beraten. Glücklich vertraute sie der Verkäuferin den Grund an, aus dem sie dieses Kleid brauchte, und die Verkäuferin ging voller Begeisterung ans Werk. Sie entschieden sich für ein hellbraunes Seidenkleid mit passendem Mantel, das für abendliche Mahlzeiten auf Barbados wie geschaffen schien. Auf der Rückfahrt nach Haus Hollyhocks dachte Mrs. Thackeray, daß sie jetzt, wo sie ihr Hochzeitskleid in der Einkaufstasche liegen hatte, mit Fug und Recht ihre neue Taufe üben dürfe. Mildred Thurlow, sagte sie immer wieder und sang diese beiden Wörter dann auch, und als sie Haus Hollyhocks erreichte, konnte sie gar nicht glauben, daß sie jemals auf irgendeinen anderen Namen gehört hatte.

Eric hatte Karten drucken lassen, auf denen Datum, Zeitpunkt und Ort des Empfangs angegeben waren, und diese wurden nun an die Bewohner von Haus Hollyhocks adressiert, sogar an die Leiterin, obwohl Eric zögerte, als er bei ihrem Namen ankam. Weder Braut noch Bräutigam hatten außerhalb von Haus Hollyhocks Bekannte, und deshalb würde es eine kleine Hochzeitsgemeinde ohne irgendein fremdes Gesicht geben.

Einige Tage vor der Hochzeit schoben sie, als das Abendessen bereits aufgetragen war, die Einladungen unter den Türen der anderen durch. Sie hatten einen früheren Zeitpunkt für unnötig gehalten, denn niemand in Haus Hollyhocks verfügte über einen überfüllten Terminkalender. Die Bewohner staunten über diese Mitteilung und reagierten höchst unterschiedlich. Mrs. Green war wütend. Sie würde eine Freundin verlieren, dachte sie, denn sie hatte noch immer nicht begriffen, daß sie sie bereits verloren hatte. Aber warum Mrs. Thackeray? Warum nicht sie selber, jünger, hübscher und überhaupt ein viel besserer Fang? Sie verfluchte das Brautpaar, ausgiebig und laut und nicht nur in Gedanken.

Mrs. Hughes ihrerseits war entzückt und freute sich darauf, alles ihrer Familie zu erzählen. Mrs. Primple bewahrte freundliche Gleichgültigkeit. So lange es das Telefon gab, konnte sie nicht begreifen, warum andere Menschen einander brauchten. Mrs. Feinbergs Reaktion war gemischt. Sie freute sich für das Paar, spürte aber, daß dessen Verbindung bald weitere Hochzeiten ankündigen könnte. Es war ansteckend. Und sie fragte sich, wie sie reagieren würde, wenn das Fieber den Major packte. Lady Celia lachte einfach. In dem Alter, dachte sie. Das war doch einfach vulgär.

Die Männer blieben zumeist gleichgültig. Jeremy Cross nährte die vage Hoffnung, daß die Paarung zumindest eine der beteiligten Personen erschöpfen würde. Oder, wenn er Glück hatte, gleich beide, und dann würde die Liste an seiner Schranktür sich verlängern. Jock MacPherson zeigte klares Desinteresse, da die Hochzeit keinerlei Einfluß auf Schottlands Autonomie haben würde. Nur der Major zeigte eine Art Reaktion, die Mrs. Feinbergs ziemlich ähnelte, auch er hatte das Gefühl, daß Hochzeit in der Luft lag und einladend duftete. Aber alle im Heim, ob sie nun gleichgültig waren oder nicht, ob männlich oder weiblich, hatten einen gemeinsamen Gedanken. Wenn die beiden erst verheiratet waren, würden sie es tun oder nicht? Diesen Gedanken konnten sie natürlich nicht teilen und schon gar nicht diskutieren, und am nächsten Morgen beim Frühstück gab es deshalb keine Spekulationen, sondern nur Glückwünsche von allen Seiten, ehrliche und andere. Als Eric das Ziel der Hochzeitsreise nannte, gestanden einige ganz offen ihren Neid ein. Nicht so Mrs. Green, die neidischste von allen, die behauptete, sich sehr für beide zu freuen. Dann trank sie einen Schluck Kaffee, um ihre bittere Galle hinunterzuspülen.

Beim Abendessen bot die Leiterin widerstrebend Sekt an, um auf das Brautpaar anzustoßen. Da Eric ihr Angebot, die Feier auszurichten, abgelehnt hatte, hatte sie auch nicht mit einer Einladung zur Hochzeit gerechnet. Der Sekt sollte ihr halbherziger Dank sein.

Am Vorabend ihrer Hochzeit erlitt Mrs. Thackeray einen akuten Angstanfall. Seit Erics Antrag hatte sie im Glück gebadet und jeden einzelnen Tag der Vorbereitungen genossen. Aber am nächsten Morgen würde sie ihre vielen Einkäufe, ihre Untersuchungen in Bezug auf die Flitterwochen und vor allem ihre Erwartungen rechtfertigen müssen. Sie warf sich im Bett von einer Seite auf die andere und konnte erst im Morgengrauen einschlafen. Als die Leiterin an die Tür klopfte, um sie zu wecken, kam ihr das vor wie ein Donnerschlag, und als sie aufstand, schrie jeder Knochen in ihrem Körper schmerzhaft auf. Sie wußte, daß ihr Körper ihr mitteilen wollte, daß sie vor einem entsetzlichen Fehler stand, aber sie konnte nichts daran ändern. Sie beschloß, sich zusammenzureißen und sich auf ihre neue Garderobe und auf Sonne und Meer zu konzentrieren, die sie erwarteten. Aber sie wollte darüber gewissermaßen nicht groß nachdenken, befreite stattdessen jegliche Gedanken von allen Assoziationen, als entstünden sie ohne Grund und zeigten keinerlei Wirkung. Kleider, Sonne und Meer, sagte sie sich. Immer wieder, und als sie sich in der Badewanne entspannte, ließen die Schmerzen nach, doch sie wußte, daß sie diese Warnung nie vergessen würde.

Eric Thurlow seinerseits war schon längst auf den Beinen, als die Leiterin ihn wecken wollte. Er hatte geduscht und seinen Hochzeitsanzug angelegt. Er schnürte sich gerade die Schuhe zu, als die Leiterin bei ihm anklopfte.

„Sind Sie schon auf, Mr. Thurlow?“ rief sie.

„Ich bin auf und bereit“, sagte er.

„Könnte ich kurz mit Ihnen sprechen?“ fragte sie.

Er öffnete die Tür.

„Ihr großer Tag“, sagte die Leiterin.

„Ja, wirklich", sagte er. Er wollte ihr einen Stuhl anbieten, doch sie hatte sich schon gesetzt.

„Sie möchten mich sprechen?" fragte er.

„Ich wollte wissen", sie kam sofort zur Sache, „ob ich Ihre Rechnung von jetzt an verdoppeln soll, und ob alles von Ihrem Konto abgebucht wird."

Er starrte sie an.

„Mit anderen Worten", fügte sie hinzu, für den Fall, daß sie sich nicht klar genug ausgedrückt hatte, „werden Sie von jetzt an Mrs. Thackerays Rechnung übernehmen?"

Auf diese Idee war Mr. Thurlow noch nicht gekommen. Nicht für eine Sekunde. Das hier war schließlich keine wirkliche Ehe. Seine Frau würde nicht für ihn kochen, für ihn putzen, seine Wäsche waschen, seine Hemden bügeln, alles das, was wirkliche Ehefrauen taten, um ihren Lebensunterhalt zu rechtfertigen. Mrs. Thackerays Rechnung zu bezahlen – und nie im Leben würde er sie in Gedanken Mrs. Thurlow nennen – war ein lächerlicher Vorschlag. Es sei mehr als genug, fand er, daß er die Flitterwochen bezahlte.

„Ich glaube nicht, daß das nötig sein wird", sagte er. „Wir lassen es so wie bisher."

„Wie Sie wünschen", sagte die Leiterin und erhob sich. „Jetzt muß ich die anderen wecken." Und ihnen sofort alles erzählen, dachte sie, als sie an die anderen Türen klopfte. Sie war von Mr. Thurlows Reaktion überrascht und ein wenig abgestoßen. Aber sie war auch zufrieden und gestattete sich ein seltenes Lächeln. Die Thurlows hatten wirklich einen üblen Ausgangspunkt für ihre Ehe gewählt. Dabei würde nichts Gutes herauskommen, was die Leiterin nur gut und richtig fand. Seit sie mit Mr. Venables zu tun hatte, sprach sie der ganzen weiten Welt das Recht auf Glück ab.

Aber sie hatte doch Anstand genug, um Mrs. Thackeray ihr Frühstück aufs Zimmer zu bringen, denn sie hatte gehört, daß ein Bräutigam seine Braut vor der Trauung nicht sehen darf, auch wenn sie selber den Wagen bestellt hatte, der die beiden zum Standesamt bringen sollte. Das Frühstück wurde mit Tränen der Dankbarkeit begrüßt, wenn auch nicht alle Tränen nur aus Dankbarkeit vergossen wurden. Mrs. Thackeray war noch nicht vollständig angezogen. Sie trug einen alten Bademantel über der neuen Unterwäsche und Pantoffeln über den Seidenstrümpfen. Sie hatte kaum Appetit, wußte aber, daß sie etwas essen mußte, wenn sie nicht vor Hunger und außerdem vor Angst in Ohnmacht fallen wollte. Sie trank einen Schluck Kaffee und knabberte am Toast. Die Pampelmuse aber war zuviel für sie. Sie konzentrierte sich auf ihre neuen Kleider und die Sonne und das Meer, die auf sie warteten. Aber sie konnte das alles nicht mehr von dem davon nicht zu lösenden Zubehör trennen. Sie hoffte, daß es nicht lange dauern würde. Höchstens zwanzig Minuten, dachte sie, dann würde sie Sonne und Meer um ihrer selbst willen genießen können. Sie nahm nicht an, daß sie es mehr als einmal tun müßte. Danach hätte sie ihre Pflicht getan, ihm seine ehelichen Rechte gewährt, und sie würden die übrige Zeit mit Sonne und Meer verbringen. Bei diesem Gedanken erwachte ihr Appetit, und sie leerte ihr Tablett und ließ nur die Pampelmuse übrig.

Eric Thurlow seinerseits mußte im Eßzimmer frühstücken. Er rechnete mit allerlei Neckereien, doch niemand erwähnte seine Eheschließung, als sei das kein ernstzunehmendes Ereignis. Er war zufrieden über diese Gleichgültigkeit, denn er nahm die Sache ja auch nicht übermäßig ernst. Es war einfach ein Zeitvertreib. Sonne und Meer standen ihnen bevor, und wer weiß, was sonst noch alles. Anders als seine Zukünftige hatte er keine Angst davor, sich gedanklich in diesen Bereichen zu bewegen. Der Gedanke erfüllte ihn sogar mit angenehmen Erwartungen, und er zweifelte nicht daran, daß diese Erwartungen sich erfüllen würden. Als er das Eßzimmer verließ, wünschten sie ihm alles Gute, womit sie das Ereignis dieses Tages zum ersten Mal erwähnt hatten. „Bis nachher", sagte er. Dann ging er auf sein Zimmer, um seine goldenen Manschettenknöpfe anzulegen.

Um halb elf klopfte er bei Mrs. Thackeray an. Der Wagen war vorgefahren. Sie hatte schon seit ungefähr zehn Minuten vor der Tür gestanden und auf sein Signal gewartet, sie hatte sich nicht setzen wollen, um ihr Kleid nicht zu zerknautschen. Sie fragte sich, ob sie auch im Taxi stehen könnte. Er sagte, sie sehe wunderschön aus, nicht, weil er das fand, sondern, weil er wußte, daß dieses Kompliment hier angebracht war. Als er sich die Sache genauer überlegte, fand er dann aber, daß sie mehr als nur akzeptabel aussah, und er erwähnte ihr elegantes Kleid, ihre Schuhe; zählte alles auf, damit sie sich über seinen Blick für Details freuen konnte. Er nahm ihren Arm und führte sie die Treppe hinunter zur Rezeption. Dort war kein Mensch zu sehen, alle Bewohner schienen sich mit ihrer Verlegenheit oder ihrem Neid verkrochen zu haben. Mrs. Thackeray war erleichtert. Sie war selber viel zu verlegen, um anderen ins Gesicht sehen zu können. Sie ziehen sich alle an, dachte sie. Sie würde ihnen beim Empfang gegenüber treten müssen. Als sie zum Wagen gingen, trat die Leiterin, die sich schon der Gelegenheit entsprechend angezogen hatte, auf die Treppe, um ihnen zum Abschied zuzuwinken. Sie hielt das offensichtlich für ihre dienstliche Pflicht, denn ihr Gesicht zeigte keinerlei Ausdruck. Sie hätten auch zu einer Beerdigung unterwegs sein können, was sie in gewisser Weise auch waren. Alle beide. Sie würden auf dem Standesamt ihre Vergangenheit begraben, seine des hemmungslosen Junggesellentums, ihre der allzuvielen Unaussprechlichkeiten.

Der Standesbeamte hatte zwei Zeugen von der Straße geholt, deren Anonymität zum Anlaß zu passen schienen. Als die Formalitäten erledigt waren, durfte Mr. Thurlow seine Braut küssen. Mrs. Thackeray zuckte unfreiwillig zusammen. Die Accessoires von Sand und Meer stellten jetzt die ersten Ansprüche an sie. Sie hatte Mr. Thurlow noch nie geküßt und hoffte, daß er kein großes Aufhebens machen werde. Glücklicherweise küßte er sie nur kurz auf die Wange, und allein deshalb hätte sie ihn küssen mögen.

Auf dem Weg zum Empfang nahm er ihre Hand und nannte sie Mrs. Thurlow. In Wirklichkeit meinte er seine Mutter, die für ihn die einzige war, die Anspruch auf diesen Namen erheben durfte.

Die Hausbewohner waren schon eingetroffen und erwarteten sie auf der Treppe. Die Leiterin hatte eine geizige Portion Konfetti besorgt und unter allen Bewohnern von Haus Hollyhocks verteilt, nur eine Handvoll pro Person, was jedoch, wie sie fand, als Geste des guten Willens ausreichte. Mrs. Green ließ ihre auf den Boden fallen, wo alle bunten Konfetti in einer Pfütze landeten.

Beim Empfang war an nichts gespart worden. Mr. Thurlow, der im Grunde geizig war, wollte doch als großzügig gelten, und deshalb gab es vor dem Essen zuerst Sekt. Mr. Thurlow setzte die Leiterin ganz oben an den langen Tisch, um damit das hämische Grinsen von ihrem Gesicht zu verbannen. Er und seine Braut saßen nebeneinander in der Mitte, die anderen nahmen nach Lust und Laune Platz. Die Mahlzeit wurde in unbehaglichem Schweigen serviert und verzehrt. Sie wußten alle nicht, was sie zu diesem Anlaß sagen sollten. Jeremy Cross versuchte, sich über die Insel Barbados zu verbreiten. Er war niemals dort gewesen, hatte aber in einer Reisezeitschrift darüber gelesen. Niemand jedoch interessierte sich für seinen Vortrag, weshalb bald wieder Schweigen herrschte. Das Ende der Mahlzeit verlangte unbestreitbar nach Reden, aber niemand schien die Verantwortung für einen Trinkspruch auf sich nehmen zu wollen. Alle schauten die Leiterin an. Die wiederum richtete ihren Blick auf den Major und ging dann noch weiter, indem sie ihn bat, auf Braut und Bräutigam anzustoßen. Der Major war eigentlich kein Redner, weshalb er sich nur widerstrebend erhob. Er hatte keine Ahnung, was er sagen sollte. Er schaute zu Mrs. Feinberg hinüber, die ihm als natürliche Empfängerin für jeglichen Trinkspruch erschien, den er hervorbringen könnte. Und als er sie ansah, kamen ihm die Worte, die passenden Worte, die er an sie richten wollte, um ihnen einen Sinn zu geben. Er kannte Eric Thurlow ja kaum und noch viel weniger wußte er über Mrs. Thackeray. Er wünschte ihnen beiden alles Gute, aber diese wenigen Worte machten ja noch keine Rede aus. Er lächelte Mrs. Feinberg an und legte los. „Der Herbst unseres Lebens ist die beste Zeit für eine Ehe", sagte er. „Denn mehr als zu irgendeiner anderen Zeit sehnen wir uns nach Gemeinsamkeit und der Möglichkeit, unser vergangenes Leben zu teilen." Wieder schaute er Mrs. Feinberg an und ließ sie nicht aus den Augen, als er auf die Frischvermählten anstieß. „Ich bitte Sie alle, auf Gesundheit und Glück des neuen Ehepaars Thurlow anzustoßen."

Mrs. Feinberg hob wie alle anderen ihr Glas, aber sie hob es für den Major, wie er seins für sie hob. Er hatte das Gefühl, ihr durch diese Geste einen Antrag gemacht zu haben, den sie, durch ihre, angenommen hatte.

Sie tranken einen Schluck, dann mußte Eric Thurlow einen Dank aussprechen. „Ich danke für die guten Wünsche", sagte er. „Ich weiß, daß wir sehr glücklich sein werden. Und jetzt wollen wir auf Sie alle anstoßen."

Das frischvermählte Paar hob die Gläser, und als die neue Mrs. Thurlow dann trank, fing Mrs. Green ihren Blick auf und wünschte ihr innig, an diesem Schluck zu ersticken. Nach dem Toast küßte Eric Thurlow seine Frau vor aller Augen auf die Wange, und wieder war sie dankbar, weil er nicht weiter gegangen war.

Die neue Mrs. Thurlow hätte sich keine Gedanken zu machen brauchen. Was das anbetraf, würde sie nur Küsse auf die Wange bekommen, und auch von denen nur eine magere Ration. Andere Küsse würde es nicht geben. Solche Küsse gehörten in eine Beziehung, und daran hatte Eric Thurlow kein Interesse. Ihm ging es um eine Verbindung, einen Zustand, in dem Küsse einfach fehl am Platze gewesen wären.

Er nahm den Arm seiner Frau. „Wir brechen jetzt auf", sagte er der Festgemeinde. „Aber bleiben Sie bitte noch hier und trinken Sie auf unsere bon voyage." Was die Gäste auch taten, sowie die Luft rein war. Die Leiterin schenkte sich das erste Glas ein. Und füllte es wieder und wieder. Lady Celia beobachtete, wie die arme Frau verzweifelt nach Vergessen suchte. Für einen Moment tat sie ihr leid.

Sie blieben am Tisch sitzen, bis Eric Thurlows Großzügigkeit erschöpft war. Dann kamen sie langsam auf die Beine und verfluchten ihre Gebrechlichkeit.

„Meinen Sie, das geht gut?“ fragte Mrs. Green.

Aber niemand war nüchtern genug, um eine Wette einzugehen. Und es war ihnen auch egal. Sie sehnten sich in ihre Betten und wußten nicht so recht, wie sie die erreichen sollten. Da die Leiterin ihnen nicht helfen konnte, die war nämlich sternhagelvoll, übernahm Lady Celia das Kommando. Sie ging zum Telefon und bestellte genug Taxis für alle. Dann nahm sie den Arm der Leiterin und führte sie ins Foyer. Sie hatte noch immer Mitleid, und das ärgerte sie. Das Mitleid drohte, ihre Entschlossenheit ins Wanken zu bringen und sie Lady Priscilla anrufen zu lassen und diese zu bitten, die Leiterin von nun an in Ruhe zu lassen. Aber sie wollte bis zum nächsten Morgen warten. Vielleicht würde das Mitleid dann verflogen sein.

Was auch der Fall war. Am nächsten Tag gab es ein verkatertes Frühstück und geflüsterte Spekulationen zum Thema Barbados. Ansonsten hatten die Hausbewohner zu dem zurückgefunden, was Außenstehende als Normalität bezeichnen würden.

Als Mr. Venables seinen montäglichen Auftritt hatte, hob Lady Celia ihre Vorhänge, und der Major und Mrs. Feinberg tranken Tee, Mrs. Primple plauderte durch heiße und lauwarme Leitungen, Mrs. Hughes minniete drauflos, Mrs. Green ärgerte sich, Jock MacPherson blies pflichtbewußt auf seinem Dudelsack und Jeremy Cross betrachtete seine Schrankliste und fragte sich, wann diese wieder anwachsen würde.

11

Nach der geplanten Flitterwoche kehrte das Brautpaar zurück. Mrs. Thackeray, wie sie sich in Gedanken noch immer nannte – kein glückbringender Name, aber doch besser als Mrs. Thurlow – ging sofort auf ihr Zimmer und ließ sich nicht blicken. Jeremy Cross sah sie auf dem Treppenabsatz und war entsetzt von ihrem Aussehen. Ihr Gesicht war kreideweiß, und sie hinkte aufs Erbärmlichste. Er versteckte sich, aus dem Gefühl heraus, daß sie nicht gesehen werden wollte, hatte nun aber eine Geschichte, die er mit Vergnügen im Aufenthaltsraum vortragen konnte, und die er mit der Verlogenheit eines Augenzeugen auszuschmükken gedachte. Doch dort fand er Mr. Thurlow vor, der frech mit seiner Bräune protzte, die einwandfrei nicht aus der Tube kam. Der Mann wirkte plötzlich absolut fehl am Platze in einem Altersheim. Er sah eher aus wie der kraftstrotzende Besucher eines alternden Verwandten. Mrs. Thurlow war für ihn offenbar viel besser als er für sie, und Jeremy Cross hätte gern gewußt, wann sie sich zeigen würde, um das zu beweisen.

Es sei wunderbar gewesen, erzählte Mr. Thurlow dem versammelten Publikum. Schwimmen, Sonnenbaden und die köstliche Küche der Insel. Er schien diese ganzen Vergnügungen allein ausgekostet zu haben, denn seine arme Frau sah gar nicht nach Sonne, Bewegung oder Nahrung aus.

„Und wie geht es Ihrer lieben Frau?“ wagte Jeremy Cross dann zu fragen.

„Und, wichtiger noch, wo ist sie?“ fügte Jock MacPherson hinzu. „Spielt sie das schamhafte Bräutchen?“

„Ich glaube, sie leidet unter dem Jetlag“, sagte Eric Thurlow. „Muß den Schlaf aufholen.“

Sehr überzeugend, dachte Jeremy Cross. Denn kein Jetlag der ganzen Welt könnte Mrs. Thurlows Blässe und ihr Hinken erklären. Die anderen Bewohner fragten sich, warum Mr. Thurlow sich nicht zu seiner Frau begab, und Mrs. Green hoffte schon, daß die Flitterwochen vorüber wären.

Es war Zeit zum Mittagessen und alles bewegte sich in Richtung Eßzimmer. Mr. Thurlow schloß sich dieser Bewegung an, und die anderen hätten gern gewußt, warum er nicht zumindest nachsah, ob seine neue Gattin auch Hunger habe. Doch Jeremy Cross hatte ihr angesehen, daß sie keinen Appetit haben konnte, und daß sie am Ende höchstens bitten würde, „ihr doch die Mahlzeit auf dem Zimmer“ zu servieren. Sie tat ihm leid, er ärgerte sich über Mr. Thurlows Sonnenbräune und Jovialität, und er war froh, daß niemand dessen Barbados-Abenteuern ein offenes Ohr schenken mochte.

Das Mittagessen wurde wie immer schweigend verzehrt, und danach lungerte Mr. Thurlow zum Kaffee weiterhin im Aufenthaltsraum herum. Nach dem Kaffee erklärte er, er werde einen Spaziergang machen, und steuerte dann den Garten und die Auffahrt zu Haus Hollyhocks an. Die Heimbewohner tauschten Blicke.

„Komisch“, sagte Jock MacPherson. Damit hatte er ihnen allen das Wort aus dem Munde genommen.

Mrs. Thackeray saß derweil zitternd auf ihrer Bettkante. Sie war unbeschreiblich müde, glaubte jedoch nicht, jemals wieder schlafen zu können. In der vergangenen Woche hatte sie nachts kaum ein Auge zugetan. Barbados hatte sich als grauenhafter Alptraum erwiesen. Der Ort selber hatte keine Rolle gespielt. Sie hatte kaum etwas davon gesehen. Sie hatte nicht die Sonne gespürt oder das Meer gekostet, sie hatte sich überhaupt nicht aus dem Haus getraut, egal welche Landschaft dort liegen mochte. Das wenige, was sie hinuntergewürgt hatte, war auf einem Tablett auf ihr Zimmer gebracht worden, und in der ganzen Zeit hatte sie nur vom Zimmermädchen ein freundliches Wort gehört. Jetzt zitterte sie auf ihrer Bettkante und versuchte, eine sehr ernste Aufsichtsratssitzung mit sich selber abzuhalten. Sie mußte Entschlüsse fassen, und um das zu schaffen, mußte sie diese entsetzliche Woche noch einmal durchgehen und sich fragen, warum das alles passiert war.

Es hatte mit ihrem Eintreffen im Hotel angefangen. Der Luxus hatte sie erregt; das Foyer mit dem Kronleuchter, die livrierten Portiers, die exotischen Blumenarrangements und der unverkennbare Geruch von Reichtum. Der Flug war problemlos und angenehm verlaufen, und sie hatte jetzt nicht mehr so große Angst vor dem, was von ihr erwartet werden könnte. Sie wußte noch, wie sie auf den Fahrstuhl gewartet hatten, der sie in ihre Suite bringen sollte, und wie sie bei einem letzten Blick in das elegante Foyer gedacht hatte, daß diese Heirat wirklich sehr vernünftig gewesen sei. Als sie ihre Suite erreicht und dem Pagen sein angemessenes Trinkgeld gegeben hatten, hatte sie ihm angeboten, seinen Koffer auszupacken. Sie konnte ihn jetzt nicht mehr beim Namen nennen. Für sie hatte er keine menschliche Bezeichnung mehr verdient. Deshalb war es „sein" Koffer, den sie auszupacken anbot, denn sie hielt das für die Pflicht einer Ehefrau. Er lehnte dieses Angebot ab, ziemlich schroff, wie sie fand, dann kehrte er ihr den Rücken zu und machte sich selber an die Arbeit. Als er den Koffer öffnete, konnte sie einen Blick auf den Inhalt werfen. Und der sah eigentlich ganz normal aus. Doch dann wickelte er ein Handtuch auseinander, und darunter kam ein Seil zum Vorschein. Sie dachte, er sei vielleicht ein eifriger Seilspringer, aber sie wußte intuitiv, daß das Seil nicht erwähnt werden durfte. Sie duschten in den beiden Badezimmern, die zur Suite gehörten, und zogen sich zum Essen an. Als sie dann in dem mit Marmor ausgeschlagenen Speisesaal saßen, und die Hotelleitung ihnen zur Hochzeit Champagner spendierte, dachte sie nicht mehr an das Seil und sagte sich noch einmal, daß diese Heirat ein guter Entschluß gewesen sei. Als sie nach dem Essen auf den Fahrstuhl warteten, fiel ihr das Seil wieder ein, und um sich zu trösten, warf sie abermals einen Blick ins Foyer, auf die üppigen Blumen und das glitzernde Kristall. Aber abgesehen von ihrer hinkenden Rückkehr zum Flughafen eine Woche später war das das letzte Mal, daß sie diese o so verheißungsvolle Pracht sehen durfte.

Ihre Suite lag im fünfunddreißigsten Stock, und obwohl der Fahrstuhl unterwegs nicht anhielt, dauerte die Fahrt doch ihre Zeit. Als sich die Lifttüren dann zu ihrer Suite öffneten, setzte bei Mrs. Thackeray das Zittern ein.

Als sie in ihrer Erinnerung so weit gekommen war, ging es damit wieder los. Mrs. Thackeray fror, und sie legte sich ihre Bettdecke um die Schultern, das jedoch sehr vorsichtig, denn ihre Schultern waren wund und brannten. Sie schloß die Augen. Sie hätte so gern geschlafen, aber die lange Schlaflosigkeit schien sich verselbständigt zu haben und zur Norm geworden zu sein. Sie kniff die Augen zusammen und hoffte, damit die Erinnerungen aussperren zu können, aber sie wußte, daß das eine nichts mit dem anderen zu tun hatte, und daß die Erinnerung trotz allem am Ende den Sieg davontragen würde. Sie zog die Decke so fest um sich zusammen, wie sie es nur ertragen konnte, dann kehrte sie in die Suite zurück und zog sich schüchtern aus, so, wie sie es vor der Hochzeit so oft geübt hatte. Er tat das auch, obwohl sie davon ausging, daß seine überwältigende Selbstsicherheit keine Probe notwendig gemacht hatte. In ihrem Seidennachthemd bereit für die erste Nacht, war sie ins Bett geschlüpft, und er hatte sich zu ihr gesellt. Doch er war nicht allein gekommen. Er hatte das Seil mitgebracht.

An diesem Punkt in ihren Erinnerungen angelangt, stieß Mrs. Thackeray einen Schrei aus, wie er vielleicht zwischen diesen ehelichen Laken angebracht gewesen wäre. Aber dort hatte sie nicht einmal gejammert. Verblüffung und Angst hatten alles andere ausgelöscht, und für einen alptraumhaften Moment hatte sie geglaubt, wieder neben dem verstorbenen und nie betrauerten Mr. Thackeray zu liegen. Und sie hatte sich gefragt, wieso sie zu einem solchen Szenario einzuladen schien. Forderte sie dazu auf? Verbarg sich hinter allem, was sie sagte und tat, eine Einladung zur Grausamkeit? Fühlte sie sich von Natur aus zu Männern hingezogen, die sie demütigen würden? Und hatte der, dessen Namen sie nicht nennen mochte, in ihr das

Opfer gewittert und sich über seine Beute hergemacht? Er sagte, er wolle einfach ein Spiel spielen. Nur ein Spiel, hatte er betont. Sie könnten doch zusammen Spaß haben. Er hatte sie nicht gefragt, ob sie mitspielen wollte. Davon war er offenbar ausgegangen. Er hatte sie umgedreht, wie ein Stück Fleisch, und ihre Knöchel und Handgelenke an die Bettpfosten aus Messing gebunden. Sie hatte nichts gesagt, sie hatte zu große Angst gehabt, um einen Widerspruch zu wagen. Aus dem Augenwinkel hatte sie gesehen, wie er nach einem weiteren Seil gegriffen hatte, dann war er zum Spiel bereit gewesen. Sie hatte da gelegen und seine Leibesübung über sich ergehen lassen, und sie hatte gewußt, daß sein Gesicht ein Grinsen zeigte, und daß seine Schlafanzughose bald einen Flecken aufweisen würde. Es war dasselbe wie in Seven Pillars, und sie hatte nicht einmal das Feuer geschürt. Aber anders als in Seven Pillars tat dieses sogenannte Spiel schrecklich weh. Er schlug immer härter zu, und sie staunte darüber, daß ein so alter Mann noch soviel Kraft haben konnte. Danach besaß er die Unverschämtheit zu fragen, ob es auch für sie schön gewesen sei, und sie war zu höflich gewesen, um ihm die Wahrheit zu sagen. Sie wollte nicht, daß er eine schlechte Meinung von ihr hatte. Weshalb sie ihn über alle Maßen haßte. Sie hatte sich nur noch nach Hause gesehnt.

Als nach einer schlaflosen Nacht, in der er neben ihr geschnarcht hatte, der Morgen kam, munterte das helle Sonnenlicht sie ein wenig auf, aber sie hatte zu starke Schmerzen, um aufzustehen. Sie entdeckte auf dem Laken einen Blutfleck, und sie wußte, wie irreführend so ein Fleck sein kann. Sie stand neben dem Bett, hielt sich am Kopfende fest, und jeder Knochen in ihrem Leib schrie auf. Sie entdeckte sich im Spiegel und war entsetzt von ihrem Anblick. Sie schien über Nacht um hundert Jahre gealtert zu sein. Sie würde nicht nach unten gehen, beschloß sie. Sie würde im Zimmer bleiben und hoffen, daß ihre Wunden verheilten. Noch sechs Nächte, sagte sie sich, dann taumelte sie ins Badezimmer und weinte.

Und sie weinte auch jetzt, in ihre Decke gewickelt, denn die Erinnerung war zu schmerzlich. Nicht so sehr, weil das alles passiert war, sondern, weil sie es zugelassen hatte. Sie hätte doch ihren Koffer packen und in ein anderes Hotel gehen können. Sie hätte sich mit einiger Würde aus der Gefahrenzone zurückziehen können. Aber sie war geblieben. Nicht aus freiem Willen, sondern aus Angst, was er von ihr denken könnte. Sie schauderte, als sie an ihre beleidigende Fügsamkeit dachte, an ihre krasse Selbstverachtung, und sie packte ihre Schultern und drückte auf ihre Wunden, um sich zu bestrafen. Um diese Strafe noch zu verschärfen, wandte sie sich wieder ihren Erinnerungen zu.

Sie hatte den ganzen Tag im Zimmer verbracht. Und auch den nächsten. Essen war ihr gebracht worden, aber sie hatte kaum Appetit gehabt. Tagsüber hatte er sich nicht sehen lassen, abends war er, täglich sonnengebräunter, ins Zimmer zurückgekommen, um sich an sein „Spiel" zu machen. In der vierten Nacht hatte er das eine Seil weggelassen, sie mit dem anderen aber weiterhin festgebunden. Dann hatte er sie mit der Hand geschlagen. Sie konnte es zwar nicht sehen, sie spürte jedoch, daß er einen Gummihandschuh trug. Mitten im Spiel hatte er ihn ausgezogen, und sie hatte sein schleimiges Fleisch gefühlt; und obwohl es mit der Hand weniger wehtat als mit dem Seil, war es auf irgendeine Weise doch noch widerlicher. Und beängstigender, denn sie hatte Angst, es könne zu einer anderen Art Fleisch führen, die schlimmere Dinge unternahm als eine Hand.

Was auch geschah. Es war ihre letzte gemeinsame Nacht und wenn sie jetzt daran dachte, dann war es auch die schlimmste. Es war der schmerzlichste Teil ihrer Erinnerung, und sie beschloß, ihn hinter sich zu bringen. Und zwar sofort.

Er hatte mehr als seine Hand benutzt. Als Endspiel hatte er sie ganz einfach anal vergewaltigt.

Mrs. Thackeray zuckte zusammen. Sie wußte, daß sie nie über das alles hinwegkommen würde, so lange sie sanft, unterwürfig und unentschlossen blieb. Die Wunden würden heilen und sie würde nicht mehr hinken, aber die Narben würden sie ihr Leben lang quälen. Sie richtete sich auf, ließ die Decke nach unten gleiten und rief sich zur Ordnung. Ein Entschluß mußte gefaßt werden. Nicht, was die Zukunft ihrer Ehe anging. Die war zu Ende. Das stand fest. Die Frage war, wie die Trennung verlaufen sollte. Es gab zwei Möglichkeiten. Sie konnte ihre Sachen packen und gehen, sich ein anderes Altersheim suchen, in London vielleicht, und versuchen, ihre Vergangenheit abzuschütteln. Sie konnte aber auch verlangen, daß er ging. Er würde natürlich ablehnen, weil er keine Lust dazu hatte. Sie könnte darauf bestehen und ihm sogar drohen, alles zu verraten. Und zwar allen Bewohnern. Aber würden die ihr glauben? Oder würden sie annehmen, daß sie, wie die arme Miss Bellamy, einen kleinen Ausfall erlitten hatte? Es war ein schwerer Entschluß, aber sie wußte, daß sie ihn fassen mußte, und das ganz schnell. Sie neigte zur zweiten Möglichkeit, zu bleiben, was auch immer dann passieren mochte. Sie war schließlich das Opfer, warum sollte sie sich selber Unannehmlichkeiten machen? Und wenn sie ginge, würde sie als die Schuldige dastehen, und Gott allein wußte, welche Geschichten er den anderen auftischen würde. Nein. Komme, was wolle: sie würde bleiben. Sie würde ihn wegschicken. Noch an diesem Tag. Und wenn er sich weigerte, würde sie alles verraten. Und wenn er behauptete, niemand werde ihr glauben, dann würde sie drohen, ihre Wunden zu zeigen.

Mühselig stand sie auf. Sie beschloß, lange und mit lauwarmem Wasser zu duschen. Danach wollte sie sich anziehen, wenn auch nicht zu elegant, und zum Abendessen nach unten gehen. Doch vorher hoffte sie auf eine Begegnung mit ihm, auf eine Unterredung, bei der sie ihre Bedingungen festlegen könnte. Sie nahm nicht an, daß er sie aufsuchen würde, und deshalb mußte sie zu ihm gehen. Und zwar noch vor dem Essen.

Auf seinem Spaziergang hatte Eric Thurlow mit sich selber eine ähnliche Aufsichtsratssitzung abgehalten. Er litt keine Schmerzen, die seine Erinnerung störten, und nur wenige Skrupel hielten seinen Gedankenfluß auf. Er war mit seiner Hochzeitsreise durchaus zufrieden. Er konnte immerhin seine Sonnenbräune und seinen verjüngten Gang vorweisen. Er hatte gut gegessen und gut geschlafen, und sein fleischliches Verlangen war absolut befriedigt worden. Darauf wollte er sich jetzt konzentrieren, auf den Höhepunkt seiner Flitterwochen. Er hatte nie in seinem Leben eine so fügsame Partnerin gehabt. Sie war gehorsam gewesen, hatte sich nicht beklagt, und vor allen Dingen, sie hatte den Mund gehalten. Sie war so stumm geblieben wie ein lebloser Gegenstand, und genauso sah er sie ja auch – als bloße

Empfängerin seiner Hiebe, als belangloses Gefäß für seine Lust. Wunderbar. Er war immer davon überzeugt gewesen, daß er Frauen verehrte. Aber die mußten dann Madonnen sein. Gestalten aus Gips, mit Tränen aus nachgemachten Diamanten, die über ihre rotgemalten Wangen liefen. Ein Baby in ihren Armen steigerte seine Anbetung noch, und das Piedestal, auf dem eine solche Madonna stand, versetzte ihn in demütige Ekstase. Wenn diese Gestalt jedoch Fleisch wurde, dann mochte sie so rot angemalt und so verweint sein, wie sie wollte, seine Leidenschaft gerann zu Apathie, die Anbetung verwandelte sich in Haß. Mrs. Thackeray dagegen, denn so nannte er sie noch immer, da er sie des Namens Thurlow für unwürdig befand, Mrs. Thackeray hatte sich nicht gewehrt. Sie war benutzt worden, behandelt, nach Lust und Laune manipuliert. Sie hatte jeden Wunsch seiner kranken Leidenschaften erfüllt. Konnte das so weitergehen? Konnte er auf ihr Schweigen bauen? Und wenn nicht, wie sollte sein nächster Zug aussehen? Wenn die Verbindung beendet war, wie sollte die Trennung vor sich gehen? Er könnte sie bitten, auszuziehen. Sie könnte sich weigern oder ihn sogar bedrohen. Er selber könnte ebenfalls Haus Hollyhocks verlassen, was ihm jedoch absolut ungelegen kommen würde. Am Ende der Straße stand eine Bank, er wollte sich schon setzen, doch er zögerte, denn die Bank war schließlich zum Nutzen und zum Wohle der älteren Mitbürger dort aufgestellt worden, und so fit, wie er sich gerade fühlte, schien sie nicht für ihn geeignet. Aber er konnte nicht leugnen, daß er müde war. Hinter ihm lag ein weiter Spaziergang, und auch seine Gedanken an sich waren anstrengend. Er steuerte eine Gartenmauer an, die gerade hoch genug war, um sich darauf auszuruhen. Es war an der

Zeit, einen Entschluß zu fassen. Sollte er gehen oder sollte er bleiben. Aber beide Möglichkeiten setzten voraus, daß die Ehe zu Ende war. Und das hielt er nicht für wahrscheinlich. Die Frau war doch viel zu lethargisch, um an ihrer Situation etwas zu ändern. Außerdem würde sie niemals zugeben wollen, daß die Eheschließung ein Fehler gewesen war. Er mußte jedoch diese Möglichkeit in seine Planung einbeziehen. Zuerst überlegte er, was dafür oder dagegen sprach, in Haus Hollyhocks wohnen zu bleiben. Sie würde nicht mit ihm sprechen, weshalb er sie auch nicht ansprechen konnte. Sie würden versuchen, einander aus dem Weg zu gehen, was in Haus Hollyhocks nun wirklich nicht leicht sein würde. Die anderen Hausbewohner würden das bemerken und anfangen zu reden. Und zu spekulieren. Er würde dem Aufenthaltsraum nur ungern den Rücken kehren. Bleiben war also keine angenehme Aussicht. Dann zog er die Möglichkeit eines Umzugs in Betracht. Er kam nicht auf die Idee, daß ihn das als den Schuldigen dastehen lassen würde. Im Gegenteil, die Schuld würde der anhaften, die im Haus wohnen blieb. Alle würden annehmen, daß er gegangen sei, weil er sie einfach nicht mehr ertragen konnte. Und er, als Mann von Welt, als den alle ihn kannten, habe den einzig möglichen anständigen Ausweg gewählt.

Er erhob sich von der Mauer, denn sein Entschluß stand fest. Er würde vor dem Essen zu ihr gehen. Er nahm schließlich nicht an, daß sie ihn aufsuchen würde.

Und auf diese Weise begegneten sie einander, als Mrs. Thackeray zu ihm ging und er zu ihr, auf dem Flur, auf halber Höhe zwischen ihren Zimmern. Sie starrten einander eine Weile an. Und dann sprach Mrs. Thackeray als erste, in ihrer neuen Stimmung der Entschiedenheit.

„Ich möchte mit dir reden“, sagte sie. „Würdest du auf mein Zimmer kommen?“ Sie machte kehrt und ging vor ihm her, erleichtert, weil die Abrechnung auf ihrem eigenen Territorium stattfinden würde.

Für einen Moment stand er wie erstarrt da. Die Frau hatte sich verändert. Der leblose Gegenstand hatte seine Stimme erhoben. Das Gips war zerbröckelt und zu Fleisch geworden. Die Ehe war zu Ende. Es fiel ihm schwer, sich von der Stelle zu bewegen, und nur seine wachsende Abneigung und sein Haß lenkten seine Füße zu ihrer Tür.

Sie bot ihm einen Stuhl an, setzte sich selber aber nicht. Sie wollte lieber stehen und auf ihn hinabblicken, um auf diese Weise ihre siedende Verachtung zum Ausdruck zu bringen.

„Unsere Ehe ist zu Ende“, sagte sie. „Und ich möchte, daß du gehst. Ich möchte, daß du Haus Hollyhocks verläßt“, fügte sie hinzu, für den Fall, daß sie sich nicht klar genug ausgedrückt hatte.

Er schwieg. Diesen Entschluß hatte er ja schon selber gefaßt, und nie im Leben würde er sie in dem Glauben lassen, sie habe ihn dazu gebracht. Endlich fand er seine Sprache wieder, und es war eine Stimme des Zorns.

„Wie kannst du es wagen, mir zu erzählen, was ich tun soll? Ich bin hier derjenige, der Entscheidungen trifft. Und ich hatte ohnehin schon beschlossen, von hier wegzugehen. Meinst du wirklich, ich könnte dein elendes Gesicht noch länger ertragen? Bildest du dir ein, ich würde auch nur noch einen Penny für deine erbärmliche Undankbarkeit ausgeben? Ich würde mich doch schämen, mit dir zusammen gesehen zu werden. Sogar im Dunkeln!“ Ihre Entscheidung hatte ihm den Wind aus den Segeln genommen, und vor Wut trat ihm der Speichel auf die Lippen. Statt des Bronzetons, der seiner Haut so geschmeichelt hatte, wurde er nun tiefrot, und für einen Moment fürchtete sie, er könne explodieren. Sie konnte ihr Lächeln nicht unterdrücken, und dieses Lächeln ging langsam in Lachen über.

„Wenn ich kein Mann von Welt wäre", sagte er, „dann würde ich dich jetzt schlagen."

„Und was um Himmelswillen hast du während der ganzen vergangenen Woche mit mir gemacht?" fragte sie.

Das hat doch nichts mit Schlagen zu tun, dachte er, und dann ging ihm auf, daß diese dumme Person wirklich gar nichts begriffen hatte. Er war sehr erleichtert darüber, daß er sie jetzt los war.

„Ich gehe, wenn es mir paßt", sagte er.

„Du gehst jetzt." Mrs. Thackeray überraschte sich selber mit ihrer plötzlichen Entschiedenheit.

„Wie kannst du es wagen, so mit mir zu sprechen?" fragte er, und die Niederlage ließ seine Stimme zittern. „Du miese alte Dreckschachtel." Er weinte fast.

Aber Mrs. Thackeray schnaubte nur. „Du bist doch nur ein jämmerlicher Perverser", sagte sie. „Ein mieser Sexverrückter. Du armer kleiner Arschficker. Vielleicht liegt es ja daran, daß du so einen kleinen Schwanz hast." Sie mußte sich setzen, verblüfft von diesen Worten, die so natürlich über ihre Lippen traten, als habe sie sie schon ihr Leben lang im Munde geführt. Alle diese Wörter, mit denen sie Mr. Thackeray, der sie doch verdient gehabt hätte, niemals belegt hatte, sprach sie jetzt aus, und obwohl sie so lange und so voller Verbitterung aufgespeichert gewesen waren, hatten sie nichts von ihrer Kraft verloren. „Du jämmerliches Männeken", sagte sie. „Pack deinen stinkenden Schlafanzug und deine beschissenen Seile ein und mach, daß du von hier wegkommst."

Er starrte sie an. Wie hatte er sich so sehr irren können? „Ich gehe, wenn es mir paßt", sagte er noch einmal.

„Du gehst jetzt!" Mrs. Thackeray erhob sich. „Du gehst jetzt, oder ich ziehe die Leiterin ins Vertrauen. Und alle Heimbewohner noch dazu."

Er war geschlagen, und das wußte er auch.

„Und du kannst dich glücklich schätzen", Mrs. Thackeray ließ nicht locker, „daß ich dich nicht wegen Körperverletzung anzeige." Sie hatte jetzt Blut geleckt. Und sie genoß diese Situation. Sie stand wieder in Seven Pillars und schürte das Feuer, doch dann drehte sie sich um, um ihrem seligen Gatten ordentlich eins mit dem Schürhaken zu verpassen. Sie wußte, daß sie eine radikale Veränderung durchgemacht hatte, und daß die sogenannten Flitterwochen, so schrecklich sie auch gewesen sein mochten, ihr insgeheim ungeheuer gut getan hatten. Sie öffnete die Tür. „Ich will dein elendes Gesicht nie wieder sehen", sagte sie. Sie schob ihn hinaus, und er verlor das Gleichgewicht. Für einen Moment wollte die alte Mrs. Thackeray ihm auf die Beine helfen. Aber scheiß auf ihn, entschied sie. „Komisch", sagte sie. „Auf allen Vieren siehst du viel besser aus. Paßt einfach zu dir." Sie schloß hinter ihm die Tür und fegte dabei mit dem Fuß seine Jacke beiseite, wie ein Stück Abfall. Dann mußte sie sich setzen. Die Überraschung über diese Veränderung, die sie so plötzlich und mit so großer Zuversicht durchgemacht hatte, war einfach zu anstrengend. Sie kicherte los, und zum ersten Mal seit vielen Jahren fühlte sie sich glücklich. Aber es war eine andere Art

Glück. Eine, die von keinem anderen Menschen als ihr selber abhing. Überraschenderweise hatte sie keine Schmerzen mehr. Sie schaute in den Spiegel auf ihrer Frisierkommode und stellte fest, daß ihre Wangen rosa glühten. Ihre Augen strahlten, und sie sah aus wie eben erst aus einem wundervollen Urlaub zurückgekehrt. Sie würde ein Bad nehmen, entschied sie, dann ihr bestes Kleid anziehen und sich furchtlos beim Abendessen den anderen Bewohnern stellen.

Als sie sich auszog, hörte sie, daß draußen ein Koffer über den Flur gezogen wurde. Der Feind trat mit eingekniffenem Schwanz den Rückzug an. Sie öffnete die Tür einen Spaltbreit und sah seinen gekrümmten Rücken und seinen langsamen Gang. Er sah aus wie ein verletzter Käfer, und sie freute sich, daß sie keinerlei Mitleid mit ihm empfand.

Als sie sich in ihrem überaus üppigen Schaumbad entspannte, fragte sie sich, welche Lügengeschichte er wohl der Leiterin auftischte. Aber ihr war das egal. Sie war nicht einmal neugierig. Sie wollte sich lieber überlegen, wie sie den Rest ihres Lebens verbringen und wozu sie ihre frisch entdeckte Unabhängigkeit nutzen wollte. Sie wußte, daß sie keine radikalen Umwälzungen auslösen könnte, doch sie vertraute darauf, daß sie in Zukunft alles, was ihr passierte, in einem ganz anderen Licht sehen würde, nur mit ihren eigenen Augen, unverzerrt durch fremde Erwartungen. Als sie ihren Bademantel überstreifte, fiel ihr auf, daß alle Schmerzen verflogen waren. Sie hinkte noch, aber nicht so heftig wie vorher. Sie kam sich ganz einfach vor wie neugeboren.

Als sie sich anzog, wurde an die Tür geklopft. Sie fuhr leicht zusammen, aus Angst, er könne zurückgekehrt sein.

„Wer ist da?“ fragte sie mit einer Stimme, die klarstellte, daß sie nicht für jeden zu sprechen wäre.

„Die Leiterin“, hörte sie.

Sie öffnete die Tür. Vor ihr stand die Leiterin mit einer angemessenen Mitleidsmiene. Mrs. Thackeray konnte sich schon vorstellen, welche Geschichte die andere gehört hatte.

„Es tut mir so leid, daß es nicht geklappt hat“, sagte die Leiterin. „Ich hoffe, Sie kommen bald darüber hinweg. Es ist so schrecklich für eine Frau, abgewiesen zu werden.“

Mrs. Thackeray lachte ihr ins Gesicht. „Ich möchte doch meinen, daß der Stiefel am anderen Fuß saß“, sagte sie. „Ich habe ihn schließlich weggeschickt.“

Die Leiterin setzte sich. Sie war verwirrt. „Er hat mir etwas ganz anderes erzählt“, sagte sie.

Mrs. Thackeray wollte gar nicht wissen, was er da erzählt hatte. Es war ihr auch egal, welche Version die Leiterin glaubte.

„Möchten Sie wissen, wo er hinwollte?“ fragte die Leiterin.

„Nein“, sagte Mrs. Thackeray entschieden. „Ich will überhaupt nichts über ihn wissen. Ich will auch nicht wissen, welche Version Sie lieber glauben möchten. Es ist zu Ende, und ich habe mich in meinem Leben noch nie so wohl gefühlt.“

Auf jeden Fall sieht sie besser aus, dachte die Leiterin, besser als in ihrer ganzen Zeit in Haus Hollyhocks. Und auch hübscher. Sie neigte bereits dazu, Mrs. Thackerays Version zu glauben. Keine verschmähte Frau hätte jemals so aussehen können.

„Was soll ich den anderen erzählen?“ fragte sie.

„Was Sie wollen", sagte Mrs. Thackeray. „Ich werde ihnen die Wahrheit sagen. Daß ich ihn rausgeworfen habe."

„Ich könnte ihnen glatt glauben", sagte die Leiterin mit einem angedeuteten Lächeln. Sie neigte zwar dazu, die Männer im Haus zu verwöhnen, aber wenn es hart auf hart ging, konnte sie sie nicht weiter leiden. Sie brauchte nur an Mr. Venables zu denken, um sich in dieser Abneigung bestätigt zu fühlen. „Ich hoffe, Sie beim Abendessen zu sehen, Mrs. Thurlow."

„Mrs. Thackeray", korrigierte die andere. „Den anderen Namen will ich nie wieder hören."

Die Leiterin ging zur Tür. „Es hat mir sehr mißfallen, daß er Ihre Rechnung nicht bezahlen wollte", sagte sie. Und damit hatte sie sich auf Mrs. Thackerays Seite geschlagen.

Als Mrs. Thackeray das Eßzimmer betrat, fragten alle ganz natürlich, wo denn ihr Mann stecke.

„Der ist weg", erklärte sie der erstaunten Versammlung. „Ich habe ihn vor die Tür gesetzt." Dann nahm sie Platz. „Mehr gibt es dazu nicht zu sagen." Ihre Stimme zerriß das verblüffte Schweigen. Es war klar, daß keine Fragen gestattet waren. Deshalb aßen alle schweigend, und dieses Schweigen hüllte auch den Abendtrunk im Salon ein. Alle wünschten, Mrs. Thurlow, oder wie immer sie sich jetzt nannte, zöge sich zurück, damit sie ihren Zungen freien Lauf lassen könnten. Aber Mrs. Thurlow zeigte kein Zeichen von Müdigkeit. Mrs. Green konnte das Schweigen nicht mehr ertragen und schob ihren Stuhl neben den von Mrs. Thackeray.

„Es tut mir so leid", flüsterte sie. Mrs. Thackeray starrte sie einen Moment lang an, gerade so lange, daß Mrs. Green wünschte, niemals den Mund aufgemacht zu haben.

Endlich sagte Mrs. Thackeray dann etwas, und sie machte keinen Versuch, ihre Stimme zu senken. „Es tut Ihnen überhaupt nicht leid, Mrs. Green“, sagte sie. „Kein bißchen. Sie finden es wunderbar. Ich glaube, Sie haben in Ihrem ganzen Leben noch keinem Menschen etwas Gutes gewünscht.“ Dann zog sie ihren Stuhl fort, und die arme Mrs. Green saß allein im Rampenlicht, von den Scheinwerfern angestrahlt und einfach sprachlos. Mrs. Thackeray hielt nun den Rückzug für angebracht. Sie wünschte allen eine gute Nacht und wartete nicht einmal vor der Tür, um dem verblüfften Stimmengewirr zu lauschen.

Die Leiterin saß derweil wieder über ihrer Warteliste. Sie hatte zwei freie Plätze zu vergeben. Die Zimmer der armen Miss Bellamy waren inzwischen genügend ausgelüftet, um neu bezogen werden zu können. Und Mr. Thurlows Räumlichkeiten brauchten nur eine gründliche Reinigung. Die Leiterin hoffte, die Geschlechterverhältnisse im Hollyhocks ein wenig ausgleichen zu können, doch auf ihrer Liste standen leider keine Herren. Sie hätte gern Anzeigen aufgegeben, aber der Aufsichtsrat konnte sich mit diesem Vorschlag gar nicht anfreunden. Sie hielten Werbung für vulgär und glaubten, den Standard des Hauses damit nur zu senken. Sie zogen mündliche Empfehlungen absolut vor. Die Leiterin hatte versucht, ihnen zu erklären, daß die Bewohner nur selten Besuch von der Außenwelt bekamen, und daß Tote schließlich keine zuverlässigen Empfehlungen geben können. Sie schaute sich ihre Liste noch einmal an, als könne sie durch sorgfältiges Lesen einen angemessen männlichen Namen herbeizaubern. Sie beschloß, die Entscheidung zu vertagen, höchstens eine freie Stelle zu besetzen und zu hoffen, daß sich für die andere dann doch noch ein Mann finden werde. Sie war müde und sehnte sich nach dem Bett. Aber es war Sonntag, der Vorabend von Mr. Venables, und sie wußte, daß sie keinen Schlaf finden würde. Sie liebte ihre Arbeit und die Macht und Autorität, die diese ihr gab, und sie wäre mit ihrem Leben zufrieden gewesen, wenn in diesem Leben nur kein Mr. Venables eine Rolle gespielt hätte. Sie war wütend darüber, daß Dr. Leigh sie verlassen hatte, obwohl seine Anwesenheit ihre wöchentlichen Zahlungen ja nicht verringert hätte. Aber es war ihr ein Trost gewesen, zu wissen, daß sie nicht als einzige zu dieser Knechtschaft verdammt gewesen war. Sie öffnete ihre Schublade und zählte die Summe aus ihrem Bargeld ab. Sie steckte die Scheine in einen Briefumschlag, um sie griffbereit zu haben. Sie konnte den Anblick des Mannes nicht ertragen, und deshalb wollte sie die Übergabe so schnell wie möglich hinter sich bringen. Sie schleppte sich in ihre Gemächer. Sie spielte mit dem Gedanken, bei Mrs. Thackeray anzuklopfen und nachzusehen, ob bei der alles in Ordnung sei. Aber scheiß drauf, dachte sie. Sie hatte selber Probleme genug.

Inzwischen hatte sich unten der Salon fast geleert. Jeremy Cross, der immer als letzter ging, saß noch immer dort. Doch auch Mrs. Hughes, die sich sonst früh zurückzog, war noch da. Mr. Cross begriff nicht, worauf sie wartete, aber ums Verrecken würde er nicht den Anfang machen. Er würde bis zum bitteren Ende ausharren. Sie war in ihre Zeitung vertieft, vielmehr, sie tat so, da war er sich sicher. Er starrte sie an, in der Hoffnung, sie durch Blicke zu vertreiben, aber sie schaute ganz bewußt nicht in seine Richtung. Wenn er vor ihr ginge, würde er damit die Gewohnheit seiner ganzen Zeit in Haus Hollyhocks brechen und damit sein Überleben gefährden. Egal wie und egal wo, er würde als letzter gehen. Und deshalb saß er da, mit düsterer Miene, und versuchte, die Augen offenzuhalten.

Doch Mrs. Hughes schien die Nacht im Salon verbringen zu wollen. Sie blätterte sogar in ihrer Zeitung, als wollte sie jedes Wort lesen. Mr. Cross hielt noch eine Weile durch, doch als sie abermals umblätterte, konnte er es nicht länger ertragen. Er flehte zu Gott, an den er nie geglaubt hatte, angesichts dieses Verstoßes gegen die Routine ein Auge zuzudrücken und Mr. Cross' Überlebensschancen deshalb nicht zu verringern. Und ohne auch nur gute Nacht zu sagen, verließ er dann das Zimmer.

Mrs. Hughes hob zum ersten Mal an diesem Abend ihre Augen von der Zeitung mit den vielen Wörtern, die sie allesamt nicht gelesen hatte. Sie ließ Mr. Cross Zeit genug, um die Treppe hochzugehen und seine eigenen Räumlichkeiten zu erreichen. Dann faltete sie die Zeitung zusammen, legte sie auf den Tisch und wartete. Eine hoffnungslose Träne fiel aus ihrem Auge, gefolgt von einer weiteren aus dem anderen. Langsam erhob sie sich dann und hielt sich mit beiden Händen ihre Handtasche vor den Rücken. Mühselig ging sie zur Tür. Sie würde sich nicht umdrehen. Sie wollte den nassen Flecken nicht sehen, den sie hinter sich auf dem Sessel hinterlassen hatte. Als sie die Treppe hochstieg, schlug ihre Handtasche rhythmisch gegen ihr Hinterteil, die Tränen strömten ihr übers Gesicht, und sie hatte keine Hand frei, um sie abzuwischen. Am nächsten Morgen würde die Leiterin den Fleck sehen, und ohne allzu große detektivische Leistung würde sie auch feststellen können, von wem er stammte. In der folgenden Nacht würde Mrs. Hughes in ihrem Bett eine diskrete Gummimatte finden. Sie zog sich aus und wusch sich, so gut das ging. Dabei weinte sie die ganze Zeit. Nicht einmal der Gedanke an Minnie konnte sie trösten. Er steigerte ihre Depression nur noch, denn sie fragte sich, wie lange sie noch weitere Minnie-Geschichten würde erzählen können. Zum ersten Mal ging ihr auf, daß sie Minnie niemals als Erwachsene sehen würde. Jetzt waren ihre Tränen nicht mehr aufzuhalten. Mrs. Hughes hatte nie viel an den Tod gedacht. Ihre ständige Zufriedenheit hatte ihr das Gefühl gegeben, unsterblich zu sein. Jetzt hatte sich das alles geändert. Jetzt war sie wie alle anderen in Haus Hollyhocks, sie spielte das Wartespiel, ein Spiel, das ihr wirklich kein Vergnügen bereitete.

Teil Zwei

12

In Haus Hollyhocks passierte nichts, abgesehen davon, daß die Zeit verging. Nach einigen Wochen bezog eine Mrs. Scott die Gemächer der armen Miss Bellamy. Jeremy Cross fühlte sich oft versucht, ihr von dem unappetitlichen Ende ihrer Vorgängerin zu erzählen, in der Hoffnung, die arme Frau damit zu Tode zu erschrecken. Aber er hielt den Mund. Die Gelegenheit würde sich schon finden. Und zwar die passende. Denn Mrs. Scott mit ihren fünfundsiebzig Jahren stand auf Horoskope. Sie war nach ihrer täglichen Hellseherei ebenso süchtig wie Mrs. Primple nach ihren Chatlines. Mit fünfundsiebzig hatte sie noch immer Hoffnungen. Hoffnungen auf einen Lotteriegewinn, Hoffnungen auf einen dunklen, gutaussehenden Fremden, der um ihre Hand anhalten würde. Sie schlug alle Mahnungen in den Wind und las vor aller Ohren im Aufenthaltsraum diese Mahnungen laut und verachtungsvoll vor. Ja, dachte Jeremy Cross, der passende Moment würde sich schon einstellen.

Mr. Thurlows Zimmer stand noch immer leer, und wartete auf den unsichtbaren Bewerber. Mrs. Primple hing noch immer plappernd an der Strippe und saß oder lag und log mit allerlei Stimmen. An jedem Montag machte Mr. Venables seinen Besuch, und Lady Celia hob ihren Vorhang an und ließ ihn dann wieder sinken. Die Leiterin sah verhärmter aus denn je. Der Major und Mrs. Feinberg gingen ins Café, und Mrs. Feinberg behielt ihr Unbehagen weiterhin für sich. Jock MacPherson schwenkte treu die schottische Flagge und sagte statt des Tischgebetes vor dem Essen die schottische Nationalhymne auf. Mrs. Hughes machte sich die Hose naß, in ihrem Kindergarten tat die kleine Minnie dasselbe. Beide schämten sich. Und Mrs. Thackeray war, weil sie vorher ein Opfer gewesen war, jetzt auf ganz natürliche Weise zur Tyrannin geworden.

Eines Tages erhielt Mrs. Green einen weiteren Brief von Ihrer Majestät. Sie bedeckte ihn rasch mit ihrer zitternden Hand. Sie wurde unheilverkündend bleich und schwankte leicht, dann hielt sie sich am nächststehenden Stuhl fest.

„Ist Ihnen nicht gut, Mrs. Green?“ fragte Mrs. Feinberg.

Mrs. Green hätte auf das Mitgefühl der anderen verzichten können, vor allem auf das der Jüdin.

„Alles in Ordnung“, sagte sie und kam langsam auf die Füße. Sie lehnte jegliche Hilfe ab und ging unsicher auf ihr Zimmer. Dort setzte sie sich auf ihr Bett und versuchte, sich zu fassen. Als sie nicht mehr zitterte, öffnete sie den Brief.

Sie brauchte den Vorspann nicht mehr sorgfältig zu lesen. Die Tatsachen waren ihr schon bekannt. Doch der letzte Absatz ließ ihre Innereien vor Angst zerschmelzen. Sie wurde augenblicklich nach London vorgeladen.

Mit zitternden Händen packte sie eine kleine Tasche, dann riß sie sich zusammen, zwang sich ein tapferes Lächeln ab und sagte: „Ich habe sie schon einmal an der Nase herumgeführt. Und das wird mir auch wieder gelingen.“ Sie ging zum Bahnhof und nahm den nächsten Zug nach London.

Diesmal blieb Mrs. Green nur einige Tage aus und kam mit strahlender Miene und absolut zufrieden wieder nach

Hause. Denen, die sie danach fragten, servierte sie einen vagen Bericht über die Angelegenheiten, die sie in der Hauptstadt hatte ordnen müssen. Mrs. Thackeray wollte genaueres über diese Angelegenheiten wissen. Mrs. Green hatte kein Kreuzverhör erwartet und zögerte.

„Privatangelegenheiten", sagte sie dann.

„Na, ich hoffe, daß Ihre Majestät zufrieden war", höhnte Mrs. Thackeray und wandte sich dann der neuen Mrs. Scott zu, die zufällig neben ihr saß.

Als Mrs. Green Hollyhocks zum zweiten Mal verlassen hatte, hatte Mrs. Feinberg eine plötzliche Erleichterung verspürt. Und als sie dann in ihrem Tagebuch nachschaute, das sie seit ihrem Eintreffen im Hollyhocks regelmäßig führte, stellte sie fest, daß ihre erste Zeit des Wohlergehens mit Mrs. Greens früherer Abwesenheit zusammengefallen war. Verwirrt zählte sie zwei und zwei zusammen und brachte am nächsten Morgen im Café diese Überlegungen zur Sprache.

„Dein Unbehagen hat etwas mit Mrs. Green zu tun", folgerte der Major. „Da gibt es bei mir keinen Zweifel. Sie erinnert dich an etwas Unangenehmes. Wir werden sie ganz genau unter die Lupe nehmen. Nicht nur ihr Gesicht. Das kennen wir inzwischen ziemlich gut. Uns interessiert, wie sie ißt, wie sie geht, sogar, wie sie sitzt. Solche Kleinigkeiten. Ich fürchte, ich kann dir dabei nicht helfen. Das mußt du schon selber machen. Du kannst mir alle deine Beobachtungen schildern. Mach dir keine Sorgen, meine Liebe, wir kommen der Sache schon auf den Grund."

Es regnete jetzt, deshalb tranken sie noch eine Kanne Tee, und Mrs. Feinberg freute sich darüber, daß sie ihre Rückkehr nach Haus Hollyhocks noch aufschieben konnte.

Als der Regen nachließ, schlenderten sie in aller Ruhe heimwärts und kamen gerade rechtzeitig zum Mittagessen. Mrs. Feinberg, geleitet vom Major, setzte sich Mrs. Green gegenüber und beobachtete jeden Bissen, den die andere zum Mund führte. Sie musterte jeden Finger an jeder Hand, als Mrs. Green die Gabel an die Lippen hob. Sie registrierte unverzagt jede Bewegung der Kiefer, als die andere kaute, aber keine Bewegung löste in ihr eine Erinnerung aus. Nach dem Essen erstattete sie dem Major über ihre Nicht-Reaktionen Bericht.

„Noch ist nicht alles verloren", sagte der. „Wir werden einen Eliminierungsprozeß führen. Bisher haben wir bewiesen, daß du Mrs. Green nie beim Essen gesehen hast. Und jetzt mußt du dir ihren Gang vornehmen."

Während der folgenden Woche zog Mrs. Feinberg sich nicht auf ihr Zimmer zurück, sondern beobachtete Mrs. Green bei jeder Bewegung. Aber nichts, was diese Frau tat, konnte ihrem Gedächtnis auf die Sprünge helfen. Sie verlor den Mut.

„Vielleicht ist das nur ein Zufall", sagte sie zum Major. „Sie erinnert mich wirklich an rein gar nichts. Sie ist einfach eine normale Frau, die in Haus Hollyhocks ihren Lebensabend verbringt. Wie wir anderen auch."

„Es ist zweimal passiert", beharrte der Major. „Das kann kein Zufall sein." Aber Mrs. Feinberg sah keinen Grund, ihre Beobachtungen fortzusetzen und fing wieder an, sich in ihre Räumlichkeiten zurückzuziehen.

Dann bat Mrs. Primple eines Tages, ihr die Mahlzeit in ihrem Zimmer zu servieren. Am nächsten Tag äußerte sie dieselbe Bitte. Und am übernächsten. Noch bedrohlicher erschien die Tatsache, daß sie einen Besucher hatte, den ersten in all ihren Jahren in Haus Hollyhocks. Es war ihr Neffe, der zum Halali erschienen war. Als die Heimbewohner sich nach ihrem Befinden erkundigten, nahm die Leiterin kein Blatt vor den Mund. Sie hatte bei Mrs. Webber und bei der armen Miss Bellamy ihre Lektion gelernt. Mrs. Primple würde nie im Leben am nächsten Morgen wieder frisch und munter sein, Mrs. Primple würde nie wieder die Treppe herunterkommen.

„Ich fürchte, es geht ihr sehr schlecht", sagte die Leiterin. „Sie hat Lungenentzündung, und es gibt keine Anzeichen für eine Genesung." Sie zitierte dabei den Arzt, der Mrs. Primples Krankenbett eben erst verlassen hatte. „Sie hat keine Schmerzen", zitierte sie weiter. „Ihr Neffe ist jetzt bei ihr."

„Ich wußte nicht, daß sie Verwandte hat", sagte Mrs. Thackeray.

Die Leiterin erklärte. „Als sie in Haus Hollyhocks eingezogen ist, hat sie den Neffen als nächsten Angehörigen angegeben. Und in den sieben Jahren, die sie hier verbracht hat, die Arme, hat er nicht einmal angerufen oder sie besucht. Für einen Angehörigen ist das ja wohl wirklich eine Schande."

Die anderen stimmten seufzend zu.

„Ich halte Sie auf dem Laufenden", sagte die Leiterin, als sie den Raum verließ.

Lady Celia bemerkte ihren munteren Gang, und sie schrieb ihn der Tatsache zu, daß eine Hausbewohnerin unleugbar eines natürlichen Todes sterben würde.

Obwohl Mrs. Primple nur selten im Aufenthaltsraum zu sehen gewesen war, fehlte sie den anderen plötzlich sehr. Während vorher niemand ihre Abwesenheit bemerkt hatte, schienen ihr unentschuldigtes Fehlen und dessen Ursache die Herzen der anderen allesamt schrecklich zu quälen. Eine allgemeine Depression senkte sich über den Aufenthaltsraum, eine unheilverkündende Erinnerung an das Wartespiel, das sie alle spielten.

An diesem Tag setzte der Neffe sich beim Mittagessen zu ihnen, während das Tablett nach oben gebracht wurde. Er wirkte ungeheuer fröhlich, angesichts der obwaltenden Umstände. Zweifellos feierte er jetzt schon die kommende Erbschaft, denn die fast verstorbene Mrs. Primple war als sehr reiche Frau bekannt. Der Neffe, der sich niemals vorgestellt hatte, staunte über die Kälte, die die Tafelrunde ihm entgegenbrachte. Sie konnten ihn einfach nicht leiden. Sie hielten es für unverzeihlich, daß er seine Tante sieben Jahre lang vernachlässigt hatte. Schließlich brach Mrs. Thackeray das Schweigen und brachte die Gefühle aller zum Ausdruck.

„Sie waren noch nie hier", warf sie ihm in ihrem neuerworbenen spitzen Tonfall vor. „Und Ihre liebe Tante ist schon seit geraumer Zeit bei uns."

„Es ist nicht leicht, von London herzukommen", erwiderte der Neffe kriegerisch.

„Nur von London?" spottete Lady Celia. „Na, ich fahre einmal pro Monat hin und her, das ist nun wirklich kein Problem."

„Ich bin ein vielbeschäftigter Mann", sagte der Neffe. Und weil er wußte, daß das kein wirkliches Argument war, wurde er aggressiv. „Ich bin beruflich viel unterwegs", sagte er. „Ich bin für meine vielen Angestellten verantwortlich. Und ich habe eine Frau und Kinder, für die ich ohnehin schon viel zu wenig Zeit habe."

„Ach, das können wir verstehen“, sagte Mrs. Thackeray vor Sarkasmus triefend. „Es ist reizend, daß Sie sich die Zeit genommen haben, um ein letztes Mal Ihre Tante zu sehen.“ Danach gab es nichts mehr zu sagen, und der Neffe verzichtete auf den Nachtisch und verließ den Speisesaal.

Mrs. Primple ließ sich weiter das Essen aufs Zimmer bringen, und nach vier Tagen hatte der Neffe die Sache satt. Seine Tante nahm sich unverschämt viel Zeit zum Sterben, und er beschloß, sie die Sache allein in Ordnung bringen zu lassen. Am Ende der Woche fuhr er zurück nach London.

Aber am Tag danach war er wieder zur Stelle. Und Jeremy Cross stand vor seiner Schranktür. Er ließ unter der armen Miss Bellamy eine breite Lücke. Sie hatte einen grausamen Tod erlitten, einen unsanften, einen ganz anderen als den friedlichen, gelassenen Abgang von Mrs. Primple. Und deshalb schrieb er deren Namen unter die respektvolle Lücke, gefolgt von „natürlicher Tod“.

Mrs. Primple hatte auf die Abreise ihres Neffen gewartet, um in Frieden zu sterben. Was sie auch tat, friedlich im Schlaf. Die Leiterin brachte den anderen die Nachricht dieses traurigen Verscheidens, wie sie das nannte, beim Frühstück schonend bei. Sie habe den Neffen bereits verständigt, sagte sie dann noch. Mrs. Primples Leichnam sollte nach London überführt und dort neben dem ihres Gatten bestattet werden.

„Das war ihr letzter Wunsch“, sagte die Leiterin. Sie verließ das Eßzimmer und tanzte dabei fast, wie die anderen bemerkten, die sich über dieses plötzliche sichtliche Wohlbefinden doch wunderten.

Die Leiterin hatte aber auch Grund zur Freude. Sie

hatte einige Stunden vor deren Tod bei Mrs. Primple gesessen, hatte ihre Hand gehalten und sie getröstet.

„Ich habe Ihnen ein wenig hinterlassen", hatte Mrs. Primple geflüstert und dann wieder die Augen geschlossen. „Ein wenig" konnte alles bedeuten, aber da Mrs. Primple so reich gewesen war, konnte es auch sehr viel sein. Die Leiterin würde bis zur Verlesung des Testamentes warten müssen. Zweifellos würde sie informiert werden, und die Erwartung reichte aus, um für einige Zeit ihre Laune zu heben. Sie mußte einfach von einer Zeit träumen, in der Mr. Venables einfach ein Besucher sein würde, den sie abhaken konnte, wie sie es mit der Wäsche tat.

Die Bewohner hatten sich im Foyer eingefunden, als Mrs. Primples Sarg die Treppe hinunter bugsiert wurde. Der Neffe hatte aus London ein feierliches Gesicht mitgebracht, wie irgendeinen Gebrauchsgegenstand, und das setzte er nun selbstzufrieden auf, als er die Leichenträger durch das Foyer führte. Er schaute ganz bewußt nicht zu den Bewohnern hinüber, sondern richtete seinen Blick auf den Boden, in der Hoffnung, damit wie ein trauernder Anverwandter auszusehen. Als der Leichenwagen die Auffahrt hinunterfuhr, wußten die Bewohner, daß sie Mrs. Primple schrecklich vermissen würden, obwohl sie sie während ihres Aufenthaltes in Haus Hollyhocks nur selten gesehen hatten, und obwohl sie kaum etwas über sie wußten. Sie schlurften zurück in den Aufenthaltsraum und steigerten sich in ihren Zorn. Jede Erinnerung an ihre eigene Sterblichkeit brachte sie in Wut. Sie kritisierten sich gegenseitig, hielten die eine für eine Xanthippe und den anderen für einen Tyrannen. Es würde eine Weile dauern, bis sie in sich gingen und sich wieder mit dem Wartespiel abfanden.

In der folgenden Woche erhielt die Leiterin einen Brief von Mrs. Primples Anwälten. Aus dem Brief ging hervor, daß sie zu den im Testament der verstorbenen Mrs. Sarah Primple Begünstigten gehörte, und daß sie deshalb zur Verlesung in die Kanzlei gebeten wurde. Leider sollte das Testament jedoch am folgenden Montag um vier Uhr verlesen werden, zu Mr. Venables' Besuchszeit also. Sie verfluchte ihn ausgiebig und hörbar. Sie konnte dem Erpresser das Geld nicht von anderen überreichen lassen. Sie rief sofort den Anwalt an, in der Hoffnung, daß er ihr einen eigenen Termin geben könnte. Er sagte, seine Zeit gestatte das nicht, er werde ihr jedoch eine Kopie des Testamentes übersenden, sowie die anderen Begünstigten es zur Kenntnis genommen hatten. Die Leiterin mußte also warten. Sie beschäftigte sich, um die Zeit schneller verstreichen zu lassen. Sie sorgte dafür, daß Mrs. Primples Zimmer, das Zimmer der seligen, geliebten Mrs. Primple, wie sie in ihren Gedanken jetzt hieß, für einen Neuzugang bereit gemacht wurde. Sie hatte jetzt wieder zwei freie Plätze, und wieder setzte sie sich über ihre Warteliste. Die hatte sich seit dem letzten Mal nicht verändert. Die Leiterin hatte die vage Hoffnung gehabt, daß sich hinter ihrem Rücken ein Männername in dieses ausschließlich weibliche Territorium eingeschlichen haben könnte. Aber alles war so wie vorher: eine Domäne der Frauen.

Dann traf der Brief des Anwalts ein, und sie schob das Öffnen bis zu ihrer freien Stunde am Nachmittag auf. Den ganzen Morgen hindurch war sie ungeheuer besorgt um die Hausbewohner, sie lächelte die ganze Zeit, und Lady Celia fragte sich schon, ob das Frettchen einen Termin verpaßt oder, was Gott verhüten möge, seine Besuche ganz aufgegeben haben könnte. Sie würde eine ganze Woche warten müssen, bis sie bei ihrem Besuch in London erfahren würde, warum die Leiterin plötzlich nicht mehr verhärmt aussah. Doch bald war diese verhärmt wie eh und je.

Die Leiterin hatte das Testament und den letzten Willen von Mrs. Primple – die nun gar nicht mehr geliebt wurde – gelesen, und es war ebenso enttäuschend und schockierend gewesen wie das von Mrs. Webber. Mrs. Primple hatte ihr wirklich etwas hinterlassen. Aber nicht ihr persönlich. Fünfundzwanzigtausend Pfund fielen an Haus Hollyhocks, mit „herzlichem Dank", wie sie laut vorlas, „für Fürsorge und Aufmerksamkeit der Leiterin."

„Scheiß auf sie", sagte die Leiterin. Mrs. Primple war noch undankbarer als Mrs. Webber. Die Erbschaft würde höchstens ihre Stellung dem Aufsichtsrat gegenüber verstärken. Sie fragte sich, ob der ihr wohl einen Bonus zahlen würde, wo sie diese großzügige Gabe doch erst ermöglicht hatte. „Das wäre ihre verdammte Pflicht und Schuldigkeit", schrie sie ihren Schreibtisch an, und ihr lief die Galle über und tauchte ihr Gesicht in seine alte gelbliche Tönung. Mit geringer Neugier las sie auch den Rest vom Testament der Undankbaren, und dessen Inhalt verwirrte sie. Denn abgesehen von einigen kleineren Legaten für allerlei Kinder-, Tier- und Vogelschutzvereine, hatte sie den Löwenanteil ihres Vermögens drei genannten Chatlines hinterlassen, „zum Dank für das Vergnügen, das sie mir im Laufe der Jahre gemacht haben". Das war ein ebenso überraschendes und befremdendes Vermächtnis wie Mrs. Webbers Geschenk für Ebenezer Obadiah. Andere Begünstigte gab es nicht. Die Leiterin genoß die Gewißheit, daß der Neffe für die dauerhafte Vernachlässigung seiner Tante gebührend bestraft worden war. Ihm war nicht ein einziger Penny zugefallen.

Sie informierte den Aufsichtsrat sofort von dieser unerwarteten Bereicherung. Sie hörte Überraschung und Entzücken am anderen Ende der Telefonleitung.

„Sie werden von uns hören", sagte die Vorsitzende, und sie nahm das als Versprechen einer Belohnung. Die traf auch innerhalb einer Woche ein. Ein Scheck über tausend Pfund für ihre guten Dienste. Sie hielt das für recht geizig in Anbetracht der Erbsumme, aber sie tröstete sich damit, daß sie Mr. Venables damit für einen ganzen Monat zufriedenstellen konnte. Sie ärgerte sich darüber, ihre Belohnung an diesen Unwürdigen verschwenden zu müssen. Aber es freute sie, den Hausbewohnern erzählen zu können, daß der Neffe enterbt worden war. Sie wußte ja schließlich, daß sie ihn unsympathisch gefunden hatten. Die anderen jubelten, als sie dieses Thema im Eßzimmer zur Sprache brachte. Sie erzählte auch von der Hinterlassenschaft für die Chatlines, denn sie wollte ihre Verwirrung teilen.

„Das hat sie also die ganze Zeit auf ihrem Zimmer getrieben", sagte Mrs. Thackeray. „Deshalb hat sie sich nur zu den Mahlzeiten blicken lassen."

„Die war wirklich ein stilles Wasser", sagte Mrs. Green, es war ihr Lieblingsausdruck, den sie auf alle anwandte, wenn sie mit sich selber sprechen mußte.

Das Testament der seligen Mrs. Primple beschäftigte das Haus noch einen Tag, dann war sie vergessen, wie die arme Miss Bellamy und auch Mrs. Webber, denn jede Erinnerung an diese Damen störte das Wartespiel und erinnerte sie an dessen unvermeidliches Ende.

Doch dann traf eines Morgens für die Leiterin ein

unerwarteter Brief ein. Er stammte von einem gewissen Mr. John Rufus.

„Endlich ein Herr", seufzte die Leiterin und vertiefte sich in den Inhalt. Fünfundsiebzig Jahre alt, ein ehemaliger Bankdirektor aus Manchester. Er würde sich über einen Termin freuen.

Die Leiterin schrieb sofort zurück und bat ihn, einen Zeitpunkt zu nennen. Vielleicht könnte er ja anrufen und ihr mitteilen, wann er kommen wollte. Sie hatte schon beschlossen, ihn auf jeden Fall zu nehmen – und sogar die Sache mit der Klasse zu vergessen, sollte sich das als notwendig erweisen – und ihm Mr. Thurlows altes Zimmer zuzuweisen. Sie hätte fast gesagt, er sollte gleich sein Gepäck mitbringen. Aber sie wollte nicht zu eifrig wirken. Außenstehende sollten schließlich glauben, daß Haus Hollyhocks seine Bewohner sehr sorgfältig aussuchte.

Mr. Rufus hielt die Verabredung ein, und die Leiterin war mehr als nur angenehm überrascht, auch über sein willkommenes Geschlecht hinaus. Er war rüstig und elegant gekleidet und schien genau zu wissen, was er wollte. Die Leiterin staunte darüber, daß er sich überhaupt in ein Heim begeben wollte. Er schien doch noch absolut in guter Form zu sein. Mr. Rufus hatte schon mit solchen Zweifeln gerechnet und konnte seine Entscheidung hervorragend begründen.

„Ich wollte immer schon in London leben", sagte er. „Und deshalb wollte ich nach meiner Pensionierung in die Hauptstadt übersiedeln. Aber dann bin ich in Manchester geblieben, weil ich immer wieder als Berater gefragt war. Und jetzt komme ich mir zu alt für zwei Umzüge vor. Irgendwann werde ich ja doch Pflege brauchen, und wenn ich in ein Heim in der Nähe von London ziehe, dann habe ich das Gefühl, zwei Fliegen mit einer Klappe zu schlagen. Für mich klingt das vernünftig."

Es klang auch für die Leiterin vernünftig, und sie forderte ihn auf, einzuziehen, sobald er das wünschte. Sie führte ihn durchs Haus und zeigte ihm als erstes die Zimmer, die für ihn bestimmt waren. Sie hatte schon vorher hier und da ein Blumenarrangement auf die Tische gestellt. Mr. Rufus war von allem angetan. Sie zeigte ihm den Aufenthaltsraum, doch abgesehen von Mrs. Hughes, die in ihrem Sessel zu kleben schien, war dort kein Mensch zu sehen.

„Die machen sicher ihren Lauf", erklärte die Leiterin, als stehe sie einem Trainingszentrum vor. „Aber Sie werden sie nächste Woche ja alle kennenlernen. Sie werden hier sehr glücklich sein, da bin ich mir sicher."

Beim Abendessen kündigte sie den Einzug von Mr. John Rufus an und beschrieb ihn in allen Einzelheiten. Mrs. Green strich sich automatisch die Haare zurecht. Sie war die einzige Frau im Raum, die ihre Eroberungspläne noch nicht an den Nagel gehängt hatte. Abgesehen vielleicht von der neuen Mrs. Horoskop Scott, aber der war die Verheißung wichtiger als die Erfüllung. Mrs. Hughes, die an ihrem Sitz klebte, hatte sich damit abgefunden, daß sie nicht mehr in Frage kam. Mrs. Thackeray, das zweimal gebrannte Kind, scheute das Feuer gleich vierfach. Mrs. Feinberg war versprochen, und Lady Celia hatte besseres zu tun. Mrs. Green war sicher, daß sie bei Mr. Rufus keine Konkurrenz zu befürchten brauchte.

Und er suchte denn auch unmittelbar nach seinem Eintreffen ihre Nähe. Er sorgte dafür, daß die anderen Damen sich nicht ausgeschlossen fühlten, aber es war deutlich, daß sein Interesse sich auf Mrs. Helen Green richtete. Die anderen Herren waren keine Rivalen für ihn. Der Major war versprochen. Jock MacPherson hatte nur eine Geliebte: Schottland, und der blieb er treu. Und Jeremy Cross war zu sehr mit seinem Überlebensprojekt beschäftigt, um sich an eine Beziehung zu wagen. Deshalb war für Mr. John Rufus die Bahn frei. Aber er trat nicht dauernd zum Rennen an. Er verbrachte viel Zeit auf seinem Zimmer und fuhr recht oft nach London, um Bekannte zu besuchen oder ins Theater zu gehen. Seine Abwesenheit gab dem, was Mrs. Green als Zeit der Werbung betrachtete, eine zusätzliche Würze, und die anderen beobachteten, daß ihre Garderobe anwuchs und ihr Make-up dicker wurde. Lächerlich, fand Mrs. Thackeray und brachte das auch zur Sprache, ob sich nun eine Gelegenheit bot oder nicht. Die beiden Frauen behandelten einander jetzt mit offener Feindseligkeit. Beim ersten Auftreten von Mr. Rufus hatte Mrs. Green alle Versuche, Mrs. Thackerays Freundschaft zu erhalten, fallen gelassen. Nicht, daß sie endlich begriffen hätte. Sie hatte nie verstanden, warum Mrs. Thackeray ihr gegenüber plötzlich so kühl geworden war. Doch jetzt brauchte sie diese Freundschaft nicht mehr. Sie war viel zu sehr in die aufregenden Möglichkeiten vertieft, die Mr. Rufus ihr eröffnete. Nicht, daß er etwas gesagt hätte. Er machte nur ab und zu mit ihr einen Spaziergang. Er redete zumeist über sich, und Mrs. Green war das nur recht, denn sie war zu verwirrt, um wirklich zu wissen, wer sie war und was sie wollte. Als er einmal von einem in der Schweiz verbrachten Urlaub erzählt hatte, hatte sie ihren Aufenthalt in der Schweizer Töchterschule angebracht, aber selbst da war sie sich nicht mehr ganz sicher. Es schien ihn auch nicht zu interessieren, und er hatte sich wieder in seine Feriengeschichten vertieft. In einer kam ein Wein vor, den er dort getrunken hatte, ein Riesling, ein sehr lieblicher Rheinwein. Er nannte den Namen und sagte, wie gern er den noch einmal trinken würde. Mrs. Green prägte sich den Namen ein, notierte ihn, sowie sie allein war, und beschloß, eine Flasche davon aufzutreiben, um Mr. Rufus eine Freude zu machen. Sie rechnete nicht damit, ihn im lokalen Weinladen zu finden, denn sie hatte den Eindruck gewonnen, daß es sich um einen seltenen Jahrgang gehandelt hatte, doch dort füllte ein halbes Dutzend oder mehr das Regal. Sie spielte mit dem Gedanken, zwei Flaschen zu kaufen, doch sie entschied sich dagegen, denn eine würde ausreichen, um seinen Gaumen zu kitzeln und zu dem zu führen, wozu es möglicherweise führen würde. Sie errötete, als der Verkäufer ihr die Flasche reichte, dann brachte sie sie unter ihrem Mantel versteckt auf ihr Zimmer. Beim nächsten Einkaufsbummel erstand sie einen Korkenzieher und einige Pappbecher, und das alles erinnerte sie an die Schlafzimmerfeste in der Schweizer Töchterschule, die sie nie besucht hatte. Sie wollte auf den passenden Moment warten, um ihre Einladung auszusprechen.

Dieser Moment kam einige Tage später. Beim Essen, denn zum Nachtisch hatte es Crème Caramel gegeben.

„Das erinnert mich an die Schweiz“, sagte Mr. Rufus. „Mit einem Glas Rheinwein wäre der Genuß perfekt.“

Damit hatte er sich offensichtlich selber eingeladen.

„Wenn Sie nach dem Essen auf mein Zimmer kommen wollen“, sagte sie, „dann habe ich vielleicht eine Überraschung für Sie.“

„Ich liebe Überraschungen“, sagte er. „Ich komme gern.“

Nach dem Essen begaben sie sich ganz offen auf Mrs. Greens Zimmer. Diese Bewegung verlief jedoch ziemlich unbemerkt. Das Interesse an Mrs. Green und Mr. Rufus war minimal. Nur Mrs. Thackeray fiel alles auf, und sie machte Mrs. Scott darauf aufmerksam, weil sie nicht allein darüber feixen mochte.

Auf ihrem Zimmer enthüllte Mrs. Green die Flasche. Mr. Rufus brachte sein Entzücken zum Ausdruck und konnte seine Enttäuschung geschickt verbergen. Bei dem Wein, den er erwähnt hatte, hatte es sich um eine ganz besondere Beerenauslese gehandelt. Dieser Wein hier stammte aus der letzten Ernte und schmeckte sicher wie Saccharin.

„Bitte, machen Sie das“, sagte Mrs. Green und reichte ihm den Korkenzieher. Er öffnete die Flasche und füllte die Pappbecher, die ihm als passendes Trinkgefäß erschienen. Dann tranken sie einander zu. Er nippte und versuchte, seinen Ekel zu verbergen: Der Wein war zuckersüß und essigsauer zugleich und hätte sich in einem chinesischen Imbiß sicher gut gemacht.

„Kommen Sie sich jetzt wieder vor wie in der Schweiz?“ fragte Mrs. Green.

„O ja“, sagte Mr. Rufus, den kein Wein der Welt in die Schweiz hätte versetzen können, da er dieses Land nie besucht hatte. Er blieb eine Weile bei ihr sitzen und sprach über Berge, dann schützte er Müdigkeit vor, lehnte ein zweites Glas ab, bedankte sich und wünschte eine gute Nacht.

Mrs. Green betrachtete die zu drei Vierteln volle Flasche und mußte sich eingestehen, daß der Abend kein übermäßiger Erfolg gewesen war. Aber sie wollte ihr gutes Geld nicht umsonst ausgegeben haben. Sie füllte immer wieder ihren Becher und fragte sich, was Mr. Rufus wohl vorhaben mochte. Nach dem fünften Becher hatte sie sich an den Geschmack gewöhnt, und es fiel ihr leicht, die Flasche ganz zu leeren. Sie torkelte zu ihrem Bett, machte sich nicht die Mühe, sich auszuziehen, und erwachte am folgenden Morgen zerknittert, von Kopfschmerzen geplagt und mit wütendem Durst. Sie verbrachte den Tag im Bett, ließ sich die Mahlzeiten jedoch nicht auf dem Zimmer servieren. Sie wußte aus Erfahrung, welche Aufregung das im Aufenthaltsraum hervorrief. Und sie hatte ohnehin keinen Appetit. Sie hoffte ein wenig auf einen Besuch von Mr. Rufus, der sich vielleicht nach ihrem Befinden erkundigen wollte. Doch der Tag verging, und die Leiterin, die nach dem Abendessen eine willkommene Tasse Tee servierte, blieb der einzige Gast.

Am folgenden Tag war Mrs. Green wieder sie selber, und als sie zum Frühstück nach unten kam, sah sie, daß Mr. Rufus' Stuhl leer war. Sie erfuhr, daß er am Vortag nach London gefahren war und für den Abend zurückerwartet wurde. Diese Nachricht stimmte sie froh, denn sie erklärte, warum er sie nicht besucht hatte. Sie freute sich auf das Abendessen. Aber sein Stuhl blieb an diesem Abend und auch noch am folgenden Tag leer. Und am Tag danach. Mrs. Green hatte Liebeskummer. Mr. Rufus fehlte ihr schrecklich. Sie mußte sich eingestehen, daß sie sich vielleicht in ihn verliebt hatte. Sie kannte dieses Gefühl. Es war ihr schon einmal begegnet. Sie war Anfang zwanzig gewesen, und noch nicht verheiratet. Sie erinnerte sich an seinen Namen, nannte ihn aber nie, denn er gehörte zur

Wahrheit ihrer Vergangenheit und war deshalb unaussprechlich. Aber sie dachte an seine blonden Haare und seine blauen Augen, die jedem gehören konnten, überall. Auch er war ab und zu weggegangen, und sie hatte sehnsüchtig auf ihn gewartet. Und jedes Wiedersehen hatte ihre gegenseitige Liebe noch vergrößert. Dann war eine Zeit gekommen, in der er gegangen und nie zurückgekehrt war. Er war geflohen, und später hatte sie gehört, daß er dabei ums Leben gekommen war.

Sie hatte ihn lange und ausgiebig betrauert. Sie erinnerte sich an ihre Gefühle in dieser Zeit der Liebe, daran, wie schön die Welt ausgesehen hatte, und wie sie allen auf dieser Welt hatte verzeihen können. Und jetzt fiel ihr jede Blume im Garten von Haus Hollyhocks auf, sie bestaunte jeden Sonnenuntergang und fand sogar Mrs. Thackeray mit all ihren spitzen Bemerkungen halbwegs erträglich. Sie sehnte sich nach der Rückkehr von Mr. Rufus.

Sie hörte, daß auf der Auffahrt ein Wagen hielt, und sie stürzte zum Fenster. Es war ein großes schwarzes Auto, und sie war enttäuscht, denn sie wußte, daß John Rufus nicht selber fuhr. Sie hatte gehofft, daß ein Taxi ihn vom Bahnhof bringen würde. Doch dann öffnete sich eine Tür, und ein uniformierter Chauffeur stieg aus und lief zur hinteren Tür. Und dort saß wirklich Mr. Rufus. Mrs. Green war ungeheuer beeindruckt. Sie sah zu, wie er kurz mit dem Chauffeur sprach, sich dann zum Eingang von Haus Hollyhocks umdrehte und unter dem Vorbau verschwand. Sie setzte sich aufs Bett und zitterte vor Freude. Sie wollte warten, beschloß sie, und noch nicht sofort nach unten gehen. Jetzt war er mit Warten an der Reihe. Sie würde Chauffeur oder Auto nicht erwähnen, beschloß sie. Er sollte nicht glauben, daß sie nach ihm Ausschau hielt. Der richtige Ausdruck war wohl, „ganz cool bleiben". Das hatte sie im Fernsehen gehört. Und genau das hatte sie vor, selbst wenn das Warten zur Qual wurde. Sie würde zum Abendessen nach unten gehen, beschloß sie, in drei Stunden, und diese Zeit mußte sie irgendwie totschlagen. Sie zog einen Schlüssel aus ihrer Handtasche und öffnete eine Schublade in ihrer Kommode. Dabei fragte sie sich, wie viele von den anderen Bewohnern von Haus Hollyhocks auch Geheimschubladen besaßen, und was sie darin aufbewahrten. Sie bezweifelte, daß irgendwer etwas zu verbergen hatte, wenn sie auch annahm, daß es der armen Miss Bellamy an Geschenken nicht gefehlt hatte. Die Schubladen des Majors waren vermutlich unverschlossen, damit alle Welt seine militärischen Auszeichnungen bewundern konnte. Und diese Jüdin – Mrs. Greens derzeitiges Wohlwollen reichte doch nicht für Mrs. Feinberg aus –, deren Schubladen waren vermutlich leer, denn bestimmt hatte sie nichts, woran sie sich gern erinnerte.

Sie zog die Schublade auf und nahm einen Briefstapel heraus. Sie legte die Briefe auf ihren Schreibtisch, dann schloß sie ihre Tür ab. Während der nächsten Stunden würde sie für alle Welt unerreichbar sein, sogar für Mr. Rufus, sollte der an ihre Tür klopfen. Sie setzte sich an den Schreibtisch und nahm sich eine Zigarette. Mrs. Green rauchte nur selten. Sie gönnte sich eine Zigarette, um einen glücklichen Moment zu feiern. Oder ein seltenes Vergnügen. Und es würde ihr eine Art Vergnügen bereiten, diese Briefe zu lesen, eine Erinnerung an vergangene Freuden, ein Zeugnis ihrer eigenen genialen Täuschungsfähigkeit. Die Zeit verging sehr schnell, und als sie den Gong hörte, der zum Abendessen rief, fiel ihr auf, daß es draußen schon dunkel war. Sie öffnete ihr Fenster, um den Rauch abziehen zu lassen, dann schloß sie die Briefe wieder weg, erneuerte ihr Make-up, strich sich die Haare zurecht und begab sich ins Eßzimmer. Und dort saß John Rufus, der Grund ihrer Atemlosigkeit, neben Mrs. Thackeray und ganz offenbar in ein angeregtes Gespräch vertieft. Als er Mrs. Green das Zimmer betreten sah, erhob er sich jedoch immerhin und grüßte sie mit einer vagen Handbewegung. Damit mußte sie sich zufriedengeben, und sie ließ sich neben Mrs. Scott nieder, die noch immer mit den Horoskopen der Abendzeitungen befaßt war. Mrs. Green dachte, Mr. Rufus wende vielleicht denselben Trick an wie sie selber, bleibe ganz cool, und diese Vorstellung munterte sie ein wenig auf. Sie beschloß, die Gleichgültige zu mimen. Und deshalb versuchte sie, ihre Nachbarin ins Gespräch zu ziehen.

„Was sagen denn die Sterne für heute, Mrs. Scott?" fragte sie. Es war ihr wirklich egal, was die Sterne für Mrs. Scott bereithielten, aber Mr. Rufus sollte sehen, daß sie ein Gespräch führte, worüber, das war egal.

„Das ist das für morgen", sagte Mrs. Scott, die alles genau nahm. „Und es ist ziemlich gut. Sehr gut sogar, was die Familienangelegenheiten betrifft."

„Haben Sie denn eine Familie?" fragte Mrs. Green.

„Einen Sohn. Mehr nicht", sagte Mrs. Scott. „Und der lebt in Australien. Das bedeutet, daß ich bald Post von ihm bekommen werde. Und darauf kann ich mich doch immerhin freuen, nicht wahr?"

„Was sagt denn mein Horoskop?" fragte Mrs. Green, um das Gespräch nicht versanden zu lassen.

„Was haben Sie für ein Sternbild?"

„Skorpion“, antwortete Mrs. Green.

„Kein gutes Sternbild für eine Frau“, erklärte Mrs. Scott mit der Autorität einer Kassandra. „Immer irgendwo einen Stachel verborgen. Aber es ist trotzdem ein sehr interessantes Sternbild.“

Mrs. Green wußte nicht, was sie sagen sollte, da sie im selben Atemzug eine Beleidigung und ein Kompliment erhalten hatte. „Na, egal“, sagte sie. „Was sagt es denn?“

„Ich werde es Ihnen vorlesen“, sagte Mrs. Scott. Dann fuhr sie mit dem Finger an den Zeilen der Prophezeiung entlang. „Ihnen steht eine Überraschung bevor“, las sie vor. „Die wird nicht ganz überraschend kommen und manche Fragen beantworten, die Ihnen in letzter Zeit zu schaffen machen. Sie sollten Fremden nicht zu sehr vertrauen. Glücksfarbe: Blau. Sagt Ihnen das etwas, Mrs. Green?“ fragte Mrs. Scott.

„Nein. Wirklich nicht“, sagte Mrs. Green. „Aber ich glaube eigentlich auch nicht an Horoskope.“

„Ich habe mein Leben danach eingerichtet“, sagte Mrs. Scott. „Und das habe ich nicht bereut.“

Trotz ihrer vorgeblichen Skepsis fand Mrs. Green ihr Horoskop beunruhigend, vor allem die Warnung vor den Fremden. Ob Mr. Rufus wohl als Fremder gelten mußte? Und was mochte das für eine zu erwartende Überraschung sein? Ob diese beiden Weissagungen zusammenhingen? Aber Mr. Rufus war kein Fremder mehr. Und er hatte nie den Eindruck der Unzuverlässigkeit erweckt. Es konnte nicht Mr. Rufus sein, entschied sie, aber die Überraschung konnte sehr wohl mit ihm zu tun haben, und das Horoskop sagte doch auch, daß sie nicht ganz unerwartet kommen würde. Mit anderen Worten, er könnte einen Antrag planen. Sie schaute sich am Tisch um und stellte fest, daß Mr. Rufus und Mrs. Thackeray mit Essen beschäftigt waren, weshalb sie sich mit einer gewissen Erleichterung ihrem Teller zuwandte und mit eleganten Manieren speiste, da sie wußte, daß er sie sehen konnte. In Gedanken durchwühlte sie ihren Schrank nach etwas Blauem.

Während sie auf den Nachtisch warteten, nahm Mr. Rufus sein Gespräch mit Mrs. Thackeray wieder auf.

„Aber ich bin doch der Neue“, sagte er. „Woher soll ich das wissen? Erzählen Sie mir von ihnen. Gehen wir doch die Tafelrunde durch, angefangen mit der Horoskopdame.“ Er suchte sich ganz bewußt Mrs. Scott aus, denn dann würde, wenn sie im Uhrzeigersinn vorgingen, Mrs. Green als letzte an die Reihe kommen.

„Mehr ist sie auch nicht. Sie ist die Horoskopdame“, sagte Mrs. Thackeray. „Auch sie ist neu hier. Ist kurz vor Ihnen gekommen. Ich weiß auch nicht mehr über sie.“

„Und neben ihr? Der Herr?“

„Das ist Jeremy Cross. Er ist nur glücklich, wenn jemand stirbt. Neben ihm sitzt Jock MacPherson.“

„Was ist mit ihm?“

„Was ist das hier eigentlich?“ fragte Mrs. Thackeray. „Ein hochnotpeinliches Verhör?“ Sie tippte seinen Arm an, um ihren schroffen Tonfall auszugleichen, eine Geste, die Mrs. Green nicht entging. Sie hätte gern Mrs. Thackerays Sternbild gewußt, um in Erfahrung bringen zu können, was ihr bevorstand.

Mrs. Thackeray gab sich alle Mühe, kurze Biographien der Tafelrunde zu liefern. Und dann kam Mrs. Green an die Reihe.

„Was ist mit Mrs. Green?“ fragte Mr. Rufus.

„Die mag ich nicht“, sagte Mrs. Thackeray ganz offen. „Sie gibt vor, ein stilles Wasser zu sein, hat es aber in Wirklichkeit faustdick hinter den Ohren. Das sagt sie sogar selber.“

„Ach, wirklich?“ fragte Mr. Rufus. „Ich kann nichts Geheimnisvolles an ihr finden. Ich finde sie ganz normal. Auf angenehme Weise, natürlich“, fügte er hinzu.

„Hat sie Ihnen von dieser Schweizer Töchterschule erzählt?“ fragte Mrs. Thackeray.

„Ja. Das hat sie“, sagte Mr. Rufus.

„Und haben Sie ihr geglaubt?“

„Ich wüßte nicht, warum ich ihr nicht glauben sollte. Das war doch damals sehr populär. Wenn man genug Geld hatte, natürlich.“

„Na, ich glaube, sie hat das alles erfunden. Will nur prahlen“, sagte Mrs. Thackeray. „Und fragen Sie mich nicht, warum. Das ist nur so ein Gefühl.“

Obwohl er seine Zustimmung nicht in Worte kleidete, hatte Mrs. Thackeray damit seinen eigenen Verdacht bestätigt.

Nach dem Essen zogen sie in den Aufenthaltsraum um, wo der Schlaftrunk serviert wurde. Mrs. Green trödelte herum, um weiterhin „cool zu bleiben“, und als sie dann endlich den Aufenthaltsraum betrat, stellte sie zu ihrer Erleichterung fest, daß Mrs. Thackeray allein dort saß, während Mr. Rufus in ein Gespräch mit dem Major und dessen Jüdin vertieft war. Der Stuhl neben ihm war leer, und er erhob sich halbwegs und winkte ihr zu, und obwohl Mrs. Green freiwillig niemals den Kontakt zu Mrs. Feinberg gesucht hätte, wollte sie Mr. Rufus' Aufforderung doch nicht ablehnen. Deshalb ließ sie sich auf dem Stuhl neben ihm nieder und bemerkte nicht, daß Mrs. Feinberg zitterte.

„Haben Sie sich in London gut amüsiert?“ fragte Mrs. Green.

„Dazu hatte ich keine Zeit. Es war ein Beraterauftrag. Und einer mit sehr kurzer Frist. Aber ich habe es geschafft. Und danach hatten sie immerhin den Anstand, mich von einem Chauffeur zurückbringen zu lassen.“ Dann beugte er sich zu ihr vor und flüsterte: „Sie haben mir gefehlt.“

Mrs. Green erbebte. Sie wußte auch, warum, und dieser Grund bestand aus unbeschreiblicher Freude. Sie fürchtete jedoch die Wirkung dieses Zitterns. Sie blieb ganz still und murmelte, ohne ihn anzusehen: „Sie mir auch.“

In diesem Moment bat Mrs. Feinberg um Entschuldigung und wartete nicht einmal den Schlaftrunk ab. Der Major war besorgt angesichts dieses plötzlichen Aufbruchs, dessen Ursache ihm ja bekannt war. Er wäre gern hinter ihr hergelaufen, hielt es aber für sinnvoller, in Mrs. Greens Nähe zu bleiben und möglicherweise in ihrer unreinen Gesellschaft einen Hinweis zu finden. Mrs. Green war froh darüber, daß die Jüdin sie verlassen hatte, ärgerte sich aber, daß der Major weiterhin die Festung hielt. Konnte er nicht sehen, daß sie und Mr. Rufus private Dinge zu besprechen hatten und keine Lauscher brauchen konnten? „Ja, ich habe Sie auch vermißt“, sagte sie, diesmal laut, um dem Major einen Wink zu geben. Doch der rührte sich nicht.

„Wir haben Sie alle vermißt, Mr. Rufus“, sagte er boshaft. „Was machen Sie denn bei diesen kleinen Spritztouren?“

„Nur arbeiten“, sagte Mr. Rufus. „Seit ich die Bank verlassen habe, werde ich ab und zu zu Gutachtertätigkeiten aufgefordert. Im Londoner Büro. Und das freut mich wirklich. Dann fühle ich mich noch nicht so ganz a. D. Und was ist mit Ihnen, Major? Bei der Armee werden sicher nicht so viele Gutachter gebraucht, stelle ich mir vor."

„Ein Major a. D. ist eben ein Major a. D., fürchte ich", sagte der Major. „Das ist alles." Die Wendung, die die Unterhaltung genommen hatte, gefiel ihm überhaupt nicht. Er hatte Mr. Rufus' Aufmerksamkeit nicht auf sich lenken wollen. Er wollte doch nur den Lauscher spielen. „Und was ist mit Ihnen, Mrs. Green?" fragte er deshalb hoffnungsvoll. „Sind Sie auch als Gutachterin gefragt? Aber ich nehme an, bei Damen ist das anders."

„Naja, ich hatte nie einen richtigen Beruf", sagte sie und freute sich darüber, jetzt ins Gespräch der Männer einbezogen worden zu sein. „Ich war einfach nur Ehefrau und Mutter."

„Und das ist doch eine überaus lobenswerte Berufung", sagte der Major, um sie zu weiteren Ausführungen über ihre Vergangenheit zu veranlassen.

Aber Mrs. Green fand, jetzt schon genug gesagt zu haben. Und wieder schwiegen sie alle.

Bald darauf brachte die Leiterin den Schlaftrunk. Sie wanderte mit ihrem Tablett durch den Raum. Als sie Mrs. Hughes erreichte, blieb sie stehen.

„Sie brauchen keinen, Mrs. Hughes", sagte sie. „Sie wissen ja, was sonst passiert." Sie machte keinerlei Versuch, ihre Stimme zu senken.

Mrs. Hughes, die ohnehin schon in ihrem Sessel klebte, schien noch viel tiefer in diesem gepolsterten Nothafen zu versinken. Sie lief schamrot an, denn sie war davon überzeugt, daß alle anderen mitgehört und ihre eigenen Schlüsse gezogen hatten. Sie war wütend. „Bitte", flüsterte sie und winkte die Leiterin zu sich. Die hielt ihr Ohr an Mrs. Hughes' Mund und mußte sich folgendes anhören: „Ich habe Ihnen in meinem Testament eine beträchtliche Summe hinterlassen, aber jetzt werde ich das ändern. Sie sind eine grausame Person und werden nicht einen Penny bekommen."

Das war natürlich eine Lüge. Mrs. Hughes' Geld würde an ihre Familie fallen, und die kleine Minnie würde den Löwenanteil erben. Aber alle Mitbewohner wußten, daß die Leiterin ununterbrochen auf Erbschaften hoffte, und Mrs. Hughes sah keinen Grund, warum sie diesmal nicht schon im voraus enttäuscht werden sollte. Es kam nur selten ein unfreundliches Wort über Mrs. Hughes Lippen, aber sie war wütend angesichts ihrer Gebrechlichkeit und hielt die Leiterin für die angebrachte Zielscheibe. Die Leiterin war zu verblüfft, um zu antworten, besaß jedoch genug Geistesgegenwart, um ein Lächeln aufzusetzen, als habe Mrs. Hughes ihr einen Witz erzählt. Innerlich aber tobte sie, denn sie glaubte jedes Wort, das Mrs. Hughes zu ihr gesagt hatte. Sie beendete ihre Runde und stürzte zurück in ihr Büro.

„Was haben Sie zu ihr gesagt?" fragte Mr. Cross.

„Nur das, was sie verdient hat", antwortete Mrs. Hughes, womit sie nichts verriet. Die anderen im Aufenthaltsraum tauschten Blicke, es fiel jedoch kein Wort. Um das Schweigen zu brechen, erkundigte Jock MacPherson sich bei Mrs. Scott nach deren Horoskop. Die beiden saßen in entgegengesetzten Enden des Zimmers, und deshalb hallte Jock MacPhersons Stimme, die niemals pianissimo eingestellt war, durch den Raum. Und Mrs. Scott mußte zurückbrüllen.

„Ich werde es Ihnen vorlesen“, sagte sie.

„Lassen Sie die Warnungen hören“, sagte Mrs. Green, die schon von den familiären Glücksaussichten gehört hatte.

„Ach, die sind albern, und ich achte nie darauf“, sagte Mrs. Scott und lachte nervös.

„Lesen Sie sie trotzdem“, dröhnte MacPherson. „Nur so zum Spaß.“

Mrs. Scott, die sich darüber freute, im Mittelpunkt zu stehen, zog ihre Brille aus der Tasche. „Waage“, sagte sie. „Das bin ich“, fügte sie hinzu. „Sie spüren schon lange einen leisen Mißklang, der in der Luft hängt. Das steht jeden Tag in dieser Zeitung“, wieder lachte sie. „Aber ich nehme mir das nie zu Herzen.“ Sie fing an, die Zeitung zusammenzufalten.

Geschickt sprang Mr. Cross auf dieses Stichwort an. Er hatte gewußt, daß seine Zeit kommen würde. Und einen besseren Moment könnte er ja wohl kaum finden.

„Vielleicht sollten Sie das aber doch tun, Mrs. Scott“, sagte er.

„Aber warum denn bloß?“ Tapfer behielt Mrs. Scott ihre gelassene Haltung bei.

Alle im Aufenthaltsraum wandten sich jetzt Jeremy Cross zu, die Hälfte dieser Blicke bat um Schweigen, die andere Hälfte wollte ihn zum Weiterreden bringen. Aber Jeremy Cross ließ sich von niemandem beeinflussen. Er war ein unabhängiger Mann und machte, was er wollte.

„Wenn Sie bedenken, in wessen Zimmer Sie wohnen“, sagte er.

„Was ist denn mit meinem Zimmer?“ Plötzlich nahm Mrs. Scott sich die Warnungen doch zu Herzen.

Wieder schwiegen alle, diesmal starrten sie jedoch den Fußboden an.

„Seine frühere Bewohnerin“, sagte Mr. Cross endlich und sah schon Mrs. Scotts Namen auf seiner Liste und wußte auch, warum der dort stehen würde. „Tödlicher Schock“.

„Aber das ist doch nur ein Gerücht“, polterte Jock MacPherson.

„Aber wo Rauch ist, ist auch Feuer“, hielt Mrs. Thackeray dagegen.

„Das ist nur Gerede“, piepste Mrs. Hughes aus ihrem Nothafen.

„Da haben Sie recht, Mrs. Hughes“, erklärte Lady Celia.

Mrs. Green hatte das letzte Wort. „Na, Gerücht oder nicht, ich würde nicht einmal für Geld in diesem Zimmer schlafen.“

„Worüber reden Sie hier eigentlich?“ rief Mrs. Scott, die inzwischen völlig außer sich vor Angst war.

Wieder schwiegen alle.

„Sie haben angefangen, Mr. Cross“, sagte Mrs. Green. „Jetzt bringen Sie es auch zu Ende.“

Jeremy Cross stand unbestreitbar im Mittelpunkt der Aufmerksamkeit, ob er nun wollte oder nicht. Er beschloß, seine Worte nicht auf die Goldwaage zu legen. Er neigte ohnehin nicht zu raffinierter Ausdrucksweise oder Untertreibung. „Die letzte Bewohnerin, eine Miss Bellamy, hat sich auf diesem Zimmer die Kehle durchgeschnitten.“

Mrs. Scott sprang auf. Brille, Tasche und unheilverkündendes Horoskop fielen zu Boden.

„Warum hat mir das niemand gesagt?“ rief sie. „Kein Wunder, daß ich Mißklänge wahrnehme!“ Von nun an würde sie nie mehr eine Warnung in den Wind schlagen. „Wie kann sie es wagen, mir diese Zimmer zu geben?“ Sie steuerte die Tür an. „Ich bring sie um“, schrie sie.

Sie erreichte die Tür gerade noch, dann klammerte sie sich daran fest und fiel in Ohnmacht. Mr. Cross sprang als erster auf. Wenn Mrs. Scott nicht zur Leiterin gehen konnte, dann mußte die Leiterin verflixt nochmal zu ihr kommen. Er rannte zu ihrem Büro.

Mr. Rufus stand schon neben Mrs. Scott. „Es ist nur eine Ohnmacht“, sagte er.

„Hier, versuchen Sie es hiermit“, sagte Mrs. Thackeray und zog ein Riechfläschchen aus der Tasche.

„Genau das richtige“, sagte Mr. Rufus, öffnete die Flasche und bewegte sie unter Mrs. Scotts Nase hin und her. Ihre Augenlider flatterten und öffneten sich, und als die Leiterin kam, lag sie zwar noch auf dem Boden, war aber wieder bei Bewußtsein. Die Leiterin kniete neben ihr nieder und wurde sofort zusammengestaucht. Mrs. Scotts vorübergehendes Koma hatte ihre Wut durchaus nicht gemildert. Es schien sie sogar verstärkt zu haben.

„Wie konnten Sie mir diese Zimmer geben“, rief sie. „Ich will sofort umziehen.“

„Natürlich, meine Liebe“, sagte die Leiterin. Es war wirklich nicht der richtige Moment, zu diskutieren oder die üblen Lügen zu entkräften, die Mrs. Scott in diesen Zustand versetzt hatten. Aber sie konnte sich schon vorstellen, welches Schandmaul dahintersteckte. Sie wollte Jeremy Cross in ihr Büro zitieren. Sie hatte die Überlebensliste an seiner Schranktür oft genug gesehen und hatte ihn längst durchschaut. Sie half Mrs. Scott auf die Beine und führte sie aus dem Aufenthaltsraum. In ihrem Büro drückte sie sie in einen Sessel und erkundigte sich dann nach Mrs. Scotts Problemen, obwohl sie die ja schon kannte.

Mrs. Scott gab Mr. Cross' Geschichte mit ihren eigenen Zutaten wieder. „Warum ist mir das nicht gesagt worden?“ fragte sie.

„Einfach, weil es nicht stimmt“, sagte die Leiterin. „Mr. Cross ist ein böswilliger Lügner. Er macht anderen gern angst. Die arme Miss Bellamy, die viele Jahre sehr glücklich in diesen Räumen gewohnt hat, ist eines natürlichen Todes gestorben. Mehr ist dazu nicht zu sagen. Aber wenn Sie trotzdem umziehen wollen, dann ist das kein Problem.“

„Ich will ein anderes Zimmer“, sagte Mrs. Scott. „Und zwar sofort.“

„Ich werde mich darum kümmern“, sagte die Leiterin. Sie verließ ihr Büro und trug einem Dienstmädchen auf, Mrs. Scotts Habseligkeiten allesamt in ein leerstehendes Zimmer im Anbau zu bringen. Dann kehrte sie in ihr Büro zurück. „Das wäre erledigt“, sagte sie. „Und jetzt bringe ich Sie in Ihre neue Behausung. Sie haben auf beiden Seiten Blick auf den Garten. Sie werden dort sicher sehr glücklich sein.“

Nachdem sie Mrs. Scott untergebracht hatte, kehrte sie in den Aufenthaltsraum zurück, um Mr. Cross in ihr Büro zu rufen. Er folgte ihr mit stolzem und trotzigem Schritt, aber diese Haltung war nur für die anderen Bewohner bestimmt, denen er keine Schwäche zeigen wollte. Innerlich hatte er Angst. Angst vor der Leiterin. Hatte die immer schon gehabt. Sein Leben lang hatten alle Autoritätspersonen ihm Angst eingejagt, angefangen mit seinem Vater, der statt einer Zunge eine Peitsche im Mund gehabt hatte. Die

Leiterin zeigte dieselbe Art verbaler Grausamkeit. Sie erinnerte ihn an seinen Schulleiter, daran, wie oft er in dessen Büro gerufen worden war, und das entsetzliche Erlebnis, nach Hause geschickt worden zu sein. Jetzt fürchtete er, die Leiterin könne ihn vor die Tür setzen. Wohin sollte er dann gehen? An welchen verheißungsvolleren Ort könnte er seine Überlebensliste bringen? Als er das Büro der Leiterin erreichte, zitterte er. Von seinem stolzen Gang war nichts mehr übrig, von seinem Trotz auch nicht.

Sie bot ihm keinen Stuhl an, und er traute sich nicht, sich selber einen zu nehmen. Deshalb stand er vor ihr, und er konnte sein Zittern nicht unterdrücken, als er die Leiterin ansah und die Leiterin ihn. Sie lächelte ein wenig.

„Ist Ihnen kalt, Mr. Cross?" fragte sie.

„Nein", murmelte er.

„Ach, ich dachte, wo Sie doch zittern", sagte sie. Danach bot sie ihm endlich einen Stuhl an. Sie wartete, bis er so bequem saß, wie das unter diesen Umständen überhaupt möglich war, und sagte dann: „Sie waren wieder ein ungezogener Junge, Mr. Cross." Jetzt stand er wirklich wieder im Zimmer des Schulleiters und wartete darauf, von der Schule geworfen zu werden. „Sie haben schon wieder dieses Gerücht ausgestreut", sagte sie. „Und Sie wissen, daß es nicht stimmt. Das wissen Sie sehr gut."

Er hätte ihr da und dort sagen können, daß er die aufgeschlitzte Kehle mit eigenen Augen gesehen hatte, zusammen mit dem vielen Blut und allem anderen. Doch obwohl er wußte, daß sie log, und daß sie wußte, daß er es wußte, traute er sich nicht, ihr zu widersprechen. Sie war eine Autoritätsperson und konnte mit ihm machen, was sie wollte.

„Ich werd's nicht wieder tun", flüsterte er und fühlte,

wie der rauhe blaue Wollstoff seiner Schuluniform seine zitternden Knie zerkratzte.

„Das ist Ihre allerletzte Chance“, sagte sie. „Und jetzt gehen Sie zu Mrs. Scott und sagen ihr, daß Sie sich das alles aus den Fingern gesogen haben. Und wenn ich je wieder höre, daß Sie solche Gerüchte verbreiten, dann werde ich Sie sofort zum Auszug auffordern. Sie dürfen jetzt gehen“, endete sie.

Er zitterte noch immer, als er das Büro verließ. Er haßte die Leiterin und setzte in Gedanken ihren Namen auf die Überlebensliste. Die Leiterin ihrerseits hing ähnlichen Überlegungen nach und stellte sich vor, wie sie den Namen Jeremy Cross in ihrer eigenen zufriedenen Handschrift dazuschrieb.

13

Mr. Rufus wurde durch die regelmäßigen Ausflüge, die der Major mit Mrs. Feinberg ins Dorf unternahm, auf diese Idee gebracht. Nicht, ihnen zu folgen, sondern es ihnen gleichzutun, und zwar mit Mrs. Green. Deshalb machte er am folgenden Morgen nach dem Frühstück diesen Vorschlag. Ganz nebenbei machte er ihr ein Kompliment wegen ihres blauen Schals. Mrs. Green war jetzt bereit, alles auf eine Karte zu setzen, und sie war davon überzeugt, daß, mit Hilfe ihrer Glücksfarbe, dieser Spaziergang das Vorspiel zu der nicht ganz unerwarteten Überraschung sein werde, die Mrs. Scott ihr verheißen hatte. Beim Frühstück hatte Mrs. Scott glücklich die neuen Aussichten für den Skorpion geflüstert, sie freute sich, weil sie jetzt eine Studiengenossin hatte. Das Tageshoroskop riet Mrs. Green einfach, die Dinge zu nehmen, wie sie kamen, und nichts zu überstürzen; am Ende des Mondzyklus werde sich dann alles offenbaren. Mrs. Green wußte Mr. Rufus' Sternbild nicht, hatte aber vor, es ihm zu entlocken. Der Spaziergang könnte dazu die Möglichkeit liefern.

Sie verließen Haus Hollyhocks vor dem Major und Mrs. Feinberg, die keine Ahnung davon hatten, daß andere ihrem Beispiel folgen wollten. Sie waren überrascht und entsetzt, als sie das Café betraten und dort der Feind ihren Stammtisch besetzt hatte. Mrs. Feinberg stieß ein unfreiwilliges „Oh!" aus, als sie sie entdeckte, und der Major sah, daß sie erbleichte. Er drückte ihren Arm. „Keine Sorge, meine Liebe", sagte er. „Wir gehen woandershin."

Sanft führte er sie von der Tür fort und über die Straße. Mrs. Green hatte sie nicht gesehen, Mr. Rufus jedoch, der mit dem Gesicht zur Cafétür saß, hatte ihr Eintreten, ihr Erschrecken und ihren Rückzug registriert, zusammen mit dem Klangeffekt. Das interessierte ihn nun wirklich. Er ließ es Mrs. Green gegenüber jedoch unerwähnt, denn er hatte sofort das Gefühl, daß dieser Rückzug mit seiner Begleiterin zusammenhing.

„Was sollen wir denn bestellen?" fragte er fröhlich und zufrieden, weil er vielleicht auf eine Spur gestoßen war.

An Mrs. Greens Appetit war nie etwas auszusetzen, und obwohl sie eben erst ein üppiges Frühstück verzehrt hatte, bat sie um eine Tasse Kaffee und ein Stück Sahnetorte. Mr. Rufus verbarg seinen Ekel und bestellte das Gewünschte. Er begnügte sich mit einer Tasse Kaffee.

„Was ist denn Ihr Lieblingsessen?" fragte er, als die Kellnerin alles gebracht hatte.

Ihre Antwort kam wie aus der Pistole geschossen. „Roastbeef und gebackene Kartoffeln und Yorkshirepudding. Langweilig, fürchte ich. Und Ihres?"

„Meins ist ausländisch. Deutsch", sagte er hoffnungsvoll. „Sauerbraten. Das ist in Essig eingelegtes Rindfleisch mit Kartoffelklößen", fügte er als Erklärung hinzu.

„Das kenne ich", sagte sie. „Das gab es manchmal in der Schweiz. Nicht mein Geschmack allerdings. Zu fremdländisch", sie lachte.

Er ließ das auf sich beruhen und sah zu, wie sie ihren Kuchen verzehrte. Jetzt war ein Flirt angesagt, fand er.

„Das ist wirklich ein schöner Schal", sagte er. „Die Farbe steht Ihnen sehr gut. Sie sollten häufiger Blau tragen."

Mrs. Green lächelte, freute sich über ihre Bekanntschaft mit Mrs. Scott und dachte, wieviel netter die doch sei als Mrs. Thackeray.

„Danke", sagte sie und bedachte ihn mit dem besten züchtigen Blick, den sie zustandebrachte, denn Bescheidenheit war so gar nicht ihre Art.

„Haben Sie jemals mit dem Gedanken gespielt, wieder zu heiraten, nachdem Ihr Mann verstorben war?" fragte er.

Mrs. Green dachte an ihr Horoskop. Sie mußte die Dinge nehmen, wie sie kamen. Sie durfte nichts übereilen. „Eigentlich nicht", sagte sie. „Ich hatte eine gute Ehe und glaubte nicht, das wiederholen zu können. Und Sie?"

„Nach dem Tod meiner Frau", sagte er, „habe ich mich in die Arbeit gestürzt. Wir hatten keine Kinder, deshalb war ich sehr allein. Aber seit meiner Pensionierung arbeite ich soviel weniger, und deshalb sehne ich mich jetzt nach

Gesellschaft. Ja, ich würde sehr gern wieder heiraten. Ich hätte nichts gegen eine neue Ehe."

Alles so nehmen, wie es kommt, sagte sich Mrs. Green. Bisher wirkte doch alles sehr vielversprechend.

„Möchten Sie noch ein Stück Kuchen?" fragte er.

„Ich glaube nicht", sagte Mrs. Green. „Sonst bringe ich beim Mittagessen nichts hinunter."

Er bezahlte, und sie gingen langsam zurück nach Haus Hollyhocks. Mr. Rufus wußte, daß der Flirt zu seinem Programm gehörte, er würde zur Werbung und schließlich zu einem Heiratsantrag führen. Der Erfolg dieses Plans hing einzig und allein von seiner Entscheidung ab, er mußte für jeden neuen Schritt den richtigen Moment finden. Er ging davon aus, daß die Flirtperiode einige Zeit dauern würde. Wie lange, das hing von bislang unbekannten Faktoren ab. Er dachte daran, wie der Major das Café verlassen, und wie entsetzt Mrs. Feinberg aufgestöhnt hatte. Er würde eine Gelegenheit finden, um mit dem Major zu sprechen und eine Erklärung zu suchen.

Diese Gelegenheit bot sich nach dem Mittagessen. Mrs. Feinberg hatte sich auf ihr Zimmer zurückgezogen, und der Major machte einen Spaziergang durch den Garten. Mrs. Green war einkaufen gegangen. Sie suchte ein blaues Kleid, das das Glück, das diese Farbe ihr verhieß, dann wirklich brachte. Mr. Rufus war also allein, und das war auch der Major. Er schloß sich dem anderen im Garten an.

„Darf ich mich zu Ihnen gesellen?" fragte Mr. Rufus.

„Aber gern", sagte der Major, der immer gern Gesellschaft hatte.

„Es war schade, daß Sie sich heute im Café nicht zu uns gesetzt haben", Mr. Rufus kam sofort zur Sache. „Ich habe gesehen, wie Sie hereingekommen und dann sehr schnell wieder gegangen sind. Ich hoffe, das hatte nichts mit mir oder meiner Begleiterin zu tun."

Der Major wußte nicht, wie er reagieren sollte. „Nein, natürlich nicht", sagte er eilig. Ihm war schon aufgefallen, daß Mr. Rufus und Mrs. Green immer zusammen waren, und obwohl er Mrs. Green ganz persönlich und auch Miriams wegen haßte, wollte er doch Mrs. Greens Vertrautem gegenüber kein böses Wort über sie sagen. „Mrs. Feinberg und ich hatten etwas zu besprechen", sagte er. „Privatangelegenheiten, deshalb wollten wir allein sein. Und außerdem", fügte er hinzu, „dachten wir das auch von Ihnen."

„Da hatten Sie recht", Mr. Rufus lachte. „Aber wir haben Ihr Café mit Beschlag belegt. Haben Sie einen Ausweichort gefunden?"

„Ja", sagte der Major. „Ein Stück vom Dorf entfernt. Aber wirklich sehr gemütlich." Mehr verriet er Mr. Rufus nicht. Er wollte nicht noch einmal auf Mrs. Green stoßen.

„Sie wirkt sehr sympathisch, diese Mrs. Feinberg", sagte Mr. Rufus, der noch immer fischte und mit der Erklärung des Majors absolut nicht zufrieden war.

„Ja, das ist sie wirklich", sagte der Major.

„Wo kommt sie eigentlich ursprünglich her?"

„Aus Wien." Es konnte doch nichts schaden, ihren Geburtsort zu erwähnen. Diese Tatsache war schließlich allgemein bekannt. Aber er spürte, daß Mr. Rufus etwas Bestimmtes wissen wollte. Und er wollte nicht mehr sagen.

„Ein Flüchtling also", sagte Mr. Rufus.

Auch das war allgemein bekannt. „Ja, das stimmt", sagte der Major und verbreitete sich dann eilig über die Schönheit der Hortensien, an denen sie vorübergingen. Damit war das Thema beendet.

„Hatten Sie jemals einen Garten, Major?" fragte Mr. Rufus fügsam.

„Ich hatte nie ein richtiges Zuhause", sagte der Major. „Habe mein Leben in der Armee verbracht. In der Messe. Das war mein Zuhause. Und nachdem ich meinen Abschied genommen hatte, bin ich dann zu meiner Schwester gezogen. Sie hatte eine Wohnung in Chelsea. Auch dort gab es keinen Garten. Aber ich bin viel in den Parks spazieren gegangen. Ich liebe Blumen. Dann starb mein Schwager, und meine Schwester gab die Wohnung auf, und ich bin hierher nach Haus Hollyhocks gekommen. In diesen Garten. Das ist alles."

Schweigend gingen sie ein kleines Stück weiter. Mr. Rufus hatte das Gefühl, daß der Major durchaus eine gute Informationsquelle sein könnte, aber weil der andere sich nicht in die Karten schauen ließ, setzte er ihm nicht weiter zu. Sie konzentrierten sich auf Beete und Blumen. Mr. Rufus kannte sich mit ihren Namen genau aus und stellte sie allesamt dem Major vor. Er kam sich vor wie ein Botaniklehrer mit einem eifrigen Schüler, denn der Major antwortete mit einer gewissen Begeisterung, da er bei ihrem nächsten gemeinsamen Gartenspaziergang sein neues Wissen mit Miriam teilen wollte. Er beschloß, die Namen ganz schnell aufzuschreiben, um sie nicht zu vergessen, und deshalb sagte er Mr. Rufus, er müsse jetzt seinen Mittagschlaf halten, und sie würden sich beim Abendessen sehen.

Mr. Rufus ging weiter, bis er eine Gartenbank erreichte, von der er die Auffahrt sehen konnte. Er entdeckte einen

Herrn, der die Auffahrt hoch kam, wobei er seinen Spazierstock im Takt seines munteren Schrittes herumwirbelte, und als er dann aufschaute, sah er, wie Lady Celia den Vorhang hob, während im Dorf die Kirchturmuhr viermal schlug. Er zog sein Notizbuch heraus und fing an, die Fundstücke dieses Tages einzutragen. Sie nahmen nicht viel Platz ein. Aber das entmutigte ihn nicht. Er wußte aus langer Erfahrung, daß Informationen sich verhalten wie Puzzlespiele. Nicht das kleinste Einzelteil kann entbehrt werden. Es kann lange dauern und überaus mühsam sein, es zusammenzusetzen, aber am Ende ergibt sich dann ein Bild.

Plötzlich sah er, daß Mrs. Thackeray auf ihn zukam. Sie schien sich zu ihm setzen zu wollen, und als sie die Bank erreicht hatte, klopfte er auf den leeren Platz neben sich, um sie einzuladen. Sie dankte ihm und nahm Platz.

„Wo ist denn Ihre feste Begleiterin?" fragte sie mit unverhohlenem Sarkasmus. „Erzählen Sie mir nicht, sie hätte Sie im Stich gelassen."

„Das glaube ich nicht", sagte Mr. Rufus lachend. „Sie wollte einfach einkaufen gehen." Nach einer Pause füge er hinzu: „Sie können sie offenbar nicht sehr gut leiden."

„Das habe ich Ihnen schon gesagt, Mr. Rufus." Mrs. Thackeray strich ihren Rock gerade, dann fiel ihr auf, daß ihr Nagellack zerkratzt war, und sie ballte beschämt die Fäuste. „Hat sie Ihnen diese Lügengeschichte über ihre Narbe aufgetischt?"

Als Mrs. Green ihr die Ursache dieser entstellenden Narbe erzählt hatte, hatte sie versprochen, diese für sich zu behalten. Aber jetzt hatte sie nicht das Gefühl, der anderen Diskretion schuldig zu sein, und als Mr. Rufus großes Interesse an ihrer Geschichte bekundete, brach sie ihr

Versprechen mit Freude und erzählte ihm die Sache, wie sie sie vom stillen Wasser selber gehört hatte.

„Warum wollen Sie das nicht glauben?“ fragte Mr. Rufus.

„Ganz einfach, weil diese Frau eine Lügnerin ist. Sie sagt einfach kein wahres Wort.“ Mrs. Thackeray schien sich sehr gut zu amüsieren. Es war ihr egal, daß sie vielleicht Mr. Rufus’ Gefühle verletzte, wenn sie seine Begleiterin heruntermachte. Sie nahm diese Beziehung ohnehin nicht weiter ernst. Sie war sicher, daß nichts dabei herauskommen würde. Wenn sie nicht selber ein doppelt gebranntes Kind gewesen wäre, hätte sie vielleicht auch ein wenig mit ihm geflirtet. Aber sie beschloß jetzt, zum Haus zurückzugehen. „Ich bin für heute genug gelüftet worden“, sagte sie, als sei sie ein Wäschestück an einer Leine. „Ich muß Briefe schreiben.“

Diesen Grund schützten alle in Haus Hollyhocks vor, wenn sie allein sein wollten. Aber Mrs. Feinbergs Weihnachtsgeschenke lagen ungenutzt in ihren Schubladen und würden niemals das Tageslicht erblicken.

Als Mrs. Thackeray gegangen war, zog Mr. Rufus wieder sein Notizbuch hervor. Sie hatte ihm einen Tip gegeben, einen wirklich wertvollen Tip, der sich durchaus als Mittelstück im Puzzle erweisen könnte.

Mrs. Green erschien zum Abendessen in einem blauen Kleid, das den blauesten Blauton auf der ganzen Farbskala aufwies. Sie sah lächerlich aus, wie ein blauer Wimpel, wie ein Signal, daß sie in See stechen wollte. Was sie in Gedanken auch tat, zusammen mit dem Kapitän ihres Vertrauens steuerte sie den Horizont in der Ferne an. Mr. Rufus erhob sich, nahm sie beim Arm und führte sie zum Stuhl neben seinem. Das Blau blendete ihn, und er war froh darüber, daß sie neben ihm saß, wo die Farbe ihm nur ab und zu ins Auge stach. Auf diese Weise nahm er nur eine Andeutung davon wahr, und mehr konnte er auch nicht ertragen. Die Stichwörter in seinem Notizbuch bestätigten, daß er noch eine Weile im Flirtstadium verbringen mußte, während die Werbung dann unmittelbar darauf folgen würde.

„Das ist ein wunderschönes Kleid", sagte er, ohne es anzusehen. „Sie haben also auf meinen Rat gehört. Blau ist wirklich Ihre Farbe."

„Ich finde es schön, wenn ich anderen gefallen kann", sagte Mrs. Green lächelnd. Sogar ihr Lächeln war blau, als unvermeidlicher Farbreflex. „Und was haben Sie heute unternommen?" fragte sie.

Er sagte ihr die Wahrheit, sie würde sie ziemlich harmlos finden. „Ich habe einen Spaziergang durch den Garten gemacht", erzählte er. „Zusammen mit dem Major. Wir haben gemeinsam Beete und Blumen genossen. Und dann kam Mrs. Thackeray dazu und wir haben ein wenig geplaudert."

„Worüber denn?" fragte sie eilig.

„Nichts besonderes", log er. „Nur über die Annehmlichkeiten und Unannehmlichkeiten des Alters."

„Na, sie hat nicht viele Annehmlichkeiten", sagte Mrs. Green. „Diese Frau ist so bitter. Hat nie viel Glück in der Freundschaft gehabt." Sie wagte es, seinen Arm zu drücken, und er wandte sich ihr, blaugeblendet, zu und lächelte.

Nach dem Essen brachte die Leiterin den Schlaftrunk in den Aufenthaltsraum. Sie zeigte ihre übliche verhärmte Montagsmiene, die jetzt aber niemandem mehr auffiel und auch niemanden interessiert hätte. Nur Lady Celia registrierte sie weiterhin, rechnete den neuen Profit durch und hatte nicht mehr das geringste Mitleid.

An diesem Abend jedoch, anders als in der letzten Zeit und zu Jeremy Cross' großer Erleichterung, verließ Mrs. Hughes das Zimmer als eine der ersten. Gegen den jetzt geflüsterten Rat der Leiterin hatte sie ihre Ovomaltine bis auf den letzten Tropfen geleert. Sie war danach eine Weile sitzen geblieben und dann langsam aufgestanden, wobei die Folgen dieses Trinkens auf dem Kissen sichtbar wurden. Sie gab sich nicht mehr die Mühe, sich die Handtasche vor den Rücken zu halten, so daß ihre Schande für alle offenbar wurde, als sie sehr langsam durch das Zimmer ging, wie mit einem gewissen Stolz, und ihnen zeigte, was ihnen bevorstand. Mrs. Hughes war das jetzt egal. Sie sah keinen Grund, sich vorzusehen, denn sie hatte einen neuen Trost gefunden, einen angenehmen noch dazu, der ihren Ausstieg aus dem Wartespiel vielleicht verkürzen könnte. Sie ging auf ihr Zimmer und steuerte dort den Wandschrank an. Seit sie in Haus Hollyhocks lebte, hatte ihre Familie ihr zum Geburtstag, zum Muttertag, zum Großmuttertag, zum Urgroßmuttertag immer wieder Kirschlikör gebracht. Sie trank nur selten, und dann auch nur auf das Wohl eines Familienmitglieds. Auf diese Weise hatte sie sich einen ziemlichen Vorrat angelegt. Sie freute sich darüber, daß sie keinen Korkenzieher brauchte. Sie brauchte einfach nur den Deckel abzudrehen, um in die Wasser des Flusses Lethe eintauchen zu dürfen. Sie nahm ihren Zahnbecher aus Bakelit als Glas und füllte ihn zur Hälfte. Dann trank sie. Und genoß. Danach legte sie sich aufs Bett, schlüpfte, ohne sich auszuziehen, unter die Decke, und war sofort eingeschlafen. Am Morgen erwachte sie in bester Verfassung und freute sich darüber, daß sie bereits zum Frühstück angezogen war und sogar schon Schuhe an den Füßen hatte. Sie sang in Gedanken ein Lied, als sie nach unten ging, und verzehrte ein Frühstück, das auch für zwei ausgereicht hätte. Niemand sagte etwas über ihr Aussehen. Ungekämmte Haare waren in Haus Hollyhocks beim Frühstück oft genug zu sehen. Doch ein oder zwei von den anderen registrierten den Geruch, und gegen Ende der Woche saß Mrs. Hughes allein am Frühstückstisch, die Stühle neben ihr glänzten durch ihre Leere.

Zuerst beschränkte Mrs. Hughes ihre Kirschlikörgelage auf die Zeit nach dem Abendessen. Als sie seit einer Woche Kleidung und Wäsche nicht mehr gewechselt hatte, fragten die anderen sich, wann die Leiterin eingreifen würde. Doch die mußte erst erfahren, daß Mrs. Hughes' Bettlaken von deren Schuhen zerschlissen wurden, um aktiv zu werden. Schließlich war die Bettwäsche Eigentum von Haus Hollyhocks, weshalb solche Beschädigungen nicht hingenommen werden konnten. Deshalb begab sie sich auf Mrs. Hughes' Zimmer, als deren Bewohnerin beim Frühstück saß. Der Gestank schlug ihr entgegen, der harsche Geruch von Urin und Alkohol, und sie wich zur Tür zurück. Dann riß sie die Fenster auf und zog das verdreckte Bett ab. Sie öffnete die Wandschranktür und sah viele leere und noch viel mehr volle Flaschen. Dieser Aspekt von Mrs. Hughes' Niedergang interessierte die Leiterin nicht weiter. Alkohol war in Haus Hollyhocks nicht verboten, weshalb Mrs. Hughes gegen keine Hausregel verstieß. Aber die Bettlaken waren etwas ganz anderes. Sie wagte einen Blick auf die Matratze. Glücklicherweise hatte die Gummimatte sie beschützt. Aber sie stank zum Himmel. Sie zog sie vom Bett, dann ging sie in die Küche und befahl einem Dienstmädchen, Mrs. Hughes' Zimmer zu säubern und auszuräuchern. Sie wartete, bis das Frühstück zu Ende war, dann schritt sie in den Aufenthaltsraum, um die Übeltäterin zur Rede zu stellen.

Sie kehrte die Sache durchaus nicht unter den Teppich. Sie rief Mrs. Hughes' Namen sogar von der Tür her.

„Würden Sie in mein Büro kommen?" brüllte sie.

Mrs. Hughes ließ sich nicht beeindrucken. Sie löste sich von ihrem durchnäßten Kissen und ging mit sicheren Schritten durch das Zimmer. Ihr Kleid hatte sich ihrem Hinterteil perfekt angepaßt, ihre Strümpfe waren naß und hingen nach unten. Sie hinterließ einen leichten Uringeruch, ihre neue Visitenkarte.

Im Büro bot die Leiterin ihr keinen Stuhl an, die Stühle waren ihr zu kostbar. Aber sie nahm ihren Arm und führte sie wortlos nach oben. Die Dienstmädchen waren schon mit Saubermachen beschäftigt, das Badezimmer jedoch war seit vielen Wochen kaum benutzt worden und deshalb noch immer präsentabel. Die Leiterin führte Mrs. Hughes hinein, drehte wortlos das heiße Wasser auf und fing an, ihre Hausbewohnerin auszuziehen. Sie ließ jedes Kleidungsstück mit angewiderter Miene auf den Boden fallen, dann half sie Mrs. Hughes mit nicht gerade sanftem Zugriff in die Wanne. Zuerst kam eine allgemeine Reinigung, die auch die Haare einbezog. Für Worte war später noch Zeit. Die Leiterin schrubbte Mrs. Hughes reichlich grob ab, aber die klagte nicht. Sie freute sich darüber, daß sie der anderen soviel Arbeit machte. Sie summte sogar ein wenig vor sich hin, als ihr der Rücken geschrubbt wurde. Danach half die Leiterin ihr aus der Wanne und rubbelte sie ab.

Schließlich wurde sie mit Puder und Spray gepfeffert, die sie nach jedem Geburtstag im Badezimmerregal angehäuft hatte. Endlich musterte die Leiterin ihre Schutzbefohlene, wie ein frisch restauriertes und poliertes Möbelstück. Dann fielen ihr die Laken wieder ein. Und endlich öffnete sie den Mund.

„Sie haben die Laken ruiniert, Mrs. Hughes", sagte sie. „Sie sind mit den Schuhen ins Bett gegangen."

„Stimmt", sagte Mrs. Hughes. „Ich war zu müde, um mich auszuziehen."

„Oder vielleicht zu betrunken?" schlug die Leiterin vor.

Mrs. Hughes lachte. „Es gibt kein Gesetz, das so ein Gläschen verbietet."

Da hatte sie recht. Und der Leiterin war es egal, ob Mrs. Hughes sich zu Tode soff, solange sie dabei die Laken unversehrt ließ.

„Sie müssen mir versprechen, vor dem Schlafengehen Ihre Schuhe auszuziehen", sagte sie. „Und es wäre eine Hilfe, wenn Sie sich ab und zu waschen und Ihre Kleidung wechseln könnten. Die anderen beschweren sich schon."

Mrs. Hughes hörte das nur zu gern. Sie wußte, daß die anderen sich beschwerten, nicht wegen ihres verwahrlosten Aussehens oder ihres harschen Gestanks. Sondern, weil sie sie immer wieder daran erinnerte, daß es zu den Regeln des Wartespiels gehörte, das sie alle spielten, sich die Hosen naßzumachen und mit Schuhen ins Bett zu gehen. Sie selber, naß und heruntergekommen, verkörperte das Schach vor dem abschließenden Matt.

Die Leiterin holte saubere Kleidung und zog sie ihr an. Dann kämmte sie sie und streichelte die dünner werdende Mähne.

„So", sagte sie. „So gut wie neu. Und bleiben Sie so. Sie können sehr hübsch aussehen, wenn Sie sich ein wenig Mühe geben."

Doch Mrs. Hughes war für Schmeicheleien nicht mehr zugänglich, und sowie die Leiterin gegangen war und die Mädchen ihren Frühjahrsputz beendet hatten, ging sie zum Wandschrank, drehte den Verschluß von einer Flasche, holte nicht einmal mehr den Zahnputzbecher, sondern nahm einen großzügigen Vergessensschluck. Und noch einen. Es war noch keine zehn Uhr morgens. In der folgenden Woche trat Mrs. Hughes zu allen Stunden des Tages und manchmal auch nachts ihr Bad im Fluß Lethe an. Aber sie vergaß nicht, die Schuhe auszuziehen. So lange das Eigentum von Haus Hollyhocks unversehrt blieb, würde die Leiterin ein Auge zudrücken. Sie wechselte ab und zu die Kleidung, sich zu kämmen aber überforderte sie. Sie hielt es außerdem für vollständig unnötig. Sie fand ihre verfilzten, klebrigen Haare schließlich richtig schön. Zusammen mit dem glühenden Rot ihrer Wangen und dem toten Funkeln ihrer Augen ließen sie sie um viele Jahre jünger aussehen. Die Leiterin kam jetzt jeden Morgen vor dem Frühstück in Mrs. Hughes' Zimmer. Sie wollte die Laken überprüfen und sich davon überzeugen, daß die andere sich gewaschen hatte. Damit glaubte sie, ihren Pflichten als Heimleiterin Genüge getan zu haben. Wenn Mrs. Hughes jetzt im Eßzimmer saß, blieben die Stühle neben ihr nicht mehr leer. Ihr Alkoholgeruch überlagerte jedes andere Aroma und konnte hingenommen werden, auch wenn er zu allerlei Stimmengewirr im Aufenthaltsraum Anlaß gab, wenn Mrs. Hughes sich auf ihrem Zimmer glücklich dem Likör hingab. An den Tagen, an denen Mrs.

Hughes' Verwandtschaft zu Besuch kam, sorgte die Leiterin dafür, daß die alte Dame sauber und präsentabel war, und sie ließ sie eine Tüte Pfefferminzbonbons kauen, um die Kirschlikörfahne zu tarnen. Außenstehende sollten schließlich einen guten Eindruck von dem von ihr geleiteten Heim mitnehmen.

Dann kam der Muttertag. An diesem Tag sorgte die Leiterin bei Mrs. Hughes und deren Zimmer für eine Generalüberholung, denn es wurde Besuch erwartet. Morgens war mehr Post als sonst gekommen, einige Muttertagskarten eben. Beim Frühstück hatte die Leiterin sie an die wenigen Bewohnerinnen verteilt, die sie ehrlich verdient hatten. Mrs. Feinberg bekam außerdem einen großen Rosenstrauß von ihrem Sohn Mark, der zwar den Frühstückstisch dominierte, von den meisten Hausbewohnern jedoch demonstrativ ignoriert wurde. Mrs. Thackeray, der inzwischen überhaupt nichts mehr entging, hatte festgestellt, daß ausgerechnet Mrs. Green eine Muttertagskarte bekommen hatte. Mrs. Green öffnete diese Karte mit großem Aufwand und legte den Umschlag dann sorgfältig beiseite. Sie betrachtete ausgiebig das Bild auf der Karte, als habe sie so etwas in ihrem Leben noch nicht gesehen, doch Mrs. Thackeray wußte, daß sie es durchaus kennen mußte, denn sie hatte sich den Briefumschlag geschnappt und den Poststempel untersucht. „Charing", stand darauf, also stammte der Brief aus dem Kasten am Ende der Straße. Mrs. Green hatte sich selber eine Karte geschickt.

„Die ist doch nicht etwa von Ihrer Tochter?" fragte Mrs. Thackeray mit vorgetäuschter Überraschung.

„Alles Liebe für die beste Mutter auf der Welt", las Mrs. Green laut und ohne jegliches Schamgefühl vor.

„Da hat sie sich nach all den Jahren doch noch gemeldet“, sagte Mrs. Thackeray staunend. „Schreibt sie auch ihre Adresse?“

„Nein“, erwiderte Mrs. Green in einem Tonfall, von dem sie hoffte, daß er wie Bedauern klänge.

„Warum schauen Sie denn nicht auf dem Stempel nach?“ fragte Mrs. Thackeray höhnisch. „Dann wissen Sie gleich mehr.“ Sie schob den Umschlag wieder zu Mrs. Green hin, die deshalb nachsehen mußte.

„Na sowas!“ rief sie und erbleichte plötzlich. „Der kommt von hier. Aus Charing. Offenbar lebt sie in der Gegend.“

„Dann können Sie mit einem Besuch rechnen“, sagte Mrs. Thackeray. „Vielleicht kommt sie noch heute. Nach all den Jahren.“

„Ich muß Mrs. Scott bitten, in meinem Horoskop nachzusehen.“ Mrs. Green kämpfte noch ein wenig, doch weder sie noch Mrs. Thackeray zweifelten noch daran, daß dieses jämmerliche Betrugsmanöver entlarvt worden war.

Die meiste Post an diesem Morgen war natürlich für Mrs. Hughes, die auf den Karten als Mutter, Großmutter und Urgroßmutter gefeiert wurde. Die Bewohner gratulierten ihr von Herzen. Ihre Einstellung Mrs. Hughes gegenüber hatte sich in den vergangenen Wochen grundlegend geändert. Sie wurden immer seltener mit Minnie-Geschichten gequält. Mrs. Hughes schien anderweitig beschäftigt zu sein – womit, das deutete ihr stetiger Geruch an.

„Sie kommen heute alle zu Besuch“, verkündete sie.

„Dann müssen Sie Ihr bestes Kleid anziehen“, sagte die Leiterin. „Und ein Bad wäre vielleicht auch nicht schlecht“, fügte sie hinzu, ohne ihre Stimme zu dämpfen.

„Vielleicht sollten Sie auch ein Bad nehmen, Leiterin", gackerte Mrs. Hughes, und die anderen staunten über diese Frechheit, diese vom Likör genährte Unverschämtheit, die stummen Beifall verdient hatte.

Die Leiterin gab vor, nichts gehört zu haben. „Erwartet sonst noch jemand Besuch?" fragte sie die Versammlung.

Einige wenige Hausbewohner hoben zaghaft die Hände.

„Zeigen Sie auch auf, Mrs. Green", sagte Mrs. Thackeray. „Vielleicht kommt ja doch jemand!"

Mrs. Green ignorierte sie, wenn ihre Galle auch überlief. Aber sie dachte an Mr. John Rufus, und dieser Name konnte ihren Zorn beschwichtigen.

„Sie können sich Tee auf die Zimmer kommen lassen", sagte die Leiterin. „Und ich bitte Sie alle, leise zu reden. Einige von den anderen wollen doch Mittagsschlaf halten."

Die Leiterin kehrte in ihr Büro zurück. Sie war wütend auf Mrs. Hughes, diese vom Likör triefende, stinkende Heimbewohnerin. Sie erwartete von ihr keinerlei Erbschaft, da Mrs. Hughes jede Menge Verwandtschaft besaß, und deshalb brauchte sie nicht übermäßig nett oder überhaupt nett zu ihr zu sein, fand sie. Sie würde sich nicht die Mühe geben, dafür zu sorgen, daß Mrs. Hughes sich für den Besuch saubermachte. Sollte doch die Verwandtschaft selber sehen, was die Leiterin durchmachen mußte. Und sie würde es auch riechen, denn Mrs. Hughes war schon am frühen Morgen reichlich beschwipst. Zur Besuchszeit würde sie nur noch lallen.

Die Leiterin stellte im Foyer ein Blumenarrangement mit einer Muttertagskarte auf. Das machte sie jedes Jahr, nachdem die Kunststoffblumen sorgfältig gereinigt und abgespült worden waren. Kurz nach dem Essen trafen die Gäste ein. Sie waren beladen mit Blumen und schön verpackten Geschenken, und die meisten sahen verlegen aus. Manche hatten sich ein Jahr lang nicht blicken lassen, und sie konnten auch keine Verkehrsprobleme anführen, da sie nur einen Steinwurf von Haus Hollyhocks entfernt wohnten.

Die Leiterin empfing sie im Foyer. „Lange nicht mehr gesehen", sagte sie spitz zu denen, bei denen das der Fall war. „Ich bin sicher, Ihre Verwandte wird sich darüber freuen, daß Sie sie nicht ganz vergessen haben."

„Ach, halten Sie den Mund", murmelte ein Besucher vor sich hin. Er hatte seine Mutter seit dem letzten Muttertag nicht mehr aufgesucht. Er brachte den größten Blumenstrauß und die meisten Geschenke.

„Sie kennen den Weg ja", sagte die Leiterin. „Oder haben Sie ihn vergessen? Aber die Namen stehen schließlich an der Tür."

Die Gäste zockelten die Treppe hoch wie eine Gruppe zurechtgewiesener Schulkinder, und die Leiterin kehrte in ihr Büro zurück.

Es war Montag, und das Schweigegeld lag in einem Briefumschlag auf ihrem Schreibtisch. Montag war nie ein guter Tag für die Leiterin, und dieser Montag war besonders schlimm, weil außerdem noch Muttertag war, was sehr viel zusätzliche Arbeit mit sich brachte. Sie war an diesem Tag ganz besonders deprimiert. Mrs. Hughes' Bemerkung machte ihr noch immer zu schaffen. Sie war noch nie so beleidigt worden. Sie als Leiterin hatte nicht beleidigt zu werden. Es war ihr Vorrecht, andere zu beleidigen, und sie würde sich diese Frechheit nicht bieten lassen. Am nächsten Morgen würde sie sich Mrs. Hughes gehörig vorknöpfen. Sie dachte, sie könne noch ein kleines Nickerchen machen, ehe Mr. Venables käme, und deshalb nahm sie sich ein kleines Glas Whisky. Sie nickte sehr bald ein und stand nicht im Foyer, als die Hughes-Sippe eintraf, die ihr Fehlen leicht beleidigend fand. Sie fanden den Weg zu Mrs. Hughes' Zimmer jedoch auch so, da sie jede Woche kamen. Aber sie machten sich Sorgen. In letzter Zeit schien sich der Zustand der alten Dame verschlechtert zu haben. Sie hatten Ferien gemacht und sie deshalb einen Monat lang nicht besucht. Sie fürchteten, daß die Lage sich weiter verschlimmert haben könnte.

Diese Befürchtungen bestätigten sich, als sie das Zimmer betraten. Zuerst durch den Gestank, dann durch die Unordnung, die jedoch beide gleichzeitig ihre Wirkung taten. Die Zimmerbewohnerin dagegen sah wirklich gut aus. Ihre Wangen waren rosig, zu gesund für hohen Blutdruck, und sie lachte fast die ganze Zeit. Ihre Tochter schrieb das der Wiedersehensfreude nach der langen Zeit zu, ihre Enkelin sah sofort, daß ihre Oma sich dem Suff ergeben hatte, und die kleine Minnie fand ihre Uroma einfach doof. Und auf ihre Weise hatte jede von ihnen recht. „Dein Zimmer ist ja nicht geputzt worden, Mutter", sagte die Tochter.

„Doch, erst heute morgen", kicherte Mrs. Hughes. „Jedenfalls nach dem, was die Leiterin unter Putzen versteht."

„Was ist passiert, Oma?" fragte die Enkelin.

„Nichts ist passiert. Kommt, gebt mir jetzt alle einen Kuß."

Sie umarmten sie, und aus dieser Nähe war die Schnapsfahne unerträglich.

„Du stinkst", sagte Minnie.

Damit hatte die Tochter genug. Sie ging sofort zum Büro der Leiterin. Sie klopfte an, erhielt jedoch keine Antwort. Sie ging hinein. Die Leiterin lag auf dem Sofa. Ihr Mund stand offen, und sie schnarchte. Dieser Anblick konnte die Stimmung der Tochter nicht heben. Mit welchem Recht schlief diese Frau hier, wenn Mrs. Hughes' Zimmer verdreckt war, und seine Bewohnerin zum Himmel stank?

„He, Sie!" schrie sie.

Die Leiterin wäre fast vom Sofa gefallen. Sie war gerade in einen düsteren Traum vertieft gewesen, in dem Mr. Venables eine tragende Rolle gespielt hatte, und glaubte nun, er stehe bereits vor ihr. Deshalb empfand sie eine gewisse Erleichterung, als sie eine Frau sah. Als sie langsam Mrs. Hughes' Tochter erkannte, wußte sie, was ihr bevorstand. Die Tochter bat nicht um Entschuldigung dafür, daß sie sie geweckt hatte. Sie hatte kein Recht, während der Arbeitszeit zu schlafen, fand sie, und kam sofort zur Sache.

„Wissen Sie, wie es bei meiner Mutter aussieht?" fragte sie, „und ist Ihnen am Zustand meiner Mutter eine Veränderung aufgefallen?"

Die Leiterin richtete sich auf. „Setzen Sie sich", sagte sie. „Das ist eine lange Geschichte." Dann nahm sie ebenfalls Platz und rieb sich den Schlaf aus den Augen. Danach beugte sie sich vor, als müsse sie einem starrköpfigen Kind etwas erklären. „Es hat vor einigen Wochen damit angefangen", sagte sie, „daß Ihre Mutter inkontinent geworden ist. Wenn das passiert, wird die betreffende Person häufig ruhig, in sich gekehrt, fügsam. Bei Ihrer Mutter aber war das ganz anders. Sie scheint ein wenig frech geworden zu sein. Sie wäscht sich nicht immer und wechselt nur selten ihre Kleidung. Und Ihnen ist sicher klar, daß sie jetzt trinkt."

Indem sie die Geschichte so erzählte, wie sie war, indem sie bei der Wahrheit blieb, nahm die Leiterin der Tochter den Wind aus den Segeln.

„Aber hören Sie", sagte die Tochter jetzt weniger streitsüchtig als vorher, „Sie könnten doch sicher dafür sorgen, daß sie sauber und ordentlich ist und nicht trinkt."

„Sie ist nicht die einzige Hausbewohnerin, wissen Sie", sagte die Leiterin. „Wir geben uns alle Mühe. Ihr Zimmer wird jeden Tag gesäubert. Ihr Bett wird frisch bezogen", fügte sie betont hinzu. „Was das Trinken angeht, Ihre Mutter ist zu alt, um noch zur Alkoholikerin zu werden. Außerdem habe ich den Eindruck, daß es sie glücklich macht. Und was ist daran auszusetzen? Wäre es Ihnen lieber, Sie säße den ganzen Tag apathisch in ihrem Sessel?"

Die Tochter wußte jetzt überhaupt nicht mehr, was sie sagen sollte. Sie hatte die Leiterin nie leiden können, mußte aber zugeben, daß sie recht hatte. „Wie lange kann das noch weitergehen?" fragte sie hilflos.

„Wer weiß?" erwiderte die Leiterin. „Aber wenn sie stirbt, dann wird sie glücklich sterben. Im Kreise ihrer Lieben. Und das ist mehr, als ich von den meisten anderen hier im Haus sagen kann."

Sie hatte das Gefühl, sich sehr geschickt aus der Bredouille gezogen zu haben, weshalb sie die Tochter nun zum Gehen auffordern konnte. Dann blieb ihr noch immer ein wenig Zeit, um sich auf das schreckliche Venables-Treffen vorzubereiten.

„Ich danke Ihnen", sagte die Tochter. „Das beruhigt mich alles durchaus nicht, aber ich weiß, was Sie meinen."

Die Leiterin öffnete ihr die Tür. „Kommen Sie, so oft Sie können", sagte sie.

Danach ging sie sofort zu ihrer Vitrine. Sie fand, sie habe ein Gläschen verdient. Sie schenkte sich einen kleinen Whisky ein, um sich für ihren nächsten Termin zu stärken.

Die Tochter dagegen öffnete oben die Zimmertür und trat in ein Schweigen hinein, das nur vom gelegentlichen Schluckauf ihrer Mutter unterbrochen wurde. Mrs. Hughes hatte jetzt ganz offen die Kirschlikörflasche vor sich stehen.

„Ich möchte auch einen", sagte die Tochter.

„Ich auch", sagte die Enkelin.

„Ich auch", sagte Minnie.

„Nichts da", fauchte Mrs. Hughes. „Keine von euch kriegt was ab. Das gehört mir!" Sie packte die Flasche und drückte sie an ihre Brust. Die Flasche war schließlich ihr Rettungsring.

Das hier war eine neue Mutter, eine neue Oma, eine neue Urgroßmutter. Sie starrten sie ungläubig an. Und schwiegen. „Erzähl der Uroma, was dir gestern im Kindergarten passiert ist", sagte die Großmutter nach einer Weile und schob die kleine Minnie neben Mrs. Hughes.

„Ich will nicht wissen, was dir im Kindergarten passiert ist", sagte Mrs. Hughes. „Ich will überhaupt nichts über dich wissen."

„Oma!" sagte die Enkelin verblüfft.

„Und über dich auch nicht", sagte Mrs. Hughes. „Über keine von euch. Und ich will, daß ihr geht. Alle drei." Sie trank einen Schluck aus der Flasche, um den Kloß in ihrem Hals hinunterzuschlucken. „Und ich will euch nie wiedersehen." Sie stellte die Flasche auf den Tisch, und ihr Herz brach.

„Das ist doch nicht dein Ernst, Mutter", sagte die Tochter. Sie ging zu ihrer Mutter und versuchte, sie in den Arm zu nehmen.

Mrs. Hughes schob sie weg. „Geh jetzt", flüsterte sie. „Geht jetzt alle." Und sie kicherte, ein Kichern, das nichts mit Belustigung zu tun hatte. „Bitte, geht", sagte sie noch einmal.

Als die anderen sie zum Abschied küssen wollten, wandte sie ihr Gesicht ab. Als die kleine Minnie zu ihr kam, stieß sie sie sogar beiseite. Sie gingen zur Tür. Alle drei, verwirrt und traurig.

„Wir kommen morgen wieder", sagte die Tochter.

Aber für Mrs. Hughes sollte es kein Morgen mehr geben. Es war ganz einfach, sie wollte kein Morgen, sie wollte keine Morgen mehr. Denn kein Morgen konnte so bald kommen, daß sie die kleine Minnie als junge Frau sehen würde, auf dem Weg zu ihrer Hochzeit, mit ihrem ersten Kind. Und wenn kein Morgen dafür bald genug kommen konnte, dann mußte heute ausreichen.

Sie leerte ihre Flasche und hätte eine andere geöffnet, wenn sie es bis zu ihrem Wandschrank geschafft hätte. Aber ihre Beine waren zu unsicher. Sie schleppte sich zu ihrem Bett, setzte sich und machte die Tagesdecke gründlich naß. Sie hatte gerade noch genug Kraft, um die Bettdecke zurückzuschlagen und darunterzukriechen. Scheiß auf die Bettlaken, dachte sie, als sie ihre Schuhe unter die Decken zog. Sie zog die Beine bis an ihre Brust und zwang sich ganz einfach zu sterben.

Als Mrs. Hughes an diesem Abend nicht zum Essen kam,

ging die Leiterin zu ihrem Zimmer hoch. Dort fand sie sie geborgen, in Embryostellung und von Frieden erfüllt. Mrs. Hughes war von allen anderen auf die natürlichste Weise gestorben, an dem schlichten Wunsch, aus dem Wartespiel auszusteigen, und ehe er an diesem Abend schlafen ging, notierte Jeremy Cross ihren Namen an seiner Kleiderschranktür.

14

Die Leiterin setzte sich wieder an ihre Warteliste, auf der noch immer kein Mann aufgetaucht war. Aber es waren Plätze zu füllen. Sie brauchte Ersatz für Mrs. Hughes und für die arme Miss Bellamy. Was letzere betraf, so war sie sicher, daß Jeremy Cross von nun an schweigen würde. Sie schrieb an die beiden jüngsten Damen auf ihrer Liste, eine war fünfundsiebzig, die andere achtundsiebzig, und fragte, ob sie noch immer ins Wartespiel einsteigen wollten. Innerhalb einer Woche trafen zwei Zusagen ein, und die Leiterin konnte dem Aufsichtsrat mitteilen, daß das Haus voll sei. Im Aufenthaltsraum ließ sie den Blick über die Hausbewohner schweifen und fand sie alle gesund und munter, niemand schien in nächster Zeit an „natürlichen Ursachen" dahinscheiden zu wollen. Sie wagte zu hoffen, daß sie ihre Warteliste für einige Zeit in Ruhe lassen könnte. Sie hatte genug Personal, war mit allen zufrieden, und ohne ihren regelmäßigen Montagsbesucher hätte sie keine Sorgen gehabt. Doch Mr. Venables erschwerte ihr das Leben, und sie konnte keine Hoffnung auf Rettung sehen.

Wie die übrigen geliebten und ungeliebten Verschiedenen wurde auch Mrs. Hughes im Salon nie erwähnt. Ebenso wenig wie Mrs. Webber, Mrs. Primple oder die arme Miss Bellamy. Die Hausbewohner schienen deren ehemalige Existenz verdrängt zu haben, da eine Erwähnung nur ihr eigenes Überleben betonen würde, und Überleben hing zu sehr mit Sterblichkeit zusammen. Aber das alles war im Grunde nur gut so, denn eine der neuen Hausbewohnerinnen, eine Mrs. Harvey, hieß mit Vornamen Minnie, und alle Alteingesessenen benutzten diesen Namen, als ob sie ihn in ihrem ganzen Leben noch nie gehört hätten.

Mrs. Harvey, mit ihren fünfundsiebzig die jüngere der beiden Neuen, war trotz ihres Alters und ihrer drei früheren Ehen noch immer auf der Suche, und bei ihrem Eintreffen in Haus Hollyhocks zog sie Bilanz und stellte fest, daß die Auswahl alles andere als groß war. Sie registrierte, daß Mr. Rufus einwandfrei auf Mrs. Green fixiert war, daß der Major Mrs. Feinberg nie aus den Augen ließ, und daß Jeremy Cross für keine zugänglich war. Übrig blieb der einsame Jock MacPherson. Und da Minnie Harvey kaum eine Wahl hatte, entschied sie sich für Jock und machte sich ans Werk. Wenn sie ein Zweiglein Heidekraut oder vielleicht eine Distel gewesen wäre, dann hätte sie bessere Aussichten gehabt, denn beides hätte doch immerhin auf eine Gemeinsamkeit hingewiesen. Doch Jock MacPherson wollte keine Beziehung und hatte auch keine Zeit dafür. Seine Wünsche gingen in eine andere Richtung und hatten mit keiner Frau und keinem Mann etwas zu tun. Er machte sich nicht einmal die Mühe, Mrs. Harvey aus dem

Weg zu gehen, denn er merkte gar nicht, daß sie ihn belagerte. Er hatte schließlich wichtigere Dinge im Kopf. Erst an diesem Morgen hatte er im Radio die Bestätigung eines Gerüchtes gehört, das schon seit einiger Zeit im Umlauf war. Das Parlament plante eine Debatte über die Einführung eines schottischen Autonomiestatuts. Er jubelte, als er diese gute Nachricht hörte, und tanzte im Schlafanzug einen kleinen Jig. Er mußte nach London fahren. Er mußte sich die Debatte im Parlament anhören. Und er mußte seiner eigenen Stimme Gehör verschaffen.

Er packte eine Tasche und bestellte sich ein Taxi zum Bahnhof. Die Leiterin versuchte, ihm diesen Plan auszureden. „Wo wollen Sie denn übernachten?" fragte sie.

„In einem Hotel", sagte er. „Und ich habe Freunde in London. Die werden sich die Debatte alle anhören wollen."

Sie sah, wie seine Augen glühten, und sie wußte, daß nichts ihn aufhalten könnte. „Aber Sie müssen erst noch frühstücken", sagte sie. Sie nahm seinen Arm und führte ihn ins Eßzimmer.

„Mr. MacPherson fährt nach London", teilte sie mit. „Ganz allein", fügte sie hinzu, in der Hoffnung, daß die anderen ihn davon abbringen würden.

„Ich kann mitkommen, wenn Sie möchten", bot Mrs. Harvey sofort an.

„Das ist sehr nett von Ihnen", sagte Jock MacPherson. Er hätte ihren Namen genannt, konnte sich aber nicht daran erinnern.

„In einer großen Stadt wie London werden Sie sich doch einsam fühlen", beharrte Mrs. Harvey.

„Meine Sache wird mir Gesellschaft leisten", sagte er.

Mrs. Harvey ließ sich nicht entmutigen. Eine Sache

erschien ihr nicht als Rivalin. Sie beschloß, auf seine Rückkehr aus London zu warten, wo er seine Sache dann hoffentlich zurücklassen würde.

Nach dem Frühstück brachte die Leiterin ihn zum Taxi. „Wann dürfen wir Sie zurückerwarten?“ fragte sie.

„Morgen abend vielleicht“, sagte er. „Ich will doch nur die Debatte hören.“

„Viel Vergnügen“, sagte sie, als sie ihm ins Taxi half und dabei merkte, wie gebrechlich er war.

Doch Jock MacPherson fühlte sich alles andere als gebrechlich. Er strotzte nur so vor Erwartungsfreude. Er wagte, endlich zu hoffen, daß Schottland noch zu seinen Lebzeiten Autonomie erringen werde. Er gab dem Taxifahrer ein überaus üppiges Trinkgeld und kaufte eine Rückfahrkarte erster Klasse zum Victoria-Bahnhof. Dort nahm er sich in einem am Bahnhof gelegenen Hotel ein Zimmer, machte sich frisch, ging zur Bar und bestellte einen großen Whisky. Nicht, daß er den gebraucht hätte, um in die richtige gälische Stimmung zu kommen, in dieser Stimmung war er schließlich fast immer. Für einen Moment bedauerte er, für seinen Parlamentsbesuch nicht seinen Kilt mitgenommen zu haben, dann bat er um einen weiteren Whisky, um seine Laune zu heben. Er beschloß, in aller Ruhe nach Westminster zu schlendern, sozusagen als Probelauf für den nächsten Tag.

Er ging mit munteren Schritten los, beflügelt vom Nachhall des Whisky. Als er den Buckingham Palast erreichte, suchte er sich eine Bank und ruhte sich erst einmal aus. Er kehrte der Residenz Ihrer Majestät den Rücken zu. Er wollte sie nicht zur Kenntnis nehmen. Vielleicht würde er am folgenden Tag, wenn alles gut ging, mit einer gewissen

Dankbarkeit hinüberblicken. Er blieb etwa eine halbe Stunde auf der Bank sitzen, dann ging er weiter zum Birdcage Walk. Als er das Parlamentsgebäude sah, machte er auf einer Bank vor der Kathedrale eine weitere Pause. Dann hörte er Rufe, zu wild durcheinander, um einzelne Wörter zu verstehen, und er sah auch Transparente, deren Text er aus der Ferne jedoch nicht lesen konnte. Aber in seinem Herzen wußte er, daß diese Menschen sich für Schottland engagierten. Es war eine Kostümprobe für den nächsten Tag, überlegte er, und er hätte zu keinem besseren Zeitpunkt herkommen können. Er wollte sich unbedingt der Menge anschließen, merkte aber auch, wie sein Herzschlag sich als Reaktion auf diese wunderbare patriotische Leidenschaft beschleunigte. Er zwang sich dazu, auf der Bank sitzen zu bleiben, und als er aus der Ferne die Melodie hörte, stimmte er in die schottische Nationalhymne ein. Er hörte das Echo der Dudelsäcke und konnte seine Freude kaum noch unterdrücken. Doch noch immer blieb er sitzen, so sehr es ihm auch in den Füßen jucken mochte. Dann verstummte der Gesang für eine Weile, und er erhob sich und sammelte Kraft. Langsam und mit vorsichtigen Schritten ging er den Transparenten und der Quelle des wieder ertönenden Gesangs entgegen. Sein Leben lang hatte er auf einen so hoffnungsvollen Moment gewartet, und er wollte nicht kopfüber in die Menge stürzen, um ihn auszukosten. Denn jetzt, als er sich seinem Ziel näherte, sah er, daß es sich wirklich um eine Menge handelte, junge und alte Menschen, außer sich vor Begeisterung, wie er hoffte, obwohl er durchaus annahm, daß diese Begeisterung von Schottlands geistigen Flüssigkeiten angeheizt worden war. Er sah, wie die Polizei um die Demonstranten herum Stellung bezog, und aus der Ferne sahen die Beamten durchaus freundlich aus, denn die Menge war zwar laut, aber friedlich und fröhlich. Er wäre gern losgerannt, um sich ihr anzuschließen, aber er dachte an sein Alter und an die Würde, die zu diesem Alter dazugehörte, und deshalb ging er in einem gemessenen und langsamen Tempo weiter, das er vor langen Zeiten aus seinem Dienst beim Regiment der Schottischen Garde kannte. Endlich erreichte er den Platz und schlüpfte durch die Polizeiabsperrung zu der Menge durch, die von der Polizei unter Kontrolle gebracht werden sollte. Er wurde hin- und hergeschoben, wurde jedoch nicht unsanft gestoßen. Er hatte sich in den hinteren Teil der Versammlung begeben wollen, der vor allem aus seinen Altersgenossen zu bestehen schien, die glühend und stumm abwarteten. Doch er wurde nach vorn geschoben, zu einem Transparent, dessen Text er nicht erkennen konnte. Er reckte den Hals und konnte lesen: „Autonomie für Schottland jetzt!" Weshalb er sich in dieser Umgebung sicher und zufrieden fühlte. Er stellte fest, daß die Träger des Transparents alle jung waren. Sie hätten seine Enkel sein können. Sie waren über und über mit Heidekrautzweigen tätowiert und trugen viele Distelohrringe, und er fand es wunderbar, daß die Sehnsucht nach Unabhängigkeit noch immer vorherrschte. Er stand neben dem einen Träger, einem Mann, der etwas älter war als die anderen und sich offensichtlich nicht wohl in seiner Haut fühlte.

„Na, Jock", sagte der und benutzte damit unbewußt den Namen seines Gegenübers. „Halt doch mal kurz. Ich muß pissen, sonst platz ich." Er drückte Jock die Stange in die Hand und verschwand in der Menge.

Jock hielt die Stange fest. Sein Arm fing an zu prickeln,

das Prickeln griff bald auf seinen ganzen Körper über und füllte ihn mit Stolz. Er stand jetzt in der vordersten Frontlinie und bedauerte noch einmal, daß er seinen Kilt nicht trug. Denn um ihn herum sah er nur Kilts und Sporrans, und die Frauen hatten sich Disteln an die Hüte und Heidekraut ins Knopfloch gesteckt. Wieder fing die Menge an zu singen, diesmal „Loch Lomond“, und Jock stimmte herzhaft mit ein, er schaffte sogar hier und da einen Diskant, und sein ganzer Körper zitterte vor Ergriffenheit. Er konnte sich nicht erinnern, wann er zuletzt so glücklich gewesen war.

Plötzlich drängte die Menge von hinten vor, und zwar so stark, daß die vorderen Transparente und ihre Träger bedrohlich gegen die Polizeiabsperrung gedrückt wurden. Dieses Manöver wiederholte sich, und viele riefen: „Verpißt euch, ihr Drecksfaschos!“ Hinten in der Menge kam es zu kleineren Ausschreitungen, und Jock war ein wenig besorgt, beruhigte sich aber mit dem Gedanken, daß er vorn stand. Er hörte Beschimpfungen, und dann drängte die Menge wieder vor, deshalb konnte er das Transparent kaum noch richtig halten, das Transparent, das nichts anderes zum Ausdruck brachte als die harmlose Sehnsucht nach einer Heimat. Energisch klammerte er sich an der Stange fest, denn er wollte unbedingt seine Stellung halten. Doch schon bald schob ihn der ständige Druck von hinten in die nicht gerade freundlichen Arme eines Polizisten.

„Das reicht jetzt“, schrie der und riß ihm die Stange aus der Hand. Er packte Jock unter den Achseln. „Ein alter Mann wie du sollte das ja wohl besser wissen“, sagte er.

„Was wollen Sie von mir?“ stammelte Jock MacPherson, als er über die Pflastersteine gezerrt wurde.

„Ich verhafte dich wegen Landfriedensbruchs. Alles, was du sagst ...“ Der Rest verlor sich im wütenden Geschrei der Menge.

„Ich kann gehen“, sagte Jock würdevoll. „Sie brauchen mich nicht zu zerren.“ Er sah zu, wie das Transparent zu Boden ging und alle Träger in einem polizeiblauen Wirrwarr verschmolzen. Nur Jock MacPherson hatte einen persönlichen Begleiter. Alle wurden auf die Kathedrale zugetrieben und dann in eine grüne Minna gepfercht.

Morgen muß ich mir die Kathedrale ansehen, dachte Jock MacPherson, und die reich verzierten Portale waren die letzte Sehenswürdigkeit, die er noch registrierte, ehe die Wagentüren sich schlossen.

Er fand sich in einer Gruppe von jetzt kleinlauten Demonstranten wieder, vermutlich den anderen Trägern des Transparents, wodurch er eine Gemeinsamkeit mit ihnen hatte. Aber er versuchte nicht, sie ins Gespräch zu ziehen. Die Anwesenheit der beiden Polizisten auf jeder Wagenseite machte klar, daß hier Schweigen angesagt war. Der Wagen hatte keine Fenster, deshalb konnten die Insassen nicht feststellen, wohin sie gebracht wurden. Doch die Fahrt dauerte nicht lange. Nach einer scharfen Bremsung wurden die Hintertüren von außen geöffnet. Dann wurden die Festgenommenen auf die Wache geführt.

Alle wurden getrennt angeklagt, allesamt des Landfriedensbruchs. Niemand stritt das ab. Für sie war es eine Ehre und fast schon ein Vergnügen, für Schottlands Unabhängigkeit den englischen Landfrieden zu brechen.

Als Jock MacPherson an die Reihe kam, stritt auch er nichts ab. Er wurde in ein anderes Zimmer geführt, wo seine Fingerabdrücke genommen wurden. Danach durfte er sich mit einem Lappen die Finger abwischen und stellte zu seiner Freude fest, daß die Flecken nicht weichen wollten. Er betrachtete sie als fast heilige Stigmata. Schließlich wurde er noch im Profil fotografiert. Jetzt bin ich vorbestraft, dachte er, im Dienste meines geliebten Heimatlandes. Ihm wurde mitgeteilt, daß er irgendwann am folgenden Morgen dem Richter vorgeführt werden würde, und daß er die Nacht in einer Zelle verbringen müsste. Er war begeistert. Er konnte schon fast als Märtyrer gelten, bedauerte aber, daß er nun die Debatte verpassen würde, wegen der er doch vor allem gekommen war.

„Aber dann verpasse ich ja die Debatte“, sagte er empört.

„Ihr könnt in der Zelle debattieren“, sagte der Polizist. „Komm schon, Opa“, sagte er, nahm Jocks Arm und führte ihn die Treppe hinunter in die Arrestabteilung.

In der Zelle, in die Jock dann eingewiesen wurde, saß schon ein gutes halbes Dutzend Männer. Jocks Begleiter führte ihn hinein.

„Macht es euch gemütlich, Leute“, sagte er zu den anderen. „Ihr habt eine lange Wartezeit vor euch.“

Jock MacPherson schaute auf die Uhr. Es war erst halb fünf. Er wünschte, er hätte seine Pfeife oder etwas zu lesen mitgebracht. Ein Mann bot ihm eine Zigarette an. Die nahm er dankend entgegen und setzte sich dann auf die scheinbar einzig freie Pritsche. Der Mann setzte sich neben ihn und gab ihm Feuer.

„Da sind wir ja in einen schönen Schlamassel geraten“, sagte Jock MacPherson. „Und dabei haben wir gar nichts verbrochen.“

„Wir haben eben Pech gehabt“, sagte der Mann. „Ich bin Ian.“ Er hielt Jock die Hand hin.

„Ich bin Jock“, sagte Jock MacPherson.

„Das ist Jock, Jungs“, teilte Ian den anderen mit. „Extra aus Schottland hergekommen, was?“ fragte er.

„Nein. Ganz aus der Nähe. Dorf in Kent.“ Er wollte nicht genauer erzählen, unter welchen Umständen er in Kent lebte. Denn dann könnten die anderen ihn bedauern oder seinen Protest weniger ernst nehmen.

„Hast du deiner Familie schon gesagt, wo du steckst?“ fragte ein anderer. „Du hast ein Anrecht auf einen Anruf.“

„Ich werde erst morgen zurückerwartet“, sagte Jock. Als die Polizei ihn über dieses Recht informiert hatte, hatte er abgelehnt. Er hatte nicht vor, sein Martyrium telephonisch und dem Ohr der Leiterin allein kundzutun. Er würde es der Vollversammlung mitteilen, am liebsten im Eßzimmer, wenn alle zugegen wären.

„Du kannst dich nicht darauf verlassen, daß sie dich morgen rauslassen“, sagte Ian. „Vielleicht geben sie dir eine Woche. Oder du mußt ein Bußgeld bezahlen. Oder beides.“

„Hör nicht auf ihn, Opa“, sagte ein anderer. „Die lassen dich mit einer Mahnung laufen. Aber du warst immerhin einmal verhaftet.“ Er lachte. „Das kannst du deinen Enkelkindern erzählen.“

Sie wirkten alle so gelassen, ihre Notlage schien ihnen nichts auszumachen, sondern ganz einfach zu ihrem Alltag zu gehören.

„Ist euch sowas schon mal passiert?“ fragte Jock.

„Den meisten von uns, ja“, sagte Ian stellvertretend für alle. „Aber nicht hier. Für mich ist das das erste Mal in London. Aber in Glasgow haben wir viel gesessen.“ Jock hätte gern gewußt, ob sie denn immer für die Sache Schottlands gesessen hatten, er verkniff sich diese Frage aber.

Einer der Männer zog ein Kartenspiel aus der Tasche, wieder andere griffen zu Würfeln. Sie waren offenbar auf diese Haftrunde vorbereitet. Jock hatte nur seine Gedanken und die Vorbereitung der Geschichte, die er am Tisch von Haus Hollyhocks erzählen würde. Er streckte sich auf der Pritsche aus. Plötzlich war er sehr müde. Sein langer Spaziergang zum Parlament, den er an diesem Morgen zurückgelegt hatte, und der jetzt viele Jahre herzusein schien, und diese unendliche Wartezeit vor dem Parlamentsgebäude, während der er sein Gewicht und das des Transparents von einem Fuß auf den anderen verlagert hatte, diese ganzen Anstrengungen hatten ihn erschöpft. Bald schlief er tief. Ian deckte ihn zu und hockte sich dann auf den Boden, um an einer Würfelrunde teilzunehmen. Um sechs Uhr brachte ein Wärter etwas, das als Abendessen ausgegeben wurde. Jock schlief noch immer tief, aber die anderen beschlossen, ihn zu wecken, weil er sonst bis zum Frühstück fasten müßte. „Aufwachen, aufwachen", riefen sie, dann stießen sie ihn sanft an. Jock öffnete die Augen und machte sie ganz schnell wieder zu. Für einen Moment hatte er viele Männer und dahinter eine graue Mauer gesehen, und er hielt das alles für einen Traum. Doch ein weiterer Stoß weckte ihn dann wirklich, zusammen mit der Nachricht, daß es etwas zu essen gebe. Er hatte Hunger, setzte sich auf, schaute sich um und glaubte noch immer, zu träumen. Auch beim Essen wußte er nicht, wo er war. Er fragte sich, was ihn an diesen seltsamen Ort habe verschlagen können, der unangenehme Ähnlichkeit mit einem Gefängnis hatte, wer diese Männer waren, und woher sie stammten. Und warum gab es plötzlich Bohnen in Tomatensoße, ein Gericht, das er seit seiner Kindheit nicht mehr gekostet hatte.

Einer der Männer spielte auf einer Mundharmonika. Jock erkannte die Melodie, und wie die Bohnen erinnerte sie ihn an seine Kindheit, an Schottlands Täler, in denen er als Knabe gespielt hatte. Er fühlte sich jetzt sicherer, glaubte, diesen Ort zu kennen, konnte jedoch nicht begreifen, warum alles so eng war, und warum hier erwachsene Männer saßen, statt der üblichen Kinder. „Schlaf jetzt wieder, Opa", hörte er einen der Männer sagen, und er ließ sich wieder in die Decke wickeln und in den Traum zurücksummen, der jetzt für ihn kein Traum mehr war, sondern eine unsichere Wirklichkeit.

Als er am nächsten Morgen erwachte, fühlte er sich nach diesem langen Schlaf neu belebt und freute sich auf das Fußballspiel, das sein Vater mit ihm besuchen würde. Er stellte fest, daß er seine Pritsche naßgemacht hatte, aber er war sicher, daß seine Mutter das verstehen würde. Sie würde es seiner Aufregung zuschreiben. Zum Frühstück gab es Porridge, sein Lieblingsessen, nur hatte seine Mutter den Toast vergessen.

Als er aus der Zelle geführt wurde, ging ihm plötzlich auf, wo er sich befand und warum, und wie er hergekommen war. Und er bedauerte, gutes Geld für ein Hotelbett ausgegeben zu haben, in dem er nun gar nicht geschlafen hatte. Ihm fiel ein, daß er an diesem Morgen dem Richter vorgeführt werden sollte. Er hoffte, daß es nicht lange dauern würde, und daß er noch ein Stück der Debatte hören könnte. Zusammen mit seinen Kameraden, denn das waren sie in seiner Vorstellung inzwischen geworden, seine Kriegskameraden, wurde er in den Vorraum des Gerichtssaals geführt. Sie sollten einzeln und in alphabetischer Reihenfolge aufgerufen werden. Er kannte die Nachnamen der anderen nicht und hatte deshalb keine Vorstellung davon, wann er an die Reihe kommen würde. Er wartete sehr lange, wie ihm schien, und erst nach elf hörte er den ersten Namen. Der machte ihm Mut. MacBarnes. Also würde auch er bald an der Reihe sein. Aber um kurz nach zwölf waren sie erst bei MacDonald angekommen. Dann folgte die Mittagspause, und es sollte noch bis nach vier Uhr dauern, als die Debatte längst beendet war, bis der Buchstabe P aufgerufen wurde. Jock MacPherson, hörte er, und für einen Moment glaubte er, sich beim Schulhofappell zu befinden. „Hier, Sir", sagte er. Doch als man ihn vor den Richter führte, wurde er grob in die Wirklichkeit zurückgestoßen.

„Jock MacPherson", hörte er und verfluchte das große P in diesem Namen, denn er wußte, daß dieser dämliche Buchstabe die Schuld daran trug, daß er das Ereignis verpaßte, das ihn doch erst nach London gelockt hatte. Über dem Tisch vor ihm befanden sich drei Münder, und er sah, daß einer davon sich bewegte.

„Sie stehen hier unter Anklage des Landfriedensbruches. Was sagen Sie? Schuldig oder nicht schuldig?"

Er glaubte, vor dem Fernseher zu sitzen. „Schuldig, nehme ich an", sagte er.

Er sah zu, wie die drei Münder sich einander zuwandten und sich abwechselnd öffneten und schlossen. Dann sah er, wie die Kamera sich auf ihn richtete, weshalb er eine schuldbewußte Miene aufsetzte. Plötzlich sah er im Zuschauerraum seine Mutter, die für seine Freilassung betete. Und sein Vater legte ihr eine Hand beschützend auf die Schulter.

„Fünfunddreißig Pfund Strafe", fauchte einer der Münder. „Und im Wiederholungsfall sehr viel mehr."

Jock lächelte glücklich, weil er annahm, daß das von ihm erwartet wurde, und wollte zusammen mit seinen Eltern feiern. Aber im Gerichtssaal befanden sich nur wenige Menschen, niemand saß im Zuschauerraum, und es gab auch keine Kameras. Er wurde zur Kasse geführt, wo er seine Strafe zahlte, dann wurden ihm seine Habseligkeiten wieder ausgehändigt. Erst, als er auf der Straße stand, konnte er die Tatsache akzeptieren, daß er kein kleiner Junge mehr war.

Er fuhr mit einem Taxi zurück ins Hotel, zog sich um und bezahlte widerwillig seine Rechnung. Er kam rechtzeitig zum Zug um halb sechs und erreichte Haus Hollyhocks pünktlich zum Abendessen.

So hatte er sich die Bühne für seinen Bericht ja auch vorgestellt. Er nahm Platz neben Mrs. Harvey, nicht, weil er das wollte, sondern einfach, weil sie darauf gezeigt und den Stuhl für ihn zurechtgerückt hatte. Er sah keinen Grund, abzulehnen. Die Leiterin teilte die Suppe aus.

„Wie war die Debatte, Mr. MacPherson?" fragte sie.

Er zögerte und wartete, bis alle schwiegen. „Die habe ich nicht gehört", sagte er.

„Warum denn nicht?" fragte Mrs. Thackeray. „Haben sie Sie nicht mehr hineingelassen?"

„Nein. Ich hätte noch einen Platz gefunden", sagte er. „Aber ich war anderswo."

„Anderswo?" fragte die Leiterin. „Wo denn?"

„Im Gefängnis", sagte er. „Ich habe die Nacht im Gefängnis verbracht."

Diese Auskunft ließ er einfach so im Raum stehen, während der Leiterin die Kelle in die Suppenschüssel plumpste. Mrs. Harvey zog ihren Stuhl näher an seinen heran. Sie war außer sich vor Begeisterung. Sie hatte sich oft als Gaunerliebchen gesehen, und sie war in ihrem Leben der Erfüllung dieses Traums nie so nah gekommen. Die Tafelrunde platzte vor Neugier. Eine Sensation hatte sich ereignet, und obwohl sie nur aus zweiter Hand daran teilnehmen konnten, war das doch immer noch besser als nichts.

„Lassen Sie mich erst die Suppe austeilen", sagte die Leiterin. „Die soll doch nicht kalt werden."

Das gab Jock Zeit, sich zu sammeln, obwohl er im Zug seinen Auftritt schon geübt hatte, manchmal sogar laut, zur großen Neugier und Besorgnis der Mitreisenden. Er konnte es kaum abwarten. Aber plötzlich hatte er Hunger. Ihm ging auf, daß er seit dem Frühstück des Vortags nichts mehr gegessen hatte. Er hatte eine vage Erinnerung an Bohnen und Porridge, konnte sie jedoch in keinen Zusammenhang bringen. Deshalb bestand er darauf, erst seine Suppe zu essen, ehe er etwas erzählte. Als sein Hunger dann ein wenig gestillt war, legte er los. Er brachte seine Geschichte überaus detailliert vor, und es freute ihn, daß er sich an alles so genau erinnerte. Die anderen brachten in den Pausen, die er einlegte, ab und zu eine Gabel herunter, und es gab viele Pausen, die dem Bericht Spannung und Drama verleihen sollten. Auch er selber aß zwischendurch, und als der Nachtisch serviert wurde, war er bei seinem Auftritt vor Gericht angekommen. Er würde sie auf das Urteil warten lassen, beschloß er, und er ließ sich beim Dessert Zeit.

Na, aufhängen werden sie ihn nicht, dachte Mrs. Harvey, weshalb sie niemals am Galgen zu seinen Füßen bittere Tränen vergießen würde. Freilassung auf Kaution war das Größte, was sie sich erhoffen konnte, und dann könnte sie ihn immerhin trösten, während er auf seinen Prozeß warten würde. Sie rückte dichter an ihn heran, und ihr Knie berührte seins. Aber Jock MacPherson spürte diese Berührung nicht einmal, er konzentrierte sich zu sehr auf die Urteilsverkündung. Er wußte, daß die als eine Art Antiklimax kommen würde, und er fragte sich, wie er diesen Absturz trotzdem noch ins Gewand des Märtyrertums hüllen könnte.

„Sie haben meine Fingerabdrücke genommen", sagte er. „Von beiden Händen. Und ich bin fotografiert worden. Zweimal. Ich gelte jetzt als vorbestraft", sagte er stolz. Er hoffte, seiner Sache damit ausreichend gedient zu haben. Er nahm noch einen Löffel Nachtisch. „Dann mußte ich Strafe zahlen", sagte er. „Fünfunddreißig Pfund. Und im Wiederholungsfall noch mehr."

Mrs. Harvey unterdrückte ihre Enttäuschung. Da konnte er also, als Beweis für seine Hingabe und seine Opferbereitschaft, nur dieses kleine Bußgeld vorweisen. Aber das mußte eben reichen. Ihre selige Mutter war mit keiner ihrer Ehen einverstanden gewesen, eher aus Prinzip als aus irgendeinem klaren Grund, und wenn sie wüßte, daß ihre Tochter jetzt auf Jock MacPherson spekulierte, dann würde sie einen Schlaganfall erleiden. Diese Vorstellung gefiel Mrs. Harvey immerhin gut.

Als sie sich zum Schlaftrunk im Aufenthaltsraum versammelten, wollten alle neben Jock MacPherson sitzen. Denn er war ihr Star, ihre Prominenz.

„Haben Sie sich schuldig gefühlt?" fragte Mrs. Green, sabbernd vor Aufregung. Sie lugte zu Mr. Rufus hinüber, um sich zu vergewissern, daß er diese intelligente Frage zu würdigen wußte.

„Wieso denn schuldig?" fragte Jock MacPherson. Seine Antwort bestätigte die Banalität der Frage.

Mrs. Green schmollte und rückte ihren Stuhl weiter weg. „Das ist doch Vandalismus. So sehe ich das wenigstens“, sagte sie verdrießlich. „Diese vielen Demonstrationen. Die sind doch nur ein Vorwand für Gewalttätigkeit.“

Jock MacPherson stand auf und ging zu Mrs. Green hinüber. Er sah aus, als wolle er sie schlagen. Mr. Rufus erhob sich halbwegs, für den Fall, daß hier eine Verteidigung notwendig werden könnte, und Mrs. Thackeray beobachtete das alles in der seligen Erwartung, daß Mrs. Green jetzt endlich bekommen würde, was sie verdient hatte. Sie schob ihren Stuhl ein wenig weiter, um besser sehen zu können.

Sie sah, wie Mr. MacPherson einige Zoll vor Mrs. Greens Stuhl stehen blieb. Er beugte sich über sie und berührte dabei fast ihr Gesicht mit dem seinen.

„Haben Sie jemals eine Sache zu der Ihren gemacht, Mrs. Green?“ fragte er. „Je in Ihrem Leben? Eine Sache? Eine Sache, für die Sie auch gestorben wären?“

Mrs. Thackerays Blick fiel auf Mr. Rufus, der noch immer halb erhoben dastand und aufmerksam lauschte, und Mrs. Thackeray hätte gern gewußt, warum er ihre Antwort so wichtig fand.

„Irgendeine Sache?“ drängte Jock MacPherson.

„Ich glaube an England“, sagte sie hilflos.

Er wandte ihr verachtungsvoll den Rücken zu. „Da kann ja nichts passieren“, sagte er. „Anders als bei Schottland.“

Er kehrte nicht zu seinem Sessel zurück, sondern verkündete der Versammlung, daß er nach dem anstrengenden Tag müde sei und ins Bett müsse. Die anderen rieten ihm zu, denn sie wollten in aller Ruhe über ihn tratschen können.

„Gut gemacht, Mr. MacPherson“, sagte Mr. Rufus, und die meisten anderen applaudierten.

Er lächelte sie zufrieden an. Als er die Tür erreicht hatte, drehte er sich noch einmal um, und die anderen sahen, wie ein kindliches Lächeln über sein Gesicht huschte.

„Ich muß jetzt ins Bett“, sagte er. „Ich muß nämlich früh aufstehen. Meine Mutter will mit mir zum Zahnarzt.“

Die anderen verharrten danach noch eine ganze Zeit in betroffenem Schweigen. Alle hatten diesen letzten Satz gehört, und der ließ nur eine Möglichkeit offen. Mrs. Harvey gab ihre Strategie nun auf. Es war klar, daß Jock MacPherson in ihrer Zukunft niemals eine Rolle spielen könnte, denn der Zustand der zweiten Kindheit war unwiderruflich. Seine letzten Worte gaben den anderen wirklich zu denken. Sie rückten auch seine Londoner Abenteuer in anderes Licht. Hatte er sich alles nur ausgedacht? War er überhaupt in London gewesen, und hatte er wirklich die Nacht in einer Zelle verbracht? Daran zweifelten jetzt alle, bis Mr. Rufus sich zu Wort meldete.

„Ich glaube ihm“, sagte er. „Ich glaube, daß er die Nacht im Gefängnis verbracht hat. Und ich glaube, daß diese Erfahrung, die für einen Mann seines Alters entsetzlich sein muß, ihn ein wenig durcheinander gebracht hat. Doch wenn er erst einmal gut geschlafen hat, ist er sicher wieder er selber.“

Wie sich herausstellte, hatte Mr. Rufus recht, wenn auch nur zum Teil. Mr. MacPherson war in der Zelle wirklich in Verwirrung gestürzt. Aber eine gute Nachtruhe reichte nicht, um diesen unwiderruflichen Schritt umzukehren, den er in seine Kindheit getan hatte. Als am nächsten Morgen die anderen beim Frühstück saßen, fiel Mr.

MacPhersons Stuhl durch seine Leere auf. Jeremy Cross stellte sich glücklich einen weiteren Namen auf der Liste an seiner Schranktür vor. Sie warteten, stocherten in ihrem Essen herum und gaben vor, auf niemanden zu warten. Dann hörten sie die klagenden Klänge eines Dudelsacks, und die Melodie des Klageliedes „Flowers of the Forest“ schwebte die Treppe herunter. Umhüllt von dieser Melodie folgte Jock MacPherson, in vollen schottischen Pontifikalien, mit Kilt, karierten Socken, Schuhen, Sporran, Quasten, Umhang und seinem Dudelsack, der vor Jammer schier verging. Unser Held kehrte heim. Heim nach Schottland. Und auf dem Weg dorthin drehte er einfach durch.

15

Während der nächsten Tage behielt die Leiterin Mr. MacPherson genau im Auge. Sein Zustand machte ihr Sorgen. Er trug Tag und Nacht seine schottische Tracht und weigerte sich sogar, sie zum Schlafen abzulegen. Nach einer Woche war er das geworden, was die Leiterin als „Verwaltungsproblem“ bezeichnete. Sie würde ein anderes Heim für ihn finden müssen, eines, das sich auf Mr. MacPhersons Zustand spezialisiert hatte. Es würde ihr leid tun, ihn zu verlieren. In all den Jahren in Haus Hollyhocks hatte er nie irgendwelche Probleme gemacht. Er würde ihr fehlen. Sie ging in ihr Büro, um die notwendigen Anrufe zu erledigen.

Ohne große Probleme konnte sie ihn im angesehensten

Heim der Gegend unterbringen. Sie wollte ihn selber hinbringen. Sie packte seine Kleidung und seine persönlichen Habseligkeiten zusammen. Und er sah ihr dabei zu.

„Fahre ich jetzt zurück in die Schule?“ fragte er. „Wann fängt das neue Schuljahr denn an? Und vergiß meine Bonbondose nicht.“

Die Leiterin wurde ihm zuliebe zu seiner Mutter und beantwortete alle seine Fragen. Er folgte ihr wie ein Lämmchen, während der Dudelsack über seiner karierten Schulter hing. An einem frühen Morgen brachte sie ihn von Haus Hollyhocks fort. Um diese Zeit war noch niemand wach, und sie wollte kein großes Aufheben um seinen Fortgang machen. Sie würde es beim Frühstück bekanntgeben. Und zwar mit der vollen Wahrheit.

Sie hatte einen Wagen bestellt, der sie zum Haus The Harbour bringen sollte, wie sein neues Zuhause hieß. Es klang wie ein Zufluchtsort, ein Nothafen, es war ein Name, der Hoffnung auf eine Fortsetzung der Lebensreise erweckte. Aber der Name trog. The Harbour war kein Nothafen, dort wurde man auf Dauer vertäut. Es war einfach nur ein weiterer Ort, an dem das Wartespiel gespielt werden konnte. Im The Harbour jedoch machte es mehr Spaß. Denn die Teilnehmer betrachteten es eben als Spiel, so wie die Spiele, die sie in der Wiege, im Kindergarten, in der Schule oder auf dem Sportplatz gespielt hatten; wo, hing jeweils von den Grenzen ihrer Erinnerung ab.

Und es half der neuen Leiterin, ihren Schützling in seinem Zimmer unterzubringen.

„Schön, wieder in der Schule zu sein“, sagte er. „Bis Weihnachten, liebe Mutter.“ Er hielt ihr die Wange zum Kuß hin, und die Leiterin tat ihm den Gefallen und fuhr ihm durch die Haare. Auf der Rückfahrt nach Haus Hollyhocks gab sie sich alle Mühe, nicht zu weinen.

Beim Frühstück teilte sie den anderen mit, daß Mr. MacPherson das Haus verlassen hatte, und auch warum. Sie versicherte allen, daß er sich in The Harbour sehr wohl fühlte, denn sie nahm an, daß ihnen das am Herzen lag. Doch Jock MacPherson war, notwendigerweise, bereits vergessen worden, und wenn sie sich überhaupt an ihn erinnerten, dann wegen seiner Vorstrafe, die in ihren Augen zur puren Phantasie geworden war. Jeremy Cross fragte sich, ob er Jock MacPhersons Name in seine Liste eintragen dürfe. Er wußte, daß das ethisch nicht ganz korrekt wäre, aber wer in The Harbour endete, war ja doch so gut wie tot. Er würde sich die Sache überlegen. Den Namen vielleicht in Klammern schreiben. Diese Klammern würden ihm eine gewisse Mehrdeutigkeit geben. Ja. Gleich nach dem Frühstück würde er es tun.

Im Aufenthaltsraum war Mrs. Scott in die Horoskope vertieft. Im Laufe der Wochen hatte sie viele Hausbewohner zur Sternguckerei bekehrt und galt allgemein als Fachfrau auf diesem Gebiet. Die Neue, Mrs. Harvey, die eben noch auf das falsche Pferd gesetzt hatte, interessierte sich noch immer für Vorhersagungen ihrer Aussichten, obwohl sie zugeben mußte, wenn sie sich umsah, daß sie ihre Möglichkeiten erschöpft hatte. Ihr Blick fiel auf Jeremy Cross, der gerade den Aufenthaltsraum verließ, um seine Liste zu vervollständigen, und sie fragte Mrs. Scott, die inzwischen die Sternbilder von allen kannte, welches denn seins sei.

„Zwilling“, sagte Mrs. Scott wie aus der Pistole geschossen. „Und zwar ein typischer.“ Mrs. Harvey hatte keine Ahnung, was ein typischer Zwilling war, und es war ihr auch egal, aber sie fragte trotzdem nach seinem Horoskop, weil es schließlich ihr eigenes berührte. „Zwilling", Mrs. Scott las vor. „In Ihrem Leben beginnt ein neues Kapitel, und Sie werden Ihre Ansprüche geltend machen können."

Mrs. Harvey wäre in diesem Moment gern Zwilling gewesen, denn diese Weissagung kam ja wie gerufen. Ohne große Begeisterung bat sie um ihr eigenes Horoskop: Fische.

Mrs. Scott stand wieder im Rampenlicht. „Fische neigen dazu, vieles auf einmal zu tun", trug sie vor. „Die Entscheidungen liegen nicht bei Ihnen. Haben Sie Geduld."

„Das ist doch alles Unsinn", murmelte Mrs. Harvey. Aber irgendwie glaubte sie es ja doch. Mr. Cross mußte entscheiden, was er wollte, und es bestand die vage Möglichkeit, daß sie das nicht war. „Ich will ihn doch gar nicht", murmelte sie. „Es ist ja bloß kein anderer da."

Haus Hollyhocks war das dritte Altersheim, das sie ausprobierte. In den anderen beiden hatte sie jeweils einige Monate verbracht, und dort hatte die Auswahl noch mehr zu wünschen übrig gelassen. Für einen erneuten Umzug fehlte ihr die Kraft. Sie würde sich damit abfinden müssen, den Rest ihres Lebens allein zu verbringen. Das war keine schöne Aussicht. Aber sie durfte nicht aufgeben. Die Hoffnung aufzugeben, war der erste Schritt zum Sterben. Irgendwer mußte doch Jock MacPhersons Zimmer beziehen, und dieser Jemand könnte durchaus ein Ritter in funkelnder Rüstung sein. Sie würde derweil auf ihr Äußeres achten und weiterhin regelmäßig zum Friseur und zur Maniküre gehen.

Auf seinem Zimmer hatte Jeremy Cross soeben Mr. MacPhersons Namen in Klammern an seine Schranktür geschrieben. Er trat zurück, um seine Handarbeit zu bewundern, und dabei verspürte er zwischen den Rippen einen jähen stechenden Schmerz.

„Nein!" schrie er seine vier Wände an. „Nie im Leben!"

Er klingelte nach der Leiterin, dann setzte er sich langsam aufs Bett und hoffte, daß der Schmerz nachließe. Das tat er auch, ganz plötzlich, und als die Leiterin eintrat, fühlte Mr. Cross sich schon wieder wohl. Doch sie bestand darauf, den Arzt zu holen, und schickte ihn sofort ins Bett. Als er dort lag und auf den Arzt wartete, feixte er ein wenig und feierte sein Überleben. Ohne Zweifel würde die Leiterin ihm für ein paar Tage „die Mahlzeit auf dem Zimmer" servieren lassen, während die anderen unten im Aufenthaltsraum flüsterten und falsche Schlüsse zogen. Dann, nach einigen Tagen, würde er gesund und munter am Frühstückstisch erscheinen und sie alle enttäuschen.

Aber so kam es dann doch nicht. Der Arzt bestand darauf, ihn zur Beobachtung ins Krankenhaus zu schicken.

„Nur sicherheitshalber", sagte er.

Er legte Mr. Cross auf ein Privatzimmer im Krankenhaus von Dover, und schon am Abend lag dieser dort, mit einem Fernseher und einem Tablett mit erlesener Kost. Seine Brust war mit vier Drähten verkabelt worden, die alle an einem kleinen Aufnahmegerät befestigt waren, das vierundzwanzig Stunden lang seinen Herzschlag mit allen Variationen registrieren sollte. Er lag wirklich nur im Krankenhaus, um bedient zu werden. Er klingelte nach der Schwester und ließ sich Zeitungen bringen. Das war seine ganze Lektüre. In seinem ganzen Leben hatte er wohl nicht mehr als vier oder fünf Bücher gelesen. Aber er verschlang Zeitungen. Sie waren in keiner Hinsicht bedrohlich. Ihre Seiten gingen nicht in die Hunderte und sie machten ihm kein schlechtes Gewissen, wenn er sie nicht alle las. Er konnte sich aus jeder Zeitung ganz nach Geschmack bedienen. Er las am liebsten Nachrufe, danach die Nachrichten. Er interessierte sich nicht für Leitartikel oder Kommentare. Er hatte seine eigenen Ansichten, die ihm niemand sonst zu bestätigen brauchte. Auf seinem Nachttisch stand ein Telefon. Er wußte, daß es niemals klingeln würde, und er selber würde es auch nicht benutzen, denn er wußte nicht, wen er anrufen sollte. Er hatte in seinem Leben nur wenige Freunde gehabt und es sich zur Aufgabe gemacht, sie alle zu überleben. Deshalb brauchte er kein Telefon. Aber dessen bloße Anwesenheit störte ihn. Er mußte sich eingestehen, daß es die Aufmerksamkeit auf die Leere in seinem Leben lenkte, und daß das Streben zu überleben vielleicht nicht der einzige Lebenszweck war. Und ihm ging auf, daß er Zeit seines Lebens nichts anderes getan hatte. Als Junge hatte er die anderen in der Klasse überlebt, die sitzengeblieben waren, als Mann hatte er seine Arbeitsstellen behalten, während die anderen entlassen wurden. Und mit diesem Ziel des Überlebens vor Augen hatte er es sich nicht leisten können, sich Freunde zu suchen oder eine intime Beziehung zu wagen. Er wollte sich aber nicht gestatten, das zu bedauern, schon gar nicht jetzt, im Herbst seines Lebens, sonst wäre seine Vergangenheit damit doch entwertet. Aber er wäre glücklicher gewesen, wenn sie das Telefon weggeholt hätten, und er starrte es dermaßen haßerfüllt an, daß das Telefon zitterte und vor Schreck in heftiges Klingeln ausbrach. Jeremy Cross fuhr in seinem Bett hoch und wagte nicht, an das wilde Muster zu denken, das sein Herzschlag jetzt bildete. Er ließ das Telefon noch einige Male klingeln, bis sein Herz sich etwas beruhigt hatte. Dann nahm er den Hörer ab.

„Hallo?“ fragte er.

„Mr. Williams?“ sagte eine Frauenstimme.

„Nein“, sagte er tonlos.

„O, das tut mir leid“, sagte die Frau. „Dann habe ich offenbar die falsche Nummer erwischt.“

Er legte auf und spürte, wie seine Augen brannten. Dann spürte er auf seiner Wange eine Träne, der noch weitere folgten, als ihm bewußt wurde, was er war. Eine falsche Nummer. Für alle die falsche Nummer. Angefangen mit seiner Mutter, die sich ein Mädchen gewünscht hatte. Jetzt konnte er nicht mit Weinen aufhören, und ihm ging auf, daß er schon seit vielen Jahren keine Träne mehr vergossen hatte. Nicht einmal bei der Beerdigung seiner Mutter hatte er geweint, denn die hatte ihm sein Geschlecht nie verziehen. Das war die falscheste Nummer von allen gewesen.

Als bald darauf das Telefon von neuem schellte, griff er mit Bedauern zum Hörer. „Sie haben die falsche Nummer“, sagte er, noch ehe er irgendeine Stimme gehört hatte.

„Mr. Cross?“ fragte jemand.

Er erkannte die Stimme der Leiterin.

„Wie geht es Ihnen?“ fragte sie.

Er antwortete nicht sofort. Er brauchte einige Zeit, um zu begreifen, daß es wirklich noch einen Menschen gab, dem er wichtig war, oder der zumindest so tat, und auch das war schon besser als pure Gleichgültigkeit.

„Es geht mir gut, danke, Leiterin“, sagte er endlich. Dann konnte er nicht widerstehen. „Ich werde Sie alle noch überleben“, sagte er.

„Ich habe mit den Ärzten gesprochen“, sagte die Leiterin. „Sie warten noch auf die Untersuchungsergebnisse. Dann wissen wir mehr. Haben Sie Geduld, Mr. Cross“, fügte sie hinzu. „Ich bin sicher, daß es keinen Grund zur Besorgnis gibt."

Er dankte ihr ehrlich für den Anruf. Jetzt störte das Telefon ihn nicht mehr. Er hörte, daß sein Herzschlag sich beruhigt hatte, und ließ sich glücklich zurücksinken, um sich auf den Fernseher zu konzentrieren.

Die Untersuchungen ergaben, daß Mr. Cross länger im Krankenhaus bleiben mußte, als erwartet. Er fragte nicht nach den Gründen und kritisierte auch die folgende Therapie nicht. Er fragte nicht, wozu die gut sein sollte. Er wollte es ganz einfach nicht wissen. Er nahm die Medikamente, die sie ihm gaben, und hielt seinen Arm hin, wenn Puls und Blutdruck gemessen werden sollten, oder den anderen, wenn Blut entnommen wurde. Er gab alles gern her, in dem Wissen, daß man sich um ihn kümmerte.

In der folgenden Woche rief die Leiterin jeden Tag an. Sie stellte immer wieder dieselben Fragen und wünschte ihm immer wieder gute Besserung. Ihre Ausdrucksweise änderte sich nie. Ihr Anruf war zur Routine geworden. Aber er freute sich darüber. Diese Anrufe rechtfertigten die Anwesenheit des Telefons auf seinem Nachttisch.

Während seiner zweiten Woche im Krankenhaus kam Besuch. Es wurde an die Tür geklopft. Er fragte sich, wer das wohl sein könnte. Schwestern klopften nie an. Ärzte auch nicht. Also mußte es die Leiterin sein. Sonst fiel ihm niemand ein. Er rief „Herein", zog seine Schlafanzugjacke gerade und setzte eine Willkommensmiene auf.

Aber es war nicht die Leiterin. Es war Mrs. Harvey, der wie jeden Morgen Mrs. Scott das Fische-Horoskop vorgelesen hatte. „Wenn Sie Ihren Wunsch erfüllt sehen wollen, dann müssen Sie den Stier bei den Hörnern packen", hatte das Horoskop ihr geraten. „Eine solche Gelegenheit wird sich wohl kaum wieder bieten."

Sie war sofort auf ihr Zimmer gegangen, hatte sich zurechtgemacht und ein Taxi zum Bahnhof bestellt. Dort hatte sie eine Fahrkarte nach Dover gekauft, und erst, als sie dann im Zug an einem Fenster saß, hatte sie sich überlegt, was sie da tat, und wie sie vorgehen sollte. Sie übte einige Begrüßungsfloskeln, aber da die von der Reaktion des Patienten auf ihren Besuch abhingen, würde sie es darauf ankommen lassen und nach Gefühl vorgehen müssen.

Im Krankenhausfoyer gab es einen Kiosk, wo überteuerte Blumen und extravagante Pralinen und Kuchen angeboten wurden. Sie spielte mit dem Gedanken, ihm etwas zu kaufen, doch als sie die Preise sah, ging ihr auf, daß das zu aufdringlich wirken würde. Sie fuhr mit dem Fahrstuhl zu seinem Zimmer und lungerte einen Moment vor der Tür herum. Als sie sein „Herein" hörte, zögerte sie wieder, und wenn die Schwester sie nicht angestarrt hätte, dann hätte sie vielleicht auf dem Absatz kehrtgemacht und wäre nach Haus Hollyhocks zurückgefahren. Die Schwester kam auf sie zu. Sie war gefangen. Der einzige Ausweg führte durch seine Tür.

„Hallo, Mr. Cross", sagte sie und schaute ihm aufmerksam ins Gesicht, als er sie ansah. Ihm war nur Erstaunen anzusehen. Seine Züge verrieten nichts von Freude oder Willkommen, deshalb reagierte sie auf die Überraschung.

„Sie haben mich nicht erwartet", sagte sie und trat an sein Bett.

Daraufhin rang er sich ein Lächeln ab, das jedoch nicht für sie bestimmt war. Er lächelte sich selber zu und fragte sich, wie in aller Welt diese Frau heißen mochte. Er wußte, daß sie in Haus Hollyhocks wohnte. Und daß sie neu dort war. Er wußte auch noch, daß dieses Gesicht einmal versucht hatte, länger als er im Aufenthaltsraum zu bleiben, als sonst schon alle ins Bett gegangen waren. Aber dann war sie doch zu müde gewesen. Oder verwechselte er sie mit einer anderen? Egal, er hätte gern gewußt, warum sie gekommen war, oder, genauer gesagt, was sie von ihm wollte. Sie zog einen Stuhl ans Bett. „Wie geht es Ihnen?" fragte sie zärtlich, und sie legte sogar ihre Hand auf seine Decke. Mr. Cross fühlte sich gefangen und an die Wand gedrückt. Sie machte ein Gesicht, als wäre sie gern zu ihm ins Bett gestiegen. Er machte sich in der Mitte breit, um diese Möglichkeit auf jeden Fall auszuschließen. Er wünschte, ihm fiele ihr Name ein.

„Was gibt es denn Neues in Haus Hollyhocks?" fragte er. Er hielt es für angebracht, ein harmloses Gesprächsthema anzuschneiden.

„Gar nichts", sagte Mrs. Harvey. „Da passiert nie was. Es ist überaus langweilig. Und deshalb", flüsterte sie und beugte sich zu ihm vor, „bin ich hergekommen, um etwas zu erleben."

Großer Gott, dachte Jeremy Cross, diese Frau will doch wirklich mit mir flirten, und er mochte gar nicht daran denken, welche schrecklichen Folgen das für seinen Herzschlag haben könnte. Sie tat ihm nicht gut, wie immer sie auch heißen mochte, und er wünschte sich nur noch, daß sie ging.

„Ich bin sehr müde", sagte er. „Ich soll jeden Nachmittag schlafen. Das sagen die Ärzte." Er hoffte, daß sie diesen Wink begreifen und gehen würde.

Das war jedoch nicht der Fall. „Ach, schlafen Sie nur

ruhig", sagte sie. „Ich warte. Es ist doch nett, wenn Sie beim Aufwachen nicht allein sind."

Er war verblüfft von dieser Kühnheit. „Ich kann nicht schlafen, wenn mir jemand dabei zusieht", sagte er.

„Ich werde Ihnen nicht zusehen", erklärte sie. „Versprochen", fügte sie mit neckischem Lächeln hinzu.

„Mir wäre es lieber, Sie gingen", sagte er. Er mußte ihr das ein für allemal klarmachen.

„Wie Sie wollen", sagte sie. Sie packte seine Hand, so fest, daß er schon dachte, sie wolle sie vielleicht mitnehmen. Ihr Zugriff fühlte sich an wie Schlangenhaut.

„Ich komme wieder", drohte sie. „Sie brauchen doch ab und zu Gesellschaft."

Er zog seine Hand zurück und drehte sich wie zum Schlafen auf die Seite. „Danke für Ihren Besuch", murmelte er in die Bettwäsche, ihm war es egal, ob sie das hörte oder nicht. Er blieb ganz still liegen und hörte, wie sie durch das Zimmer ging und die Tür hinter sich schloß. Dann seufzte er erleichtert auf. Er setzte sich wieder auf und kam zu der Erkenntnis, daß er für diese Besucherin, wie immer ihr Name auch sein mochte, mit Freude die falsche Nummer sein würde. Er fragte sich, warum sie gekommen war. Und was sie wohl wollte. Sie war eine Goldgräberin, beschloß er. Sie hatte gehört, daß er wohlhabend war und keine Verwandten hatte, und vermutlich behaupteten Gerüchte, seine Gesundheit lasse zu wünschen übrig, weswegen sie ihn an sich reißen wollte, ehe es zu spät war. Deshalb dieser Besuch und wahrscheinlich auch noch weitere. Er lächelte vor sich hin. Falls sie die Frechheit besaß, noch einmal zu kommen, dann würde er ihr, natürlich nur ganz nebenbei, erzählen, daß er schwul sei, schon sein Leben lang. Es wäre den Versuch wert. Es wäre ein geringer Preis für seinen künftigen Frieden.

Mrs. Harvey war zutiefst enttäuscht, als sie das Krankenhaus verließ. Aber sie war keine, die so leicht die Flinte ins Korn wirft. Sie dachte an ihr Horoskop. Packen Sie den Stier bei den Hörnern. Diese Gelegenheit kommt so bald nicht wieder. Dieses Horoskop galt nur für diesen Tag. Am nächsten Tag konnte es zu spät sein. Sie beschloß, noch eine Weile in Dover zu bleiben, vielleicht die Burg zu besuchen, dann eine Tasse Tee zu trinken, um ihn danach, wenn er genug geschlafen hatte, noch einmal zu besuchen und das Horoskop wirklich zu nutzen. Ich bin ein freches Stück, sagte sie sich, denn so hatte ihre Mutter sie während ihrer ganzen Kindheit genannt. Aber ihr war das egal gewesen, und auch jetzt würde es ihr egal sein. Um sieben Uhr, nachdem Burg und Tee erledigt waren, ging sie wieder zum Krankenhaus. Diesmal klopfte sie nicht einmal an. Sie ging einfach ins Zimmer und setzte sich neben das Bett. Mr. Cross glaubte, zu träumen. Genauer gesagt, einen Alptraum zu haben.

„Da sind Sie wieder", stammelte er.

„Sieht so aus", sie lächelte und ließ ihre Hand über die Bettdecke gleiten.

„Hören Sie", sagte er. Ihr Name wollte ihm noch immer nicht einfallen.

„Nennen Sie mich Minnie", fiel sie ihm ins Wort.

„Hören Sie, Minnie", sagte er, dankbar für dieses Etikett. „Es ist sehr nett von Ihnen, mich zu besuchen. Wirklich sehr nett. Und den ganzen Weg nach Dover. Aber gleich zweimal an einem Tag. Ich begreife das nicht. Ich begreife das einfach nicht."

„Ich dachte, sie hätten gern ein wenig Gesellschaft",

sagte sie. Sie beschloß, es mit Schmollen zu versuchen. Bei unzugänglichen Männern half das meistens. Aber sie hatte das Gefühl, daß Mr. Cross darüber ebenso erhaben sein würde wie über Tränen. Deshalb machte sie ein tapferes, kühnes Gesicht. „Und jedenfalls würde mir ein wenig Gesellschaft guttun."

„Aber Sie haben doch Gesellschaft in Haus Hollyhocks", sagte er.

„Da sind doch nur alte Frauen", sagte sie verächtlich. „Da ist kein einziger richtiger Mann. Und das ist meine Lieblingsgesellschaft. Das war immer schon so. Mein Leben lang."

Das war zweifellos das Stichwort, fand Mr. Cross. Und die Verkündung seiner homosexuellen Neigungen lag ihm auf der Zunge. Er holte tief Luft und fragte sich, wie sich das wohl anhören würde.

„Ich muß Ihnen etwas sagen, Minnie", sagte er. „Ich bin homosexuell. Das bin ich mein Leben lang gewesen."

Mrs. Harvey lachte. „Das weiß ich doch, mein Lieber. Das habe ich auf den ersten Blick gesehen. Das liegt doch auf der Hand."

Er hätte sie schlagen mögen. Wie konnte sie es wagen. Er hätte am liebsten alles zugegeben. Eingeräumt, daß es nur ein Trick war, um sie loszuwerden. Behauptet, früher hunderte von Beziehungen zu Frauen gehabt zu haben und alle Schwulen für pervers zu halten. Er fragte sich, was sein Herz jetzt wohl für Kapriolen schlug.

„Aber ich suche nur Gesellschaft", plapperte Mrs. Harvey jetzt weiter. „In unserem Alter, was spielen solche Vorlieben denn noch für eine Rolle? Dieser Aspekt ist doch wirklich nicht mehr wichtig."

Er ging hoch. „Mir ist er wichtig!“ Das schrie er fast. „Minnie“, sagte er. Wieder wünschte er sich, ihren vollen Namen zu kennen, denn er würde sie jetzt beleidigen und sie mit ihrer ganzen Unverschämtheit vor die Tür setzen, und ein Vorname paßte schlecht zu dieser Grobheit. Aber er machte weiter und gab sich Mühe, sie nicht anzusehen. „Ich kann Ihnen wirklich nichts bieten“, sagte er. „Ich mag Sie ja nicht einmal. Und ich will, daß Sie gehen. Sofort. Sonst klingele ich nach der Schwester und lasse Sie hinauswerfen.“

Zitternd vor Wut sprang Mrs. Harvey auf. „Ich weiß, wo ich unerwünscht bin“, sagte sie. Sie ging zur Tür und drehte sich noch einmal um. „Ich hoffe, Sie sterben“, fauchte sie.

Noch immer bebend stand sie dann eine Weile vor der Tür. Sie war noch niemals dermaßen beleidigt worden. Ihr Abschiedswort tat ihr wirklich nicht leid. Es war ihr von Herzen gekommen. Es wäre peinlich, ihn wiedersehen zu müssen. Und deshalb hoffte sie, daß er im Krankenhaus sterben würde. Und zwar bald.

Als sie mit der Bahn zurückfuhr, verfluchte sie Mrs. Scott und deren Hokuspokus und schwor sich, den Stier niemals wieder bei den Hörnern zu packen.

Als die Schwester abends Mr. Cross' Blutdruck maß, stellte sie fest, daß der ebenso gestiegen war wie sein Puls. Sie gab ihm ein Beruhigungsmittel.

„Hat Ihre Besucherin Sie auf irgendeine Weise aufgeregt?“ fragte sie.

„Das hat sie allerdings“, sagte er.

„Dann lasse ich sie nie wieder zu Ihnen“, versprach die Schwester.

„Keine Sorge", Mr. Cross lächelte. „Ich glaube nicht, daß sie noch einmal kommt."

Kurz darauf schlief er ein und träumte glücklich, wie er ihren Namen, wie immer der nun lauten mochte, in die Liste an seiner Schranktür eintrug.

Nach einer weiteren Woche und weiteren Untersuchungen wurde Jeremy Cross aus dem Krankenhaus als gesund entlassen. Die Leiterin hatte einen Wagen bestellt, um ihn nach Hause zu holen. Er freute sich auf seine Rückkehr nach Haus Hollyhocks und machte sich keinerlei Sorgen über die Geschichten, die diese Minnie vermutlich hinter seinem Rücken in Umlauf gebracht hatte. Er ging davon aus, daß er ihr Scharmützel gewonnen hatte, und er wußte, daß sie es auch wußte. Als er den Aufenthaltsraum betrat, wurde er höflich begrüßt. Offenbar war er nicht sehr vermißt worden. Er registrierte, daß Minnie nicht anwesend war. Er nahm an, daß ihr die Sache so peinlich war, daß sie ihn nicht sehen wollte. Immerhin wurde er herzlich von Mr. Rufus begrüßt, der in diesem Moment den Raum betrat, und auf dieses Stichwort hin erhob sich auch Mrs. Green und brachte ihre Freude über seine Genesung zum Ausdruck. Beim Abendessen blieb Minnies Stuhl unbesetzt. Er hätte gern gewußt, wo sie stecken mochte. Schließlich erkundigte Mrs. Thackeray sich danach.

„Sie hat Kopfschmerzen", sagte die Leiterin. „Sie hat sich die Mahlzeit aufs Zimmer bringen lassen."

Mr. Cross lächelte insgeheim. Manchmal war Gott doch gut.

Für diesen Abend hatte die Leiterin einen Altersforscher eingeladen, der für die Hausbewohner einen Vortrag halten sollte. Sie arrangierte manchmal solche zwanglosen

Diskussionen, die im Aufenthaltsraum stattfanden. Obwohl ihr jedoch von der Agentur, die sie damit beauftragt hatte, häufig Angebote gemacht wurden, fiel es ihr doch schwer, ein passendes Thema zu finden. Der letzte Vortrag hatte die Geheimnisse des Ostens behandelt, der Redner jedoch war so langweilig und bar jeden Geheimnisses gewesen, daß er sein Thema nicht hatte herüberbringen können. Der Abend hatte früh geendet. Einige Hausbewohner hatten sogar mitten im Vortrag das Zimmer verlassen. Die anderen waren aus Mitleid geblieben. Das war jetzt einige Monate her, und die Leiterin hatte inzwischen keinen weiteren Abend organisieren mögen. Aber als die Agentur ihr den Altersforscher angeboten hatte, hatte sie angenommen, daß dieses Thema alle interessieren werde. Damit hatte sie recht. Denn als sie sich nach dem Abendessen, abgesehen von Mrs. Harvey, in den Aufenthaltsraum setzten, konnte sie sich über einen vollen Saal freuen. Der Redner war noch nicht eingetroffen, deshalb wurden die abendlichen Getränke serviert. Bald darauf hörten sie die Haustürklingel, und die Leiterin ging zur Tür, um den Experten in Empfang zu nehmen. Schweigen senkte sich über den Aufenthaltsraum, als sie auf ihn warteten. Und als er dann in die Tür trat, seufzten alle auf.

Die Leiterin stellte ihn vor. „Das ist Mr. Roberts“, sagte sie kleinlaut. Die anderen starrten ihn an. Dieser sogenannte Altersexperte war höchstens fünfundzwanzig. Die Leiterin musterte ihn mitleidig. Ihm stand ein harter Abend bevor.

Mr. Roberts nahm nervös auf dem Stuhl Platz, den die Leiterin ihm anbot, lehnte aber den ebenfalls angebotenen Kaffee ab. Er war nervös und wollte die Sache hinter sich bringen. Er witterte die im Raum vorherrschende Feindseligkeit und Verachtung. Er beschloß, lieber gleich zur Sache zu kommen.

„Meine Damen und Herren“, sagte er. „Ich danke Ihnen für die Einladung zu diesem Vortrag. Ich weiß allerdings, daß alle hier im Zimmer ungeheuer viel mehr über das Altern wissen als ich selber.“ Das war ein kluger Eröffnungszug. Durch dieses Eingeständnis hatte er ihnen den Wind aus ihren verachtungsvollen Segeln genommen. Sie kicherten, und einige applaudierten sogar, dankbar dafür, daß er ihre Überlegenheit so bereitwillig anerkannt hatte. Die Leiterin war zufrieden. Es konnte also doch noch ein gelungener Abend werden.

„Worüber werde ich also sprechen?“, fuhr Mr. Roberts fort. „Ich habe eine Untersuchung über das Altern gemacht und Hunderte von Leuten wie Sie interviewt. Und ich möchte Ihnen über die Schlüsse erzählen, die ich aufgrund dieser Interviews gezogen habe, und fragen, ob ich damit richtig liege oder nicht. Mit anderen Worten, ich brauche Ihre Meinung, ich brauche Ihre Weisheit. Ich bin gewissermaßen aus egoistischen Gründen hergekommen. Nämlich, um zu lernen. Werden Sie mir helfen?“

Damit hatte er sie gewonnen. Mit Ausnahme von Mr. Rufus und Mr. Cross, die beide Mr. Roberts für einen gerissenen jungen Mistkerl hielten und durchaus nicht vorhatten, ihn an ihrer angesammelten Weisheit teilhaben zu lassen. Aber sie hörten zu, neugierig, ob er mit diesem Trick durchkommen würde.

Er fing mit der Geschichte einer alternden Dame an – er vermied sorgfältig die Benutzung des Wortes „alt“, die ihm anvertraut hatte, daß ihr Leben erst mit achtzig wirklich begonnen habe. Erst in diesem Alter hatte sie sich von ihren häuslichen Verpflichtungen befreit. Ihr Mann war gestorben, ihre beiden Kinder glücklich verheiratet.

„Und jetzt sagen Sie mir", bat er in einem intimen Plauderton, „spricht diese Geschichte irgend jemanden hier an?"

Alle schwiegen, doch dann fühlte Mrs. Thackeray sich bereit zum Widerspruch. „Wozu soll es denn gut sein, mit achtzig das Leben zu beginnen", sagte sie, „wenn die Kraft fehlt, dieses Leben zu genießen?"

„Das ist ein sehr wichtiger Einwand", sagte Mr. Roberts. „Und ich danke Ihnen. Hat sonst noch jemand etwas zu sagen?" Ein Unterton der Verzweiflung hatte sich in seine Stimme eingeschlichen, was die anderen durchaus registrierten.

„Ich möchte sagen", piepste Mrs. Green, eher an Mr. Rufus gewandt als an den Vortragenden, „daß es mir große Freude gemacht hat, mich um meinen Mann und meine Tochter zu kümmern. Und mir fehlen diese Verantwortlichkeiten."

„Es tut mir leid, aber ich glaube Ihnen nicht", sagte Mrs. Thackeray.

„Na, ich weiß ja, daß Sie reichlich froh waren, als Sie Ihren Mann loswaren. Das haben Sie mir ja selber erzählt", sagte Mrs. Green.

„Das erfinden Sie. So etwas habe ich nie gesagt", rief Mrs. Thackeray erbost.

„Ihr Gedächtnis funktioniert nicht mehr richtig. Das ist Ihr Problem", sagte Mrs. Green.

Mr. Roberts ließ sich auf seinem Stuhl zurücksinken. Er stand nicht mehr im Mittelpunkt des Interesses, und dafür war er sehr dankbar. Aufregung prägte die Stimmung im

Raum, die anderen verhielten sich wie das Publikum bei einem Hahnen-, oder in diesem Fall, bei einem Hennenkampf.

„Und was ist mit Ihrer Tochter, dieser angeblich so reizenden Tochter, die Sie so sehr zu vermissen behaupten?" Damit spielte Mrs. Thackeray ihre Trumpfkarte aus. „Dieser Tochter, die seit vierzig Jahren nicht mehr mit Ihnen gesprochen hat. Dieser Tochter, der Sie Ihre Narbe verdanken."

Erstes Blut am Säbel von Mrs. Thackeray, dachte das Publikum. Und sie warteten auf Mrs. Greens Gegenangriff. Während der vergangenen Monate war das Interesse an Mrs. Greens Narbe verflogen, doch jetzt, wo diese samt ihrer möglicherweise anrüchigen Herkunft erwähnt wurde, loderte die Neugier wieder auf. Vor allem Mr. Rufus spitzte die Ohren, drückte aber in einer öffentlichen Geste der Solidarität Mrs. Greens Arm. Die Leiterin spielte für einen Moment mit dem Gedanken, den Feindseligkeiten ein Ende zu setzen, amüsierte sich aber viel zu gut und wollte, wie die anderen, nun endlich die Wahrheit über die Narbe erfahren. Als ihnen aufging, daß Mrs. Green nichts sagen würde, lieferte Mrs. Thackeray die Erklärung, auf die sie alle warteten. „Ihre Tochter", erklärte sie, „um die sie sich so gern gekümmert hat, diese Tochter hat ihr einmal gesagt, sie wünsche ihr den Tod, und hat dann mit einem Kochtopf nach ihr geworfen und sie an der Wange getroffen. Und ich könnte Ihnen noch viel mehr erzählen", fügte sie vielsagend hinzu. Doch obwohl das Publikum am Ringrand nichts lieber gehört hätte als „noch viel mehr", griff die Leiterin jetzt ein.

„Das reicht jetzt, meine Damen", sagte sie. „Was soll denn der arme Mr. Roberts von Ihnen denken?"

Der arme Mr. Roberts, der sich im Hintergrund sehr

wohl gefühlt hatte, mußte jetzt wieder die Bühne betreten. Die Hausbewohner mochten ihn gleich viel weniger. Seine Anwesenheit verhinderte die Fortsetzung einer Auseinandersetzung, die sich sonst vielleicht zu einem aufregenden Schußwechsel entwickelt hätte. Sie wünschten ihn dahin zurück, woher er gekommen war. Und als er den Mund öffnete, fügte Mrs. Thackeray noch ihr PS hinzu. Und zwar durchaus nicht geflüstert. „Ganz zu schweigen von dieser Schweizer Töchterschule."

„Was für einer Schweizer Töchterschule?" Damit meldete sich plötzlich Lady Celia zu Wort. Sie wußte aus persönlicher Erfahrung so einiges über Schweizer Töchterschulen.

„Fragen Sie sie doch", sagte Mrs. Thackeray.

Damit war der Waffenstillstand gebrochen, und Mr. Roberts konnte sich ein weiteres Mal zurücklehnen. Die Leiterin versuchte nicht mehr, sich einzuschalten. Auch bei ihr siegte die Neugier auf die Schweizer Töchterschule.

„Wie hieß diese Schule denn?" fragte Lady Celia mit ziemlicher Autorität.

„Das weiß ich so auf die Schnelle nicht mehr", mußte Mrs. Green zugeben.

„Ihr Gedächtnis funktioniert nicht mehr richtig. Das ist Ihr Problem", gab Mrs. Thackeray mit gleicher Münze zurück.

Mrs. Green wußte sich keinen Rat. Sie spürte, daß niemand im Raum auf ihrer Seite war, ausgenommen vielleicht der gute Mr. Rufus, der weiterhin ihren Arm drückte. Sie schaute hilflos in die Runde. Dann beschloß sie, daß sie nur noch in Tränen ihre Zuflucht suchen konnte. In ihrem von Enttäuschung und Ablehnung geprägten Leben hatten Tränen sich als brauchbare Waffe erwiesen, und nach vielem

Training hatte sie sich in dieser Waffengattung zur Perfektion gesteigert. Sie ließ ihre Tränen strömen, ohne sie mit einem Taschentuch aufzuhalten. Sie wollte ihre Hilflosigkeit deutlich zum Ausdruck bringen. Sie wollte das Opfer spielen und auf das Mitleid der anderen hoffen und sie damit möglicherweise gegen die Angreiferin aufhetzen.

Doch Lady Celia beteiligte sich jetzt ernsthaft am Kampf und ließ sich nicht so leicht entwaffnen.

„In welchem Teil der Schweiz war das denn?" fragte sie. „Im deutschen, im französischen oder im italienischen?"

„Im deutschen", sagte Mrs. Green. „In der Nähe von Zürich."

„Im deutschen", sagte Lady Celia verächtlich. Sie spendierte diesem Wort viel mehr Silben, als es von der Phonetik her verdient hatte, um damit ihre Verachtung für die ganze Nation zum Ausdruck zu bringen. Es war bekannt, daß Lady Celia in beiden Weltkriegen viele Angehörige verloren hatte. Es war nicht anzunehmen, daß sie an dieser Nation und deren sogenannten Töchterschulen auch nur ein gutes Haar lassen würde. „Ich wußte nicht, daß es in Zürich Töchterschulen gibt", sagte sie.

Mrs. Green wäre gern in Ohnmacht gefallen. Aber abgesehen von ihrem Zorn fühlte sie sich sehr wohl, deshalb weinte sie lauter und hoffte aufs Beste.

„Krokodilstränen", murmelte Mrs. Thackeray.

An diesem Punkt rief die Leiterin die anderen wieder zur Ordnung. Doch nun mochte niemand Mr. Roberts und seiner mittzwanzigjährigen geriatrischen Erfahrung lauschen. Mr. Roberts war absolut kooperativ, er hatte bereits beschlossen, in Zukunft seine geriatrischen Vorträge nur noch an Grundschulen zu halten. Die Leiterin erkannte, daß Mr. Roberts ein Fehler gewesen war und hoffte, er werde genug Anstand besitzen, um auf ein Honorar zu verzichten. Sie bot ihm einen Kaffee und ein Stück Kuchen an, für den Fall, daß er seine Verlegenheit hinunterspülen mußte.

Lady Celia jedoch war inzwischen in ihrem Element. Sie beteiligte sich nur selten an den Diskussionen im Aufenthaltsraum, doch ihre Zunge löste sich bei jedem Thema, das etwas mit Deutschland zu tun hatte. Und wurde außerdem spitz.

„Töchterschulen", sagte sie ungläubig. „Was wissen die Deutschen denn schon von Stil? Von Eleganz? Von Etikette? Das war ja wohl eher eine Besserungsanstalt. Und die konnten sie wahrlich brauchen."

„Da kann ich Ihnen nur zustimmen, Lady Celia." Jetzt warf sich auch der Major in die Bresche. Er legte Mrs. Feinberg den Arm um die Schulter, um sie und sich damit zur vereinigten Front zu erklären.

„Ich bin ganz Ihrer Ansicht", erklärte Mrs. Thackeray, obwohl sie in ihrem ganzen Leben diesem Thema noch keinen Gedanken gewidmet hatte. Da jedoch Mrs. Green hier die Zielscheibe war, gab sie nur zu gern einen Pfeil in diese Richtung ab.

„Na, in jedem Volk gibt es solche und solche", sagte Mrs. Scott, die das Gefühl hatte, auch einen Diskussionsbeitrag leisten zu müssen. Aber sie beschloß, nachher noch einmal die Horoskope für diesen Tag zu lesen, um feststellen zu können, ob sie mit diesem Fiasko hätte rechnen können.

Jetzt aber meldete Mr. Rufus sich zu Wort, und er erhob sich sogar, um Mrs. Green besonders betont verteidigen zu können.

„Ich weiß nicht, wozu diese Diskussion gut sein soll", sagte er. „Wenn meine liebe Freundin Mrs. Green sagt, daß sie in Zürich eine Töchterschule besucht hat, dann besteht doch kein Grund, ihr nicht zu glauben. Daß sie den Namen vergessen hat, ist ja wohl kaum ein Verbrechen."

Dieser nüchterne Einwand ließ Mrs. Greens Tränen versiegen, und sie nahm zärtlich seine Hand, als er sich wieder neben sie setzte. Die anderen schließlich waren nun alle zum Schweigen gebracht.

Abgesehen von Jeremy Cross, der während des gesamten Wortwechsels den Mund gehalten hatte. Doch eine Möglichkeit, Lady Celia, die er seit vielen Jahren als seine Erzfeindin betrachtete, weil sie drohte, die anderen alle zu überleben, eins auszuwischen, wollte er sich nicht entgehen lassen. Er öffnete den Mund und ließ ihn eine Weile offenstehen, damit die Umsitzenden merken konnten, daß er etwas zu sagen hatte.

„Ich finde, Sie sind überaus intolerant, Lady Celia", sagte er. „Bloß, weil Sie einen Titel tragen, meinen Sie, Sie besäßen ein gottgegebenes Recht, alle anderen herunterzumachen."

Alle im Aufenthaltsraum horchten auf. Niemand hatte Lady Celia gegenüber je ein so kühnes Wort gewagt. Als Adlige schien sie über jede Kritik erhaben zu sein. Aber innerlich waren sie alle entzückt darüber, daß sie auf diese Weise von ihrem hohen Roß gezerrt wurde.

„Das ist das Problem mit Ihrer Klasse", fügte Mr. Cross hinzu. „Sie halten sich für etwas ganz Besonderes. Aber in Wirklichkeit sind Sie auch nicht besser als wir anderen. Sie und die anderen Kinnlosen Ihrer Sorte."

Diese Worte hatte er seit Jahren aufgespart, seit seinem

Einzug in Haus Hollyhocks, und er freute sich darüber, daß sie nun ausgesprochen worden waren, so lange noch Zeit war, auch wenn Mr. Cross nie auf die Idee kommen würde, daß ihm nicht mehr viel Zeit bliebe.

„Höchste Zeit, daß jemand Ihnen sagt ..." Er hatte noch viel mehr auf dem Herzen, und sein Mund bewegte sich. Er spürte es, konnte seine Stimme aber nicht hören. Bei seiner Entlassung aus dem Krankenhaus war er für gesund erklärt worden. Doch nun sackte er zu seiner Verblüffung auf dem Boden in sich zusammen. Und dann war der Klang wieder da und entsprach den Bewegungen seines Mundes.

„Nein!" schrie er. „Nie im Leben!" Er wollte durchaus nicht die letzte Flasche an der Wand sein. Haßerfüllt starrte er Lady Celia an. „Das ist nicht fair", jammerte er. „Sie sind älter als ich." Dann überwältigten ihn die Schmerzen, und, fair oder nicht fair, er stieg aus dem Wartespiel aus.

An diesem Abend gab es keinen Wettbewerb darum, wer am längsten im Aufenthaltsraum ausharrte. Wie immer war es Jeremy Cross. Doch diesmal verließ er diesen Raum in einem Sarg.

16

Während die anderen sich um Mr. Cross bemühten, stahl Mr. Roberts sich davon. Er bat nicht um sein Honorar. Er hielt diese schöne Geschichte, die er von nun an mit eigenen Zutaten in den Schulen erzählen konnte, für eine absolut ausreichende Bezahlung. Lady Celia, die für den

Moment die Kontrolle über sich verloren hatte, teilte mit, Mr. Cross habe den Tod verdient, schließlich habe er schlecht über die herrschende Klasse gesprochen. Worauf von Mrs. Thackeray der Kommentar „Pißkram" zu hören war. Als Mrs. Harvey davon hörte, dankte sie Gott, der ihr Gebet erhört hatte. Und das so rasch. Die Leiterin jedoch wußte nicht, was sie davon halten sollte. Sie hatte Mr. Cross niemals besonders gut leiden können, aber einem Leichnam konnte man schlecht noch etwas vorwerfen. Sie ließ ihn sofort in die Leichenhalle bringen, als könnte er sie, körperlich abwesend, auch sonst nicht mehr stören. Sie ging auf sein Zimmer und packte seine Kleidungsstücke ein. Der Anblick seiner leeren Schuhe machte ihr arg zu schaffen. Sie wußte nicht, warum. Lange starrte sie die Liste an seiner Schranktür an. Auf eine seltsame Weise schrieb diese Liste die Geschichte des Heimes seit Mr. Cross' Einzug. Sie fand, sie sollte aufbewahrt werden. Als Archiv. Sie las sie langsam und wußte, daß sie nicht vollständig war. Vorsichtig trug sie dann unten auf der Liste seinen Namen ein. Und daneben schrieb sie als Todesursache: „Große Erwartungen."

Inzwischen war die Zeit für Lady Celias monatlichen Besuch in London gekommen, Zeit für den Sherry in Lady Priscillas Salon und ein Durchgehen ihrer lichtscheuen Aktivitäten. Sie selber hatte nichts zu berichten, sie konnte nur den üblichen Montagsbesuch des Frettchens melden. Lady Priscilla konnte zwei weitere einträgliche Klienten bieten. Einen Richter, der sich als Transvestit amüsierte, und einen Minister mit einer Schwäche für kleine Jungen. Beide hatte das Frettchen aufgespürt.

„Was ist er doch für ein Schatz", sagte Lady Priscilla und nippte an ihrem Sherry.

„Aber Lord Welland ist gestorben“, sagte Lady Priscilla. Das bedeutete keine Einkommenseinbuße, da die Witwe die Zahlungen fortsetzen wollte, um den makellosen Ruf ihres treulosen Gatten zu bewahren.

„Sind Frauen nicht seltsam“, sagte Lady Celia, die vergessen hatte, daß sie genau dieselbe Entscheidung getroffen hatte.

„Ja, Gott sei Dank“, kicherte Lady Priscilla. „Sonst sähe es schwarz aus für unsere Geschäfte.“ Und sie füllte die Sherrygläser ein weiteres Mal. „Aber ich muß dir etwas sagen“, fügte sie dann hinzu. „Das Frettchen will mit uns sprechen. Mit uns beiden gemeinsam. Ich habe ihn auf einen Sherry hergebeten. Er kann jeden Moment hier sein.“

„Aber worüber will er denn mit uns sprechen?“ fragte Lady Celia.

„Ich fürchte, er will einen größeren Anteil“, meinte Lady Priscilla. „Was könnte er sonst schließlich wollen?“

„Wir können ihn nicht entbehren“, sagte Lady Celia.

„Doch andererseits“, meinte Lady Priscilla, „was sollte er ohne uns machen?“

„Er könnte allein weitermachen. Unsere Klienten übernehmen. Wir könnten ihn nicht daran hindern.“

„Aber wir haben die Beziehungen“, sagte Lady Priscilla. „Zumindest, du hast sie.“

„Die Sache gefällt mir nicht“, sagte Lady Celia. „Vielleicht schreckt er ja nicht einmal vor Erpressung zurück!“

Keine der beiden Damen fand das komisch, und sie nippten mit überaus ernster Miene an ihrem Sherry.

Als die alte Standuhr in der Diele vier Uhr schlug, schlug auch die Türglocke an, und das Mädchen kündigte das pünktliche Frettchen an. Ihm wurde ein Sessel angeboten, dann wurde ihm ein Glas Sherry in die Hand gedrückt. Er hätte sehr gern darauf verzichtet. Eine Dose Bier wäre eher nach seinem Geschmack gewesen. Er brachte den beiden Damen und ihren Picheleien tiefe Verachtung entgegen. Aber da er mit ihrer Hilfe einen guten Lebensunterhalt hatte, erschien diese Verachtung ihm als geringer Preis.

„Sie wollten uns sprechen", fragte Lady Priscilla, als sie fand, er habe soviel Sherry getrunken, wie er verdient hatte. Denn die beiden Damen erwiderten die Verachtung des Frettchens.

„Ich möchte Sie um einen Gefallen bitten", sagte er. „Um einen Gefallen, der auch in Ihrem Interesse wäre."

Das konnte sich auf alles beziehen. „Worum geht es denn?" fragte Lady Priscilla skeptisch.

„Ich hätte gern ein Auto", sagte ihr Gegenüber. „Ein kleines würde ausreichen. Ich habe Ischiasprobleme, und das macht mir bisweilen Schwierigkeiten. Bei meiner Arbeit muß ich viel stehen, und es wäre eine Hilfe, wenn ich mich setzen könnte."

Lady Priscilla wollte ihm schon ein Motorrad anbieten, was ihrer Ansicht nach viel eher zu seiner Klasse paßte, aber Lady Celia fand, sie seien ziemlich billig davongekommen. Rasch stimmte sie zu.

„Ich habe bei mir um die Ecke einen passenden Wagen gesehen", sagte das Frettchen. „Er ist erst fünf Jahre alt und noch nicht sehr viel gefahren. Ich kann ihn für zweitausend bekommen."

Der arme Teufel will nicht mal einen neuen, dachte Lady Celia. Und Lady Priscillas seit langem gehegte Überzeugung, daß das Frettchen durch und durch aus der Arbeiterklasse stammte, hatte sich bestätigt.

„Das überlassen wir Ihnen", sagte Lady Priscilla. „Wenn Sie es für ein gutes Geschäft halten. Machen Sie eine Probefahrt und sagen Sie mir Bescheid. Dann schreiben wir Ihnen einen Scheck aus."

„Haben Sie vielen Dank", sagte das Frettchen und stellte seinen halbvollen Sherry auf den Tisch.

„Haben Sie sonst etwas zu berichten?" fragte Lady Priscilla. „Haben Sie einen Blick auf den Bischof geworfen, von dem ich Ihnen erzählt hatte?"

„Das ist alles unter Kontrolle, Lady Priscilla", sagte er, drehte sich zu Lady Celia um und zwinkerte ihr zu.

Sie war beleidigt, konnte sich aber nicht leisten, das zuzugeben. „Was ist das für ein Bischof?" fragte sie, als das Frettchen verschwunden war.

„Es ist noch zu früh", sagte Lady Priscilla, „aber ich habe den Tip von Edwige Schloman aufgeschnappt, du weißt schon, dieser ausländischen Salonpiratin. Er scheint allerlei Dreck am Stecken zu haben."

„Was für Dreck?"

„Dreck genug für uns. Jedenfalls arbeitet das Frettchen an der Sache. Das könnte ein großes Ding werden. Und ich werde dich wie immer auf dem Laufenden halten, meine Liebe. Aber wo wollen wir heute essen?"

Wenn Lady Celia einmal im Monat London besuchte, aßen die beiden immer im Restaurant zu Abend.

„Ich finde, wir könnten heute etwas großzügig sein", sagte Lady Priscilla. „Beim Frettchen sind wir doch billig davon gekommen. Das wollen wir feiern. Was sagst du zum Savoy?"

„Ich finde, das ist eine hervorragende Idee."

Lady Priscilla klingelte nach ihrem Diener und bat ihn,

einen Tisch zu buchen. „Und sorgen Sie dafür, daß er in der Mitte steht", sagte sie. Dann flüsterte sie Lady Celia zu: „Wir wollen sehen und gesehen werden. Wir werden das Essen als Spesen verbuchen, wie immer." Sie hörte sich an wie eine gesetzestreue Bürgerin, die regelmäßig ihre Steuern bezahlte, obwohl keine der beiden Damen jemals eine Steuererklärung ausgefüllt hatte. Aber trotzdem ließen sie sich aus ihrem unversteuerten Einkommen die Spesen ersetzen.

Sie stärkten sich mit noch mehr Sherry, dann schlug Lady Priscilla vor dem Essen eine kurze Siesta vor. Die beiden Chaiselongues im Salon waren dafür gut geeignet, und bald hallte in der Diele ihr sanftes, durch Alkohol zerhacktes Schnarchen wider, weshalb das Mädchen beschloß, die Gläser erst später abzuräumen. Um sieben Uhr wurden die Damen vom Schlagen der alten Standuhr geweckt. Sie zwinkerten einander zu und dachten, daß zwei Frauen, die zusammen schnarchen können, wirklich gute Freundinnen sein müssen. Sie machten sich frisch, passend für das Savoy, und dann rief Lady Priscilla ihren Chauffeur.

Ihr Tisch hatte die perfekte Position. Mitten im Lokal, mit ungehindertem Blick nach allen Seiten. Das Restaurant des Savoy bot ihnen oft reiche Beute. Sie konnten feststellen, wer mit wem aß, und welcher Grad von Intimität erreicht war. Und, besser noch, wer mit wem nicht aß, und wer der Eindringling war. Lady Priscillas Blick war überaus geübt, und obwohl sie den Leuten ins Gesicht zu blicken schien, nahm sie in Wirklichkeit ein Panoramabild ihrer Umgebung auf.

„Bisher nichts von Interesse", sagte sie schließlich. „Aber es ist ja noch früh, und es sind noch nicht alle Tische besetzt."

Lady Celia ihrerseits gab sich keine Mühe, ihre Neugier zu verbergen, sie schaute sich sogar um, um das klarzustellen. Doch dann fiel ihr Blick auf einen Tisch, und sie drehte sich rasch wieder um.

„Da sehe ich jemanden", sagte sie. „Für uns ist das uninteressant. Aber ich persönlich bin neugierig."

Lady Priscilla hatte den Tisch, der Lady Celias Interesse erweckt hatte, besser im Blick, und diese sagte ihrer Freundin, welchen sie meinte und beschrieb die Menschen, die daran saßen, so genau sie konnte.

„Ja, ich sehe sie", sagte Lady Priscilla. „Er ist um die siebzig, und sie wohl auch. Wer sind sie?"

„Die Frau kenne ich nicht", sagte Lady Celia. „Er heißt Mr. Rufus. Er lebt in Haus Hollyhocks. Und er fährt oft in die Stadt. Aber wer mag diese Frau sein? Seine Ehefrau nicht. Er ist Witwer."

„Seine Geliebte?" schlug Lady Priscilla vor. „Aber ist sie dafür nicht schon ein bißchen alt?"

„Findest du, sie sehen danach aus?" fragte Lady Celia.

„Sie scheinen ein sehr ernstes Gespräch zu führen", sagte Lady Priscilla. „Sie sind zu ernst für ein Liebespaar und zu gesprächig für ein Ehepaar. Ich muß zur Toilette, und ich werde unterwegs ein wenig das Mäuschen spielen. Und du sorg dafür, daß er dich nicht entdeckt. Aber laß uns zuerst bestellen."

Sie winkte dem Kellner und beide bestellten das Tagesmenü. Keine der Damen interessierte sich sonderlich für Gourmetfragen, und das feste Menü zu bestellen, sparte außerdem Zeit und Geld. Der Weißwein des Hauses würde zum Fisch passen, und nachdem das geklärt war, mußte Lady Priscilla wirklich dringend die Toilette aufsuchen.

Lady Celia drehte sich nicht nach ihr um. Das war auch nicht nötig. Sie konnte an der einen Wand einen Spiegel sehen und hoffte, daß der die Bewegungen ihrer Freundin zeigen werde.

Als sie Mr. Rufus' Tisch erreicht hatte, ließ Lady Priscilla ihre Handtasche fallen und bückte sich rasch, um sie aufzuheben. Sie verbrachte sehr viel Zeit auf dem Boden, mußte aber aufstehen, als ein Kellner ihr seine Hilfe anbot. Während dieser Zeit hatte Mr. Rufus, Gott segne ihn, sein Gespräch nicht unterbrochen. Lady Priscilla ging weiter zur Toilette, lungerte dort eine Weile herum, kehrte dann auf demselben Weg zurück und trödelte ein wenig, als sie Mr. Rufus' Tisch erreicht hatte. Endlich setzte sie sich, als die Suppe serviert wurde, wieder zu ihrer Freundin.

„Ich fürchte, das war nicht sonderlich interessant", sagte sie. „Ich habe nur sehr wenig mitbekommen. Er hat gesagt, es werde bald zu Ende sein. Er müsse nur noch einigen losen Fäden folgen. Und auf dem Rückweg habe ich die Frau sagen hören, es gehöre doch zu den interessantesten Dingen, mit denen er zu tun gehabt habe. Und er sagte, und zu den schrecklichsten. Ergibt das für dich irgendeinen Sinn?"

„Nein, gar keinen", sagte Lady Celia. In Wirklichkeit aber war es doch ein wenig mehr. Es bedeutete, daß Mr. Rufus durchaus nicht der war, der er zu sein schien. Aber diese Ansicht teilte sie ihrer Freundin nicht mit. Es war alles viel zu verworren, und Mr. Rufus war ja doch kein potentieller Klient.

„Ich glaube, sie wollen jetzt gehen", sagte Lady Priscilla. „Er hat gerade um die Rechnung gebeten. Auf dem Weg zur Tür muß er an uns vorbei, fürchte ich."

„Na, das läßt sich nicht ändern", sagte Lady Celia. „Es

ist ja schließlich sein gutes Recht, hierzusein. Und meins übrigens auch."

„Jetzt stehen sie auf", sagte Lady Priscilla.

Lady Celia sah sie im Spiegel näherkommen und registrierte auf diese Weise, daß Mr. Rufus sie nun auch bemerkt hatte. Sie sah, wie er zögerte und sogar erbleichte. Dann schaute sie ihn an, weshalb er sie begrüßen mußte.

„Ach, Lady Celia", sagte er mit fester Stimme. „Das ist aber eine Überraschung."

„Das ist meine Freundin, Lady Waterson." Sie hoffte, ihn damit dazu zu bringen, daß er auch seine Begleiterin vorstellte. Aber obwohl die Frau brav neben ihm stand, wurden die Damen nicht miteinander bekanntgemacht.

„Ich muß zum Zug", sagte er dann rasch. „Vielleicht sehen wir uns nachher noch."

Damit war er verschwunden. Er konnte das Lokal offenbar nicht schnell genug verlassen.

„Dieser Mann hat etwas zu verbergen", sagte Lady Priscilla. „Er will ihren Namen nicht nennen, das ist klar. Meinst du, er lohnt eine genauere Untersuchung?"

„Ich fürchte, er hat nicht viel Geld", sagte Lady Celia. „Und nichts zu verlieren." Aber in Wirklichkeit war sie sich da gar nicht so sicher.

Die leeren Tische füllten sich langsam, und nachdem sie sich einmal kurz umgeschaut hatte, teilte Lady Priscilla ihrer Freundin mit, daß keine Beute zu erwarten sei. „Nächsten Monat gehen wir ins Ritz", sagte sie. „Da habe ich schließlich Lord Popple entdeckt."

„Gibt es was Neues über ihn?" fragte Lady Celia. „Er muß sich doch fragen, warum er so plötzlich in Ruhe gelassen wird."

„Letzten Monat habe ich ihn in Lady Julias Salon gesehen. Da haben wir uns überaus nett unterhalten. Er macht weiter wie bisher, nehme ich an. Aber es war richtig, ihn fallenzulassen. Nach seinem Tod können wir uns seine Witwe vornehmen."

„Falls sie nicht vor ihm stirbt", sagte Lady Celia.

„So, wie er es offenbar treibt", erklärte Lady Priscilla, „ist das ja wohl eher unwahrscheinlich."

Lady Celia fuhr mit dem letzten Zug zurück nach Haus Hollyhocks. Sie wollte keine Begegnung mit Mr. Rufus riskieren. Im Aufenthaltsraum lungerten nur noch wenige herum. Seit dem Tod von Jeremy Cross fand kein Wettbewerb mehr statt, wer den Raum zuletzt verließ. Von Mr. Rufus war nichts zu sehen. Er war mit seinen Geheimnissen bereits zu Bett gegangen. Beim Frühstück am folgenden Morgen jedoch fragte Lady Celia ihn, ob ihm das Essen im Savoy geschmeckt habe. Sie fragte laut genug, um auch von Mrs. Green gehört zu werden, die neben ihm saß. Wieder erbleichte er. „Danke, sehr gut", sagte er.

„Und Ihre Begleiterin?" fragte Lady Celia. „War sie ebenfalls zufrieden?"

„Davon gehe ich aus", sagte er hilflos.

Lady Celia beließ es dabei, als sie Mrs. Greens beleidigtes Stirnrunzeln sah, die gemurmelte Unterhaltung zwischen den beiden konnte sie jedoch nicht hören.

Nach dem Frühstück nahm Mr. Rufus Mrs. Greens Arm und führte sie in den Garten. Ganz offensichtlich hatte sie eine Erklärung verlangt.

„Eine ehemalige Kollegin", sagte Mr. Rufus. „Jetzt ebenfalls im Ruhestand. Wir haben zusammen in der Bank gearbeitet. Sie ist jetzt Witwe, ich nehme an, sie fühlt sich ein wenig einsam.“ Dann fiel ihm ein, daß Mrs. Green auch Witwe war, oder das zumindest behauptete, und einsam war sie auf jeden Fall, und deshalb konnten beide Frauen dieselben Ansprüche auf seine Aufmerksamkeit geltend machen. Deshalb fügte er noch rasch hinzu: „Sie geht jetzt bald nach Kanada“, das war ihm plötzlich eingefallen. „Sie wird zu ihrem Sohn ziehen. Es war eine Art Abschiedsessen.“

Worauf Mrs. Green mutig seinen Arm drückte. Sie ging davon aus, daß jetzt alles geklärt war.

„Du bist ein hübsches kleines Ding, weißt du“, sagte er. Er hielt einen kleinen Flirt für angesagt, ein wenig Intimität, die die Fragen gestatten würde, die er ihr stellen mußte. „Ich fand Lady Celia ziemlich unhöflich, was die Töchterschule angeht. Ich meine, selbst wenn du niemals dort warst, dann durfte sie trotzdem kein solches Kreuzverhör mit dir veranstalten. Ich habe auch oft gelogen, was meine Vergangenheit angeht. Das tun doch alle.“ Er versuchte, ihr die Sache leicht zu machen.

Sie lachte. „Du hast schon recht“, sagte sie ermutigt. „Ich war nie auf einer. Das war bloß dumme Prahlerei.“

„Dein kleines Geheimnis ist bei mir sicher“, sagte er zufrieden. Er setzte seinen Flirtversuch fort. Das machte sich ja offenbar bezahlt. Langsam würde sie ihm alles gestehen. Im Notfall würde er ihr sogar einen Heiratsantrag machen, hoffte aber, daß dieser Notfall niemals eintreten würde. „Was sagst du dazu, heute abend essen zu gehen? Wir könnten mit einem Taxi nach Canterbury fahren. Da kenne ich ein gutes Fischrestaurant.“

Mrs. Green war jetzt davon überzeugt, daß alles geklärt war, und nur das Konfetti noch fehlte. „Das wäre wunderbar“, sagte sie.

Sie hüpften fast auf dem Rückweg nach Haus Hollyhocks, damit Mr. Rufus dann einen Tisch bestellen konnte.

Der Major und Mrs. Feinberg hatten diesen Gartenspaziergang genutzt, um ihr Lieblingscafé im Dorf aufzusuchen. Im Laufe der Wochen hatte sich in Mrs. Feinbergs Befinden keine Besserung eingestellt. Sie verbrachte noch immer viel Zeit auf ihrem Zimmer und nahm nur selten an den allgemeinen Aktivitäten teil. Aber ihre Abhängigkeit von dem Major, diesem Sicherheitsventil, war gewachsen und ging mit einer tiefen Zuneigung einher. Sie war gern mit ihm zusammen und wünschte sich manchmal, mit ihm in einem kleinen Haus zu wohnen, weit, weit entfernt von Haus Hollyhocks und dessen beunruhigendem Virus. Und der Major hatte offenbar ihre Gedanken gelesen.

„Wir könnten Haus Hollyhocks verlassen", sagte er plötzlich, als der Tee serviert worden war. Sie schwieg. Jetzt, wo er den Vorschlag gemacht hatte, kam ihr diese Lösung, so verlockend sie auch sein mochte, wie eine Niederlage vor. Mrs. Feinberg wollte sich nicht geschlagen geben. Das wollte auch der Major nicht, aber es war ihnen nicht gelungen, irgendeinen Zusammenhang zu der wurmstichigen Mrs. Green herzustellen. Und es bestand wohl kaum die Wahrscheinlichkeit, daß sie noch einen finden würden. Auch der Major wußte das, wagte aber trotzdem einen Vorstoß.

„Miriam", sagte er und nahm ihre Hand. Er drückte sie energisch, wie um sich damit Mut einzuflößen. „Miriam", sagte er noch einmal. „Würdest du mich heiraten?"

Die Frage kam nicht unerwartet und doch überraschend, und sie wußte nicht, was sie sagen sollte. Sie wollte nicht ablehnen, aber der Zeitpunkt kam ihr unpassend vor, als hänge darüber noch der Schatten einer unerledigten Angelegenheit. Diese zweite Ehe wäre ein neues Leben, das sie nicht antreten konnte, solange in ihrem alten Leben noch etwas ungeklärt war. Das alles sagte sie dem Major, und er konnte nicht anders als ihr zustimmen.

„Aber das heißt nicht nein?“ fragte er dann. „Ich darf also noch hoffen?“

Als Antwort drückte sie seinen Arm. „Natürlich“, sagte sie.

Wie üblich trödelten sie auf dem Rückweg nach Haus Hollyhocks herum. Beide waren glücklich in dem Wissen, daß ihnen vielleicht eine glücklichere Zukunft bevorstand.

„Wir werden der Sache auf den Grund gehen“, sagte der Major zuversichtlich. „Das habe ich ganz einfach im Gefühl.“

Sie gingen durch ein Wäldchen und sie blieben beide im selben Moment aus demselben Grund stehen. Vielleicht, um den Teppich aus Hyazinthen zu betrachten, der den Frühling ankündigte. Oder weil sie beide die Stille auskosten wollten, die Stille, die ein Schritt ruiniert hätte. Oder vielleicht auch, weil sie beide spürten, daß eine Pause angemessen war für das, was nun kommen würde. Als er sie in die Arme nahm, schien das überaus angebracht und zum richtigen Zeitpunkt zu kommen. Sein sanfter Kuß besiegelte ihre Vereinigung. Sicher, so sicher fühlte sich Mrs. Feinberg, als sie sich an diesem Ort der Geborgenheit niederließ, den er ihr für den Rest ihres Lebens angeboten hatte.

Beim Mittagessen brachte sie dann genug Mut auf, um sich neben Mrs. Green zu setzen, die ihr sofort von ihrer abendlichen Verabredung mit Mr. Rufus erzählte. Und zwar laut genug, um auch Mrs. Thackeray und Lady Celia hellhörig werden zu lassen, die beide in Gedanken wünschten, sie möge an diesem Abend an einer Fischgräte ersticken.

Nach dem Essen kündigte im Aufenthaltsraum die Leiterin an, daß am nächsten Tag der Garten eines Herrenhauses in seiner ganzen Frühlingspracht der Öffentlichkeit zugänglich sein würde. Sie meinte, das könne doch ein netter Ausflug sein, und sie wollte einen Bus bestellen, wenn sich genügend Interessenten meldeten. Alle waren begeistert. Die optimistische Frühlingsluft hatte sie alle beeinflußt.

„Sollen wir mitfahren?", fragte Mrs. Green Mr. Rufus. „Das wird bestimmt lustig."

„Ich muß mich an das nächste Gutachten setzen", sagte er. „Aber du solltest hinfahren, meine Liebe, und danach kannst du mir dann alles erzählen."

„Das mache ich", sagte sie glücklich. „Gärten habe ich immer geliebt."

Alle Hausbewohner meldeten ihre Teilnahme. Alle, außer Mrs. Scott, die erklärte, sie müsse auf die Abendzeitung mit dem Horoskop warten, um einen Entschluß fassen zu können. Am Abend jedoch setzte auch sie ihren Namen auf die Liste. Die einzige Ausnahme war also Mr. Rufus, der einen Abgabetermin einhalten mußte, wie er sagte.

Mrs. Green wollte vor dem Essen mit ihrem Begleiter unbedingt noch einen Abstecher in den Aufenthaltsraum machen, um allen zu zeigen, daß sie auswärts essen würde. Und Mrs. Scott stellte zufrieden fest, daß die andere blau trug, obwohl diese grauenhafte Farbe ihr überhaupt nicht stand. Sie war davon überzeugt, daß es für diesen Abend Glück bedeutete. Die Düsterkeit verschwand aus Mrs. Feinbergs Herzen, als das Paar den Aufenthaltsraum verließ, und beim Abendessen hielt sie unter dem Tisch die Hand des Majors fest, ohne sich deswegen zu schämen.

Am folgenden Morgen hatte beim Frühstück niemand Interesse an Mrs. Greens Restaurantbesuch. Sie jedoch war entschlossen, trotzdem davon zu erzählen. Sie überredete sogar Mr. Rufus, sich am Bericht zu beteiligen.

„Wir haben mit Austern angefangen“, erzählte sie vielsagend. Sie hoffte, daß die anderen diese Entscheidung mit ihren aphrodisiakischen Anspielungen richtig einschätzten. Und für den Fall, daß ihnen das nicht gelang, zwinkerte sie ihnen auch noch zu.

„Austern aus Whitstable“, sagte Mr. Rufus, der wußte, daß die Herkunft der Austern unwichtig war, der aber das Gefühl hatte, einen Beitrag leisten zu müssen.

„Und was war das noch für ein wunderbarer Wein, den wir dazu getrunken haben, John?“

„Ein Chablis“, sagte Mr. Rufus. „Ein sehr trockener.“ Er fragte sich, ob seine Begleiterin wohl das ganze Menü durchgehen wollte. Er selber konnte sich nicht daran erinnern. Er wußte noch, daß er irgendeinen Fisch zu sich genommen hatte, er hatte sich jedoch zu sehr auf seine Untersuchungen konzentriert, um seine Mahlzeit wirklich zu genießen. Er hatte sich gewünscht, daß sie sich nicht so begeistert vollstopfen würde, denn dann hätte sie besser auf seine Fragen geantwortet. Insgesamt war es jedoch ein einträglicher Abend gewesen. Die Rechnung hatte ihn verblüfft. Mrs. Green hatte auf Cocktails und auf einen Cognac nach dem Essen bestanden. Aber er würde alles als Spesen buchen lassen. Inzwischen war Mrs. Green beim Hauptgang angekommen und erinnerte ihn daran, daß er

Lachs bestellt hatte. Sie selber hatte die Scholle probiert. Als sie sich dem Nachtisch zuwandte, nachdem sie jede Gemüsesorte der Beilage beschrieben hatte, hörte niemand mehr zu. Inzwischen wurden andere Gespräche aufgenommen, und Nachtisch samt Zubehör stieß auf taube Ohren. Mrs. Thackeray fragte Lady Celia nach der Begegnung im Savoy aus. Mrs. Harvey ließ sich von Mrs. Scott über das Horoskop des Tages informieren. „Versuchen Sie nicht zuviel auf einmal“, hieß es dort. Mrs. Harvey fragte sich, wie dieser Rat einer Person nutzen konnte, die rein gar nichts tat. Während Mrs. Green über das Essen erzählt hatte, hatten der Major und Mrs. Feinberg geschwiegen und unter dem Tisch Händchen gehalten, doch der Major spürte in seiner Tischnachbarin einen brennenden Zorn, der durchaus zur Explosion führen konnte. Was dann auch passierte, nämlich mitten in Mrs. Greens Crème Caramel und dem lieblichen Weißwein, mit dem sie dieses Gericht hinuntergespült hatte.

„Ach, halten Sie doch die Klappe, Mrs. Green“, rief Mrs. Feinberg.

Die anderen am Tisch verstummten mitten im Satz und warteten schweigend auf die Detonation der lieben Mrs. Feinberg.

„Es interessiert wirklich niemanden, was Sie gestern gegessen haben“, sagte diese. „Niemand interessiert sich für irgend etwas, das Sie tun. Sie sind eine schreckliche Langweilerin, und wir wären Ihnen alle sehr verbunden, wenn Sie endlich den Mund hielten.“ Sie zitterte vor Zorn, doch sie drückte dem Major die Hand und war davon überzeugt, daß dieser Ausbruch ihr ungeheuer gut getan habe.

„Gut gemacht“, flüsterte er.

Die arme Mrs. Green wußte nicht, was sie sagen sollte, und sie blickte Mr. Rufus hilfesuchend an.

Dessen Versuch gelang nicht besonders gut. „Ich finde, das war unangebracht, Mrs. Feinberg“, sagte er, obwohl sie auch für ihn gesprochen hatte. „Mrs. Green wollte nur ein schönes Erlebnis teilen.“ Etwas besseres fiel ihm nicht ein.

Aber Mrs. Feinberg wollte sich nicht entschuldigen, und sie wollte auf keinen Fall den Tisch verlassen. Unangebracht oder nicht, was sie gesagt hatte, war für sie ungeheuer nötig gewesen, und sie empfand eine seltsame Zufriedenheit. Sie hielt diesen Ausbruch für ihren ersten Schritt zur Genesung.

Die Leiterin kündigte nun an, daß der Bus sie in einer halben Stunde abholen werde.

„Ich habe gar keine Lust mehr auf diesen Ausflug“, flüsterte Mrs. Green Mr. Rufus zu.

„Aber du mußt mitfahren, meine Liebe“, sagte er. „Du mußt ihnen zeigen, daß du nicht geschlagen bist. Und du mußt mir nachher doch alles erzählen. Ich weiß ja nicht, wie die anderen das sehen“, schmeichelte er, „aber ich finde deine Geschichten wunderbar.“

„Da hast du recht“, sagte sie plötzlich trotzig. „Ich werde es ihnen zeigen.“

Mr. Rufus stand in der Auffahrt, als der Bus losfuhr. Er sah, daß Mrs. Green allein saß, was ihn nicht überraschte. Er beneidete sie nicht um diese Fahrt. Als der Bus losfuhr, sah er, daß die Leiterin durch den Mittelgang lief. Er hoffte, daß sie den freien Platz neben Mrs. Green ansteuerte, doch der Bus war verschwunden, noch ehe sie sich setzen konnte.

Die Leiterin setzte sich wirklich neben Mrs. Green, deren Isolation damit weniger offensichtlich wurde.

„Sie haben uns nicht erzählt, welchen Nachtisch Mr. Rufus sich bestellt hat“, sagte sie lachend.

Mrs. Green fühlte sich gleich viel wohler, und die Leiterin blieb den ganzen Morgen an ihrer Seite. Sie hielt Mrs. Green für eine wohlhabende Frau. Die Witwe eines Reeders konnte ja wohl kaum knapp bei Kasse sein. Ein kleines Legat wäre hier nicht unangebracht. Dann mußte sie an den widerlichen Mr. Venables denken, hatte aber nicht vor, sich durch diesen Gedanken den Tag verderben zu lassen.

Der Garten war schon überfüllt. Es gab keine Führung, die Gäste waren sich selber überlassen. An Rasenflächen und Beeten standen Wächter, die dafür sorgen sollten, daß niemand sich Ableger mitnehmen konnte. Was die Bewohner von Haus Hollyhocks allesamt nicht vorhatten, denn sie hatten ja keine eigenen Gärten. Sie waren damit zufrieden, sich die wunderbaren Blüten anzusehen und sich ab und zu auf den Bänken auszuruhen, von denen es an den Wegen genug gab. Abgesehen von Mrs. Green und der Leiterin waren fast alle allein unterwegs. In dieser üppigen Umgebung schienen sie keine Gesellschaft zu benötigen. Nur der Major und Mrs. Feinberg waren unzertrennlich. Nach ihrem Ausbruch beim Frühstück war Mrs. Feinberg in bester Stimmung.

„Ich glaube, ich befreie mich jetzt von ihr“, sagte sie.

„Das würde mich wirklich sehr glücklich machen“, erwiderte der Major.

Hinten im Garten war ein Teezelt aufgestellt worden, und der Major schlug eine kleine Erfrischung vor. Die anderen schienen auf dieselbe Idee gekommen zu sein, und als das Paar das Zelt betrat, sah es dort drinnen aus wie im Eßzimmer von Haus Hollyhocks. Die Leiterin hielt tapfer an Mrs. Greens Seite aus. Lady Celia setzte sich automatisch oben an den Tisch, und Mrs. Thackeray bot an, ihr Tee und Kuchen zu bringen. Sie wollte mehr über die Begegnung mit Mr. Rufus und dessen Begleiterin im Savoy wissen und hoffte, daß sich hier das Ende seiner Beziehung zu Mrs. Green abzeichnete. Sie hatte viele Fragen, wußte aber, daß Lady Celia durchaus wortkarg sein konnte. Deshalb wollte sie sie mit Tee und Kuchen umschmeicheln. Seit ihrer entsetzlichen Verbindung zu Mr. Thurlow hatte sie gelernt, daß, wer die Herrin herauskehren will, zuerst die Magd gespielt haben muß. Sie stellte Tee und Kuchen vor Lady Celia hin. „Kann ich sonst noch etwas für Sie tun?" fragte sie.

„Danke", sagte Lady Celia. „Das ist mehr als genug."

Mrs. Thackeray setzte sich neben sie. Der Einsatz als Magd war zu Ende.

„Wie war sie denn so, diese Frau, mit der Mr. Rufus im Restaurant war?" fragte sie.

„Warum interessiert Sie das so sehr?" fragte Lady Celia.

„Ich glaube einfach nicht, daß Mr. Rufus der ist, als der er sich ausgibt. Und Mrs. Green hat auch etwas zu verbergen."

„Dann passen sie doch sehr gut zueinander", sagte Lady Celia, und das hörte sich so endgültig an, daß Mrs. Thackeray die Rolle der Herrin, die sie nur für diese kurze Frage innegehabt hatte, gleich wieder aufgeben mußte.

„Sind Sie je nach London gefahren?" fragte Lady Celia, die unbedingt das Thema wechseln wollte.

„Nicht oft", antwortete Mrs. Thackeray und dachte voller Unwillen an ihren letzten Londonbesuch, bei dem sie sich für ihre Hochzeit eingekleidet hatte. Seit damals hatte diese Stadt jegliche Anziehungskraft verloren. „Ich habe keinen Grund, hinzufahren", sagte sie.

Damit schien das Thema beendet zu sein, und Lady Celia hatte keine Lust, sich ein neues auszudenken.

„Ich glaube, wir sollten aufbrechen“, sagte die Leiterin. „Es ist fast Mittag.“

Sie tranken ihren Tee aus und gingen zum Bus, der am Ausgang wartete. Am Tor gab es einen Kiosk, wo Postkarten der Blumenararrangements verkauft wurden. Alle gingen hinein und sahen sich die Karten an. Alle hatten Lust, welche zu kaufen, einfach als Erinnerung an diesen Ausflug. Aber sie zögerten. Wo sollten sie die Karten schließlich aufbewahren, wenn nicht in der Kommode mit den Dingen, die sie niemals brauchen würden? Aber sie kauften trotzdem welche. Immerhin konnten sie sie auch bei einer Runde Kartenspiel setzen. Und das wäre doch eine Abwechslung vom Wartespiel.

Als der Bus Haus Hollyhocks verlassen hatte, war Mr. Rufus ins Foyer zurückgekehrt. Dort hatte er sich dann erst einmal hingesetzt, um seine erwartungsvolle Aufregung in den Griff zu bekommen. Die Luft war rein. In Haus Hollyhocks hielten sich nur noch die Dienstmädchen auf. Er versicherte sich, daß alle in der Küche zu tun hatten und die Zimmer oben bereits gereinigt waren.

Vor Mrs. Greens Tür blieb er stehen und zog ein reichhaltiges Schlüsselbund hervor. Er brauchte einige Zeit, um den passenden Schlüssel zu finden, doch dann stand er in ihrem Zimmer. Er dachte an seinen letzten Besuch dort und an den entsetzlichen Wein, den Mrs. Green ihm angeboten hatte. Plötzlich tat sie ihm sehr leid. Aber er mußte seine Pflicht tun und konnte es sich nicht leisten, seine Gefühle sprechen zu lassen.

Er machte sich an die Arbeit. Nur eine Kommodenschublade war abgeschlossen, und es war nicht schwer, sie zu öffnen. Darin lagen viele der Schätze, die er gesucht hatte. Er zog seine Dienstkamera aus der Tasche und nahm sorgfältig jedes Blatt mit seiner verräterischen Aussage auf. Dann legte er alles wieder zurück und schloß die Schublade ab. Das tat er auch mit der Zimmertür. Danach ging er auf sein Zimmer und verbrachte den restlichen Morgen mit einem begeisterten Durchgang seiner Fundstücke.

Er hörte, wie der Bus vorfuhr, und lief nach unten, um die Heimkehrenden im Foyer zu empfangen. Mrs. Green stieg als letzte aus, denn sie hatte hinten im Bus gesessen. Sie sah düster und elend aus, doch als sie ihn sah, erhellte sich ihr Gesicht durch viele Lachfältchen. Er ging auf sie zu, umarmte sie vor allen und küßte sie fast auf die Lippen. Wenn es jemals einen Judaskuß gegeben hat, dachte er, dann ist das hier einer.

17

Der nächste Tag war ein Sonntag. Niemand in Haus Hollyhocks ging jedoch zur Kirche. Sie hatten alle das Gefühl, daß es wenig bringen könnte und auch unklug wäre, Ihn an ihre Existenz zu erinnern, wo Er sie während ihres Lebens fast immer vergessen hatte. Nach dem Frühstück versorgte sich Mrs. Scott im Aufenthaltsraum mit den Sonntagszeitungen, die allesamt für jedes Sternbild ein Wochenhoroskop brachten. Die Bewohner warteten geduldig auf ihre individuellen Vorhersagen. Seit Mrs. Scott eingezogen war, war die Hellseherei zu einer normalen Sonntagmorgenroutine geworden. Alle hörten sich aufmerksam an, was die folgende Woche ihnen bringen würde, um es dann für Humbug zu erklären. Mrs. Scott las die Sternbilder der Reihe nach vor. Alle hatten seltsamerweise eine gemeinsame Prophezeiung. Von Steinbock bis Schütze, durch den ganzen Tierkreis hindurch, wurde jedem Sternbild eine große Überraschung geweissagt.

„Die Überraschung wird sich irgendwann nächste Woche hier in Haus Hollyhocks einstellen", erklärte Mrs. Scott. „Eine Überraschung für uns alle."

„Wird das eine angenehme oder eine unangenehme Überraschung sein?" fragte Mrs. Green.

„Möglich wäre beides", erklärte Mrs. Scott. „Das Horoskop sagt nur ein Ereignis voraus, das uns alle überraschen wird."

Sie wechselten Blicke, und alle fragten sich, wer unter ihnen für diese Überraschung verantwortlich sein würde. Doch in allen Gesichtern sahen sie nur die sichere Verheißung hausbackener Vorhersehbarkeit.

„Wir müssen einfach warten", sagte Mrs. Thackeray. „Und es ist doch etwas, worauf wir uns freuen können."

„Oder auch nicht", meinte Lady Celia.

Aber gut oder schlecht, ihnen war auf jeden Fall ein Ereignis versprochen worden, etwas, das den monotonen Verlauf ihrer Tage unterbrechen würde.

„Ich kann es gar nicht erwarten", sagte Mr. Rufus.

„Ich auch nicht", echote Mrs. Green, denn sie hatte das Gefühl, ihrem John in jeder Hinsicht zustimmen zu müssen.

Nachdem die Horoskope verlesen worden waren, war

Zeit für den Kaffee. Das Café im Dorf hatte sonntags geschlossen, deshalb mußten der Major und Mrs. Feinberg einen Spaziergang durch den Garten machen.

„Vielleicht kommt sie ja hinterher", sagte Mrs. Feinberg.

„Ich glaube, nach gestern", meinte der Major, „wird sie uns ebenso sorgfältig aus dem Weg gehen wie wir ihr."

Der Major hatte recht. Mrs. Green hatte Mr. Rufus zu einer Runde durch den Garten auffordern wollen, doch als sie sah, wer sich dort bereits aufhielt, beschloß sie, dort zu bleiben, wo sie war.

„Machen wir einen kleinen Spaziergang?" schlug Mr. Rufus vor.

„Bleiben wir doch lieber hier", sagte sie, „und trinken in Ruhe Kaffee."

Sie saßen in einer ruhigen Ecke im Aufenthaltsraum, einer Ecke, die Mrs. Green sich ganz bewußt ausgesucht hatte, um dort mit ihm alleinzusein. Sie hatte noch immer den Nachgeschmack seines öffentlichen Kusses vom Vortag auf den Lippen und fragte sich, ob es wohl eine Wiederholung geben werde. Kühn nahm sie seine Hand. „Es war so schön, gestern von dem Ausflug zurückzukommen", sagte sie.

„Ich habe mich gefreut, dich zu sehen", sagte er. „Du hast mir gefehlt. Und du wirst mir wieder fehlen, fürchte ich."

„Ich gehe doch nirgendwohin", sagte sie.

„Ich aber. Ich muß noch einmal in die Stadt. Aber ich verspreche dir, es ist das letzte Mal. Ich kann bis heute abend mit allem fertig sein. Ich komme wahrscheinlich erst spät zurück, aber morgen früh sehen wir uns dann gleich."

„Soll ich dich zum Bahnhof bringen?" fragte sie. „Ich

möchte dir gern zum Abschied zuwinken." Sie hörte sich an wie ein Kind, und für einen Moment tat sie ihm wieder leid.

„Wenn du möchtest", sagte er. „In einer halben Stunde kommt ein Taxi."

„Ich werde bereit sein", sagte sie, verließ ihn und ging auf ihr Zimmer, um etwas Blaues anzuziehen.

Im Taxi hielt er ihre Hand und fühlte sich wie ein Verbrecher. Er würde froh sein, wenn der nächste Tag erst vorüber wäre. Sie stand auf dem Bahnsteig und winkte dem Zug hinterher. Sie dachte, daß das nun ihr allerletzter Abschied sei. Während der kommenden Woche würde er ihr einen Heiratsantrag machen. Sie rechnete damit und hielt ihn für unvermeidlich, und deshalb konnte er nicht die sogenannte Überraschung bedeuten, die Mrs. Scott ihnen versprochen hatte. Sie fühlte sich allen anderen haushoch überlegen. Vor allem dieser Jüdin, die bald mit ihren Glückwünschen um sie herumscharwenzeln würde.

Als sie nach Haus Hollyhocks zurückkehrte, ging sie sofort auf ihr Zimmer. Sie wollte die anderen nicht sehen. Die waren ihre Gesellschaft nicht wert. Auf ihrem Zimmer schloß sie die Tür ab und die Kommodenschublade auf. Sie zog die Papiere heraus, die Briefe und die Bescheinigungen, und sah sie genau durch, obwohl sie alles auswendig wußte. Sie hatte große Lust, alles zu zerstören, zu verbrennen, so daß auch nicht eine Spur von Beweis übrigbliebe. Aber sie mußte erst ihre Zukunft sichern, ehe sie ihrer Vergangenheit abschwören konnte. Ende nächster Woche würde sie ein wunderbares Autodafé veranstalten können. Ja, sie könnte sogar Haus Hollyhocks anstecken und damit Mrs. Scotts Hokuspokusüberraschung in die Wege leiten.

Mr. Rufus war im Zug in dieselben Unterlagen vertieft. Zusammen mit allen Beweisen und Zeugenaussagen, die er im Laufe der Jahre bereits angesammelt hatte, reichten sie aus, um sie vor Gericht zu stellen. Er ließ sich von der Minibar in der Ersten Klasse einen großen Whisky einschenken, um das Ende seiner Mission zu feiern.

Vom Waterloo-Bahnhof fuhr er mit dem Taxi zu seinen Vorgesetzten. Dort bestellten sie aus der Kantine ein Mittagessen und machten sich sofort an die Arbeit. Um sieben hatten sie alle neuen Beweise durchgesehen und die Vorbereitungen für den Showdown liefen auf Hochtouren. Danach fuhr Mr. Rufus in seine Wohnung in Belgravia, wo seine Frau bereits mit dem Essen wartete.

Für diesen Abend war ein Festmahl angesagt. Im Laufe der Jahre hatte Margaret die Ermittlungen und ihre vielen Rückschläge mit ihrem geduldigen und entschlossenen Ehemann geteilt.

„Danach wirst du Ferien brauchen", sagte sie, als er den Rotwein dekantierte.

„Ich würde gern wieder nach Wales fahren", sagte er. „In dem hübschen Hotel am See absteigen. Vielleicht ein wenig angeln. Und wir könnten die Golfschläger mitnehmen."

„Das ist eine gute Idee", sagte Margaret. „Ich habe das Gefühl, daß wir schon seit Jahren nicht mehr richtig zusammen waren."

Sie trödelten mit dem Aperitif herum. „Von morgen an brauche ich nicht mehr den alten Knacker im Altersheim zu spielen. Gott sei Dank", sagte er.

„Darauf trinke ich", sagte seine Frau.

„Und dann bin ich endlich wieder zu Hause." Ihr Mann hob sein Glas.

„Bis zum nächsten Fall", Margaret lachte.

Er fuhr mit dem letzten Zug zurück nach Haus Hollyhocks. Er hoffte, daß sie nicht auf ihn warten und in diesem schrecklichen Blau im Aufenthaltsraum herumlungern würde. Er glaubte nicht, ihr ins Gesicht schauen zu können. Der nächste Tag würde schlimm genug werden. Wäre dieser Tag doch erst vorbei!

Glücklicherweise war der Aufenthaltsraum leer. Kein Mensch ließ sich sehen, und er ging nach oben auf sein Zimmer und fürchtete ihr plötzliches blaues Erscheinen auf dem Treppenabsatz. Doch er konnte unbemerkt sein Zimmer erreichen. Dort sah er sich zum ersten Mal genau um. Er hatte das Zimmer nie wirklich betrachtet, da er ja gewußt hatte, daß er nicht lange dort wohnen würde. Er hatte es wie ein Hotelzimmer aufgefaßt. Aber jetzt sah er alles anders. Er sah es mit den Augen eines wirklichen Hausbewohners. Die Kommode, die mit den Gegenständen gefüllt war, die man vielleicht irgendwann einmal brauchen könnte, und mit Gedächtnisstützen, die überhaupt keine Hilfe waren, ein Haufen Krimskrams für Verwandte, die alles gereizt wegwerfen oder vielleicht auch erstaunt betrachten würden. Dann die Frisierkommode mit der Glasplatte, unter der eine Familiengeschichte in Schnappschüssen untergebracht werden konnte, eine Geburt, eine Hochzeit, vielleicht ein Picknick. Die Haarbürste mit dem Silberrükken und dem Vogelnest aus grauen Haaren, der dazu passende Handspiegel, der am Rand schon verrostet war. Die Puderdose, das reichverzierte leere Riechfläschchen und die im Puderstaub herumliegenden Haarnadeln. Und der Wandschrank, zu groß jetzt für die wenigen Kleider, die ein alter Mensch noch hat, mit seinen leeren, beschämten Kleiderbügeln. Und das Bett, diese endgültige Ruhestätte. Solche Zimmer waren ihrer aller letzter Aufenthaltsort während des Wartespiels. John Rufus sah das Zimmer jetzt in einem neuen Licht, mit den Augen von Mrs. Thackeray, Mrs. Scott, Mrs. Harvey und den anderen, und er vergaß auch Mrs. Green nicht, die vielleicht eine Ausnahme darstellte, denn sie würde nicht in diesem Bett sterben, sondern an einem sehr viel unbehaglicheren Ort, an dem vielleicht eine hölzerne Haarbürste den einzigen Luxus darstellen würde.

Ehe er schlafen ging, packte er die wenigen mitgebrachten Kleidungsstücke und seine Toilettensachen zusammen. Er wollte das Haus so schnell wie möglich verlassen können. Er schaute auf die Uhr. Mitternacht war schon längst vorbei. Noch ein Tag, und dann würde alles zu Ende sein.

Am Morgen drehte die Leiterin sich in ihrem Bett um und wußte schon, ehe sie die Augen aufmachte, daß Montag war. Mr. Venables war zu ihrem festen Sonntagsalptraum geworden, und wie an jedem Montagmorgen wünschte sie ihm beim Aufstehen den Tod. Sie zog sich an und ging nach unten in die Küche. Das Frühstück war fast fertig, und die meisten Hausbewohner warteten bereits im Eßzimmer. Mrs. Green hatte neben sich einen Stuhl freigehalten und starrte die Tür an. Als Mr. Rufus das Zimmer betrat, winkte sie ihn zu sich. Ihm wurde das Herz schwer, denn er wußte, daß er jetzt den Flirtton einlegen und diese Scharade bis zum Nachmittag weiterspielen mußte. Er lächelte und kam auf sie zu.

„Hast du alles erledigt?" fragte sie.

„Ja", sagte er. Es war eine Erleichterung, ihr ausnahmsweise einmal die Wahrheit sagen zu können. Er hatte wirklich alles erledigt, auch wenn es sich nicht um Bankangelegenheiten handelte, wie Mrs. Green glaubte. „Hab ich dir gefehlt?“ fragte er lächelnd.

„Und wie“, sagte sie. Dann fügte sie nach kurzem Schweigen hinzu: „Heute nachmittag gibt es in Canterbury einen Antiquitätenmarkt. Würdest du gern hingehen?“

Er gab sich große Mühe, nicht zu schnell abzulehnen. „Eigentlich nicht“, sagte er. „Ich interessiere mich nicht so sehr für Antiquitäten. Und es sieht ja auch sehr nach Regen aus. Warum bleiben wir nicht einfach zu Hause? Wir könnten ein bißchen Rommee spielen. Und heute abend“, fügte er listig hinzu, „könnten wir wieder in Canterbury essen.“ Er stellte sich Mrs. Greens Abendessen vor, das langweilig und wenig schmackhaft sein und außerdem weit entfernt von Canterbury serviert werden würde. Wieder drohte eine Welle des Mitleids in ihm aufzusteigen, aber er wußte, daß er nur an seine grauenhaften Beweise zu denken brauchte, um dieses Mitleid in Wut umschlagen zu lassen.

„Damit hast du meinen ganzen Tag organisiert“, sagte Mrs. Green fröhlich. Und dann flüsterte sie: „Du machst mich sehr glücklich.“

Er fragte sich, wie glücklich der Gedanke an ihn sie machen würde, wenn dieser Tag erst vorüber wäre. „Wir können heute morgen aber einen kleinen Spaziergang machen“, schlug er vor. „Ich glaube nicht, daß es in nächster Zeit schon regnen wird.“

Auch dazu war Mrs. Green mehr als nur bereit. Im Freien war doch mehr Intimität möglich als im Aufenthaltsraum, und sie rechnete ganz fest mit einer Absichtserklärung ihres Geliebten. Aber die würde erst am Nachmittag erfolgen und aller Wahrscheinlichkeit nach so gar nicht nach ihrem Geschmack sein.

„Wir müssen uns aber mit einem kurzen Spaziergang begnügen“, sagte Mr. Rufus. „Nur zum Dorf und zurück. Ich muß vor dem Essen noch ein paar Briefe schreiben. Du weißt schon, Dankbriefe an alle, die mir bei dem letzten Gutachten geholfen haben.“

Was ist er doch für ein höflicher Mann, dachte Mrs. Green. „Ja, das ist klar“, sagte sie. „Das würde ich auch tun.“

„Und jetzt einen kleinen Spaziergang“, sagte er. „Um unsere Muskeln in Schwung zu bringen.“

„Und unsere Oberschenkel zu kräftigen“, sagte Mrs. Green und hoffte, ihn damit auf das Gelände der verbalen Erregung zu führen.

Er machte mit. „Und um unsere Lenden zu gürten“, sagte er.

Jetzt sind wir wirklich und wahrhaftig in Gang, entschied Mrs. Green. Aber für den Rest des Weges ins Dorf schwieg er. Auf halber Strecke machte sie noch einen Versuch.

„Sind deine Lenden schon gegürtet?“ fragte sie kühn.

Mr. Rufus blieb unverbindlich. „Es geht so“, sagte er.

„Meine wohl“, sie lachte.

Aber das brachte sie nicht weiter. Er verstummte wieder und fand alles widerlich.

Im Dorf sorgte er dafür, daß sie sofort kehrtmachten. Sie hätte sich gern ein wenig ausgeruht, denn sie waren meistens bergauf gegangen, aber Mr. Rufus hatte es eilig. Sie hätte auch gern das Gespräch fortgesetzt, so einseitig es auch sein mochte, aber sie hatte nicht mehr genug Atem für die heißen Sprüche, die ihre Lippen anfeuchteten.

Auf dem Rückweg ging es bergab. Er nahm ihren Arm und drückte ihn. „Ich freue mich auf die Rommee-Partie“,

sagte er. „Aber ich muß dich warnen, ich bin ein Könner."
„Das bist du in jeder Hinsicht", sagte Mrs. Green.

Dann schwiegen sie wieder, und er drückte ab und zu ihren Arm, um den Flirt nicht abreißen zu lassen. Gesten fielen ihm leichter als Worte. Als sie den Aufenthaltsraum betraten, fiel ihm auf, wie schnell Mrs. Feinberg sich zurückzog. Die Feindseligkeit zwischen den beiden Frauen überraschte ihn nicht, denn, anders als Mrs. Feinberg, kannte er deren Ursache, eine so zufällige Ursache, daß sie kaum zu glauben war. Er hinterließ Mrs. Green in einer Ecke des Raumes. „Ich gehe jetzt meine Briefe schreiben", sagte er. „Wir sehen uns beim Mittagessen."

Aber es gab gar keine Briefe. Seine dringendste und wichtigste Aufgabe war jetzt, die Leiterin aufzusuchen und ihr alles zu sagen.

Er klopfte an ihre Tür.

„Herein", sagte sie.

Dann stand er im Zimmer und sah zu, wie sie auf ihrem Schreibtisch Papiere sortierte. Er wartete, bis sie damit fertig war, dann nahm er auf dem Stuhl Platz, auf den sie gezeigt hatte.

„Was kann ich für Sie tun, Mr. Rufus?" fragte sie.

„Ich muß mit Ihnen sprechen", sagte er. „Und es kann einige Zeit in Anspruch nehmen."

„Ich habe nichts Dringendes vor", sagte sie. Sie war neugierig. Auf Mr. Rufus war sie immer neugierig gewesen. Etwas an ihm stimmte nicht so recht. Vor allem sein Aussehen. Er war alles andere als reif für ein Altersheim. Vielleicht würde er jetzt das Rätsel seiner Person erklären. Sie beugte sich über ihren Schreibtisch vor. „Ich bin ganz Ohr", sagte sie.

Er holte tief Luft. „Erstens“, sagte er. „Ich heiße nicht John Rufus. Ich heiße Ivor Kennedy.“

In ihren vielen Jahren in Haus Hollyhocks war die Leiterin schon häufiger auf dieses Falsche-Identitäts-Syndrom gestoßen. Sie nahm es hin, denn sie hatte vielleicht den Eindruck, daß es für Leute, die sich für das Wartespiel qualifiziert hatten, wichtig sein konnte, sich als jemand anderes auszugeben, um möglicherweise den Todesengel an der Nase herumzuführen. Aber das war offensichtlich nicht Mr. Rufus' oder, wie es jetzt heißen mußte, Mr. Kennedys Absicht.

„Warum haben Sie sich unter einem falschen Namen hier angemeldet?“ fragte sie.

„Deshalb“, sagte er und reichte ihr seinen Dienstausweis.

Sie betrachtete den Ausweis erstaunt und las ihn dann laut vor. „Ivor Kennedy. Inspector. Scotland Yard, Abteilung für Kriegsverbrechen.“ Sie war nervös. Stand sie unter irgendeinem Verdacht? Und war er deshalb nach Haus Hollyhocks geschickt worden? Und hing das alles etwa mit Mr. Venables zusammen? Sie wußte, daß ihr Gesicht vor Angst weiß wurde, und daß er ihr Zittern nicht übersehen konnte.

„Bitte, beruhigen Sie sich“, sagte er. „Das alles hat rein gar nichts mit Ihnen zu tun. Ich kann Ihnen versichern, daß das, was ich Ihnen jetzt erzählen werde, den hervorragenden Ruf, den Haus Hollyhocks genießt, in keiner Hinsicht schmälern wird. Den Ruf, den es wirklich verdient, möchte ich hinzufügen. Nein, das alles wird Haus Hollyhocks wohl eher noch bekannter machen.“

Die Leiterin wußte nicht, worüber er da redete, aber es erleichterte sie, daß er ihre Blässe ihrer Sorge um den guten Ruf des Heimes zuschrieb, und sie spürte, wie ihre Farbe zurückkehrte. Da sie, zumindest vorübergehend, Mr. Venables nicht zu fürchten brauchte, hatte sie das Gefühl, ein Glas zu benötigen, und sie bot auch Mr. Kennedy eins an.

„Sie haben mich wirklich schockiert, Mr. Ru... Mr. Kennedy", sagte sie. „Ich glaube, eine Stärkung würde uns beiden guttun." Sie ging zur Vitrine und goß zwei kleine Whiskys ein. Er nahm das Glas dankbar an. Es würde ihm beim Reden helfen.

„Sie haben mich also an der Nase herumgeführt, Mr. Kennedy", sagte die Leiterin.

„Wie Mrs. Green, fürchte ich."

„Mrs. Green?"

Und damit war er beim Thema angelangt. Er erzählte ihr alles, was sie wissen mußte. Ab und zu keuchte sie ungläubig auf, und einmal stieß sie einen kleinen Entsetzensschrei aus.

Als er alles erzählt hatte, was weit über eine halbe Stunde gedauert hatte, durfte die Leiterin sein Glas noch einmal füllen. Und auch ihr eigenes. Sie brauchten beide eine Atempause.

„Ich muß Sie jetzt um Ihre Hilfe bitten", sagte Mr. Kennedy dann. Er hatte ihr schon mitgeteilt, was er vorhatte. Sowie Mrs. Green ihr Zimmer verlassen hatte, sollte sie deren Habseligkeiten zusammenpacken und in ihrem Büro lagern. Er würde derweil dafür sorgen, daß Mrs. Green im Aufenthaltsraum blieb. Die Polizei wollte gegen vier Uhr in Haus Hollyhocks eintreffen.

Die Erwähnung dieser Uhrzeit brachte der Leiterin eine entsetzliche Erinnerung. Was sollte sie nur mit Mr. Venables machen? Er würde sicher verstehen, daß sie anderweitig beschäftigt war, und später zurückkommen, um sein Geld zu verlangen. Aber sie hatte keine Zeit, sich darüber den Kopf zu zerbrechen. Sie mußte zuerst Mr. Kennedys Wünschen nachkommen. Sie kam sich plötzlich sehr wichtig vor, als Schlüsselfigur in seinem Programm, und sie konnte nicht leugnen, daß sie sich auf die weiteren Ereignisse freute.

„Ich muß unbemerkt ihre Sachen zusammenpacken“, sagte sie, „und sie in mein Büro bringen.“ Damit wiederholte sie Mr. Kennedys Instruktionen. „Soll ich sie verstecken?“

„Nein“, sagte Mr. Kennedy. „Das wird nicht nötig sein. Sie werden geholt, ehe sie sie entdecken kann. Und wenn dann die Polizei eintrifft“, fügte er hinzu, „und bei Ihnen im Büro sitzt, dann holen Sie bitte Mrs. Green. Sie wird mit mir zusammen im Aufenthaltsraum sitzen. Wir kommen dann beide in Ihr Büro, und alles wird in weniger als zehn Minuten vorbei sein.“

„Ich werde den anderen alles erklären müssen“, sagte die Leiterin.

„Warten Sie, bis wir weg sind“, bat er. „Dann können Sie alles erzählen, was ich Ihnen gesagt habe.“ Er lächelte sie an. „Ich bin sehr dankbar für Ihre Hilfe“, sagte er. „Ich nutze diese Gelegenheit, um mich zu verabschieden, da ich mit den anderen nach London fahren werde. Und wenn die Luft rein ist, könnten Sie das Mädchen dann bitten, meine Koffer herunterzuholen?“

„Überlassen Sie das alles mir“, sagte die Leiterin.

Sie reichten einander die Hände. Die der Leiterin zitterten vor Erregung, die sich mit ihrem Entsetzen messen konnte. In der Tür drehte er sich noch einmal um. „Über die anderen weiß ich nichts“, sagte er. „Aber ich weiß mit Sicherheit, daß Mrs. Feinberg wirklich Mrs. Feinberg ist, und daß sie die Glücklichste von allen in Haus Hollyhocks sein wird, wenn Mrs. Green nicht mehr hier ist.“

Die Leiterin sollte schweigen, bis alles zu Ende wäre. Aber danach wollte sie alle zusammenrufen, ihre eigene Rolle in den Ereignissen betonen und ihnen die ganze grauenhafte Geschichte erzählen.

Mr. Kennedy ging auf sein Zimmer und blieb dort, bis zum Mittagessen geläutet wurde. Er setzte sein müdes, neckendes Lächeln auf und begab sich nach unten ins Eßzimmer. Wie er erwartet hatte, saß sie schon dort, und neben ihr war der übliche Platz freigehalten worden. Er wollte nicht, daß sie den Whisky in seinem Atem roch. Aber das tat sie, und sie freute sich darüber. Sie nahm an, daß er sich Mut angetrunken hatte, um ihr seinen Antrag zu machen, mit dem sie für diesen Nachmittag fest rechnete.

„Mit dem Regen hast du recht gehabt“, sagte sie. „Da zieht ein ziemlicher Sturm herauf.“

„Nicht günstig für die Antiquitätenmesse“, sagte er. „Aber die haben ja sicher ein Zelt.“

Die Suppe wurde serviert, und er trödelte damit herum. Es war ein Uhr, und er wollte die Essenszeit ausdehnen. Die Vorstellung, drei geschlagene Stunden mit Rommeespielen verbringen zu müssen, war ihm zuwider. Er aß langsam und forderte Mrs. Green auf, es ihm gleichzutun.

„Das ist viel gesünder so“, sagte er. „Wir müssen fit bleiben.“

„Ja, das stimmt“, sagte sie und glaubte zu ahnen, wofür er sie fit halten wollte.

Sie ließen sich also beide Zeit und verließen das Eßzimmer als letzte. Er schaute auf die Uhr. Zwei. Er hoffte, daß die anderen pünktlich kommen würden.

„Trinken wir erst mal Kaffee“, sagte er. „Und dann stürzen wir uns ins Spiel.“

Sie setzten sich im Aufenthaltsraum in eine Ecke. Inzwischen hämmerte der Regen an die Fensterscheiben. Bei diesem Wetter würde sich niemand nach draußen trauen. Im Aufenthaltsraum würde für den Rest des Tages Hochbetrieb herrschen. Sie tranken den Kaffee so langsam wie möglich, dann ging Mr. Kennedy zur Vitrine, nahm ein neues Kartenspiel aus einer Schublade und mischte es wie ein professioneller Croupier in einem Kasino. „Ich notiere die Punkte“, sagte er, dann legten sie los.

Von den ersten zehn Spielen verlor er neun. Sie ließ ihn nicht gewinnen. Er gab sich sogar alle Mühe, sie zu schlagen. Aber sie war einfach eine gerissene Spielerin, und offenbar hatte sie irgendwann in ihrem Leben, und er konnte sich schon denken, wann, sehr viel geübt. Die Zeit verging schnell, und als er auf seine Uhr schaute, war es schon nach drei. Doch dann passierte etwas Unvorhergesehenes.

„Ich glaube, ich gehe nach oben“, sagte sie, „und ruhe mich ein wenig aus. Ich muß doch heute abend bei unserem Essen wach sein.“

„Du darfst jetzt nicht gehen“, sagte er fast zu verzweifelt. Dann fügte er in passenderem Tonfall hinzu: „Du kannst mir doch nicht die Möglichkeit zur Revanche nehmen. Das wäre einfach grausam. Bitte, bleib hier“, bettelte er. Er konnte sie nicht auf ihr Zimmer gehen lassen. Dann würde sie entdecken, daß es ausgeräumt worden war, und vielleicht doch noch einen Fluchtversuch unternehmen. Nein, er mußte sie bei sich behalten. Wenn es sein müßte, würde er ihr sogar einen Heiratsantrag machen. „Bleib doch bei mir", bat er und berührte ihren Arm.

Sie dachte, daß es töricht sein würde, in einem dermaßen glühenden Moment zu verschwinden.

„Natürlich bekommst du deine Chance", sagte sie. „Obwohl ich dir versprechen kann, daß ich mich nicht schlagen lassen werde."

Er seufzte erleichtert und gab abermals.

„Du spielst sehr gut", sagte er. „Wo hast du das gelernt?"

„Mein Mann war ein leidenschaftlicher Kartenspieler", sagte sie. „Wir haben viel gespielt, vor allem, als ich schwanger war. Das war ein guter Zeitvertreib."

„Na, er war wirklich ein fähiger Lehrer", sagte Mr. Kennedy. Er versuchte, die nächste Runde zu gewinnen. Und die übernächste. Aber sie konnte ihn jedesmal austricksen.

„Du bist zu gut für mich", sagte er. Verstohlen schaute er dann auf die Uhr. Viertel vor vier. Noch zwei Runden, höchstens, dann würde alles zu Ende sein. „Nur noch ein Spiel", sagte er. „Dann kannst du dein Nickerchen machen." Er gab ganz langsam Karten und ließ sich beim Spielen Zeit, zögerte und überlegte immer wieder, welche Karte er ausspielen sollte. Als er die letzte hinblätterte, schlug die Kirchturmuhr im Dorf viermal. Jetzt mußten sie kommen. Er würde sie um ein einziges weiteres Spiel bitten.

Auf ihrem Zimmer hob Lady Celia die Vorhänge. Und sie staunte, als unter ihrem Fenster zwei Streifenwagen standen. Aber noch viel erstaunter war das Frettchen, das in seiner Rostlaube die Auffahrt hochkam und beim Anblick dieser Wagen auf die Bremse stieg. Seine Furcht brachte den Kastenwagen zum Zittern. Mit kreischender Gangschaltung setzte er zurück, und ehe Lady Celia den

Verlust der zweihundertfünfzig Pfund verinnerlicht hatte, war er in einer aufstiebenden Kieswolke von der Auffahrt verschwunden.

Im vollbesetzten Aufenthaltsraum drohte Mrs. Green abermals mit einer Siesta, und Mr. Kennedy wollte schon zum Heiratsantrag ansetzen, als glücklicherweise ein Küchenmädchen in die Tür trat. Sie kam auf Mrs. Green zu und flüsterte: „Die Leiterin bittet Sie, in ihr Büro zu kommen."

„Warum das denn?" fragte Mrs. Green. Sie war sichtlich nervös.

„Ich weiß nicht", sagte das Mädchen. „Ich glaube nicht, daß es wirklich wichtig ist." Die Leiterin hatte ihr offenbar klare Instruktionen erteilt. Mrs. Green zögerte.

„Soll ich mitkommen, meine Liebe?" fragte Mr. Kennedy.

„Ja, wenn du so lieb sein würdest. Ich weiß nicht, warum, aber so etwas macht mich immer nervös. Ich komme mir vor wie früher, wenn ich zur Direktorin mußte."

Er nahm ihren Arm und führte sie aus dem Zimmer. In der Tür legte er ihr den Arm um die Schulter. Niemand achtete sonderlich auf ihr Gespräch und ihr Verschwinden, und niemand wurde deshalb aus dem Mittagsschlaf geweckt. Mrs. Scott griff zu ihrem Strickzeug und stellte ihre Tasche auf den Boden.

„Die Abendzeitung muß doch jetzt gekommen sein", sagte sie und ging ins Foyer, um sich die neuesten Horoskope zu holen. Durch die Haustür entdeckte sie die aufregende Anwesenheit des Arms des Gesetzes und stürzte zurück in den Aufenthaltsraum, um diese Entdeckung kundzutun.

„Vor dem Haus stehen zwei Streifenwagen“, rief sie aufgeregt.

Die anderen fuhren hoch.

„Glauben Sie, das ist die Überraschung, Mrs. Scott?“ fragte jemand. „Die aus dem Horoskop?“

„Das ist sehr gut möglich“, sagte Mrs. Scott mit einem gewissen Triumph.

Damit war das Gespräch beendet, und wer noch schlief, wurde von dem Geruch eines Ereignisses geweckt, das sich gleich ereignen würde, und das nicht verpaßt werden durfte. Der Major und Mrs. Feinberg liefen als erste aus dem Raum, denn sie hatten in der Nähe der Tür gesessen. Die anderen folgten ihnen, und auch Lady Celia verließ ihre Räumlichkeiten, weil sie wissen wollte, was die ganze Aufregung zu bedeuten hatte. Alle versammelten sich im Foyer. Und warteten. Was immer sich ereignen mochte, sie wußten, daß es sich hinter der Bürotür der Leiterin abspielte, und die starrten sie an und wollten ausharren, bis sie geöffnet wurde. Sie schwiegen, denn sie hatten das Gefühl, daß die Vorgänge hinter der Tür eine gewisse Feierlichkeit verlangten. Und diese Vorgänge waren wirklich feierlich und ernst genug.

Als Mr. Kennedy und Mrs. Green den Aufenthaltsraum verlassen hatten, ließ er seinen Arm auf ihrer Schulter liegen, bis sie die Tür der Leiterin erreicht hatten. Und auch, als er die Tür öffnete, behielt er diese beschützende Geste bei. Doch im Büro beschloß er dann, daß sechs Jahre der Ermittlungen mit allen Höhen und Tiefen, mit ihren Momenten der Hoffnung und denen der Verzweiflung, nun ein Ende hatten. Er hatte seine Arbeit getan. Den Rest mußten jetzt andere übernehmen. Deshalb ließ er seine

Hand von ihrer Schulter sinken. Und trat von ihrer Seite zurück. Die Leiterin saß an ihrem Schreibtisch, und er stellte sich hinter sie. Er hatte Mrs. Green ganz eindeutig aufgegeben.

Neben die traten nun ein Polizist und eine Polizistin, beide in Uniform. In der Ecke stand ein weiterer Gesetzeshüter, dessen Isolation und dessen mit mehreren Streifen besetzte Uniform auf seinen höheren Rang hinwiesen. Er packte nun Mrs. Green am Arm und zog sie vor den Schreibtisch der Leiterin.

Mrs. Green spürte, wie ihre Knie nachgaben, und wie eine heiße Flüssigkeit an ihren Beinen hinunterlief. Sie brach in Tränen aus. Nicht so sehr, weil sie entlarvt worden und ihre Vergangenheit nun ans Licht gekommen, sondern eher über die Methode, mit der sie gestellt worden war. Sie spürte noch immer die verräterische Hand Mr. Kennedys, ihres Johns, auf ihrer Schulter, und sie wußte, daß er ihr keinen Verlobungsring anbieten würde, sondern ein Paar Handschellen. Sie starrte ihn haßerfüllt an. Sie wußte, daß sie Zeit haben würde, viel zuviel Zeit, um seine Täuschungen noch einmal zu erleben, und sich ihrer eigenen Vorstöße und Erwartungen zu schämen. Doch das konnte warten. Für den Moment reichte blinder Haß.

Dann erhob der reichdekorierte Polizist seine Stimme. „Heidi Schloß", sagte er laut und vernehmlich und mit perfekter Aussprache. „Ich verhafte Sie wegen Mordes und Vorbereitung des Mordes an dreitausend jüdischen Frauen und Kindern im Vernichtungslager Birkenau, Auschwitz, zwischen November 1942 und Mai 1944. Sie brauchen jetzt nichts zu sagen, aber alles, was Sie sagen, kann gegen Sie verwendet werden", und so weiter und so fort.

Doch sie hörte nicht zu. Sie war viel zu betroffen von diesem Namen. Diesem Namen, den sie vor so vielen Jahren aufgegeben hatte, diesen Namen, auf den sie so stolz gewesen war, noch war und für den Rest ihres Lebens sein würde. Diesen wirklich deutsch klingenden Namen mit seiner arischen Reinheit. Als sie ihn jetzt hörte, bereute sie, ihn jemals aufgegeben zu haben. Im Wiederhören lag eine gewisse Erleichterung, ja, sogar eine Freude, auch wenn er aus einem Mund kam, der sie verdammen würde. Um dieses geheiligten Namens willen mußte sie sich zu erkennen geben, so empfand sie das.

„Wenn Hitler den Krieg gewonnen hätte, dann wären Sie auch alle in Auschwitz gelandet", sagte sie.

„Aber das hat er nicht, oder?" Das flüsterte die Leiterin, die der Versuchung nicht widerstehen konnte.

Mrs. Green starrte Mr. Kennedy an, um seinen Blick herauszufordern. Endlich sah er sie an, als sich die Handschellen um ihre Arme schlossen. Sein Gesicht blieb ausdruckslos. Er teilte höchstens mit, daß er seine Pflicht erfüllt hatte.

Der rangniedrigere Polizist und seine Kollegin standen noch immer neben ihr, faßten sie am Arm und führten sie zur Tür. Und der Anblick dieser drei verblüffte die versammelte Schar im Foyer. Für einen Moment blieb die Gruppe in der Tür stehen, wie für ein Foto, dann gingen sie langsam auf die Haustür zu. Als sie von hinten zu sehen waren, wurde die Stille von einem lauten Schrei zerrissen. Mrs. Feinberg hatte ihn ausgestoßen.

„Heidi Schloß", schrie sie. Dann sank sie dem Major in die Arme. Mr. Kennedy, der jetzt aus dem Büro der Leiterin kam, drehte sich zu ihr um und lächelte.

„Sie mögen durchaus recht haben, Mrs. Feinberg", sagte er.

Die Leiterin ging zur Tür, um den anderen hinterherzublicken. Sie winkte ihnen nicht. Das erschien ihr als unangebracht, und als der Arm des Gesetzes den Kies hochgewirbelt hatte, wandte sie sich den überraschten Hausbewohnern zu.

„Was ist passiert?" lautete die allgemeine Frage.

„Gehen Sie in den Aufenthaltsraum. Ich komme gleich nach. Dann werden Sie alles erfahren."

Aber zuerst mußte sie sich um Mrs. Feinberg kümmern, die in den Armen des Majors vor dem Zusammenbruch stand. Sie nahm ihren Arm, der Major den anderen, und sie brachten sie ins Eßzimmer, wo an einer Wand ein Sofa stand. Der Major half ihr beim Hinlegen, und die Leiterin holte ein Glas Cognac.

„Mir geht es gut", sagte Mrs. Feinberg. „Mir geht es sogar besser als gut", und obwohl Tränen in ihren Augen standen, gelang ihr ein kleines Lächeln. Die Leiterin hielt ihr das Glas an die Lippen.

„Ich glaube, sie gehört mit in Ihre Geschichte", sagte der Major und schob sehr sanft Mrs. Feinbergs Jackenärmel hoch.

„Ich weiß", sagte die Leiterin. „Mr. Rufus hat es mir gesagt." Der Major konnte Mr. Kennedys wahren Namen nicht kennen, und deshalb blieb sie bei seinem Hollyhocksnamen.

„Es war ihr Rücken", das wollte Mrs. Feinberg ihnen nun unbedingt mitteilen. „Einfach der Anblick ihres Rückens zwischen den beiden Uniformen. So habe ich sie immer gesehen. Ihren Rücken, zwischen zwei Wärtern. Ihre fetten Beine und diese Laufschuhe." Sie seufzte. „Ich bin froh, daß ich sie nicht früher erkannt habe. Ich hätte sie umgebracht. Wegen meines Vaters, meiner Mutter und meiner drei kleinen Schwestern." Dann brach sie endgültig in Tränen aus.

„Sie müssen sich jetzt ausruhen", sagte die Leiterin. „Das war doch ein arger Schock für Sie."

„Ich bleibe bei ihr", sagte der Major. Er setzte sich ans Ende des Sofas, nahm Mrs. Feinbergs Hand und küßte sie. „Jetzt bist du frei", flüsterte er.

Die Leiterin begab sich in den Aufenthaltsraum, um ihre Geschichte zu erzählen. Sie freute sich durchaus darauf. Seit sie vor mehr als fünfzehn Jahren ihren Posten angetreten hatte, war in Haus Hollyhocks nichts dermaßen Aufregendes passiert. Die Bewohner saßen wie brave Kinder aufrecht in ihren Sesseln und warteten auf ihre Lektion. Die Leiterin nahm in ihrer Mitte Platz.

„Das alles hat heute morgen angefangen", sagte sie. „Vor heute morgen wußte ich nichts davon. Rein gar nichts. Nach dem Frühstück kam dann Mr. Kennedy in mein Büro."

„Mr. Kennedy?" fragte jemand.

„Nun ja", die Leiterin lächelte und fühlte sich ungeheuer wohl in ihrer Haut. „Sie alle kannten ihn als Mr. Rufus. Ich auch. Als pensionierten Bankdirektor aus Manchester. Aber das ist er nicht. Durchaus nicht. Er stammt nicht aus Manchester und ist alles andere als pensioniert."

„Aber was ist er dann?" fragte Mrs. Scott. Wenn er eine falsche Identität und damit zweifellos auch ein falsches Sternbild angegeben hatte, dann hatte sie sich mit seinem Horoskop geirrt, und sie nahm ihm diesen Betrug sehr übel. Der zog ihre Fachkenntnis ja schließlich in Zweifel.

„In Wirklichkeit heißt er Ivor Kennedy", sagte jetzt die Leiterin. Sie gestattete sich eine Pause, um die erste überraschende Mitteilung anzukündigen. Dann sagte sie: „Er ist Inspector bei Scotland Yard. Er arbeitet in der Abteilung für Kriegsverbrechen. Und sucht nach Kriegsverbrechern." Nervöse Aufregung füllte den Raum, in Erwartung eines wirklichen Mantel-und-Degen-Szenarios. „Er hat seit fast sechs Jahren am Fall Mrs. Green gearbeitet."

„An ihrem Fall?" fragte Mrs. Harvey. „Was ist das für ein Fall?"

„Der Fall Heidi Schloß", erklärte die Leiterin dramatisch. „So heißt sie in Wirklichkeit. Die Frau, die wir als Mrs. Green gekannt haben. Mr. Kennedy hat mir erzählt, wie das alles angefangen hat. In Edinburgh, wo sie damals wohnte. Sie war vor langer Zeit verheiratet. Mit einem Deutschen. Aber das ging nur zwei oder drei Monate gut. Sie hatte nie Kinder. Als Mr. Kennedy ihre Spur fand, lebte sie seit fünfundzwanzig Jahren mit einer Frau namens Mathilda zusammen. Dann hat Mrs. Green sich in eine andere verliebt." Seufzen und Gekicher folgten dieser neuen Mitteilung. „Deshalb hat sie Mathilda vor die Tür gesetzt. Ich nehme an, daß die arme Mathilda nach fünfundzwanzig Jahren ziemlich außer sich war. Und sie wollte sich rächen. Mit anderen Worten, sie hat sie verpfiffen." Die Leiterin zitierte Mr. Kennedy, denn das Verb „verpfeifen" war ihr bisher unbekannt gewesen. Und den anderen auch, wie sie annahm. „Sie beschloß, die Polizei zu informieren. Sie hatten so lange zusammengelebt, daß Mathilda einige von Mrs. Greens Geheimnissen kannte. Und die waren entsetzlich. Deshalb ging sie zur Polizei. Aber es gab auch vieles, was sie nicht wußte. Und an dieser Stelle kommt unser Mr. Kennedy ins Spiel." Die Leiterin hielt den Inspector jetzt für ihr Eigentum, egal, wie er sich nennen mochte, schließlich hatte er einige Wochen in ihrer Obhut verbracht. „Und während der letzten sechs Jahre“, fuhr sie fort, „hat er überall in der Welt Überlebende befragt.“

„Was für Überlebende?“ fragte Mrs. Scott.

„Darum geht es ja gerade“, sagte die Leiterin. „Unsere Mrs. Green ist in Wirklichkeit Heidi Schloß, eine der Leiterinnen des Konzentrationslagers Auschwitz, und sie hat persönlich mehr als dreitausend Frauen und Kinder in die Gaskammern geschickt.“

„Diese Mörderin!“ kreischte Mrs. Thackeray. „Ich habe der Frau immer schon mißtraut.“

„Ich auch“, sagte Lady Celia. Aber das stimmte nicht. Kein bißchen. Denn dann hätte sie das Frettchen auf den Fall angesetzt. Und sie bereute wirklich, daß ihr so ein einträglicher Fisch durch die Maschen geschlüpft war.

„Aber warum ist Mr. Rufus, oder wie er nun heißt, warum ist er nach Haus Hollyhocks gekommen? Und hat hier sogar gewohnt?“ fragte Mrs. Scott.

„Er mußte die letzten Beweise besorgen. Er hoffte, daß die Schuldige selber sie ihm liefern könnte. Deshalb hat er sich mit ihr angefreundet.“

„Angefreundet?“ höhnte Mrs. Thackeray. „Das war ja wohl noch mehr als das, möchte ich meinen. Er hat ihr ja fast einen Heiratsantrag gemacht.“

„Mr. Kennedy ist ein respektabler Ehemann“, sagte die Leiterin. „Er hat eine Frau, zwei Kinder und fünf Enkelkinder.“

„Hat er irgendwas aus ihr herausholen können?“ fragte Lady Celia.

„Nur, daß sie nie eine Schweizer Töchterschule besucht hat.“

„Das hätte ich ihm auch sagen können“, spottete Mrs. Thackeray.

„Aber er hat Papiere bei ihr gefunden“, erzählte die Leiterin. „Er hat ihr Zimmer durchsucht, während wir den Park besucht haben. Und diese Papiere haben mehr oder weniger bestätigt, was er ja schon wußte. Deshalb war er heute morgen bei mir. Wir haben danach alles für ihre Festnahme in die Wege geleitet.“

„Was hat sie gesagt?“ Diese Frage stellten gleich mehrere.

„Sie haben ihr die Anklagepunkte genannt, und sie hat sie nicht abgestritten. Ihre Blicke hätten Mr. Kennedy ermorden können, das können Sie sich ja vorstellen. Und ganz unter uns“, die Leiterin senkte ihre Stimme. „Sie hat sich die Hose naßgemacht.“

„Geschieht ihr recht“, sagte Mrs. Thackeray, obwohl alle wußten, daß eine nasse Unterhose kein Preis für die dreitausend unschuldigen Seelen war. „Hat sie überhaupt etwas gesagt?“

„Ja. Sie hat gesagt, wir wären alle so geendet, wenn Hitler den Krieg gewonnen hätte. Und dann ist sie abgeführt worden. Den Rest haben Sie gesehen. Es wird einen Prozeß geben. Mr. Kennedy sagt, sie wird lebenslänglich bekommen.“

„Schade, daß die Todesstrafe abgeschafft worden ist“, sagte Mrs. Thackeray. „Aber was ist mit dieser Narbe, die sie im Gesicht hat? Mir hat sie erzählt, ihre Tochter habe einen Kochtopf nach ihr geworfen.“

„Ein Kochtopf war das schon“, sagte die Leiterin. „Aber nicht die Tochter hat ihn geworfen. Sie hat ja keine Tochter. Es war die arme alte Mathilda, als sie vor die Tür gesetzt wurde.“

„Die gute alte Mathilda", sagte Mrs. Harvey.

„Was für eine schreckliche Geschichte", erklärte Lady Celia, und dieses Urteil brachte sie alle erst einmal zum Schweigen.

Dann meldete Mrs. Scott sich zu Wort. „Woher hat Mrs. Feinberg ihren Namen gekannt?"

„Das ist eine andere Geschichte", sagte die Leiterin. „Und fast nicht zu glauben."

Die Bewohner beugten sich vor. Diese stumme Aufmerksamkeit war schmeichelhaft, und die Leiterin wollte die Feinberggeschichte gehörig auskosten.

„Ihnen ist vielleicht aufgefallen", fing sie an, „daß Mrs. Feinberg niemals kurze Ärmel trägt." Sie selber hatte das nicht gemerkt, aber es machte die Geschichte noch dramatischer. Sie ließ die anderen eine Weile nachdenken. Dann erzählte sie weiter. „Sie hat eine Nummer auf ihren Arm tätowiert. Sie war als Häftling in Auschwitz. Zusammen mit ihrer Familie. Sie hat überlebt, ihre Eltern und ihre drei Schwestern jedoch sind in der Gaskammer umgekommen. Heidi Schloß, unsere Mrs. Green, hat sie hingeschickt." Sie legte wieder eine Pause ein. Mrs. Scott stieß noch einen Entsetzensschrei aus, und die Leiterin ließ ihn erst einmal verhallen. „Mrs. Feinberg hat sich in Mrs. Greens Gesellschaft immer unwohl gefühlt", sagte sie dann. „Aber sie wußte nicht, warum. Bis heute. Und dann ist ihr alles wieder eingefallen."

„Die arme Mrs. Feinberg", sagte Mrs. Thackeray. „Wo ist sie jetzt?"

„Sie ruht sich aus", sagte die Leiterin. „Und der Major ist bei ihr."

Wieder schwiegen alle, und diesmal brach Lady Celia

das Schweigen. „Meinen Sie, wir könnten alle etwas trinken? Etwas Richtiges? Ich glaube, wir können alle eine Stärkung brauchen."

„Gute Idee", sagte die Leiterin, da dieser Vorschlag von Lady Celia stammte. „Wir stoßen auf das Wohl von Mrs. Feinberg an."

„Und auf den Abschied von wie war doch noch gleich der Name", sagte Mrs. Scott.

Die Leiterin begab sich in die Küche. Unterwegs hörte sie die Kirchturmuhr sechsmal schlagen. Und ihr fiel ein, daß Montag war, und daß Mr. Venables sich nicht hatte blicken lassen. Vielleicht hatte er die Streifenwagen vor dem Haus gesehen und seinen miesen Schwanz eingekniffen. Sie wagte zu hoffen, daß sie ihn nie wiedersehen würde.

18

Und diese Hoffnung erwies sich dann als berechtigt. Niemals sollte Mr. Venables Schatten wieder über ihre Türschwelle fallen. Das sagte er den Ladies Priscilla und Celia, beim folgenden Londonbesuch der letzteren, ganz unmißverständlich. Er schwor, nie wieder einen Fuß oder einen Reifen auf den Kies von Haus Hollyhocks zu setzen. Der Ort sei verdammt, erklärte er. Ein Haus, das einmal vom Arm des Gesetzes besucht worden war, sei verwanzt. Und dieses Risiko werde er nicht auf sich nehmen.

Sie mußten nachgeben. Die Zahlungen der Leiterin waren kein so großer Verlust, und sie hatte sie ja lange geleistet. Deshalb beschlossen sie, sie jetzt von der Leine zu lassen.

Mrs. Green, oder Heidi Schloß, wie sie jetzt, mit Hilfe der Zeitungen, im ganzen Land genannt wurde, sollte bis zu ihrem Prozeß, der in drei oder vier Monaten eröffnet werden würde, in Haft bleiben. Deshalb konnten die Hausbewohner nur auf dessen Ergebnis warten. Die Zeitungen hatten nur magere Informationen über die Übeltäterin gebracht, dazu jedoch gehörte ihr wirkliches Geburtsdatum. Mrs. Scott machte sich über ihre Horoskope her und konnte nach einigen Wochen kundtun, daß der Mörderin eine triste Zukunft bevorstehe. Was die anderen Hausbewohner ihr auch so hätten sagen können.

Und wieder war Haus Hollyhocks nun vollbelegt. Mr. Kennedy hatte Recht gehabt, Frau Schloß hatte das Haus berühmt gemacht, die Warteliste der Leiterin war um einiges gewachsen und wies nun außerdem eine respektable Anzahl an Männernamen auf. Und mehr noch, zwei Monate lang schlug es montags vier Uhr, ohne daß Mr. Venables sich blicken ließ. Die Leiterin war zufrieden.

Seit Heidi Schloß verhaftet worden war, war Mrs. Feinberg entweder himmelhochjauchzend oder zu Tode betrübt gewesen. Der Major wich nie von ihrer Seite. Ihr Sohn Mark kam oft zu Besuch, da sie sich nicht wohl genug fühlte, um sich die Fahrt nach London zuzumuten. Die Leiterin wußte, daß die Genesung ihre Zeit brauchen würde, und daß Mrs. Feinberg vielleicht erst jetzt, nach mehr als fünfzig Jahren des Kummers, endlich zum ersten Mal wirklich trauern konnte.

„Die Zeit heilt alle Wunden“, wie der Major seiner Freundin immer wieder sagte.

Beide zusammen brachten mehr als einhundertzweiundfünfzig Jahre zustande, aber sie waren bereit, ihrer gegenseitigen Zuneigung Zeit zu lassen, viel Zeit.

Im Aufenthaltsraum war Heidi Schloß ein allabendliches Gesprächsthema. Die anderen wurden nie müde, über sie herzuziehen, wenn sie das auch nicht vor dem Major und Mrs. Feinberg taten, für die es vielleicht eine schmerzhafte Erinnerung sein könnte. Hinter ihrem Rücken aber suhlten sich alle in Schloßgerede. Alle anderen Exbewohnerinnen von Haus Hollyhocks waren vergessen. Sie mußten aus der Erinnerung verdrängt werden, einfach, weil sie gestorben waren. Sie hatten gleichsam versagt und verdienten deshalb keinerlei Erwähnung mehr. Die Namen von Mrs. Webber, Mrs. Hughes, Mrs. Primple, Mr. Cross und auch der der armen Miss Bellamy wurden nie mehr genannt. Mr. Thurlow verdiente gelegentlich eine abfällige Bemerkung, wie auch Jock MacPherson, der, nach allem, was sie so hörten, noch immer im Lande der lebenden Dudelsäcke weilte. Doch Frau Schloß war eindeutig untot, und es war unwahrscheinlich, daß sie sie jemals vergessen könnten. Sie war in Haus Hollyhocks zur Sagengestalt geworden, und in kommenden Jahren würde an der Tür vielleicht eine Tafel mit der Inschrift „Hier schlief die Mörderin“ angebracht werden. Mrs. Scott gab die Horoskope nicht auf, und es fehlte ihr nie an interessiertem Publikum.

Eines Morgens, nach dem Frühstück, eine Woche vor Prozeßbeginn, informierte sie ihre Anhängerschar über deren Prophezeiungen. Gerade war Mrs. Thackeray an der Reihe. Sie war Schütze.

„Offenbar steht Ihnen eine weitere Überraschung bevor“, sagte Mrs. Scott zu ihr. „Und beim ersten Mal hatte ich recht, nicht wahr?“

Die anderen hatten nicht vergessen, was sie vor der Verhaftung geweissagt hatte, und seither war Mrs. Scott viel ernster genommen worden.

„Na, ich hoffe, es ist eine angenehme Überraschung“, sagte Mrs. Thackeray. „Ich könnte wirklich eine brauchen.“

In letzter Zeit hatte sie zu Depressionen geneigt. Seit Mrs. Greens Verschwinden war keine mehr da, die sie tyrannisieren konnte. Und der Zorn, den der selige Mr. Thackeray vor so vielen Jahren erregt hatte, steckte ihr noch immer in den Knochen. Sie brauchte eine neue Zielscheibe. Ein neues Schlachtfeld. Sie beschloß, die Gruft der Thackerays aufzusuchen, und wenn sie sich kochend vor Wut in dessen Anblick vertiefte, würde das unvermeidliche Überkochen sicher zu ihrer Heilung beitragen.

Es war ein schöner Tag, und ein langsamer, gemessener Spaziergang zum Friedhof würde ihren Zorn sicher anheizen und auf diese Weise die Erleichterung vergrößern, die sie bei Erreichen ihres Ziels überkommen würde. Sie mußte durch das Dorf gehen, um die Straße zur Kirche zu erreichen. Sie wollte im Café eine Pause einlegen, um sich mit einer Erfrischung zu stärken, aber durch das Fenster konnte sie den Major und Mrs. Feinberg sehen, die händchenhaltend an einem Tisch saßen. Sie eilte weiter, und der Neid steigerte ihre Wut noch. Dann endlich erreichte sie die Straße hinter dem Dorf.

Es war nicht Mrs. Thackerays Schuld. Wie immer hatte sie, ehe sie die Straße überquerte, das mütterliche Mantra ihrer Kindheit aufgesagt: „Erst nach rechts und dann nach links und dann wieder nach rechts.“ Es war nicht ihre

Schuld. Es war einfach ihr Pech, und zweifellos auch die von Mrs. Scott vorhergesagte Überraschung, daß der näherkommende Wagen, der eben erst Paris und die Fähre verlassen und sich deshalb an die anderen Verhältnisse noch nicht gewöhnt hatte, auf der falschen Straßenseite fuhr. Die arme Mrs. Thackeray. Es war wirklich nicht ihre Schuld.

„Ich habe hingeschaut, Mummy, wirklich", sagte sie, als sie an der Bordsteinkante ihr Bewußtsein verlor.

Ein Krankenwagen mit kreischenden Sirenen brachte sie ins Krankenhaus, und nach weniger als einer Stunde saß die Leiterin schon an ihrem Bett. Sie hielt ihre Hand.

„Bald sind Sie wieder gesund, Mrs. Thackeray", sagte sie, obwohl der Arzt ihr zugeflüstert hatte, daß keine Hoffnung mehr bestand.

„Wo ist Mr. Thackeray?" fragte Mrs. Thackeray.

„Er ist tot, meine Liebe."

„Wo ist tot? Ist das weit?"

Das würde sie bald erfahren.

Die Leiterin ging zurück zu ihrer Warteliste. Doch zuerst mußte sie im Aufenthaltsraum vorbeischauen, wo sie, zu deren Halbmasttrauer, den anderen Bescheid sagte. Mrs. Thackeray würde sehr bald vergessen sein, wie alle anderen; inzwischen konnten sie sich auf die Beerdigung und den Leichenschmaus freuen. Die Leiterin wußte, daß ihre Schützlinge, in deren Leben es nur selten angenehme Abwechslungen gab, jede mögliche Kurzweil begrüßen würden.

Sie kehrte in ihr Büro und zu ihrer Liste zurück. Mrs. Thackerays Zimmer gehörten zu den schönsten im Haus. Sie schauten auf beiden Seiten auf den Garten, und wegen dieser Aussicht hatte sie etwas mehr bezahlt als die anderen. Ihr Nachfolger würde das auch tun müssen. Das Wartespiel, überlegte die Leiterin, konnte mit unbegrenzter Teilnehmermenge gespielt werden, doch zumeist spielte es sich als traurige Patience ab. Deshalb suchte sie auf ihrer Liste nach einem Herrn, der gelassen über seinen Karten saß. Der Name Anthony Carstairs schien Klasse zu versprechen. Ein ehemaliger Schulleiter aus Sussex. Das behauptete er zumindest. Nach ihren Erfahrungen mit Mrs. Green und Mr. Rufus mißtraute die Leiterin den Auskünften, die auf den Anmeldebögen erschienen. Aber weder Mr. Rufus noch Mrs. Green hatten irgendwelche Schwierigkeiten gemacht. Im Gegenteil, sie hatten für Erlebnisse gesorgt, die so schnell nicht in Vergessenheit geraten würden. Sie vertiefte sich noch einmal in ihre Liste und faßte dann ihren Entschluß. Sie würde an Mr. Anthony Carstairs schreiben und ihn zu einer Runde im Wartespiel einladen.

Die englische Originalausgabe erschien
unter dem Titel „The Waiting Game“
bei Little, Brown and Company, 1997

Unsere Bücher im Internet:
http://www.pendragon.de

Veröffentlicht im Pendragon Verlag
Günther Butkus, Bielefeld 2004

Lektorat: Ester Jánosi, Kathrin Ackermann
Umschlag: Baltus Mediendesign, Bielefeld
Satz: Pendragon Verlag auf Macintosh
Gesetzt aus der Adobe Garamond
ISBN 3-929096-96-X

Bernice Rubens im Pendragon Verlag

Bernice Rubens
Es geschah in einer Seitenstraße

Roman
Aus dem Englischen
übersetzt von Gabriele Haefs
312 Seiten, Festeinband
Euro 19,80/SFr 35,70
ISBN 3-929096-77-3

»Bernice Rubens` Roman von einem Leben im Geheimnis ist eine hinreißend geschriebene Geschichte. Was sie so komisch macht, ist das Gespür für den Motor der Menschen, für die Mechanik, die das Individuelle antreibt... Bei Rubens ist jedes Wort wohlverwahrt und geschliffen wie ein Truthahnmesser. Und es sticht genauso zu.«

Frankfurter Allgemeine Zeitung

»Die walisische Autorin Bernice Rubens hat ein feines Gespür für die Übermacht der Schuld, die gerade auf Frauen lasten kann... Zwei von Schweigen zerfressene Seelen, akribisch seziert in einem grandiosen Buch.«

Oldenburgische Volkszeitung

Bernice Rubens
Ich, Dreyfus

Roman
Aus dem Englischen
übersetzt von Gabriele Haefs
320 Seiten, Festeinband
Euro 19,80/SFr 35,70
ISBN 3-929096-99-4

»Der Mann mit dem symbolträchtigen Namen Dreyfus ist zu lebenslanger Haft verurteilt worden. Der Krimi-Aspekt ist nur ein Teil dieses in bestechender Prosa geschriebenen Romans, der andere ist die Selbstfindung Dreyfus', die Auseinandersetzung mit der Geschichte seiner Familie. Bernice Rubens zeichnet ein fesselndes Bild, spannend, anrührend, emotionell.«

Hamburger Abendblatt

»Ein hevorragend geschriebenes Lehrstück über die Leichtfertigkeit, mit der sich auch heute ein Vorurteil in ein Urteil verwandelt.«

Tips